가족이 아닌 사람

家族以外的人

蕭紅

대산세계문학총서
172

가족이 아닌 사람

家族以外的人

샤오훙 이현정 옮김

문학과지성사

대산세계문학총서 172

가족이 아닌 사람

지은이 샤오훙
옮긴이 이현정
펴낸이 이광호
주간 이근혜
편집 김은주 박솔뫼
펴낸곳 ㈜문학과지성사
등록번호 제1993-000098호
주소 04034 서울 마포구 잔다리로7길 18(서교동 377-20)
전화 02) 338-7224
팩스 02) 323-4180(편집) 02) 338-7221(영업)
전자우편 moonji@moonji.com
홈페이지 www.moonji.com

제1판 1쇄 2022년 3월 19일

ISBN 978-89-320-3983-1 04820
ISBN 978-89-320-1246-9 (세트)

이 책은 대산문화재단의 외국문학 번역지원사업을 통해 발간되었습니다.
대산문화재단은 大山 愼鏞虎 선생의 뜻에 따라 교보생명의 출연으로 창립되어
우리 문학의 창달과 세계화를 위해 다양한 공익문화사업을 펼치고 있습니다.

차례

일러두기

1. 이 책은 蕭紅의 蕭紅全集, 中권(哈爾濱: 哈爾濱出版社, 2000)의 일부를 우리말로 옮긴 것이다.
2. 본문의 주는 모두 옮긴이의 것이다.

왕 아주머니의 죽음

1

풀과 채소는 온통 희끗희끗한 서리로 뒤덮였고, 산 위의 노랗게 물든 나무는 해가 뜨기를 기다리고 있었다. 떠오른 해는 곧바로 아침놀에 둘러싸였다. 들판의 꽃과 풀은 처량히 시들어 가는 가을 내음을 바람에 실어 보내고 있었다.

뿌연 안개가 연기처럼 들꽃과 시냇물과 초가집을 뒤덮고, 온갖 소리들을 뒤덮고, 주변의 산등성이들을 뒤덮었다.

왕王 아주머니는 매일같이 먼동이 터올 무렵부터 샤오환小環을 데리고 앞마을 들에 나가 지주들을 위해 일했다. 일곱 살밖에 안 된 샤오환도 왕 아주머니를 따라 아이 몫의 일을 했다. 이제 봄도 지나갔고, 여름도 지나갔다…… 그동안 왕 아주머니는 모 뽑기며 모내기며 안 해본 일이 없었다. 가을이 오자 왕 아주머니와 다른 마을 아낙네들은 모두 처마 밑에 앉아 삼끈으로 가지를 꿰어 기다랗게 엮었다. 모기가 얼굴과 손을 물어 벌겋게 부어올라도 개의치 않았고, 아이들이 집 안에서 엄마를 부르다 목이 쉬어도 신경 쓰지 않았다. 그저 양손을 물레처럼 빙글빙글 돌리며 가지를 꿰고 또 꿸 뿐이었다.

다음 날 아침이면 가지는 자주색 방울을 줄줄이 꿰어놓은 것처럼 왕 아주머니의 집 처마에 가득 걸렸다. 버들가지로 엮은 나지막한 울타리 위에도 자주색 방울들이 가득 널렸다. 마을의 다른 집들도 마찬가지로 처마 밑이 온통 가지였다.

하지만 며칠만 지나면 가지는 햇볕에 말라 마른 나물이 되었다. 집집마다 처마에서 가지를 내려서 지주의 창고로 가져갔다. 겨울이면 왕 아주머니는 지주네 돼지가 먹는 썩은 감자만 먹었다. 마른 나물이라고는 한 조각도 입에 넣어보지 못했다.

동녘의 아침 햇살이 일꾼들의 눈을 부시게 했다. 산에 자욱했던 안개는 걷혔고, 남녀 일꾼들이 밭에서 바쁘게 일하고 있었다. 양 떼와 소 떼는 들판에서, 산비탈에서, 가을이 되어 말라가는 들꽃과 들풀을 짓밟기도 하고 뒤적거려 뜯어 먹기도 했다.

그런데 어쩐 일인지 왕 아주머니의 모습만 보이지 않았다. 날마다 들에 나와 장張 지주를 대신해서 일꾼들을 관리하는 주싼竹三 어른이 감자를 캐던 여자아이에게 왕 아주머니를 찾아보라고 했다.

일꾼 중의 우두머리인 리렁싼李楞三이 끼어들며 말했다.

"제가 갈게요. 남자 걸음이 빠르잖아요."

주싼 어른이 허락하자 렁싼은 단숨에 왕 아주머니 집으로 달려갔다.

"형수님, 왜 일하러 안 오셨어요?"

안에서 바로 대답이 들려왔다.

"도련님, 마침 잘 오셨어요. 앞마을에 가서 우메이쯔五妹子 좀 불러주세요. 전 머리가 아파서 오늘 일하러 못 갔어요."

왕 아주머니의 곁에 앉아 울고 있던 샤오환이 코를 훌쩍이며 말했다.

"아니에요! 엄마가 거짓말하는 거예요. 엄마 배가 너무 커서 그래요! 그래서 일을 못 하는 거예요. 간밤에는 밤새도록 울기만 했어요. 배가 아파 그런 건지 아빠 생각에 그런 건지 모르겠어요."

샤오환의 말이 왕 아주머니의 아픈 가슴을 사정없이 헤집었다. 눈에 고였던 눈물이 목구멍으로 넘어갔다. 그녀는 다급한 마음에 샤오환을 때렸다. 샤오환의 말을 멈추려는 것이었다.

리링싼은 왕 아주머니 남편의 사촌 동생이었다. 샤오환의 말을 듣고서 형수를 걱정하는 마음이 북받친 듯 앞마을로 달려갔다.

샤오환은 창턱에 올라앉아 서툰 고사리손으로 들쑥날쑥하게 머리를 땋았다. 이웃의 새끼 고양이가 창턱으로 올라와서는 샤오환의 다리 위에 앉아 따뜻함을 즐기는 듯 느릿느릿 눈을 떴다 감았다 했다.

먼 산은 색색의 아침놀 빛으로 물들었다. 산비탈의 양 떼와 소 떼는 그 아침놀 속에서 검은 점처럼 이리저리 기어 다녔다.

샤오환은 이런 풍경에는 아랑곳없이 머리만 땋고 있었다.

2

시골 마을에서 우메이쯔니, 링싼이니, 주싼 어른이니 하는 것은 모두 누구나 쉽게 부르도록 붙인 이름이다. 남의 집 일을 하는 일꾼 계급은 모두 이렇게 단순하고 개성 없는 이름을 가졌다. 이것이 바로 노동자 계급 본연의 표지標識이다.

우메이쯔는 왕 아주머니의 곁에 앉았고, 샤오환은 구들 안쪽에 쭈그리고 앉았다. 세 사람은 말없이 있었다. 한낮이 되자 뒷산의 이름 모를 벌레가 시끄럽게 울기 시작하더니 참을 수 없이 우스꽝스럽고 처량한 분위기를 만들었다.

샤오환은 일곱 살밖에 안 되었지만 제법 소녀다운 근심도 할 줄 알고 생각도 많았다. 가을벌레 우는 소리를 들으며 이 아이는 작은 입으로 어른처럼 한숨을 내쉬었다. 어머니를 너무 일찍 여의어서일까?

샤오환의 아버지는 머슴이었다. 그는 샤오환이 태어나기도 전에 세상을 떠났다. 샤오환이 다섯 살이 되었을 때 어머니도 세상을 떠났다. 장 지주의 큰아들 장후치張胡琦에게 겁탈을 당한 뒤 원통해서 죽고 말았다.

그렇게 샤오환은 다섯 살 때부터 꼬마 유랑자가 되었다. 가난한 고모네 집에서 더 가난한 이모네 집으로 보내졌다. 이모마저 가난 때문에 그녀를 키울 수 없게 되자, 마지막으로 장 지주의 집에서 1년 동안 지옥 같은 시간을 보냈다. 주싼 어른은 샤오환이 그 집에 와서 학대받는 모습을 가슴 아프게 지켜보았다. 어느 날 왕 아주머니가 그 집에 쌀을 얻으러 갔는데, 그때 마침 샤오환은 주인집 아이들에게 코를 얻어맞아 얼굴이 피범벅이 되어 있었다. 왕 아주머니는 쌀자루를 마당에 내던져 놓고 샤오환에게 가서 피와 눈물을 닦아주었다. 샤오환도 울었고 왕 아주머니도 울었다.

주싼 어른의 주선으로 그날부터 샤오환은 왕 아주머니를 엄마로 부르게 되었다. 그날 샤오환은 왕 아주머니의 옷자락을 붙잡고 그녀의 집으로 왔다.

뒷산의 벌레는 쉬지도 않고 계속 울어댔다. 왕 아주머니는 양 볼을 실룩이며 코를 풀었다. 배가 불룩 나온 것만 빼면 그녀의 몸은 용처럼 가늘었다. 손도 용의 발톱 같았다. 모 뽑고 잡초 베느라 뼈마디가 튀어나왔기 때문이다. 그녀의 슬픔은 물밑에 가라앉은 전분처럼 무거웠고 녹지도 않았다. 그녀는 우메이쯔에게 신세 한탄을 했다.

"우메이쯔, 내가 더 살 수 있을까? 어제 밭에서 장 지주 그 짐승이 나를 발로 찼단다. 난 그대로 기절해버렸지. 그놈이 왜 찼는지 알아? 아침에 해가 뜨자마자 일을 시작했는데, 건강한 사람들이야 상관없지만 만삭인 나는 일을 하다 보니 꼼짝도 못할 정도로 힘들어지지 않았겠어. 정오쯤 돼서 밭 가장자리에서 숨을 좀 돌리고 있는데 그놈이 와서 다짜고짜 나를 걷어차는 거야."

그녀는 코를 풀고 다시 말을 이었다.

"애 아빠가 눈앞에서 그렇게 죽은 지 이제 석 달이야. 막 단오절이 지났을 때였잖아. 그땐 임신 4개월이었는데 이제 낳을 때가 다 돼가네. 후우! 애는 무슨 애야. 원수 덩어리지. 제 아빠도 장 지주 손에 죽었고, 나도 그들의 손에 죽고 말 거야. 그 누구도 지주들의 손아귀를 벗어날 수가 없어!"

우메이쯔는 그녀를 부축하여 몸을 돌려주었다.

"아유, 정말 고생하셨어요! 배가 이래 가지고 어떻게 밭일을 하겠어요?"

왕 아주머니의 어깨가 점점 더 심하게 들썩였다. 우메이쯔는 가슴이 쿵쾅거렸다. 후회가 되기 시작했다.

"제가 말을 잘못했어요. 언니가 이렇게 슬픔에 빠져 있는데, 위로하려고 한 말이 괜히 감정만 북돋우고 말았네요."

우메이쯔는 말머리를 돌렸다.

"사람이 한평생 사는 게 원래 그런 거잖아요. 각자 바쁘게 살다가 결국은 다 죽는 건데, 일찍 죽으나 늦게 죽으나 마찬가지 아니겠어요?"

말하면서 그녀는 손수건으로 왕 아주머니의 눈물을 닦아주었다. 평생을 흘려도 끝이 없을 눈물을 닦아주었다.

"언니, 너무 나쁜 생각만 하지 마시고요! 몸이 이런데 상심만 하고 계시면 어떡해요. 샤오환을 봐서라도 마음을 좀 편하게 가지세요. 저 아이는 철이 다 들었어요. 언니가 상심하고 울면 그대로 따라서 상심하고 울어요. 제가 밥이라도 좀 지어드릴게요. 밖을 보니 벌써 정오가 다 되었네요."

우메이쯔는 속으로 이렇게 생각하고 있었다.

'언니가 배를 차였을 때 태아가 충격을 받았어! 위험해…… 죽을 수도……'

쌀독을 열어보니 텅 비어 있었다.

우메이쯔는 장 지주의 집에 가서 쌀을 얻어 와야겠다고 생각하며 쌀독 위의 작은 그릇을 집었다. 왕 아주머니는 한숨을 쉬며 말했다.

"가지 마! 난 그 집에 아쉬운 소리 하기 싫어. 샤오환한테 뒷산 주싼 어른 댁에 가서 좀 빌려 오라고 해!"

샤오환은 그릇을 들고 산비탈을 올라갔다. 조그맣게 땋은 머리가 어깨에 쓸렸다. 뒷산의 벌레들이 시들한 들꽃 사이에서 시들한 소리로 울고 있었다!

3

아주머니의 남편 왕 씨는 석 달 전에 장 지주네 집 분뇨 수레를 몰다가 말 다리가 돌부리에 걸려 부러지는 바람에 지주에게 1년 치 품삯을 빼앗겼다. 그 뒤 왕 씨는 분에 못 이겨 하루 종일 술에 절어 지냈고, 밤에도 집에 가지 않고 남의 집 짚 더미에서 잠을 잤다. 그러다 나중에는 정말로 미쳐버렸다. 어린아이든 개든 보이는 대로 때렸고, 밭을 제멋대로 가로질러 다니며 욕지거리를 퍼붓곤 했다. 장 지주는 왕 씨가 짚 더미에서 자고 있을 때를 틈타 사람을 보내 짚 더미에다 불을 지르게 했다. 왕 씨는 불길 속에서 몸부림쳤다. 장 지주가 지핀 불길 속에서 몸부림을 쳤다. 혀를 입 밖으로 길게 빼물고 사람의 것이 아닌 비명을 질렀다.

누가 그를 구해줄 수 있었겠는가? 가난뱅이는 아내마저도 자신의 것이 아니었다. 왕 아주머니가 앞마을 밭에서 감자를 캐고 있는 동안 남편은 뒷마을에서 불에 타 죽고 있었던 것이다.

왕 아주머니가 현장으로 달려왔을 때는 이미 왕 씨의 뼈까지도 타서 부서진 뒤였다! 사지의 뼈가 다 떨어져나갔고 두개골은 부서진 조롱박 반쪽처럼 되어 있었다. 불은 꺼졌지만 왕 씨를 태운 냄새는 여전히 온 마을에 진동했다.

구경하던 이들 중 어떤 이는 눈물을 훔치며 말했다.

"너무 불쌍하게 죽었어요!"

또 어떤 이는 말했다.

"차라리 잘 죽었지 뭐예요. 안 그랬으면 우리 애들이 이 미친놈한테 맞아 죽었을 수도 있잖아요!"

왕 아주머니는 남편의 유골을 주워 옷자락으로 싼 뒤 꼭 끌어안고는 하늘까지 울릴 듯이 통곡을 했다. 그녀의 피맺힌 울음소리는 초원 위를 지나고 숲의 큰 나무 사이를 통과해 먼 산까지 날아간 뒤 메아리로 울렸다.

구경하던 여자들은 모두 피가 뚝뚝 흐르는 이 울음소리에 홀린 듯이 함께 울었다. 아낙네들은 울면서 마치 자신의 남편이 불에 타 죽은 듯한 착각에 빠졌다.

어떤 여자는 왕 아주머니가 끌어안고 있는 유골을 억지로 내려놓게 하며 말했다.

"왕 아주머니 이제 그만하세요! 유골을 안고 있은들 무슨 소용이 있어요? 뒷일을 생각해야지요."

하지만 왕 아주머니는 말을 듣지 않았다. 다른 사람은 눈에 보이지도 않았다. 자신만 홀로 있는 것 같았다. 유골을 다시 빼앗아 미친 듯이 옷자락에 쌌다. 이 유골에 영혼도 없고 육체도 없다는 것은 알지 못했다. 그녀는 아무 생각도 할 수 없었다. 남편의 시신을 태운 냄새 속에서 몸부림쳤다. 벗어날 수 없는 슬픔과 고통 속에서 전력을 다해 울었다!

샤오환은 눈물범벅이 된 얼굴로 왕 아주머니를 보며 말했다.

"엄마, 그렇게 울다 미쳐버리면 안 돼요! 저들이 아빠를 태워 죽인 것도 아빠가 미쳐서 그런 거잖아요!"

왕 아주머니에게는 샤오환의 말이 들리지 않았다. 허파를 열어젖히기라도 할 듯이 가슴을 치며 울었다. 옷을 쥐어뜯고 입술을 깨물었다. 마치 포효하는 사자 같았다.

얼마 뒤 장 지주가 손에 파리채를 들고, 독살스런 늙은 매가 날갯짓을 하는 듯한 모습으로 나타났다. 튀어나온 눈에 매부리코를 한 그는 자신의 계급을 과시하는 점잖은 걸음걸이로 앞마을에서 와서는 고압적인 말투로 왕 아주머니에게 말했다.

"날이 곧 저물 텐데 계속 이렇게 울기만 해서 되겠나? 미친 놈 하나가 죽었으면 죽은 거지, 그놈의 뼈다귀가 무슨 값어치라도 있나! 집에 가서 앞으로 어떻게 살 건지나 궁리하도록 해. 유골은 내가 사람을 시켜 서산에 묻어줄 테니."

이렇게 말하면서 그는 주위에 있던 남자들에게 명령을 내렸다.

"냄새가 고약하군……빨리 서둘러!"

아낙네들이 수군거렸다.

"그래도 장 나리밖에 없어. 얼마나 자비로우신지. 무슨 일이든 장 나리가 다 보살펴주신다니까."

왕 씨를 태워 죽인 사람이 바로 장 지주였지만 아낙네들은 이 사실을 까맣게 몰랐다. 밀밭에서는 밀이 물결처럼 일렁였고, 굴뚝에서는 밥 짓는 연기가 올라와 지붕 위를 맴돌았다.

장 지주는 사람의 피라도 빨아먹을 것처럼 파리채를 휘두르며 앞마을로 돌아갔다.

가난한 사내들, 왕 씨와 같은 가난한 사내들이 넓은 어깨를 움직여 왕 씨의 유골을 서산으로 옮겨 갔다.

4

사흘이 지나고 닷새가 지나도 왕 아주머니는 밭에 나오지 않았다. 감자 캐고 풀 베는 아낙네들이 이런 말들을 주고받았다.

"너무 힘들겠어! 배가 그렇게 불러서야 도저히 일을 할 수가 없지!"

"그날 장 지주가 그이 배를 걷어찬 뒤로 닷새가 되도록 밭에 안 나왔잖아요. 아이가 나왔는지도 모르죠. 제가 저녁에 한번 가볼게요."

"왕 아주머니는 남편이 불에 타 죽은 뒤로는 사는 게 사는 것 같지 않은 모양이야. 날이면 날마다 동쪽에서 한바탕 울고, 서쪽에서 한바탕 울고 하는 식이야. 요새 더 심해졌어! 그날도 감자를 캐면서 눈물을 뚝뚝 흘렸잖아!"

다른 아낙네 하나도 얼굴을 찌푸리며 말했다.

"정말이에요. 그이가 흘린 눈물이 감자보다 더 많을 거예요."

또 다른 아낙네가 이어서 말했다.

"그러게 말이에요. 왕 아주머니가 캔 감자는 모두 눈물과 바꾼 거예요."

아이를 안고 감자를 캐던 아낙네가 감정에 북받쳐서 말했다.

"오늘 저녁에 다 같이 왕 아주머니네 집에 가봅시다. 우리 모두 같은 처지잖아요!"

밭에 있던 10여 명의 아낙네들은 우렁찬 소리로 동의를 표했다.

장 지주가 걸어오자 그들은 머리를 숙이고 일을 계속했다. 장 지주가 멀어지자 그들은 다시 머리를 들었다. 바람에 누웠던 밀이 바람이 지나가면 다시 몸을 펴고 일어나는 것처럼. 그들은 방금 하던 말을 계속했다.

"그 여자가 어떻게 상심하지 않을 수 있겠어? 왕 씨가 죽을 때 아무것도 남겨준 게 없는데. 이제 곧 겨울이 다가오잖아. 우린 남편이 있어도 솜옷을 제대로 준비하지 못하는데, 그 여자는 어떻게 하겠어? 아이까지 태어나면 또 어떻게 키우겠어? 내가 볼 땐 말이야, 돈 있는 집 아이는 아들딸이지만, 없는 집 아이는 애물단지일 뿐이야."

"누가 아니래? 듣자 하니 왕 아주머니는 아이를 셋이나 낳았는데 다 죽었대!"

아낙네들 중에는 과부가 둘 있었는데, 하나는 젊고 다른 하나는 나이가 지긋했다. 이들은 각자 자신의 신세를 떠올렸다. 늙은 과부는 남편이 수레에 깔려 죽은 일을 떠올렸고, 젊은 과부는 남편이 피를 토하며 죽은 일을 떠올렸다. 이 두 과부만이 말없이 잠자코 있었다.

장 지주가 다시 왔다. 아낙네들은 해바라기처럼 고개를 땅으로 향했다.

바로 그때 샤오환의 외침이 밭에 있는 아낙네들의 머리 위로 울려 퍼졌다.

"빨리요…… 빨리 와주세요! 우리 엄마가 마…… 말을, 말을 못 해요!"

샤오환은 폭풍에 휩쓸린 나비처럼 방향을 잃어버렸다. 공포에 질린 날개는 파르르 떨리고 있었다. 눈에서는 눈물이 수은처럼 왈칵왈칵 솟아났다. 손으로는 땋은 머리채를 부여잡고 발을 동동 구르며 찢어지는 목소리로 외쳤다.

"우리 엄마가…… 어떻게 된 건지…… 말을 안 해요…… 못 해요!"

5

마을 아낙네들이 왕 아주머니 집에 모여들었을 때, 왕 아주머니는 구들 위에서 힘겹게 마지막 울음소리를 냈다. 그녀의 몸은 자신이 흘린 피에 푹 젖어 있었고, 새로 태어난 작은 동물 하나가 피의 늪 속에서 몸부림치고 있었다.

왕 아주머니의 눈은 커다란 구슬과도 같이, 빛은 났지만 움직임이 없었다. 그녀의 벌어진 입은 공포스러웠다. 마치 원숭이 입처럼 이가 완전히 밖으로 튀어나와 있었다.

마을 아낙네들 중 어떤 이는 울었고 어떤 이는 창밖으로 숨었다. 방 안은 어수선했다. 빗자루, 물항아리, 해진 신발 등이 온 바닥에 널브러져 있었다. 이웃집에서 온 새끼 고양이가 창턱에 웅크리고 있었다. 샤오환은 한쪽 구석에 고개를 숙이고 서서 소리 없이 울고 있었다.

왕 아주머니는 이렇게 죽었다! 막 태어난 아기 역시 5분도 채 안 되어 뒤따라 죽었다!

6

달빛이 숲 사이로 새어들 무렵, 곡소리와 함께 관이 서산으로 향했다. 마을 아낙네들은 모두 나와서 안타까워하며 전송했다. 기름때 절은 그들의 옷은 그들이 왕 아주머니와 같은 계급임을 말해주었다.

주싼 어른이 샤오환의 손을 잡고 앞에서 걸었다. 멀리서 마을의 개가 놀란 듯 짖었다. 샤오환은 울지 않았다. 사람들에게 의지하고 있었고, 슬픔을 다른 사람들에게 나눠 준 듯했다. 샤오환은 그저 주싼 어른을 따라, 땅 위에 드리워진 나무 그림자를 밟으며 걸을 뿐이었다.

왕 아주머니의 관은 서산의 숲속으로 옮겨졌다. 남자들이 땅에 구덩이를 팠다.

그동안 샤오환은 작은 유령처럼 나무 밑에 앉아 잠이 들었다. 숲속에 비쳐든 달빛이 작게 부서지며 샤오환의 얼굴에 흩뿌려졌다. 그녀는 무릎 위에 두 손을 포개어 놓고 머리를 손 위에 기댔다. 땋은 머리가 목 언저리에서 바람에 흔들렸다. 이 아이는 원래부터 꼬마 유랑자로 태어난 것 같았다.

관이 달빛을 덮은 채 흙 속에 묻혔다. 하나의 일을 끝마쳤다는 듯, 사람들이 소란스러워졌다.

주싼 어른이 나무 밑으로 가서 샤오환의 머리를 쓰다듬었다.

"일어나렴, 얘야, 집에 가야지!"

샤오환은 눈을 감은 채 말했다.

"엄마, 추워요!"

주싼 어른이 말했다.

"집에 가자! 이제 엄마는 없어. 가엾은 녀석, 이제 잠꼬대는 그만하렴!"

잠에서 깨어난 샤오환은 그제야 오늘부터는 엄마한테 안겨서 잘 수 없다는 걸 깨달았다. 아이는 달빛 아래 숲속의 엄마 무덤 앞에서 데굴데굴 구르며 울었다……

"엄마…… 엄마가 저를…… 버렸어요! 전 이제 누구랑…… 누구랑 자란 말이에요?"

"전…… 다시…… 장…… 장, 장 지주네 집에 가서 얻어맞고 살아야 해요?"

아이는 입술을 깨물며 울었다.

"엄마, 저랑…… 저랑 같이 집에…… 집에 가요……"

아이의 울음소리가 근방을 뒤흔들었다. 나뭇잎은 샤오환의 울음소리에 맞추어 소리를 냈고, 주싼 어른과 다른 사람들은 눈을 비벼 닦았다.

숲속에는 왕 씨와 왕 아주머니의 무덤이 잠들어 있었다.

주변의 인가에서 개 짖는 소리가 끊어질 듯 이어졌다……

1933년 5월 21일*

(처음 발표된 지면은 미상이다.)

* 1998년 판 전집에는 1935년 5월 21일로 기재되어 있으나 선집 등 다른 판본에는 1933년 5월 21일로 기록되어 있다. 이 작품이 수록된 『고난의 여정跋涉』이 1933년에 출판되었음을 고려할 때 1933년으로 보는 것이 옳다고 생각되어 수정하였다.

연 구경

1

신발은 질질 끌었고, 머리에는 모자도 없었고, 수염에는 콧물이 거미줄처럼 얼어붙어 있었다. 꽁꽁 언 눈이 반짝이는 밤이었다. 노인이 길가의 전봇대에 기대자 그의 검은 그림자가 전봇대를 둘러쌌다. 그는 속으로 생각했다.

'가난뱅이가 살아서 뭐 해. 차라리 죽는 게 낫지!'

노인의 딸은 사흘 전에 공장에서 죽었다.

노인은 보상금을 받으려고 사흘을 분주히 뛰어다녔다! 신발을 끌며 밤낮없이 뛰어다녔다. 공장에도 갔고, 공장주 집에도 갔다. 그렇게 사흘을 굶은 터라 이제 더 이상 걸을 힘도 없었다. 추웠다. 그의 영혼은 오로지 그의 딸, 이미 죽은 그의 딸을 휘감고 있었다.

한밤중이 되어서야 노인은 걸음걸음 비틀거리며 겨우 집으로 몸을 옮겨 왔다. 얼마나 힘겹게 걸었는지, 수염은 부들부들 떨렸고, 걷는 모양은 폭풍에 시달려 곧 무너져 내릴 것 같은 흙벽을 연상시켰다. 혹은 벽돌과 기와가 곧 사방으로 허물어질 듯이 흔들거리는 집 같기도 했다. 노인은 얼음과 눈으로 뒤덮인 아무도 밟지 않은 한밤중의 길을, 수염을 떨면서 흐물흐물해진 온몸의 근육을 떨면서 걸었다. 그가 걷는 동안, 그의 영혼도 마치 허물어진 집처럼 걸음걸음마다 무너져 내렸다.

노인은 구들 위로 몸을 옮겼다. 그러고는 소나 말처럼 숨을 쉬었다. 온몸의 살이 다 무너져 내렸다. 딸 때문이었다. 그리고 그 뒤의 이런 사정 때문이었다.

'딸은 죽었고, 나는 일을 못 하고, 보상금도 없고, 아들은 집 떠나 3년이 되도록 돌아오지 않고.'

노인은 울었다! 딸을 생각하며 울었다. 하지만 딸을 잃어서 운다기보다는 딸이 죽은 뒤의 문제 때문에 우는 것이었다.

집에는 등불도 없었다. 어둠은 하나의 커다란 덩어리였다. 무늬도 색깔도 없는 커다란 덩어리였다. 노인의 눈물은 주름진 얼굴을 따라 흘렀다. 어둠 속에서 주름을 따라 기어가듯 흘렀다. 그의 눈물은 수없이 많은 파충류가 되었다. 하나하나가 다 노인의 마음속으로부터 기어 나왔다.

밖에서 울리는 세찬 바람 소리에 마른 겨울나무 소리가 섞여 들었다. 바람이 쌓인 눈을 휘감아 올려 창호지를 때리는 소리가 차락차락하고 울렸다.

2

류청劉成은 아버지가 머슴으로 일할 때 중고등학교를 다녔다. 그러다 학교도 마치기 전에 어떤 단체에 들어갔다. 농촌에도 갔었고, 무슨 숨은 의도가 있었는지는 모르겠으나 공장에도 들어갔었다. 그 후에 그는 행방이 묘연해져 3년 동안 소식이 없었다. 누이동생의 죽음에 대해서도 그는 알지 못했고, 아버지의 유랑에 대해서도 그는 알지 못했다. 그의 아버지 역시 그의 유랑을 알지 못했다.

류청은 수감된 지 3년 만에 석방되어 나왔다. 그는 여전히 감정이 없는 사람이었다. 표정도 예전처럼 냉정하고 침착했다. 그는 한 번도 아버지 생각을 해본 적이 없었다. 생각을 안 했다기보다는, 그에게는 수없이 많은 아버지들이 있었던 것이다. 그는 모든 수난자의 아버지들을 다 자신의 아버지로 여겼다. 이런 아버지들을 생각하면 그는 오로지 하나의 길을 향할 뿐이었다. 하나의 근본적인 길을.

그는 자신의 감정을 잘 알고 있었다. 그는 스스로 이렇게 정의를 내렸다. '열정이 필요할 때 냉정해지지 않으면 안 된다. 그러므로 냉정이야말로 쓸모 있는 열정이다.'

오늘은 출옥한 지 사흘째였다. 이마의 주름만이 수감 생활의 흔적으로 남았을 뿐 그 외에는 수감 전 모습 그대로였다. 그런데 농촌에서 농민들과 이야기할 때는 그전보다 더 힘 있고 단호해진 것 같았다. 그는 손을 높이 들었다가 내리는 동작을 했는데, 이것은 아마도 억압과 착취의 의미였을 것이다. 또 어떨 때는 손을 격렬하게 아래에서 위로 들어 올렸는데, 이것은 아마도 억압을 당하지 않는다는 의미였을 것이다.

그의 입에서 튀어나온 글자 하나하나가 돌처럼 견고하고 단단했다. 이 돌들은 하나하나 농민들의 머릿속으로 날아 들어갔고, 영원히 변치 않는 돌로 자리 잡았다.

나이 지긋한 시골 아낙이 옷섶을 풀어헤친 채 마구간 옆에 앉아 평생 처음일 것 같은 유쾌한 웃음을 터뜨렸다. 그녀는 남편 리푸李福를 툭 건드리고는 들뜬 목소리로 웃으며 말했다.

“내가 한평생 소나 말처럼 살았다는 말이네, 하하! 사람답게 살았어야 했는데, 소 노릇 말 노릇만 실컷 했었네!”

마지막 말을 하면서 아낙은 과거의 가장 고통스러웠던 일을 기억하는 듯했다. 그녀의 얼굴에서 갑자기 웃음이 걷히고 쓸쓸한 표정이 되었다.

다른 사람들은 모두 한바탕 웃었다. 조롱의 웃음이었다. 여자들은 기회를 잡았다는 듯 그 나이 든 아낙을 비웃었다.

“할머니는 항상 그렇게 모범적이시고, 우리더러 젊은것들이 말이 많다고 놀리곤 하셨는데, 지금은 어떻게 되신 거예요?”

잠시 후 다들 조용해졌다. 류칭은 계속해서 손을 올렸다 내렸다 하면서 말을 이어갔다. 마구간에서 들리는 말이 풀 먹는 소리와 콧바람 소리를 빼고는 모든 것이 고요 속에 잠겨 있었다. 류칭의 연설만이, 그 무거운 단어들만이 끊임없이 그의 입에서 새어 나왔다. 어떤 말이 농민들의 기를 꺾었는지는 모르겠지만, 남자들은 눈을 비볐고, 여자들은 흥흥 콧소리를 냈다. 마구간에서 풀 먹는 말처럼.

사람들이 흩어져 돌아갔다. 마당의 모기들이 사방으로 무리 지어 날았다. 하늘에는 둥근 달이 떠 있었다. 여름밤이었다. 류칭이 출옥하고 사흘째 되던, 그리고 시골에서 처음 보낸 밤이었다.

3

류청은 그날 밤 이 마을의 농민 왕王 큰아주머니의 집에서 묵었다. 왕 큰아주머니의 남편과 류청은 구들에 걸터앉아 이야기를 나누었다. 탁자 위의 등불은 어두침침했다. 그들의 이야기는 끊임없이 이어지다 왕 큰아주머니의 남편이 이 말을 꺼내고서야 마침내 멈추었다.

"아! 류청이란 이름을 동쪽 마을에 혼자 사는 노인이 자주 입에 올리던데 자네는 그 노인을 아는가?"

류청은 대답도 하지 않았고 더 자세히 묻지도 않았다. 그러나 눈빛은 마치 단단한 화살로 무언가를 겨냥하여 쏘는 것 같았다. 잠깐 동안에 그의 표정은 여러 번 변했다!

왕 큰아주머니는 아이를 안은 채 류청의 안색을 살피고는 결론을 내렸다.

'틀림없이 이 사람의 아버지야. 그 노인이 나무 그늘에 앉으면 늘 그 이름을 말한다고 하던데. 이름을 말할 때마다 무척 마음 아파한다던데.'

왕 큰아주머니의 남편은 소매를 휘두르며 달려 나갔다. 마당의 모기떼가 그 바람에 흩어졌다. 둥근 달이 하늘에서 그를 따라 달렸다. 그는 지붕마루가 굽은 초가집으로 달려가 창호지도 없는 창살을 다급하게 두들겼다. 그 소리가 달빛 속에 잠들었던 동쪽 마을의 밤을 흔들어 깨웠다. 울타리 아래에서 자던 개와 닭들도 일어나 시끄럽게 울어댔다.

노인은 구들 한쪽 끝에서 잠을 자고 있었다. 해진 신발을 모자로 싸서 베개로 삼았고, 마대를 요 삼아 깔았다. 구들 위에는 마른 볏짚이 가득 쌓여 있었다. 이것이 노인의 전 재산이었다. 그 외에는 아무것도 없었다. 그는 스스로를 보살피고 보호해야 했다. 창틀 가득히 달빛이 들어왔다. 베개에도, 수염에도……

구들 다른 한쪽 끝에도 노인이 하나 있었다. 이 둘은 같은 계급이었다. 그도 해진 신발을 베고 잤고, 어슴푸레한 달빛 아래에서 보면 두 사람은 꼭 마른 짚 두 묶음이나 분뇨 더미 두 개처럼 보였다. 꿈속에서 그들의 영혼은 서로를 지켜주었다. 창살에 남은 찢어진 창호지가 소리를 냈다.

그중 한 노인이 창살 두들기는 소리에 깨어났다. 그가 일어나 앉자 그의 몸을 뒤덮은 달빛이 들썩였고 창살 그림자도 들썩였다. 눈도 뜨지 않은 채 수염을 높이 치켜들고는 다짜고짜 물었다.

"무슨 수작이야?"

"류청이 어르신의 아들 아닙니까? 그 사람이 오늘 저희 집에 묵습니다."

이 말에 노인의 수염이 떨렸다. 3년 전에 집을 떠난 아들이 눈앞에 아른거렸다. 그의 마음속에 수없이 많은 나비들이 나타났다. 흰색 나비들이 금빛으로 빛나는 날개를 팔랑이며 날아다녔다. 이 순간 그의 귀를 둘러싼 모든 공기가 크고 작은 음파로 변했고, 그는 그것을 볼 수도, 들을 수도 있었다. 평소에는 정지해 있던 마을과 짚 더미가 살아 움직이는 듯했다. 길가의 큰 나무를 따라 그는 꿈속을 걷듯 걸었다. 왕 큰아주머니의 집을 향해, 자신의 아들이 있는 곳을 향해 걸었다. 노인은 엄마를 만나러 가는 아이처럼, 감정에 이끌려 큰길을 내달렸다. 하지만 그는 아이가 아니었다. 그의 수염은 떨렸고, 다리는 무거웠으며, 얼굴에는 주름이 가득했다.

노인은 또 딸이 죽은 일을 생각했다. 공장에서는 위로금을 주지 않았고, 그는 떠돌다가 시골로 흘러들어 왔다. 시골 생활은 더 힘들었다. 그는 굶주림과 추위의 고통을 떠올렸다. 엄마 품에 안겨 울면서 하소연하고 싶었다. 하지만 그는 지금 아들을 만나러 가는 길이다.

노인은 뜻밖의 물건을 얻게 된 듯한, 진주와 같은 물건을 얻게 된 듯한 기분이었다. 극도의 환희로 인해 두려움마저 느껴졌다. 그는 손에 땀을 쥔 채 아들을 만나기 위해 길을 재촉했다.

왕 큰아주머니의 남편은 노인의 옆에서 걸었다. 자신의 집 담장 낮은 곳에 사람의 모습이 희미하게 보였다. 조금 더 가까이 가자 어떤 사람이 손을 내젓는 것이 보였다. 더 가까이 가자 아내가 손을 내젓고 있는 것을 알아볼 수 있었다.

노인은 자신이 바라왔던 꿈을 향해 흥분한 다리를 옮겼다. 오로지 아들을 만나겠다는 일념뿐이었다. 다른 어떤 것도 눈에 들어오지 않았다. 왕 큰아주머니의 남편이 몇 걸음을 앞서 뛰어가자 왕 큰아주머니가 눈썹을 찌푸리면서 낮은 소리로 허겁지겁 말했다.

"그 사람 갔어요. 황급히 떠나버렸어요!"

노인은 여전히 자신의 꿈을 좇아서, 왕 큰아주머니 집의 울타리를 향해 오고 있었다. 터질 듯 부푼 심장을 안고 아들을 만나러 오고 있었다.

4

류청은 황급히 그곳을 떠났다. 아버지가 오기 전에 도망치듯 떠났다. 아버지의 부푼 심장을 산산조각 내버렸다! 그는 야수였고, 이리였다. 심장도 없는 이리였다.

류청은 아버지가 어찌 되든 상관없었다. 아버지를 피하고 싶었다. 자신의 온 마음을, 온 육신을 대중에게 바치기 위해서였다. 그에게는 집도 없었고 아무것도 없었다. 그는 농민과 노동자를 위해, 그들 계급을 위해 감옥에 갔던 것이다.

5

반년이 지난 후, 지도급 인사가 체포되었다는 소식이 들려왔다. 즉 류청이 붙잡혔다는 소식이 시골 마을에까지 전해진 것이다. 정월의 어느 아침이었다. 시골 마을의 공터에는 아이들이 모여 있었고, 하늘에는 선명한 색깔의 연들이 날고 있었다. 가까이에는 큰 연이, 먼 곳에는 작은 연이 삼삼오오 바람에 나부끼고 있었다. 아이들은 손뼉을 치며 웃었다. 노인—류청의 아버지도 그 옆에서 지팡이를 짚고 아이들과 함께 연을 구경했다. 바로 이때 소식이 전해져 왔다.

류청이 체포되었다는 소식이 노인의 귀에 들어왔다.

1933년 6월 9일

(1933년 6월 30일 『하얼빈공보』 부간 『공전公田』에 처음 발표되었다.)

밤바람

1

노마님은 며칠이나 잠을 잘 이루지 못했다. 지금은 또 작은 솜저고리를 손에 들고 달달달 흔들고 있다. 솜저고리는 노마님의 손에 들리기만 하면 괴상하고 무서운 모양이 된다. 마치 이 작은 솜저고리가 노마님이 차마 입 밖에 낼 수 없는 말을 대신하기라도 하는 듯이. 밖에서는 바람 소리가 다시 일었다. ……쏴쏴……

노마님은 그렇게 불쌍하게 변했다. 손에는 언제나 그 작은 솜저고리가 들려 있다. 창호지에서도 소리가 울렸다. 별일 아니다. 먼 마을의 개 짖는 소리다. 벽에 드리운 노마님의 그림자가 흔들렸다. 노마님은 촛불을 끄고 자리에 누웠다. 작은 솜저고리는 이불 옆에 두었다. 하지만 이 또한 별일은 아니었다. 노마님은 요 며칠 동안 계속 이렇게 잤다.

촛불을 껐는데도 방 안은 어둡지 않았다. 다섯째 며느리가 옷을 어깨에 걸치고 안채에서 나왔다. 음산한 달빛이 다섯째 며느리의 얼굴에 비쳤다. 그녀는 마당에 서서 나지막이 떨리는 목소리로 말했다.

"어머님, 멀리 기마대가 온 것 같아요. 들어보세요. 말발굽 소리예요!"

노마님은 시어머니 특유의 말투를 유지하며 다섯째 며느리에게 말했다.

"빌어먹을 ×××이 또 죽으려고 환장을 했나. 괜찮을 테니 잠이나 자."

다섯째 며느리는 자신의 방으로 돌아갔다. 남편을 깨우고 싶었지만 차마 그러지 못했다. 남편은 원래부터 용감하기로 마을에서 이름이 났고, 누구를 두려워한 적이 없었다. 총도 잘 쏘고 말도 잘 탔다. 어젯밤 다섯째 며느리는 ×××에 관해서 떠들다가 남편한테 욕을 먹었다.

괜찮을 거라고 했던 그 말이 마음에 걸렸던지, 노마님은 다시 그 작은 솜저고리를 집어 들었다. 옷을 거꾸로 붙잡은 그녀는 소매를 목깃으로 알고 입었다. 그러곤 촛불도 켜지 않고 기우뚱하며 일어섰다. 하지만 이내 다시 앉았다. 그녀는 이미 벽 속에서 먼지를 뒤집어쓴 납탄총을 꺼내 총알을 채워 넣고 있었다. 밖에 나가 포대에 올라 한번 둘러볼까 하는 생각도 했지만, 사실 그녀의 다리는 이미 그런 일을 못 하게 된 지 오래였고 총을 쏠 용기도 없었다.

먼 마을의 개가 더 맹렬히 짖어댔다. 기마대 소리 같은 바람 소리도 들려왔다. 집 안의 포수들과 노마님의 일곱 아들들이 모두 다 일어났다. 막내아들은 포대에 올라가지 않고 자신의 방에서 갓난아이를 안고 있었다.

노마님은 꾸짖었다.

"에잇! 사리 분별도 못 하는 놈! 때가 어느 땐데 이리 태평이야?"

막내아들은 평소에는 야단을 맞는 일이 없었지만 이번엔 피해 가지 못했다. 곧이어 아기가 울어대기 시작했다. 그러자 다른 방에 있던 다른 아기들도 울어대기 시작했다.

아니나 다를까, 말발굽 소리가 가까워지고 바람 소리가 더욱 맹렬해졌다. 포대에 앉은 남자들은 총대를 잡았고, 방바닥에 엎드린 여인들은 아이를 안았다. 어느 방에서도 불을 켜지 못했다. ×××이 불빛을 보고 찾아온다는 소문을 들었기 때문이다.

마당의 마구간과 외양간은 마치 악운을 기다리는 듯 고요했다. 하지만 그 고요는 곧 깨졌다. 닭이며 개며 오리며 거위 들이 모두 요란한 소리를 내기 시작했고, 양 치는 아이까지도 마당에서 마구 뛰어다녔다.

말이었다. 말의 형체는 분명히 알아볼 수 있었다. 그런데 말에 탄 사람은 어떤 사람인지 보이지 않았다. 하늘엔 달이 떴고, 산은 흰 눈으로 뒤덮였고, 바람은 휘몰아쳤고, 흰 산은 끊임없이 이어져 있었다. 드넓은 하늘 아래, 남산 비탈 위로 기마대가 뱀처럼 기어 오고 있었다. 둘째 아들은 포대에서 이것을 보고는 재난이 닥쳐오고 있다고, 마을을 공격하러 오는 것이 틀림없다고 생각했다. 그는 아래채로 달려가 머슴들에게 총을 하나씩 나누어 주었다. 머슴들은 싱글벙글이었다. 그들은 이렇게 생각했다.

'지주가 참 좋으시기도 하지! 장張 둘째 나리가 어찌나 인자

하신지! 우릴 식구처럼 대해주셨어. 이제 함께 적을 막아내는 거야!'

과거에 지주가 자신들에게 가혹하게 대했던 일들, 그들이 제일 싫어했던 품삯 삭감마저도 지금은 문제가 되지 않았다. 지금은 오직 적을 막는 일이 중요했다. 요리사, 다른 일꾼 할 것 없이 모두가 기쁜 마음으로 총을 들고 포대로 뛰어 들어갔다. 주인이 총을 그들에게 이렇게 내주는 일은 좀처럼 없었기 때문이다. 특히 기뻐한 사람은 양치기 소년 창칭長青이었다. 그는 속으로 생각했다. '나도 총이 생겼다, 나도 지주네 아들들과 똑같이 총을 들고 있다.' 창칭의 낡은 바지에는 작은 구멍이 나 있었는데, 포대에 급하게 오르는 와중에 찢어져 커다란 구멍이 되어버렸다.

기마대가 가까워졌다. 큰길에서는 하얀 연기가 일었고, 흰 산과 먼 하늘이 맞닿아 있었다. 달빛이 환하게 비추는 가운데, 말은 마치 하늘 위를 달리듯 달려왔다. 싸움이 시작된 것 같았다! ……팡팡…… 포수들이 보니 이건 분명 정탐병들이 쏜 총소리였다.

창칭은 포대 한구석에서 자신의 총을 꽉 쥐었다. 쏘는 법을 몰랐는지도 모른다. 그는 일어나서 앞쪽의 기마대를 향해 총구를 내밀었다. 이 기마대는 지주의 적이다. 창칭은 이것이 기회라고 생각했다. 그러나 둘째 나리가 뒤에서 그를 말렸다.

"쏘지 마. 더 가까이 오면 쏴!"

기마대는 길을 돌아 지나갔다. 셀 수 없이 많은 말 꼬리들이 점차 달밤 속으로 사라져갔다. 담장 밖의 말들이 코를 킁킁거리자, 마구간의 말들도 그 소리를 듣고 코를 킁킁거렸다. 그제서야 노마님은 기분이 좋아져 손자들을 불렀다.

"찬바람 맞고들 있지 말고 어서 들어와 몸 좀 녹여. 뜨거운 차도 좀 마시고."

손자들은 듬직하게 대답했다.

"할머니, 저흰 모두 가죽옷을 입었어요. 조금 더 지켜봐야죠. 도적 떼가 되돌아올지도 모르니까요."

포대에 있던 사람들이 점차 줄어들었다. 지주들과 그 아들들은 모두 집 안으로 돌아갔다. 하지만 창칭은 거기에 쭈그리고 앉아서 어린 포수의 자세로 총구를 앞으로 내밀고 있었다. 그런데 솜바지 뒤쪽에 난 커다란 구멍 때문에 못 견디게 추웠다. 안으로 들어가서 자고 싶었다. 하지만 그렇게 하지는 않았다. 장 둘째 나리가 평소에 이렇게 훈계했던 것이 떠올랐기 때문이다.

"사람이란 충성심이 있어야 하는 법이다. 예부터 충신과 효자가 있었다는 이야기 못 들어봤나? 배고픔과 추위를 견디고 생사도 두려워하지 않는 참으로 훌륭한 사람들이지."

창칭은 지금이 바로 충성을 다하고 효도를 다할 때라고 생각했다. 이 기회를 놓칠까 두려운 듯, 그는 총을 들고, 훌륭하다 할 만한 자세를 취하고 있었다. 바지의 엉덩이께에 커다란 구멍이 난 채로.

2

이 사람은 누구인가? 머리칼은 흐트러졌고, 얼굴은 아래로 숙인 머리에 가려 보이지 않는다. 어두운 방은 지주들의 마구간처럼 누추했다. 이 사람은 울고 있다. 지아비를 잃은 까마귀처럼. 방 안의 등불이 꺼지고, 창에 비치던 그림자도 흔들리다 사라졌다.

문 앞에 선 큰 나무 두 그루는 맨몸을 드러낸 채 이미 잃어버린 자신의 생명을 소리쳐 불렀다. 바람이 멈추고 울타리도 잠잠해졌다. 온 마을이 더 이상 고요할 수 없을 정도로 고요해졌다. 아들 창칭이 돌아왔다.

안에서 울고 있던 가난에 찌든 어머니는 밖에서 눈 밟는 소리가 들리자 아들인가 싶었다. 그러나 다시 생각해보니 아들은 보름에 한 번씩 집에 오는데 아직 다녀간 지 열흘밖에 되지 않았다. 게다가 발소리도 아들의 것과 달라서 그냥 지나가는 사람이겠거니 했다.

사립문이 열렸다 닫혔다. 그 바람에 울타리 위에 쌓였던 눈이 떨어지면서 후두둑 소리가 났다.

어머니는 나가서 평소처럼 아들을 맞아들였다. 창칭은 다리에 힘이 풀려 몸을 지탱할 수 없는 지경이었다. 그 다리로 비틀비틀하면서 걸어오다 보니 어머니가 아들의 발소리를 알 수가 없었던 것이다. 아들이 구들 위에 누워 시퍼런 얼굴로 콧물을 줄줄 흘리는데, 어머니는 무슨 영문인지 알 수가 없었다.

속이 탄 어머니가 다그쳐 물었다.

"얘야, 또 양을 잃어버린 거니? 주인이 널 때린 거야?"

창칭이 눈을 감고 고개를 저었다. 어머니가 다시 물었다.

"그럼 도대체 무슨 일이 있었던 게냐? 엄마한테 말 좀 해봐!"

창칭은 전날 밤 포대를 지키다 몸이 얼어 병이 난 것이었다. 그는 입을 열었다.

"엄마, 어젯밤 기마대 지나가는 소리 못 들으셨어요? 장 둘째 나리가 ×××은 극악무도한 무리이고, 가난한 사람들을 죽이러 다닌다고 하셨어요. 그래서 제가 총을 들고 밤새 포대를 지킨 거예요."

"밤새 포대를 지킨 것 말고는? 장 둘째 나리가 널 때린 거야?

"아니에요, 엄마. 사람들이 다들 우리를 가난하다고 하잖아요. 전 기마대가 엄마를 죽일까 봐 거기서 지키고 있었던 거예요."

"내 아들, 그런데 어쩌다 몸이 이 지경이 된 거야? 말 좀 해봐."

"어찌된 일인지 바지가 찢어졌더라고요. 그래서 병이 난 거예요."

어머니는 가슴이 찢어지는 듯했다! 남편이 죽고 3년이 지나도록 베나 솜을 사본 일이 없었다. 그녀는 아들의 솜저고리를 벗겨 등불에 비춰보았다. 어떤 곳은 두껍고 어떤 곳은 빛이 통과할 정도로 얇았다.

창칭은 코를 훌쩍이며 울었다. 아버지를 떠올린 듯했다. 어머니는 솜저고리를 내려놓고 아들을 끌어안았다.

콩기름 등불이 오한이라도 든 듯 불씨가 바들바들 떨렸다. 아아, 가난한 어머니가 병든 아이를 안고 있었다.

3

장 노마님은 다시 그 작은 솜저고리를 들고 떨고 있었다. 그녀의 아들들은 몇 해를 고생한 끝에 겨우 지주가 되었고, 몇 차례 토비나 반란군의 손에 재산을 잃어버릴 위기를 넘겼지만, 지금 또 ×군이 설쳐대니 떨지 않을 수 없었다.

둘째 아들이 와서 어머니가 불쌍하게 솜저고리를 흔드는 모습을 보고는 어머니를 위로했다.

"어머니, 이건 아무 일도 아니에요. 생각해보세요. 우리 포수들은 모두 뛰어나요. 그리고 저 나쁜 놈들의 죄악은 천지가 다 알고 있고요. 어머니는 주무세요. 일어나지 마시고. 아무 일 없을 거예요."

"그게 그렇게 안 되는 걸 어떡하니. 마음이 안 놓인다고!"

장 노마님이 말하고 있을 때, 밖에서 총성이 울렸다. 온 집안 사람들이 지난번처럼 남자는 총을 들고 여자는 아이를 안았다. 바람 소리가 더 거세지고 숲이 윙윙 소리를 냈다.

이번 것은 괜한 걱정이었다. 앞마을에서 좀도둑을 잡은 것뿐이었다. 한바탕 소동이 또 지나갔다. 시골에서는 이런 소동이 늘 일어났다. 노마님의 허둥거림도 이제 습관이 된 듯했다. 가족들은 다들 노마님의 작은 솜저고리를 속으로 비웃었다. 결국 아무 일도 일어나지 않았지만, 노마님은 솜저고리를 여태 멍하니 손에 들고 있었다. 얇은 잠옷만 입은 채로.

둘째 아들과 형제들이 모두 노마님의 구들가에 둘러앉았다. 여섯째가 입을 열었다.

"창칭이란 녀석은 아무래도 틀린 것 같아요. 품삯이나 정산해줍시다. 병이 나서 일도 못 하게 되었는데, 살아 있다 해도 무슨 쓸모가 있겠어요?"

이렇게 말하면서 담배를 입에 물고는, 3년 전 반신불수가 된 자신의 아들을 안고 자기 방으로 돌아갔다.

노마님은 말했다.

"창칭 그 아이는 내가 들인 아이다. 일을 많이 하건 적게 하건 따지지 말고, 적선하는 셈치고 입에 풀칠은 하게 해줘야지. 집이 그렇게 어렵다는데."

큰며느리는 담뱃대를 물었다. 그녀는 마흔이 넘은 부인이었다. 둘째 며느리는 외다리여서 자기 방에 있었다. 셋째 며느리도 담뱃대를 물고서 방에 와서 자라고 남편을 부르는 중이었다. 넷째, 다섯째, 그리고 일곱째 며느리까지 모두들 노마님에게 저녁 인사를 드리고 물러갔다. 노마님도 피로해진 듯, 눈을 감고 긴 담뱃대를 빨았다.

창칭의 어머니—빨래하는 어멈—가 와서 문을 두드리곤 부드러운 목소리로 말했다.

"마님, 지난번에 주셨던 기침약 조금만 더 주시면 안 될까요!"

장 노마님도 온화하게 말했다.

"여기 있네. 오늘 밤엔 기침을 안 할 것 같네만 그래도 한 조각 주겠네!"

빨래하는 어멈은 속으로 노마님에게 깊이 감사하며 초막 옆의 어두운 방으로 돌아가 잠을 잤다.

다음 날, 날이 어두워질 무렵, 마당의 빨랫줄에는 희고 검은 지주네 집 아이들의 옷과 여자들의 바지가 가득히 널렸다. 빨랫줄에 널린 옷은 곧바로 서리로 뒤덮이며 빳빳하게 얼어붙었고, 바람이 불자 팅팅 소리가 났다. 빨래하는 어멈은 기침이 나서 도저히 더 이상 빨래를 할 수가 없어 노마님의 처소로 갔다.

"마님, 전 이제 쓸모없는 물건이 되었네요. 살림도 어려운데 병까지 들었어요!"

그녀는 말을 하면서 계속 기침을 했다.

"며칠 뒤에 다시 와서 남은 빨래를 반드시 다 하겠습니다."

그녀는 마당의 탁자 아래로 가서 자신의 보따리를 들었다. 그 안에는 노마님이 준 낡은 털신과 둘째 며느리와 다른 며느리들이 준 솜이며 바지 같은 것들이 들어 있었다. 이때 노마님은 구들 위에서 긴 담뱃대를 물고 있었다.

빨래하는 어멈은 허물어져가는 낡은 집에 살면서, 노마님이 신다가 준 낡은 털신을 신었다. 반대로 노마님은 유리를 박아 넣어 번쩍거리는 따뜻한 집에 살면서, 도시에서 새로 사 온 털신을 신었다. 이 두 여인은 이렇게 대조적인 삶을 살고 있었다. 공교롭게도 양을 치는 창칭과 장씨 집 둘째 아들이 동시에 들어왔다. 이렇게 대조적인 두 여인이 낳은 아들들도 당연히 차이가 날 수밖에 없었다. 하나는 채찍을 휘두르는 양치기였고, 다른 하나는 주판을 놓는 지주였다.

장 노마님은 언짢은 듯이 입을 삐죽이며 말했다.

"리李 어멈, 꼭 돌아가야만 하겠나? 내일 하루 더 빨래를 하면 안 되겠나?"

침침해진 눈으로 리 어멈을 바라보았다. 리 어멈이 말했다.

"마님, 저도 어쩔 수가 없습니다. 정말이지 더는 할 수가 없어요!"

"가난뱅이가 이리 비싸게 굴 줄은 몰랐군. 자네 아들이 누구 덕에 이 집에 붙어 있는 줄이나 아는가? 좋아. 그럼 어제 준 그 약은 내놓게. 원래 오늘 밤에 기침 나면 먹으라고 준 건데 이제는 집에 가서 푹 쉬면 될 것 아닌가. 비싼 약인데 낭비할 순 없지!"

리 어멈은 오늘 밤 집에 가서 먹으려고 보따리 깊숙이 넣어 두었던 그 약을 꺼냈다.

리 어멈은 한 달에 다섯 번씩 장 지주 집에 와서 빨래를 했고, 그때마다 무나 감자를 얻어 가곤 했다. 그런데 이번에는 아무것도 없었다.

어멈은 지주의 며느리들이 준 낡은 옷만 몇 벌 챙겼다. 이게 그녀의 품삯인 셈이었다.

리 어멈은 달빛이 비치는 큰길을 걸었다. 얼어붙은 눈밭에서 고요한 빛이 반짝였다. 이 과부가 눈밭에서 발을 내딛는 모습은 마치 외로운 기러기가 자신의 고독한 처지를 슬퍼하며 흐느끼는 것 같았다. 앙상한 나무에는 새 한 마리 없었다. 사람들은 모두 잠들었다. 숲 저편으로 그녀의 집이 보이기 시작했다.

사립문을 열었다. 개 한 마리도 없는데 누가 그녀를 맞이하러 나올 것인가?

4

이틀 뒤, 바람이 다시 거세졌다. ×군은 정말로 가난한 사람들을 죽이는 걸까? 그들은 왜 모두 찢어지게 가난한 농가에 잠입해 들어가는 걸까? 리 어멈의 집에도 예전에 그런 사람이 묵었던 적이 있다.

창칭은 정말로 정산을 마치고 내보내졌다! 작은 보따리를 메고 눈보라 치는 길을 걸었다. 집을 잃고 떠도는 강아지처럼. 집에 들어서자마자 울기만 했다. 절망이었다. 밥을 먹자니 집에는 쌀이 없었다. 어머니가 물을 필요도 없이 그는 어떻게 정산을 했고 어떻게 쫓겨났는지를 어머니에게 털어놓았다. 생각하면 할수록 앞길이 보이지 않았다. 울다가 억울함에 북받쳐 구들 위에서 발을 굴렀다. 그러다 참담한 목소리로 어머니에게 외쳤다.

"엄마, 우리 그냥 아버지 무덤 앞에 있는 나무에 목매달아 죽어버려요!"

그런데 이번에는 의외로 어머니는 울지도 않았고 아들을 위로하지도 않았다. 그저 이렇게 말했다.

"애야, 쓸데없는 소리 마라. 우리한테는 길이 있다."

창칭은 어머니의 손을 잡았다. 이상했다. 엄마가 어떻게 이렇게 변했지? 어떻게 남자처럼 자기 주관이 생긴 거지?

5

앞마을의 소식이 전해져 왔을 때, 장씨 집은 아직 아침을 먹기 전이었다.

앞마을 전체와 ×군이 합쳐져 한 덩어리가 되었다. 어떤 이는 선전을 하는 중이라 하고, 또 어떤 이는 집을 불태우고 빈농들을 학살하는 중이라고 했다.

장씨 집 둘째 아들은 사람을 보내 알아보게 했다. 두 명의 포수가 큰 총과 작은 총을 메고 말을 채찍질하며 달려갔다. 살을 에는 엄동의 바람이 얼굴에 닥쳐왔다. 그런데 그들은 목적지에 도착하기도 전에 되돌아왔다. 보고는 이러했다.

"어떻게 매복을 한 건지 모르겠는데요, 마을 사람들도 조용하고, 닭이나 개도 놀란 기색이 없어요. 무슨 수작인지 모르겠습니다."

둘째 아들이 물었다.

"자네들이 본 걸 이야기해보게."

"저흰 산비탈에 서서 내려다보았는데요, 말구유도 없이 짚을 마당에다 늘어놨더라고요. 말들은 허겁지겁 짚을 먹고 있고요. 그리고 그 악당들이 그 집 식구인 양 마당에 솥을 걸고 밥을 해 먹는 게 아니겠어요."

온 집안 사람들이 노마님의 문 안팎에 몰려들어 눈을 동그랗게 뜨고 있었다. 온 집안이 질식한 것 같았다. 둘째 아들은 고개를 끄덕이며 말했다.

"음! 그럼 자네들은 가보게!"

하지만 이 말은 자신을 빼고는 아무도 듣지 못한 것 같았다. 닫힌 대문 밖으로 무거운 수레바퀴가 덜컹거리며 지나가는 소리가 났기 때문이다.

아니나 다를까, 적이 왔다. 방금 놀라서 목각상처럼 굳었던 노마님도 기우뚱거리며 움직이기 시작했다.

둘째 아들과 젊은 지주들은 총을 들었지만 쏘지는 않았다. 기마대가 그냥 돌아서 지나가기를 바랐던 것이다. 기마대가 반쯤은 그냥 지나갔다. 이번에는 지난번보다 말이 더 많았다. 둘째 아들을 초조하게 한 것은 아직 지나지 않은 나머지 절반 가운데 썰매들이 섞여 있다는 점이었다. 그 썰매에는 부녀자들이 타고 있는 것 같았다. 썰매가 더 가까이 오자 둘째 아들은 머슴들 몇몇을 똑똑히 알아보았다. 리싼李三, 류푸劉福, 샤오투小禿……그리고 잘 아는 소작농들. 둘째 아들은 화가 나서 지주로서 욕을 퍼붓고 싶었다.

병사들은 동쪽 담장으로부터 방향을 돌려 둘째 아들의 집을 포위하고 총을 쏘았다.

때는 밤이 아니었고 바람도 없었다. 환하게 밝은 아침 햇살 아래서, 둘째 아들이 가장 먼저 땅에 꼬꾸라졌다. 정신이 들었던 1초의 순간 동안, 그는 창칭과 그의 어머니 리 어멈도 그 썰매 위에 앉아 주먹을 휘두르는 것을 보았다……

1933년 8월 27일

(1933년 9월 24일에서 10월 8일까지

창춘 『대동보大同報』 주간지 『밤 호루라기夜哨』 6, 7, 8호에

처음 발표되었다.)

다리

여름과 가을이면 다리 아래의 물이 도랑둑만큼 차올랐다.

"황량쯔黃良子, 황량쯔…… 애 울어!"

늦은 밤이나 이른 아침에는 다리 어귀에서 이렇게 외치는 소리가 들린다. 이런 일도 오래되어 다리 옆에 사는 사람들은 모두 이 소리에 익숙해졌다.

"황량쯔, 애 젖 먹여야지! 황량쯔……황량……쯔."

특히 비 오는 밤이나 바람 부는 아침에, 고요 속의 이 소리는 다리 아래 물소리와 함께 울려 퍼지거나, 혹은 바람 소리를 타고 먼 곳의 어느 집으로 흘러들기도 했다.

"황……량쯔. 황……량……쯔……"

듣다 보면 노랫소리 같기도 했다.

달은 완전히 졌고, 서쪽 하늘에 별 하나만 마지막으로 남아 있다. 다리 동쪽의 공터 쪽에서 황량쯔가 걸어 나왔다.

황량은 그녀 남편의 이름이었다. 그녀가 유모가 된 그날부터 누가 그랬는지 '황량'에다가 '쯔子' 자를 붙인 것이 그녀의 이름인 양 불리게 되었다.

"네? 벌써 배가 고프대요? 어젯밤에 그렇게 늦게 먹였는데요!"

유모가 되고 첫 며칠간, 그녀는 다리 앞으로 달려와 다리 서쪽 편에서 자기를 부른 사람을 향해 오래된 다리 난간이 떨리도록 이렇게 소리를 지르곤 했다. 그녀의 목소리는 다리 아래의 물 위에서도 맴도는 듯했다—"벌써요? ……네?"

이제 그녀는 더 이상 그렇게 하지 않는다. '황량쯔'라는 이 음절들이 무슨 약호라도 되는 듯, 그것이 그녀에게 도달하는 순간 그녀는 그냥 그것을 따라갔다.

아직 잠이 덜 깨어 어리둥절하고 숨도 고르지 않았다. 그녀는 달리듯이 도랑을 따라 다리 북쪽으로 돌아갔다. 다리 서쪽의 첫번째 큰 대문 앞에서 멈추고는 흘러내린 머리카락을 손으로 말아 올렸다.

"뭐야! 문이 잠겼잖아? ……뭐야!

문 열어요! 문 열어요!"

그녀는 얼굴이 땅에 닿을 듯 허리를 구부렸다. 대문 아래쪽의 틈 사이로 안을 들여다보니 커다란 백구가 아직 자고 있었다.

머리를 지나치게 아래로 드리운 탓에, 마당 안의 집 건물이 한 바퀴 도는 것 같았다. 문이며 창문도 모두 하늘을 향해 빙빙 돌아갔다.

"문 열어요! 문 열어요—

뭐였지! 귀신이 날 부르러 왔었나? 아니야, ……사람이 불렀는데, 내가 분명히 들었어……틀림없어, 틀림없다고."

하지만 그녀는 돌아올 수밖에 없었다. 다리 서쪽에도 다리 동쪽에도 사람 하나 없었다. 땀에 젖은 등이 차갑게 식었다.

"이건 100보나 될까……많아야 200보밖에 안 되는데…… 그런데 1리 넘게 돌아가야 하다니!"

처음에는 그녀도 다리 난간을 붙잡고 건너보려고 했었다. 이 다리에는 디딜 바닥이 전혀 없었고, 난간 두 줄만이 도둑맞지 않고 남아 있었다. 차라리 난간마저도 없었다면 마음이 더 편했을 것이다. 그 도랑은 자연이 만든 것이며, 사람의 힘으로는 없앨 수 없는 장애물이라고 믿을 수 있었을 것이므로.

그렇지 않은가? 나무판 두 개만 걸치면 사람이 건널 수 있다……그저 나무판 두 개가 부족할 뿐이다……이 다리, 이 다리, 그저 다리 하나를 사이에 두고 있을 뿐이다.

그녀는 다리 옆에 잠시 서서 생각했다.

"남쪽으로 갈까, 북쪽으로 갈까? 어느 쪽이든 마찬가지니까, 북쪽으로 가자!"

그녀의 초가집은 바로 이 다리를 마주하고 있었다. 문에 붙은 창호지 조각이 바람에 흔들리는 것이 보였다. 그녀는 손만 뻗으면 그 작은 언덕 같은 흙집이 만져질 것 같다는 상상을 했다.

도랑을 따라 북쪽으로 가면서, 그녀는 건너편의 그 작은 언덕을 미끄러지듯 지났다. 계속 더 가서 반 리 정도 되는 지점, 즉 도랑이 끝나는 곳에서 돌아 내려왔다.

"누가 아직 날 부르고 있나? 어디서 부르고 있지?"

머리칼이 흘러내려 그녀는 걸으면서 쓸어 올렸다.

"황량쯔, 황량쯔……"

그녀는 아직도 누군가가 자기를 부르는 것 같았다.

"황—과 가—지 황—과 가—지……"*

채소 행상이 오이와 가지를 사라고 외치며 황량쯔의 맞은편에서 걸어왔다.

"황과 가지, 황—과 가지—"

황량쯔는 웃음이 났다! 채소 행상을 보며 웃음을 터뜨렸다.

주인집의 담장 위에 난 강아지풀이 풍성해졌다. 다리 동쪽에 있는 황량쯔의 아이가 우는 소리도 커졌다! 이 아이의 울음소리는 다리 서쪽까지 울려 퍼지곤 했다.

"가자—가자—우리 아가 유모차 밀고 다리에 올라보자,

다리 위에서 커다란 나비 잡아볼까,

엄마는 앉아서 좀 쉬어볼까,

가자—가자—우리 아가 유모차 밀고 다리에 올라보자."

여름 동안 황량쯔는 느릅나무 아래에서 유모차에 기대 낮잠을 자곤 했지만, 지금은 그러지 않았다. 아직도 햇볕은 따스하고 가을날의 하늘이 여름보다도 더 아름다웠지만 말이다.

주인집 아이는 유모차 안에서 잠들었고, 바퀴는 달그락달그락 소리를 냈다. 아기는 뽀얗고 동그란 얼굴에 서리처럼 하얀 모자를 눈썹까지 내려오게 썼고, 몸에는 깨끗하고 귀여운 옷을 입고 있었다.

---

* '황과黃瓜'는 오이를 말하며, 황과와 가지를 중국어로 발음하면 '황—과 체—쯔'가 되어 황량쯔와 비슷하게 들린다.

황량쯔는 불안해졌다. 심장이 방울처럼 흔들리기 시작했다.

"울고 싶어? 울지 마……아빠 안고 폴짝 뛰어보고, 달려보고……"

다리 건너편에서 아빠에게 안긴 황량쯔의 아이는 누렇고 야위었다. 눈 주위에는 푸른빛이 돌았고, 목도 좀 길었다. 마치 마른 나뭇가지 같았다. 그래도 황량쯔는 유모차에 탄 아이보다 자신의 아이가 더 사랑스러웠다. 도대체 어디가 사랑스러운 걸까? 이 아이는 웃는 모습조차 우는 모습과 별 차이가 없었다. 울 때도 굵고 빛나는 눈물방울 한번 흘리지를 못했다. 다리 건너편에 가 있는 엄마에게도 애착이 없었고, 엄마를 보고 손뼉을 치는 일도 없었다. 아빠 손에 올려놓은 발을 구르는 일도 없었다.

그래도 황량쯔는 어찌 됐든 유모차를 탄 아이보다 자신의 아이가 더 사랑스러웠다. 어디가 그렇게 사랑스러운지는 그녀 자신도 몰랐다.

"가자—가자—우리 아가 유모차 밀고 다리에 올라보자,
가자—가자—우리 아가 유모차 밀고 다리에 올라보자."

주인집 아이에게 불러주는 노래에서 "다리 위에서 커다란 나비 잡아볼까, 엄마는 앉아서 좀 쉬어볼까"라는 구절은 이제 생략되었다.

그 구절에는 감정 이입이 되지 않았기 때문이다.

"가자—가자—다리에 올라보자, 다리에 올라보자……"

노래 가사는 점차 메말라갔고, 그녀는 주인집 아이가 이 노래를 좋아하든지 말든지도 신경 쓰지 않았다. 유모차 바퀴가 달그락달그락 소리를 내며 다리 앞을 떠날 때도 그녀는 똑같이 흥얼거렸다.

"다리에 올라보자, 다리에 올라보자……"

나중에 주인집 아이가 침대에 누워 잘 때도 그녀는 계속 흥얼거렸다.

"다리에 올라보자, 다리에 올라보자……"

"응? 당신이 좀 닦아줘……콧물이 입까지 내려왔네……어째, 안 보여? 아이 참……"

황량쯔는 자신이 다리 이쪽에 있다는 것도 잊어버리고 성질을 냈다. 그녀는 손을 다리 저쪽을 향해 뻗다가 눈물을 쏟을 뻔했다! 애가 타서 얼굴이 벌겋게 달아올랐다.

"아빠, 아빠는 안 돼……도대체가 쓸모가 없어! 그런데 이 다리, 이 다리……이 다리만 가로막지 않았다면……"

황량쯔의 외침은 다리 아래의 물에 반사되어 공허한 소리를 냈다. 다리 아래에 비친 그림자가 흔들렸다.

"애 안고 이쪽으로 건너와! 우는 걸 멀뚱히 보고만 있으면 어떡해! 길 좀 돌아서 오면 되지, 남자 다리는 뒀다 뭐 해? 난……난 유모차 끌고 있잖아!"

다리 아래의 물 위에 사람 그림자 세 개와 유모차 그림자 하나가 비쳤다. 하지만 다리 동쪽에 있는지 다리 서쪽에 있는지는 분명치 않았다.

그날부터 '다리'가 황량쯔의 수명을 단축시키는 것 같았다. 다른 한편으로는 해가 높이 떠서 온종일 지지도 않는 것 같았다……도대체 해가 길어진 것인지 짧아진 것인지, 그녀는 알지 못했다. 날이 추워진 것인지 더워진 것인지도 그녀는 분간하지 못했다. 옷은 겹옷으로 갈아입긴 했지만, 그것도 남들이 두꺼운 옷을 입으니 덩달아 갈아입은 것뿐이었다.

길가에 낙엽이 굴러다니는 철에도 그녀는 여전히 그 달그락거리는 유모차를 끌었다.

주인집 담장 위의 강아지풀은 물기 하나 없이 완전히 말라 버렸고, 그저 몇 포기만이 바람에 흔들리고 있었다. 다리 동쪽 아이의 울음소리는 조금도 약해지지 않았고, 바람 소리를 타고 다리 건너 남의 집으로 전해졌다. 그중에서도 황량쯔의 귀에 들어가면, 그 소리는 현미경 아래에 놓인 파리 날개처럼 커다랗게 확대되었다.

황량쯔는 찐빵이나 과자 그리고 때로는 소가 들고 기름향이 나는 이름 모를 과자까지 다리 서쪽에서 동쪽으로 던졌다.

"다리 하나가 가로막혔을 뿐인데, 만약 그렇지 않았다면…… 이런 것쯤이야 언제든 먹을 수 있는 음식 아니었겠어? 불쌍한 녀석, 네 사주에 다리가 하나 있었어야지!"

그녀가 던진 음식이 물에 빠질 때면, 그녀는 다리 동쪽의 아이를 향해 이렇게 말하곤 했다.

"불쌍한 녀석, 네 사주에 다리가 하나 있었어야지!"

주인은 그녀가 다리 동쪽으로 음식을 던지는 것을 한 번도 보지 못했다. 하지만 수면 위로 한 줄기 선이 나타나면 그녀는 겁이 났다. 그녀의 마음을 거울이 훤히 다 비추는 것 같았다.

"이건 분명……이건 훔친 거야……하느님도 아실 테지."

왜냐하면, 수면 위에 푸른 하늘과 흰 구름이 비치고 있었고, 그 푸른 하늘은 그녀에게서 아주 가까이, 그녀가 물건을 던지는 그 손 바로 아래에 있었기 때문이다.

어느 날, 그녀는 간식들을 잔뜩 챙겼다. 월병, 배 그리고 아침에 남긴 만두였다. 모두 주인의 눈을 피해 몰래 싸 온 것이었다.

그녀는 유모차를 끌고 다리 앞으로 왔다. 싸 온 음식들은 유모차에 달린 장난감 바구니에 넣어두었다.

"여보……여보……황량, 황량!"

그런데 사람은 그림자도 보이지 않았고, 언덕 뒤쪽에서 들개 두 마리가 소란을 피우고 있을 뿐이었다. 문이 닫힌 걸 보니 아마 남편은 잠을 자는 모양이었다.

그녀는 다리 동쪽으로 건너가기로 결심하고 유모차를 밀면서 달리기 시작했다. 유모차에 탄 아이의 머리가 흔들렸다. 그녀는 바퀴에서 소리가 나는 게 제일 두려웠다.

'어딜 가는 거야? 왜 유모차를 끌고 달려?……대체 어딜 가려고 유모차를 끌고 달리는 거야……왜 그렇게 뛰어? 어딜 가는 거야?'

마치 주인집 여자가 뒤에서 이렇게 소리치는 것 같았다.

'거기 서! 거기 서라고!'

그녀는 스스로 이런 생각을 하고는 놀라서 땀을 흘렸다. 심장이 목구멍까지 튀어나올 것 같았다.

유모차에 흔들린 주인집 아이가 울려고 하면 아이에게 이렇게 말해주었다.

"호랑이다! 호랑이!"

그녀는 집에 와서 구들 위에서 자고 있는 자신의 아이를 직접 깨운 뒤 아이가 음식을 먹는 모습을 지켜보았다.

자신도 모르게 그녀의 마음에는 기쁨이 번졌다. 아이가 배를 집어 들었을 때, 그리고 포도를 한 알 한 알 터뜨렸을 때.

“에구! 이건 먹는 거야! 이 망할 녀석! 아까운 음식을 이렇게 버리다니……음식인지 아닌지도 몰라? 엄마가, 엄마가 입에 넣어줄게. 아 해봐, 아 해봐. 아유……시어라! 요거 요거 좀 봐. 시다고 찡그리니깐 눈이 그냥 줄만 그어놓은 것 같네……이 월병 좀 먹어봐! 첫돌이 다 되어가니까 이젠 뭐든 먹어도 돼……먹어……전부 처음 맛보는 거잖아……”

그녀는 웃었다. 웃는 것조차 온전히 웃지 못하는 아이가 유모차에 앉은 아이보다 훨씬 더 귀엽다니, 그녀는 참 우습다고 생각했다.

다리 서쪽으로 되돌아가면서 그녀의 마음은 평온해졌다. 작은 도랑을 따라 북쪽으로 가는 길에 도랑가에 핀 자줏빛 소국이 눈에 띄었다. 그녀는 흥이 나서 꽃을 꺾어 머리에 꽂고 싶어졌다.

“아가야! 우와, 예쁘지 않아?”

꽃송이가 그녀의 손에서 흔들렸다. 그녀가 아가를 부른 것은 마음에서 우러난 것이었다. 이렇게 부를 때 그녀는 비로소 자신의 일시적인 행복 속에서 빛날 수 있었다. 마음에 있던 어떠한 경계선도 떨쳐버렸고, 처음으로 주인집 아이와 자신의 아이가 똑같이 사랑스럽게 느껴졌다! 그녀는 아이의 얼굴을 한번 꼬집어주고는 울퉁불퉁한 길 위로 달그락거리며 유모차를 밀고 갔다.

그러다 문득 도랑 속에 거꾸로 비쳐 어른거리는 유모차의 그림자가 눈에 들어왔다. 그제야 그녀는 자신이 다리 동쪽에 와 있다는 걸 깨달았다. 불안이 엄습하자 도랑에 비친 유모차의 그림자는 속도가 빨라졌다.

"바로 건너가면 180보밖에 안 되는데……왜 꼭 1리가 넘는 길을 돌아서 가야만 하는 거야……눈앞에 다리가 있는데도 건너갈 수가 없다니……"

'황량쯔, 황량쯔! 애를 어디로 데리고 간 거야?'

주인집 여자가 벌써 자신을 부르는 것만 같았다.

'뭘 훔쳐서 집에 가져갔어? 황량쯔!'

자신의 이름이 심장에서 쿵쿵 뛰고 있었다.

속도가 붙은 유모차는 손에 간신히 걸린 채 제멋대로 도랑 옆을 달려갔다. 그러다 도랑에 너무 가까이 가서 물속에 처박힐 뻔했다. 바퀴 두 개는 높이 들리고 두 개는 밑으로 빠져서 아이가 굴러떨어질 것만 같았다.

도랑이 끝나는 곳까지 가기도 전에 바퀴 하나가 빠졌다. 빠진 바퀴는 힘껏 던지기라도 한 것처럼 도랑 속으로 풍덩 들어가버렸다.

황량쯔가 멈추어 서서 보니, 멀리 다리의 난간이 어렴풋하게 보였다.

"이놈의 다리! 이게 다 다리 때문이야!"

황량쯔는 울고 싶었다. 가슴속에서 울음이 북받쳐 올라왔지만 그녀는 터지려는 울음을 멈춰야 했다.

“여긴 아직 다리 동쪽인데! 빨리 다리 서쪽으로 가야 해.”

그녀는 바퀴가 세 개만 남은 유모차를 밀어 도랑 동쪽에서 서쪽으로 넘어갔다.

“어떻게 말을 하나? 그냥 물가에서 산책하다가 바퀴가 빠진 거라고 할까? 나비를 잡다가 그랬다고 할까? 하지만 지금은 나비가 없는 철인데. 그럼 잠자리를 잡았다고 하자……어떻게든 둘러대는 거야! 어찌 됐든 이제 유모차는 다리 서쪽에 있고, 동쪽으론 절대로 간 적이 없는 거야……”

“황량……황량……”

이제 그녀는 모든 걸 잊어버렸고 아무것도 두렵지 않은 것 같았다.

“황량, ……황량……”

그녀는 세 바퀴 유모차를 끌고 도랑을 따라 다리 앞까지 와서 남편을 불렀다.

손으로 바퀴를 건져 올리고 나니 그녀는 허리까지 진흙투성이가 되었다.

세 바퀴 유모차를 끌고 주인집 대문에 다다랐다. 머리칼이 흘러내려 창백한 얼굴에 줄무늬를 만들었다.

“이건 바퀴 탓이야. 빠진 거야……저절로 빠진 거야. 도랑으로 굴러떨어진 거야……”

그녀는 대문짝에 기대어 울었다! 바닥 없는 다리의 난간이 옆에서 그녀의 우는 모습을 지켜보는 듯했다!

이듬해 여름에도 다리에서는 여전히 “황량쯔, 황량쯔” 외치는 소리가 울렸다. 특히 날이 아직 밝지 않았을 때는 그야말로 닭 울음소리 같았다.

그다음 해에는 다리에서 "황량쯔" 소리가 나지 않았다. 흔들리던 다리 난간과 함께 사라진 것 같았다. 황량쯔는 아예 주인집에 들어가 살게 되었던 것이다.

3월에는 새 다리가 착공되었다. 여름이 되자 그 다리 위로 마차와 행인이 다니게 되었다.

붉게 칠한 다리 난간은 황량쯔에게 지금껏 본 어떤 여름날의 꽃보다도 더 붉고 생생하게 느껴졌다.

"뛰어봐! 우리 아들!"

그녀는 다리 동쪽에서 자신의 아이가 뛰어오는 게 보이기만 하면, 얼마나 멀리 있든, 소리가 들리든 안 들리든, 자기의 목소리가 작든 말든 상관없이 이렇게 말하곤 했다.

"뛰어봐! 다리가 이렇게 넓잖아!"

아빠가 아이를 안거나 손을 붙잡고 하루에도 몇 차례씩 다리를 건너왔다. 다리 바닥은 평평했고 소리가 울렸다. 다리 위에서 발을 구르면 퉁퉁 울리는 소리가 났다.

주인집 담장 위의 강아지풀이 다시 무성해졌다. 담장 아래에도 강아지풀이 자랐고, 또 야생양귀비와 양작초 그리고 그 밖의 이름 모를 풀들도 자라났다.

황량쯔는 양작초를 뽑아 풀피리를 만들어 마른 아이에게 하나, 살찐 아이에게 하나를 주었다. 두 아이는 모두 담장 아래로 가서 풀을 뽑았다. 그녀의 무릎이 풀로 뒤덮일 정도로 뽑은 뒤 이어서 야생양귀비도 뽑았다.

"재잘재잘, 재잘재잘!"

마당의 느릅나무 아래에서 웃고 떠들며 풀피리도 불었다.

다리에서는 이제 아이의 울음소리가 들리지 않았다. 엄마 무릎 앞의 웃음소리와 노랫소리로 바뀌었다.

황량쯔는 두 아이가 다 귀여웠다. 양쪽 무릎 앞에 각각 아이가 하나씩 서 있었다. 때로 아이들은 가짜로 우는 척을 하면서 한쪽 무릎에 하나씩 엎드렸다.

황량쯔의 머리에서 '다리'는 점점 잊혀져갔다. 다리 위를 다니기는 했지만, 다리라는 느낌도 없이 그냥 큰길을 가듯 걸어 다녔다. 조금도 다른 점이 없었다.

어느 날, 황량쯔는 자신의 아이의 손에서 두 줄기의 핏자국을 발견했다.

"집에 가! 가서 아빠랑 한숨 자고 와……"

때로는 그녀가 직접 아이의 손을 이끌고 다리를 건너기도 했다.

그 뒤로 아이는 엄마의 무릎 앞에서도 그렇게 활발하지 않았고 우는 일이 잦았다. 얼굴에도 상처가 생겨났다.

"이렇게 때리면 못써! 이게 뭐 하는 짓이야……뭐 하는 짓이야?"

담장 밖이나 길목 같은, 그러니까 사람이 없는 곳에서 황량쯔는 주인집 아이의 나무총을 빼앗았다.

그러면 주인집 아이는 그대로 땅에 드러누워 울면서 소리를 질러댔다. 어떨 때는 장난감이나 길바닥의 흙덩이로 황량쯔를 때리기도 했다.

"엄마! 나도 저거 먹고 싶어……"

주인집 아이는 고기만두를 먹을 때 한 손에 한 개씩 들고 먹는데, 만두에서 흘러나온 기름에 손이 반들반들했다. 게다가 그 고기만두의 맛있는 냄새는 아무리 멀리 있어도 샤오량쯔小良子의 콧속으로 감겨오는 듯했다.

"엄마……나도……나도 먹고 싶어……"

"뭘 먹고 싶다고? 샤오량쯔! 자꾸 조르지 마……부끄럽지도 않니? 걸신스럽긴! 염치도 없어?"

주인집 아이는 과일을 먹을 때는 고개를 옆으로 기울이고 검고 동그란 눈을 천천히 굴리곤 했다.

샤오량쯔는 다른 사람이 먹는 모습을 보면, 나뭇잎을 주워 핥기도 하고 나뭇가지를 혀에다 놓고 혀로 돌돌 말기도 하고 혀로 빨기도 했다.

주인집 아이는 살구를 먹을 때면 순식간에 살구씨를 땅에다 뱉어내고 다음 살구를 입에 넣었다. 주인집 아이의 앞치마 주머니에는 노란 살구가 가득 담겨 있었다.

"우리 도련님 착하지! 샤오량쯔한테 하나만 줄까……그럼 얼마나 좋아……"

황량쯔가 손을 뻗어 아이의 주머니를 건드리자 아이는 뿌리치고는 멀리 달려가서 살구 두 개를 땅바닥에다 던졌다.

"먹어봐! 샤오량쯔, 거지새끼……"

황량쯔는 눈길을 돌려 샤오량쯔를 보았다.

샤오량쯔는 살구를 먹었다. 살구씨가 이에 부딪쳐 따닥따닥 소리가 났다. 그렇게 오래오래 살구씨를 빨았다. 그다음엔 그

뚱뚱한 아이가 땅바닥에 뱉어놓은 살구씨를 주웠다.

어느 날, 황량쯔는 자신의 아이가 진흙 구덩이에 손을 넣어 더듬는 것을 보았다.

이날 처음으로 아이를 때렸고, 아이는 넘어졌다. 아이는 두 손을 다 진흙 구덩이에 넣더니 소리쳤다.

"엄마! 살구씨……손에 잡혔던 살구씨를 놓쳤어……"

황량쯔는 늘 아이를 다리 건너편으로 돌려보냈다.

"황량! 황량……애 좀 데려가……황량! 앞으론 이쪽으로 보내지 마……"

해 질 녘이었는지, 한낮이었는지, 다리 위에서 황량이라는 이름이 다시 울려 퍼지기 시작했다. 2년 전에 익히 들었던 "황량쯔"라는 곡조가 다시 부활한 듯했다.

"황량, 황량, 이 도깨비 같은 녀석 좀 묶어놔! 또 다리를 건너왔어……"

샤오량쯔가 주인집 아이의 입술을 때려 터뜨린 날 아침, 다리 위에서는 황량네 온 식구가 난리가 났다. 황량쯔는 소리를 질렀고, 샤오량쯔는 비명을 지르며 도망 다녔다.

"아빠……아빠……악……악……"

저녁 무렵, 마침내 샤오량쯔의 입가에서도 피가 흘렀다. 원래 있었던, 주인집 아이한테 맞아서 생겼던 그 상처에서 다시 피가 흘렀다. 하지만 이번엔 엄마가 터뜨린 것이었다.

주인집 아이가 터뜨린 상처는 엄마가 닦아주었지만, 엄마가 터뜨린 상처는 아빠도 닦아주지 않았다.

황량쯔는 짐을 싸서 다리 서쪽에서 집으로 돌아왔다.

그녀의 집은 병이 든 것처럼 조용한 침묵에 잠겼다. 문짝도 종일토록 꿈쩍도 하지 않았고, 지붕 위 굴뚝에서도 연기가 나지 않았다.

이 침묵은 다리에까지 번졌다. 다리 부근의 이웃들은 올 6월에 들어 갑자기 늘 듣던 음악 소리를 잃어버렸다.

다시는 "황량, 황량, 샤오량쯔……" 이런 소리를 들을 수 없었다.

다리 아래의 물은 고요히 흘렀다.

다리 위에서도 다리 아래에서도 황량쯔의 그림자와 목소리가 사라졌다.

황량쯔가 다시 주인의 부름을 받고 일하러 가게 되었을 때는 늦가을이었다. 초겨울이었는지도 모른다. 어쨌든 길가의 빗물이 벌써 반짝이는 얼음꽃이 되기 시작한 때였다. 하지만 도랑물은 아직 얼지 않았고, 다리 위의 난간도 아직 예전처럼 붉은 색이었다. 그녀는 다리 어귀에 멈춰 섰다. 앞에 가로놓인 도랑은 남쪽으로 봐도 전보다 더 뻗어나가지 않았고 북쪽으로 봐도 더 줄어들지 않았다. 다리 서쪽에 있는 주인집의 지붕은 예전처럼 회색이었다. 대문과 담장 그리고 담장 윗부분의 시든 강아지풀도 작년의 늦가을과 똑같이 바람 속에 흔들리고 있었다.

오로지 다리만이 높아진 느낌이었다! 올라서기도 어려울 것만 같았다. 나약하고 두려운 마음이 그녀를 사로잡았다.

"이 다리가 없어야 하는 건데! 이 다리만 없었더라면 샤오량쯔가 다리 서쪽으로 오지 못했을 것 아냐? 다리가 있어서 아이를 막지 못했던 거야! 이 다리, 다 이 다리 때문이야!"

그녀는 옛날의 다리를 그리워하기 시작했다. 옛날의 다리를 원망했던 감정을 되살려 마음속에 옛날의 다리를 다시 짓기 시작했다.

샤오량쯔는 다시는 다리 서쪽으로 오지 못했다. 아이 아빠가 다리 어귀에서 두 팔을 벌려 막고 있었다. 샤오량쯔는 웃어보기도 하고 울어보기도 했지만 번번이 아빠에게 가로막혔다. 콧물이 너무 많이 흐를 때면 아빠가 안고서 손바닥으로 차갑게 얼어버린 아이의 귓바퀴를 녹여주었다. 그렇게 다리 동쪽의 공터에서는 아주 기다란 사람 그림자가 왔다 갔다 했다.

해 질 녘이 되어서였는지, 아니면 아이가 마침내 아빠의 어깨에 기대 잠이 들어서인지, 이제 그 등이 튀어나온 기다란 그림자가 사라졌다. 다리 동쪽이 완전히 텅 비었다.

하지만 공터의 흙집에서는 등불 빛이 새어 나왔다. 때로는 흙집 안에서 연료가 타면서 툭툭 터지는 소리가 들려왔다.

샤오량쯔가 저녁밥 그릇을 입에 가져다 댔을 때 다리로부터 어둠이 밀려왔다! 마치 거대한 커튼을 다리에서부터 샤오량쯔네 집으로 오면서 덮어씌운 것처럼 하늘이 어두워졌다.

다음 날 샤오량쯔는 다시 예전처럼 다리로 달려갔다.

"엄마한테 갈래……찐빵……먹을 거야……엄마한테 찐빵 있어……엄마한테 있어……엄마한테 사탕 있어……"

소리를 지르면서 내달렸다……정수리에 남겨둔 한 움큼의 머리카락이 바람을 맞아 일어섰다. 아빠의 커다란 손이 뒤에 따라오는 것이 보였다.

다리 위에서 "엄마" 소리와 울음소리가 울려 퍼졌다……

이 울음소리는 바람을 타고, 다리 아래 물에서 울린 메아리를 타고, 먼 곳에 있는 집으로 흘러들었다.

다리 위의 이런 소란들이 그치고 조용해진 것은 그해의 마지막 비가 내린 그날부터였다.

그날 샤오량쯔를 잃었다.

겨울이 되어 다리 서쪽과 동쪽에 모두 눈발이 날렸고, 붉은 난간은 눈에 덮여 보이지 않았다.

다리 위로 행인과 수레와 말이 다리 동쪽으로, 다리 서쪽으로 지나다녔다.

그날, 황량쯔는 아이가 도랑에 빠졌다는 소식을 듣고 허겁지겁 도랑가로 달려갔다. 도랑가에 건져 올려져 숨도 쉬지 않는 아이를 보았을 때, 황량쯔는 일어나서 주위를 둘러싼 사람들의 머리 너머로 다리 쪽을 바라보았다.

그 흔들리는 난간, 그 붉은 난간, 그녀의 눈에 어렴풋하게 두 줄의 난간이 보이는 듯했다.

가슴속에서 울음이 북받쳐 터질 것만 같았다. 이번에 그녀는 정말로 울음을 터뜨렸다.

1936년

방문

이 집은 추운 기후에 맞춘 러시아식 가옥이었다. 집의 절반이 땅속에 묻혀 있어 밖에서 보면 창문이 땅에 닿을 듯 낮았다. 현관은 네모난 정자 모양으로 집 앞으로 튀어나와 있다. 현관 바깥쪽은 띠풀과 삼베를 옷처럼 덮어놓았다. 그런데도 현관문 가장자리에는 흰 서리와 눈이 덮여 있다.

그러나 집 안으로 들어가는 순간 그곳은 여름이다. 혹은 여름보다도 더 쾌적한 어떤 계절이라고 느낄 것이다. 이 집 사람들은 옷을 한 겹만 입고 옷깃도 풀어헤치고 지낸다. 햇볕은 소파 위에서 뛰어놀고 있다. 커다란 난로 위 주전자에선 물이 끓어 달그락달그락 소리가 난다. 창틀의 화분에는 초록색 강아지풀이 자라고 있다. 요컨대, 이곳은 겨울에 대한 원한과 두려움을 즉시 벗어던지게 한다.

나는 이 집에 세번째 온 것이다. 첫번째는 친구를 만나러 왔었다. 사실은 세 차례 모두 친구를 만나러 왔다. 세번째로 온 지금, 때는 황혼 녘이다. 겨울의 황혼 녘에는 집들이 모두 회백색으로 보여서, 마치 숲을 나온 흰토끼들이 지쳐서 여기저기 누워 있는 것 같았다.

나는 번지수를 찾아보았다. 해가 진 뒤에 희미하게 남은 빛으로는 번지수가 흐릿하게만 보였다. 푸른색 문패에 쓰인 숫자를 도저히 알아볼 수가 없었다. 앞으로 튀어나온 현관을 찾아보았지만, 모든 집의 현관이 다 똑같이 생겼다. 예전에 이미 두 번이나 와보았지만 그때는 모두 낮이었다. 이제 창문에 주목하기 시작했다. 내 친구의 창문에는 연녹색 강아지풀 화분이 있기 때문이다. 이렇게 나는 회색 하늘 아래 어슴푸레하게 보이는 집들 사이를 배회했다.

"아!"

현관 옆에 작은 유리 조각이 박혀 있었던 것이 갑자기 떠올랐다. 내 기억으론 다른 집의 현관에는 그런 유리가 없었다.

이 현관을 찾아내긴 했지만, 창문에 불빛이 하나도 없었다. 나는 이미 절반 이상 좌절했다!

"자고 있는지도 모르잖아? 하지만 이렇게 일찍?"

노크를 했지만 사람도 나오지 않고 대답 소리도 없었다. 안에서 개 짖는 소리만 들려왔다.

"크또? 크또?"

나는 집주인 여자의 목소리라는 걸 알 수 있었다.

"누구세요? 누구세요?"

물론 러시아어였다.

"들어오세요! 들어와서 기다리세요……친구분은 5시에 돌아올 거예요."

각설탕과 커피 그리고 손수 만든 과자를 내왔다. 다과를 차려놓고는 그녀도 같이 앉았다. 각설탕은 종이 상자에 들어 있었다. 그녀는 손을 종이 상자 안으로 뻗어 한 개씩 한 개씩 집어냈다.

"아, 별건 없지만, 좀 드세요……드세요!"

그녀는 처음에는 자주 벽에 걸어둔 손목시계를 보러 갔다.

"아가씨, 이제 조금만 더 기다리면 되겠네요. 5시면 친구분이 올 거예요. 아무리 늦어도 6시를 넘기진 않을 거예요……"

시간이 갈수록 그녀는 나를 자신의 손님으로 여기기 시작했다. 그녀는 내게 책의 한 대목을 읽어주었다. 아주 오랫동안. 하지만 나는 하나도 알아들을 수 없었다.

"이해하셨어요? 아가씨……"

"아뇨, 잘 모르겠어요."

"아아!"

그녀는 커다란 비취색 귀걸이를 흔들며 말했다. 동경과 선망에 잠긴 그녀의 회색 입술은 음절의 끝소리들을 제대로 발음하지 못했다.

"이해가 안 되세요? 아가씨, 얼마나 멋진 이야긴데요! 얼마나……저는 실제로 이런 연애를 본 적이 있어요. 정말이에요. 제 자신도 이런 연애를 한 적이 있고요. 조금 이해가 되나요? 아니면 전부 다 이해가 되었나요?"

"아뇨, 전혀 이해를 못 했어요."

그렇게 말해도 그녀는 읽기를 멈추고 설명을 해주지는 않았다. 그녀의 무릎에 놓인, 금방이라도 낱낱이 흩어질 것 같은 그 낡은 책을 그녀는 열 손가락을 다 써서 붙잡고 있었다.

"아! 차 드세요!"

아마도 일단락이 되는 곳까지 읽은 모양이었다. 책을 탁자 위에 놓고, 각설탕으로 읽은 곳을 표시했다.

"커피를 요만큼밖에 못 가져왔어요. 중국에 올 때 준비를 별로 못 했거든요…… 하지만 저는 레이스 뜨는 법을 알아요. 예전엔 그런 것에 대해 아예 알지도 못했는데, 지금은 아주 잘한답니다. 한번 볼래요? 온갖 종류의 레이스가 있어요…… 러시아의 레이스는 러시아 춤만큼이나 아름답지요…… 유명해요. 그래요, 전 세계에서 알아주지요……"

난 계속 그녀가 유태인이라고 생각했다. 그녀의 머리카락은 곱슬곱슬했지만 검은색이었다. 유태인만이 이런 머리칼을 가지고 있다. 게다가 그녀의 커다란 귀걸이도 유태인들 것처럼 크고 무거웠다.

"아니지, 아가씨, 볼 거예요 안 볼 거예요? 내 생각엔 한번 보는 게 좋을 것 같은데……"

그녀는 장식용 술이 달린 숄을 다잡으며 일어서려고 했다. 그런데 숄이 의자 등받이의 무언가에 걸린 것 같았다.

"이게 뭐지……이건……"

의자 등받이는 구불구불한 철사들로 덮여 있었는데, 그녀가 철사에 걸린 숄을 잡아당기자 의자는 부서질 듯이 찍찍 소리를 냈다.

"아가씨, 이 레이스 말이에요! 레이스, 레이스…… 품격 있는 가정에서는 레이스가 필요한 곳이 많아요. 이를테면……침구, 여성용 잠옷, 커튼 등등, 신경을 좀 쓰는 주부라면 냅킨에도 레이스를 빠뜨리지 않지요. 아주 많아요. 쓰일 곳이 아주 많지요. 얼른 배워보세요!"

그래서 그녀의 레이스를 한번 보았지만, 전혀 훌륭하지 않았다. 위쪽은 이미 때가 탔고, 어떤 부분은 빨아도 지지 않은 찌든 때처럼 보였다. 마치 얼룩이 있는 나뭇잎을 연결한 것 같았다.

"아가씨, 금방 배울 수 있어요. 이 기계 좀 보세요. 아가씨도 기계 사용할 줄은 알겠죠! 한 달이면, 한 달이면 돼요…… 수업료는 3위안이고요……"

개가 침대 위에서 이리저리 뛰어다니는 바람에 침대가 흔들리며 소리를 냈다. 이 개가 때때로 우리의 대화를 중단시켰다. 개는 침대에서 탁자 위로 뛰어왔다가 다시 탁자에서 창턱으로 뛰어갔다. 이 집 안의 가구들은 모두 다닥다닥 붙어 있었다. 침대와 창문 사이에 사각 탁자가 하나 있었는데, 그게 바로 우리가 앉아서 차를 마시는 그 탁자였다. 그리고 커다란 난로가 있었고, 그리고 발아래에 타구가 있었다.

"차 좀 드세요! 이 차는 그저 그래요. 중국에 올 때 좋은 차를 못 가져왔거든요. 그럼, 비스킷이라도 좀 드세요……"

그녀는 비스킷이 담긴 이 빠진 쟁반을 내 쪽으로 밀었다. 그러면서 눈을 지그시 감으며 나에게 물었다.

"안 좋아하세요? 이런 거 안 좋아하세요?"

나는 그녀가 능숙하게 짓는 표정들을 보면서 손을 뻗어 찻잔을 들었다. 그때 나는 탁자 위에 찻잔이 하나밖에 없다는 것을 깨달았다. 나는 방 안을 다 둘러보았지만, 더 이상의 찻잔은 없었다. 나는 피로해졌다. 친구는 다음에 다시 만나러 와야겠다고 생각했다. 내가 일어나자 개가 내 옷자락을 물어 당겼다.

"보세요! 아가씨, 이 개는 손님을 너무 좋아한다니까요…… 조금 더 계시다 가세요. 조금만 기다리시면 친구분이 금방 오실 거예요…… 난로에 나무를 좀더 넣을게요…… 보시다시피 저랑 개랑 둘이서 지내니까 무척 갑갑하답니다. 개는 이렇게 뛰어다니면서 예뻐해달라고 하는데 그게 때로는 귀찮기도 해요. 하지만 개는 말을 못 하니까…… 제가 화를 내면 무서워하기는 해도 제 영혼의 색깔까지 아는 건 아니거든요……"

그녀는 난로 문을 열었다. 난롯불이 그녀의 귀걸이를 비추었고, 일렁거리는 불빛의 열기가 그녀의 검은 곱슬머리의 곡선을 더 또렷하게 해주는 듯했다. 그녀가 팔을 움직이자 어깨에 두른 숄의 한 자락이 흘러내리려 했다. 개가 그 금색 숄에 달린 술을 쫓고 있었다.

그녀는 그 개가 '아프리카 개'라고 했다. 자세히 보니 꼭 캥거루같이 생겼고, 털이 별로 없어서 마치 비늘 벗긴 물고기 같았다. 하지만 불빛에 비친 개는 훨씬 더 아름다워 보였고 활기차 보였다. 쥐를 닮은 쫑긋 세운 귀도 불빛을 받아 투명하게 보였다.

난로 문이 닫혔고, 등불 빛이 더 밝아졌다. 그녀가 앉아서 숄을 바로잡고 다시 이야기를 계속하려 할 때 개는 창턱에서 커튼 자락을 물어뜯었다……

'궁정'과, '니콜라이'와, 갖가지 화려하고 고귀한 것들을 이야기하면서 그녀는 마치 자신이 이야기하고 있는 그 모든 것을 허공에서 감싸 안으려는 듯 두 팔을 양쪽으로 활짝 벌렸다. 의자도 삐걱삐걱 소리를 내기 시작했다.

"저는 어떠냐고요! 전 지금 사는 것 같지가 않아요. 러시아에서는요, 노예라도 저처럼 살지 않을 거예요…… 귀족층은 완전히 무너져서 하나도 남아 있지 않아요…… 귀족들은 모조리 중국이나 다른 나라로 쫓겨났지요…… 좋은 생활이라, 그런 게 어디 있겠어요? 러시아의 영광은 사라졌어요……"

이때 그녀는 비스킷 한 조각을 집어 들어 손바닥에 올려놓았다. 그녀의 검은색 속눈썹이 빠르게 한 번 깜빡였고, 입술이 파도처럼 떨리기 시작했다.

"이런 거 본 적 있어요? 이걸 비스킷이라고 하지요. 그런데 이게 무슨 비스킷인가요? 개도 안 먹을걸요……"

그녀는 손바닥 위의 작고 딱딱한 조각을 캥거루처럼 생긴 개한테 던졌다. 유리창에 부딪치는 소리가 난 뒤 개가 비스킷을 씹기 시작했는데, 마치 무슨 뼈다귀라도 씹는 듯한 소리가 났다.

"아가씨, 아시겠지만 이 녀석은 러시아 개가 아니에요. 러시아엔 이렇게 천한 개가 없답니다. 전에 저도 키웠는데요, 고기와 수프만 먹지 다른 건 입에도 안 댄답니다. 빵도 안 먹어요……"

다음엔 커피 이야기를 하고, 또 그다음엔 춤 이야기를 했다.

그녀는 자세를 잡고, 들썩들썩하는 마룻바닥에서 회전 동작도 몇 번 해 보였다.

"러시아의 춤은 러시아의 레이스처럼 유명해요. 전 세계적으로 굉장히 유명하지요……"

그녀는 자리에 앉았다. 마치 방금 회복한 청춘이 그녀의 몸에서 미끄러져 나간 듯했다.

"다시 레이스 이야기를 하자면요, 전 수강생을 몇 명 구했으면 해요. 생활비를 좀 보태려고요…… 보시다시피 방이 두 개니까, 제가 부엌에서 지내면, 사실 작아도 충분히…… 지난 몇 년간 레이스 교습을 했는데, 수강생이 하나둘씩 줄었어요…… 지금은 아무도 저를 찾질 않아요…… 중국에 온 지 18년이 되었으니까…… 아니지, 19년요. 그때 전 스물두 살이었어요. 신혼이었죠…… 그런데 지금은 레이스 교습을 해요…… 맞아요…… 레이스 교습을 해요……"

창문 너머로 보이는 별 하나가 커튼 틈새로 빛을 뿌렸다. 그녀는 가서 커튼을 치고는 말했다.

"이건 러시아의 별빛이 아니야. 나는 비추지 말아주길……"

그녀가 고개를 흔들자 커다란 귀걸이가 가느다란 목 언저리에서 몇 차례 흔들거렸다. 그리고 그녀는 창백한 손을 뻗어 별빛을 가렸다.

내가 그 러시아식 집을 떠날 때 그 검은색 아프리카 개가 나를 향해 몇 차례 짖었다.

"아가씨! 레이스……누구라도 배우려는 사람 있으면 소개 좀 시켜주세요……"

나는 내 친구가 예전에 했던 말이 기억났다. 집주인이 제정 러시아 시대 어느 장군의 딸이라고.

우리는 작별 인사를 했다. 그리고 나는 큰길로 걸어 나왔고, 그녀는 문을 닫았다. 문을 사이에 두고, 나는 그녀가 큰 소리로 부르는 소리를 들었다.

"그빈크! 그빈크!"

아마도 그 아프리카 개의 이름인 모양이었다.

1936년 1월 7일

(1936년 1월 20일 상하이 『해연海燕』 제1기에

처음으로 발표되었다.)

떠남

리원黎文은 요 며칠 내내 머릿속에 바다를 그리고 있다. 하얀색 파도! 하늘도 놀랄 파도! 붉은 태양에까지 닿을 듯한 파도! 배들은 커다란 물새처럼 파도 사이를 달린다. 바닷물이 요동치고 파도가 우르르 몰려와, 티끌처럼 작은 자신은 바닷속에 파묻힐 것 같았다!

리원은 더 이상 이 생각에 잠겨 있을 수가 없는 듯했다. 그는 친구의 집을 향해 걸었다. 친구네 집의 창문 밖에 사람 그림자가 휙 스쳤다.

리원이 문을 열었다! 리원이 들어왔다! 사실 들어오기 전부터 그라는 걸 알 수 있었다! 그는 문을 열 때마다 언제나 그렇게 재빠르게 울리는 특유의 소리를 내기 때문이다. 문간에 선 그의 안색이 평소보다 어두웠다. 목소리는 더 침울했다.

"엊저녁에 와보니 자네들이 없던데, 나 내일 떠나."

"결정한 거야?"

"결정했어."

"돈은 얼마나 모았어?"

"30위안."

이것은 친구의 마음을 무척 아프게 했다. 1위안의 노자도 보탤 수 없는 형편이었기 때문이다! 친구는 자신의 침대를 한 번 보고, 자신의 몸을 한 번 돌아보았다. 길 떠날 친구에게 줄 옷가지도 하나 없었다. 리원은 바닥에서 작은 여행용 가방을 집어 들어 내용물을 살펴보았다. 회색 셔츠, 흰색 셔츠, 그러곤 이리 뒤지고 저리 뒤져도 더 이상 아무것도 없었다! 그 외엔 찢어진 종잇조각과 공책뿐이었다.

리원이 들고 있는 솜외투는 목 부분의 털도 낡았고 안쪽의 솜도 다 보일 지경이었다. 지금 리원은 겹옷만 하나 입고 있다. 그는 말했다.

"이 외투는 주인한테 돌려줘야겠어."

"왜 돌려주려고? 그 사람들은 옷도 충분히 있을 텐데. 전당포에 맡기거나 파는 게 좋지 않을까?"

"너무 값이 안 나가. 1위안도 못 받을 거야."

"그럼 집에라도 가져다드리지 그래?"

"집? 나 집에 안 갈 거야."

리원은 갑자기 심장이 쿵쾅거리며 얼굴이 벌겋게 달아올랐다가 다시 창백해졌다. 그의 눈은 누구라도 그의 집에 관해서 한 마디만 더 하면 바로 눈물을 쏟을 것 같았다.

어제 리원은 셔츠를 가지러 집에 갔다가 길목에서 동생을 만났다. 동생은 형을 보자마자 기쁜 소식을 알리듯 큰 소리로 외쳤다.

"형이 왔어요!"

매번 집에 갈 때마다 늘 이런 식이었다. 동생은 가슴 앞에 건 담배 판매대를 덜렁거리며 먼저 집으로 뛰어갔다.

어머니는 부엌에서 물었다.

"일이 바쁜 모양이구나? 어째 대엿새를 집에도 안 오고?"

그가 최근 두 달 동안 매일 집에 들어왔기 때문에 어머니는 아들이 직장을 구한 것이 좋았다. 사실 리원은 일주일 전에 해고되었지만 어머니는 그것도 모른 채 여전히 기분이 좋았다. 그녀는 계속해서 물었다.

"일이 많이 바쁘니? 안색이 안 좋구나. 너무 피곤한 게지!"

그는 빨리 셔츠를 찾아서 이 집을 떠나고 싶었다.

"또 떠나려고? 이번엔 안 된다. 네가 어딜 가든 따라갈 테다!"

그는 벙어리처럼 아무런 대답도 하지 않았다! 어머니는 아들의 옷을 바느질하면서 아들 몰래 소맷자락으로 눈물을 훔쳤다.

그는 어머니에게 거짓말로 둘러댔다.

"양식이 다 떨어졌잖아요! 2, 3일이면 밀가루 한 포대는 사 올 수 있어요. 안 그래요? 그거면 보름은 넘게 먹을 수 있잖아요?"

어머니의 슬픔은 아이들의 슬픔과 같아서 아들의 이 말에 넘어가 마음을 돌렸다.

그는 이번에 마지막으로 집을 떠나려는 것이다. 후일 다시 어머니를 볼 수 있을지 없을지는 알 수 없었다. 어머니가 이미 늙고 쇠약해졌기 때문이다. 늙고 쇠약해서가 아니더라도, 근심 걱정 때문에 쓰러질지도 모른다.

리원의 마음은 흔들리는 방울처럼 안정시키려 해도 안정되지가 않았다. 제멋대로 흔들리라지! 미친 듯이 흔들어보라고! 그는 그렇게 집을 떠났다. 동생과 어머니는 배웅하러 나오지 않았다. 어머니는 늘 그랬듯이 아들이 돌아올 거라고 생각했다.

리원은 친구의 집에 앉아 다시 바다를 생각했다! 길을 나서 걸을 때는 발이 파도 위를 걷는 것 같았다. 마치 자신이 한 척의 배가 되어 큰길 위에 떠 있는 것 같았고, 길거리의 모든 소리가 바닷소리처럼 들렸다.

그는 앞을 향해 걸어나갔다. 그는 오로지 이 바다가 두려웠지만, 또 한편으로는 이 공포스러운 바다에 어서 빨리 다가가고 싶었다.

(1934년 3월 10·11일 하얼빈『국제협보國際協報』부간
『국제공원國際公園』에 처음 발표되었다.)

손

우리 학교 학생들 중에서는 한 번도 이런 손을 본 적이 없었다. 시퍼렇고, 시커멓고, 또 자주색 같기도 했다. 손끝에서부터 손목 위까지 그런 색깔이었다.

그녀가 온 처음 며칠간 우리는 그녀를 '괴물'이라고 불렀다. 수업이 끝난 후에는 다들 우르르 달려가 그녀를 둘러쌌다. 하지만 아무도 그녀의 손에 관해서 물어보지는 않았다.

선생님이 출석을 부를 때 우리는 참으려 할수록 더더욱 참지 못하고 웃음을 터뜨릴 수밖에 없었다.

"리제李潔!"

"네."

"장추팡張楚芳!"

"네."

"쉬구이전徐桂眞!"

"네."

신속하고도 절도 있게 한 명씩 일어났다가 앉았다. 하지만 왕야밍王亞明을 부를 때는 항상 시간이 한참씩 걸렸다.

"왕야밍, 왕야밍……네 이름 불렀어!"

다른 급우가 이렇게 그녀를 재촉하면 그제야 일어나서, 검푸른 두 손을 꼿꼿이 아래로 내리고 어깨도 늘어뜨린 채 얼굴은 천장을 보며 대답했다.

"네, 네, 네."

급우들이 아무리 웃어도 그녀는 조금도 당황하지 않았다. 소리 나게 의자를 움직이면서 한참의 시간을 들여 엄숙하게 자리에 앉았다.

어느 날 영어 시간에는 영어 선생님이 너무 웃은 나머지 안경을 벗어서 닦기까지 했다.

"너 다음번에는 '히얼'이라고 대답하지 말고 그냥 '네'라고 대답해!"

학급 전체가 웃고 구르느라 교실 바닥이 시끄럽게 울릴 지경이었다.

하지만 다음 날 영어 시간에 다시 왕야밍을 불렀을 때 그녀는 또 "히얼—히얼" 하고 대답했다.

"너 전에 영어 배운 적 있어?"

영어 선생님이 안경을 고쳐 쓰며 물었다.

"그거 영국말 아니에요? 배운 적은 있어요. 곰보 선생님께서 가르쳐주셨는데요……연필은 '펜슬', 경필은 '펜'이라고. 그런데 '히얼'은 배운 적이 없어요."

"Here은 '여기'라는 뜻이야. 따라 해봐. Here! Here!"

"시얼! 시얼."

이번에는 또 '시얼'이라고 읽었다. 그녀의 이상한 발음 때문에 반 전체가 뒤흔들릴 정도로 웃어댔다. 하지만 왕야밍 본인은 침착하게 자리에 앉았고, 검푸른 손으로 책장을 넘겼다. 그리고 낮은 목소리로 읽기 시작했다.

"화트……디스……아르……"

수학 시간에 계산식을 읽을 때도 문장 읽을 때와 마찬가지였다.

"$2X+Y=\cdots\cdots X^2=\cdots\cdots$"

점심시간이 되자 그 검푸른 손에 찐빵을 들고는, 머릿속으로 지리 교과서에 나온 내용을 '멕시코는 은……원난……아, 원난의 대리석' 하며 되새기고 있었다.

밤이면 그녀는 화장실에 가서 책을 읽었고, 날이 밝아올 때면 계단에 앉아 있었다. 조금이라도 빛이 있는 곳에 가면 쉽게 그녀를 만날 수 있었다. 눈이 쏟아지던 어느 날 아침, 창밖의 나뭇가지에는 흰 솜 같은 눈꽃이 피었는데, 기숙사의 복도 끝 창턱 위에서 사람이 자고 있는 것 같았다.

"누구지? 이렇게 추운 곳에!"

내 가죽신이 바닥에 부딪쳐 퉁퉁 울리는 소리가 났다. 일요일 아침이었기 때문에 학교는 특유의 평온 속에 잠겨 있었다. 어떤 아이들은 일어나 단장을 하고 있었고, 어떤 아이들은 아직 자고 있었다.

조금 더 가까이 가자, 그녀의 무릎 위에 펼쳐진 책장이 바람에 날리는 것이 보였다.

"여기 누구니? 일요일인데도 이렇게 열심히 하다니!"

막 그녀를 깨우려던 차에 그 검푸른 손이 눈에 들어왔다.

"왕야밍, 아휴……일어나……"

나는 그녀의 이름을 직접 불러본 적이 없었기 때문에 어색하고 낯선 느낌이 들었다.

"흐흐……잠이 들었네!"

그녀는 말을 할 때면 항상 둔한 웃음으로 시작했다.

"화트……디스, 유……아이……"

그녀는 책에서 읽을 곳을 찾기도 전에 벌써 읽기 시작했다.

"화트……디스, 영국말 이건 너무 어려운 것 같아……우리 중국 글자는 하나하나 짜임새가 있는데……이건 그냥 꼬불꼬불한 게 기다란 벌레가 머릿속을 기어 다니는 것 같단 말이야. 그래서 읽을수록 더 흐리멍덩해지고 기억이 안 나. 영어 선생님도 어렵지 않다고, 어렵지 않다고만 말씀하시고, 너희들도 별로 어려워하지 않는 것 같은데. 나만 머리가 나쁜가 봐. 시골 사람들은 너희들처럼 머리가 잘 안 돌아가거든. 우리 아빠는 나만도 못해. 젊을 때 이름의 '왕' 자를 배우셨는데, 한참을 외워도 외우질 못하셨대. 유……아이……유……아르……"

말을 마치고는 맥락도 없이 다시 단어를 읽기 시작했다.

환풍기의 팬이 윙윙하면서 벽에서 소리를 냈다. 환기창을 통해 날아 들어온 작은 눈 조각들이 창턱에 내려앉아 물방울이 되었다.

그녀의 눈에는 온통 핏발이 서 있었다. 그 눈은 그녀의 검푸른 손과 같이, 끈질긴 집념으로 그녀의 만족되지 않을 소망을 좇고 있었다.

구석진 곳, 조금이라도 불빛이 있는 곳에서는 항상 그녀를 볼 수 있었다. 마치 쥐가 뭔가를 갉아 먹듯이 단어를 읽었다.

그녀의 아버지가 처음으로 찾아왔을 때 그는 대뜸 그녀에게 살이 쪘다고 말했다.

"젠장, 살이 쪘구나. 여기서 먹는 게 집밥보다 나은가 보지, 안 그래? 열심히 해! 3년 열심히 하면, 성현은 못 되더라도 사람 사는 도리는 잘 알게 될 거다."

일주일 동안 교실에서는 모두들 왕야밍 아버지의 흉내를 냈다. 그녀의 아버지가 두번째로 찾아왔을 때 그녀는 아버지에게 장갑이 필요하다고 했다.

"그럼 내 장갑을 껴! 공부를 그렇게 열심히 하는데 장갑 한 켤레도 없어서야 되겠어? 그래도 좀 기다려봐. 급할 건 없으니까……필요하면 우선 이걸 끼고. 이제 곧 봄이잖아! 나는 밖에도 별로 안 나가니까, 밍쯔야, 겨울이 오면 그때 우리 다시 사자, 그럼 되겠지? 밍쯔야!"

'접견실' 입구에서 떠들썩하게 이야기를 하고 있으니 벌써 학생들이 주변을 빽빽이 둘러싸고 있었다. 아버지는 밍쯔야 밍쯔야 하며 이야기를 계속했다.

"셋째는 둘째 이모네 놀러간 지 2, 3일 됐어! 돼지 새끼는 매일 콩을 두 줌씩 더해서 먹고 토실토실 살이 쪘고. 넌 못 봤지, 귀도 쫑긋하게 섰어, ……언니는 또 집에 와서 파장아찌를 두 단지나 담갔다……"

그가 말하느라 땀까지 흘리고 있을 때 여교장이 둘러싼 학생들 사이를 뚫고 왔다.

"접견실 안에 들어가서 잠깐 앉으시지요—"

"아닙니다, 안 그러셔도 됩니다, 저도 그럴 시간이 없고요. 곧 기차 타러 가야 합니다……빨리 돌아가야 해요. 집에 아이들이 많아서 마음이 안 놓이거든요……"

그는 가죽 모자를 손에 들고 교장 선생님에게 연신 고개를 숙였다. 머리에서는 김이 났다. 그는 곧 문을 열고 밖으로 나갔다. 마치 교장이 그를 쫓아낸 것 같았다. 그는 다시 뒤돌아서서 장갑을 벗었다.

"아빠, 그냥 아빠가 끼세요. 전 사실 장갑 없어도 돼요."

그녀의 아버지도 손이 검푸른 색이었다. 왕야밍의 손보다 더 크고 더 검었다.

신문 자료실에서 왕야밍이 나에게 물었다.

"말해봐, 사실이야? 접견실에 들어가서 이야기하자는 건 돈을 달라는 말이라는 게?

"누가 돈을 달라고 한대! 돈은 무슨 돈!"

"목소리 좀 낮춰. 쟤들 듣겠어. 들으면 또 비웃을 거야."

그녀는 내가 읽고 있던 신문을 손바닥으로 두드리며 말했다.

"우리 아빠가 그랬어. 접견실에는 찻주전자와 찻잔이 있는데, 들어가면 학교 관리인이 차를 따라준다는 거야. 차를 따라주면 돈을 내야 하는 거래. 내가 그런 거 아니라고 해도 우리 아빠는 믿지를 않아. '어디 작은 가게에 가서 물 한 잔을 마셔도 얼마라도 값을 치러야 하는데, 하물며 학교는 어떻겠냐? 너도 생각해봐라, 학교가 얼마나 큰 곳인지!' 이러면서."

교장은 이미 수차례 그녀에게 이렇게 말했다.

"너 그 손은 씻어도 안 되는 거니? 비누칠을 더 많이 해봐!

빽빽 문질러 씻고 뜨거운 물에도 불려보라고. 아침 체조 시간에 운동장에서 들어 올린 손 수백 개가 다 하얀데 네 손만 튄단 말이야! 너무 튀어."

여교장은 핏기 없이 화석처럼 투명해 보이는 손가락으로 왕야밍의 검푸른 손을 건드렸다. 그녀는 그 손을 만지기가 두려운 듯했다. 마치 무슨 죽은 검정색 새라도 만지는 것처럼 숨을 잠시 멈추는 것 같았다.

"색이 많이 연해지긴 했네. 손바닥 쪽은 이제 피부가 보이네. 처음 왔을 때보다는 많이 좋아졌어. 그땐 정말 쇳덩이 같았는데……공부는 따라갈 만해? 더 열심히 하도록 해. 그리고 앞으로는 아침 체조에 안 나와도 돼. 봄이 되면 산책 나오는 외국인들이 많은데, 학교 담장이 낮다 보니 그 사람들이 늘 학교 안을 들여다본단 말이야. 네 손에서 검정 물이 다 빠지면 그때부터 다시 나오도록!"

교장은 그녀에게 아침 체조를 그만 나오라고 말했다.

"제가 이미 아버지한테 이야기해서 장갑을 구해두었는데요, 장갑을 끼고 하면 안 보이지 않을까요?"

그녀는 사물함을 열어 아버지의 장갑을 꺼냈다.

교장은 웃다가 기침까지 했다. 빈혈기 있는 얼굴에 곧바로 혈색이 돌았다.

"그럴 필요 없어! 색깔이 튀는 게 문제였는데 장갑을 껴도 색깔이 다른 건 마찬가지라고."

인공 산 위에 쌓였던 눈이 녹았다. 학교 관리인이 치는 종소리가 평소보다 더 쩌렁쩌렁 울리는 듯했다. 창 앞의 버드나무에는 싹이 텄고, 햇빛을 받은 운동장에서는 아지랑이가 피어오르는 것 같았다. 아침 체조 시간이 되자 교관의 호루라기 소리도 더 멀리까지 퍼져 나갔고, 그 소리에 창밖의 숲속에 있는 집들까지 같이 울렸다.

우리는 달리고 뛰며 새 떼들처럼 소란스러웠다. 달콤한 공기가 우리를 둘러쌌다. 나무 꼭대기에서 불어오는 바람은 보드라운 새싹의 향기를 품고 있었다. 겨울의 추위에 억눌렸던 영혼들이 껍질을 벗고 터져 나오는 목화솜처럼 나래를 폈다.

아침 체조가 막 끝나갈 무렵, 갑자기 건물 창문에서 한 사람이 뭔가 외치는 소리가 들렸다. 그 목소리는 공기를 타고 하늘로 날아 올라가는 듯했다.

"햇볕이 정말 따뜻하구나! 너희들 덥지 않아? 너희들……"

움트는 버드나무 뒤편의, 그 창가에 서 있는 것은 왕야밍이었다.

시간이 가면서 버드나무는 초록 잎이 무성해지며 학교 마당에 우거진 그늘을 만들었지만, 왕야밍은 그와 반대로 점점 말라갔다. 눈 주위는 푸르스름해졌고, 귓바퀴도 얇아진 듯했다. 어깨도 전혀 예전처럼 활력 있고 건장하지 않았다. 그녀가 가끔 나무 그늘에 나타났을 때, 그녀의 꺼지기 시작한 가슴팍을 보고 나는 폐병 환자를 떠올렸다.

"교장 선생님이 내가 공부를 못 따라가고 있다고 하셨어. 그 말이 맞아. 학년 말까지 계속 못 따라가면, 흐흐! 정말 유급되는 걸까?"

그녀는 예전과 마찬가지로 '흐흐' 웃으며 말했지만, 그녀의 손은 움츠러들어 있었다. 왼손은 등 뒤로 숨었고, 오른손은 옷자락 밑에 들어가 불룩하게 보였다.

우리는 그녀가 우는 걸 한 번도 본 적이 없었다. 그런데 바람이 버드나무를 뽑아버릴 듯 거세게 불던 날, 그녀는 교실을 등지고, 우리를 등지고, 창밖의 바람을 보며 울었다. 참관하러 온 사람들이 떠난 뒤의 일이었다. 그녀는 색이 조금 옅어진 검푸른 손으로 눈물을 훔쳤다.

"울어! 뭘 잘했다고 울어? 참관인들이 왔는데 어디 가서 숨어 있을 것이지. 너도 보면 알 거 아냐. 너처럼 이상한 애가 없다는 걸! 손은 그렇다 치더라도, 이것 봐, 윗도리가 회색이 다 됐잖니! 다른 애들은 다 푸른색 윗도리를 입었는데 너만 튀잖아. 낡기도 너무 낡은 데다 색깔도 안 맞고……너 하나 때문에 교복의 통일성을 망칠 순 없다고……"

교장은 입술을 앙다물며 창백한 손가락으로 왕야밍의 옷깃을 집어 뜯었다.

"아래층에 가 있다가 참관인들이 가고 나서 올라오라고 했잖아. 누가 너더러 복도에 서 있으래? 복도에 서 있으면, 너도 생각 좀 해봐, 그 사람들이 널 못 볼 줄 알았어? 게다가 손에는 맞지도 않는 큰 장갑을 끼고선……"

'장갑'이라는 말을 하면서 교장은 까맣게 윤이 나는 가죽 구두 끝으로 바닥에 떨어져 있던 장갑 한 짝을 찼다.

"장갑을 끼고 거기 서 있으면 퍽이나 좋겠다고 생각했나 보지? 어이가 없어서 정말!"

그녀는 이번에는 장갑을 밟았다. 그녀는 마부에게나 어울릴 두터운 장갑을 보고는 참지 못하고 웃음을 터뜨렸다.

그리고 왕야밍은 처음으로 울었다. 바람 소리는 그친 것 같았지만, 그녀의 울음은 그치지 않았다.

여름 방학이 지나고 그녀가 돌아왔다. 늦여름이었던 그날은 가을처럼 선선했고, 황혼 무렵의 햇빛이 큰길에 비쳐 길바닥에 깔린 돌들이 모두 주홍색으로 물들었다. 우리는 무리를 지어 교문 입구의 돌능금나무 밑에서 돌능금을 먹고 있었다. 바로 이때, 왕야밍이 덜컹덜컹 마차를 타고 라마타이* 쪽으로부터 왔다. 마차가 멈추자 주위가 완전히 조용해졌다. 그녀의 아버지가 짐을 날랐고, 그녀는 세숫대야와 몇 가지 물건을 들고 계단을 올라갔다. 우리는 재빨리 길을 비켜주지 못했다. 몇몇 아이들은 "왔네!" "너 왔구나!"라고 말했지만, 나머지는 그저 입을 벌린 채 보고만 있었다.

그녀의 아버지가 허리띠에 건 흰 수건을 흔들거리며 계단을 올라간 뒤에야 한 아이가 말했다.

"웬일이니! 집에서 여름 나고 오더니 쟤 손이 또 시커매졌어! 완전 쇳덩이 같지 않아?"

가을이 지나고 기숙사 이동을 하던 날에야 비로소 나는 이 쇠 같은 손을 유심히 보게 되었다. 나는 거의 잠이 들어 있었지만 옆방에서 나는 시끄러운 소리가 귀에 들어왔다.

"난 싫어. 난 걔 옆에서 자기 싫다고."

---

* 당시 하얼빈의 유명한 정교회 성당이었고, 하얼빈역 부근의 광장에 위치해 있었다. 원문에 나온 '라마타이喇嘛臺'는 속칭이며 정식 이름은 '성 니콜라스 성당'이다.

"나도 개 옆에서 자기 싫어."

나는 잘 들어보려고 귀를 기울였지만 더 이상은 들리지 않았다. 그저 웅웅 하는 웃음소리와 한 덩어리로 뒤섞인 시끄러운 소리만 들렸다. 밤중에 한번 잠이 깨서 복도에 물을 마시러 나갔는데, 한 사람이 벤치에서 자고 있었다. 나는 곧바로 그 사람이 왕야밍이라는 걸 알 수 있었다. 검푸른 두 손이 얼굴을 덮고 있었기 때문이다. 이불 절반은 바닥에 떨어져 있고 절반은 다리에 걸려 있었다. 처음에 나는 그녀가 복도 불빛 아래서 책을 보다 잠들었을 거라고 생각했지만, 그녀의 주변을 둘러봐도 책은 없고 보따리와 몇 가지 자잘한 물건들만이 바닥에 놓여 있었다.

다음 날 밤에 교장은 왕야밍을 뒤따르게 하고 흥흥 콧소리를 내며 기숙사 방을 살피고 다녔다. 그녀는 침상 사이를 가로질러 다니며 가느다란 손으로 줄지어서 반듯하게 펴져 있는 하얀 침대 시트를 툭툭 건드렸다.

"여기, 여기는 침대 일곱 개를 붙여놓았는데 여덟 명만 사용하고 있네. 원래 침대 여섯 개에 아홉 명이 잘 수 있는데!"

그녀는 다른 이불들을 밀치고는 왕야밍에게 그 자리에 이불을 깔도록 했다.

왕야밍의 이불이 펼쳐졌다. 그녀는 기분이 좋았던지 이불을 깔면서 입으로는 휘파람을 부는 것 같았다. 나는 그런 소리를 처음 들었다. 여학교에서는 아무도 휘파람을 불지 않았기 때문이다.

왕야밍은 이불을 다 깐 뒤 침대 위에 앉아 입을 벌리고 있었다. 아래턱을 약간 앞으로 내밀고 있는 모습을 보니 무척 편안하고 홀가분한 모양이었다. 교장은 이미 아래층으로 내려갔다. 어쩌면 이미 기숙사를 나가서 퇴근했을지도 모른다. 하지만 푸석푸석한 머리카락의 사감 할머니가 탁탁 신발 소리를 내며 바삐 오가고 있었다.

“내가 볼 땐 이건 아니야……저렇게 위생 관념이 없고 몸에 벌레 종류도 있는데 누가 저 애 옆에 있고 싶겠어?”

사감은 구석 쪽으로 몇 걸음 걸었다. 그녀의 눈 흰자위가 나를 향하는 것 같았다.

“이 이불 좀 봐. 너희들 냄새 한번 맡아봐! 한 발 떨어진 곳에서도 냄새가 나잖아……저 아이 옆에서 잠을 자는 게 말이나 되냐고! 벌레 종류가 옮지 않는다고……누가 보장해? 저것 봐, 이불솜은 또 어찌나 시커먼지!”

사감은 항상 자기 이야기를 늘어놓았는데, 남편이 일본에 유학할 때 자기도 같이 갔으므로 자기도 유학을 한 셈이라고 했다. 그러면 학생들이 물었다.

“어떤 공부를 하셨어요?”

“꼭 무슨 전공을 해야 하니! 일본에서 일본어 배우고 일본 풍속 경험하는 게 유학이 아니면 뭐야?”

“위생 관념이 없어, 말이나 되냐고……더러워.”

그녀는 이런 말을 입에 달고 있었다. 그리고 이[蝨]는 반드시 ‘벌레 종류’라고 불렀다.

“사람이 더러우면 손도 더러운 거야.”

그녀는 어깨가 무척 넓었는데, 더럽다는 말을 하면서 어깨를 일부러 위로 치켜올렸다. 그런 뒤 마치 갑자기 불어온 찬바람을 맞은 것처럼 밖으로 달려 나갔다.

"이런 학생을 말이야. 교장 선생님도 정말이지……정말이지 쓸데없이……"

소등 종이 울린 후에도 사감은 여전히 복도에서 다른 학생들과 이야기하고 있었다.

그다음 날 밤에 왕야밍은 다시 보따리와 이불 짐을 들었고, 다시 흰 얼굴의 교장을 뒤따라 걸었다.

"여긴 안 돼요. 사람이 다 찼어요!"

교장의 손톱이 이불에 닿기도 전에 그들은 소리치기 시작했다. 다른 침상에 가도 마찬가지였다.

"저희도 사람이 다 찼어요! 이미 넘쳐요! 침대 여섯 개에 아홉 명이에요. 여기서 어떻게 더 받아요?"

"하나, 둘, 셋, 넷……"

교장이 세기 시작했다.

"덜 찼네. 하나 더 들어갈 수 있어. 침대 네 개면 여섯 명이 잘 수 있는데 여기는 다섯 명뿐이잖아……이리 와! 왕야밍!"

"아니에요, 그건 제 동생 자리예요. 내일 오거든요……"

그 학생은 달려가서 이불을 손으로 눌렀다.

결국 교장은 왕야밍을 다른 기숙사로 데리고 갔다.

"쟤는 이가 있어요. 저는 쟤 옆에서 못 자요……"

"저도 쟤 옆에서 못 자요……"

"왕야밍은 이불에 홑청도 없이 솜 그대로 덮고 자요. 못 믿으시겠으면 교장 선생님께서 직접 보세요!"

그다음에 학생들은 농담을 하기 시작했고, 결국엔 왕야밍의 손이 무서워서 곁에 못 간다는 말까지 나왔다.

그 후 이 검푸른 손의 주인은 복도의 벤치에서 자게 되었다. 내가 일찍 일어나는 날이면 그녀가 이불을 말고 짐을 챙겨 아래층으로 내려가는 걸 볼 수 있었다. 때로는 지하 '저장실'에서 그녀를 만나기도 했다. 그건 언제나 밤이었기 때문에 그녀와 이야기를 할 때 나는 항상 벽에 비친 그림자를 보았다. 벽에 비친 그림자에서도 머리를 긁는 그녀의 손은 머리카락과 같은 색이었다.

"이제 익숙해졌어. 의자에서 자도 자는 건 마찬가지잖아. 땅바닥에서 자도 마찬가지일 거고. 자는 곳은 그냥 자는 곳일 뿐, 좋고 나쁘고가 어딨겠어! 공부가 중요하지……영어 말이야, 마馬 선생님이 내 시험 점수를 몇 점이나 주실지 모르겠네. 60점이 안 되면 학년 말에 유급되는 걸까?"

"걱정 마, 한 과목 때문에 유급되기야 하겠어."

하고 내가 말했다.

"그런데 우리 아빠가, 나 3년 만에 무조건 졸업해야 한대. 더 이상은 학비를 못 대주신다고……이놈의 영국말은 정말, 난 아무리 해도 혀가 잘 안 돌아가. 흐흐……"

기숙사에 사는 학생들은 다 그녀를 싫어했다. 그녀가 복도에 사는데도 말이다. 그녀가 밤마다 기침을 했기 때문이다……게다가 그녀는 기숙사에서 양말과 윗도리를 염색하기 시작했다.

"옷이 낡았더라도 염색을 하면 새것처럼 돼. 예를 들어 여름 교복을 회색으로 염색하면 춘추 교복으로 입을 수 있어……또 흰 양말을 사서 검은색으로 염색하면 그걸로……"

"그냥 검정 양말을 사면 안 돼?"

내가 물었다.

"가게에서 파는 검정 양말은 기계로 염색한 건데, 명반을 너무 많이 써서……질기지가 않아. 한 번 신으면 바로 구멍이 나거든……그러니까 직접 염색하는 게 좋아……양말 한 켤레에 몇 자오*씩 하는데……구멍 나는 대로 다 버릴 순 없잖아?"

토요일 저녁이면 학생들은 작은 냄비에다 계란을 삶았다. 매주 토요일이면 거의 늘 이렇게 손수 뭔가를 만들어 먹었다. 한 번은 냄비에 삶은 계란이 시커멓게 되어 나와서, 나는 무슨 독이라도 든 줄 알았다. 계란을 들었던 아이는 소리를 지르다가 쓰고 있던 안경을 떨어뜨릴 뻔했다.

"누구 짓이야! 누구야? 누가 이랬어?"

왕야밍은 그 아이들에게 시선을 두며 주방으로 들어왔다. 둘러선 아이들 틈을 뚫고 들어오면서 입으로는 흐흐 소리를 냈다.

"내가 그랬어. 누가 쓰는 냄비인 줄 모르고. 양말 두 켤레를 삶았는데……흐흐……그럼 내가……"

"네가 어떻게 하겠다고? 네가 뭘……"

"내가 씻어 올게!"

"냄새나는 양말 염색하던 냄비에 계란을 어떻게 삶아 먹어! 이걸 어떻게 써!"

---

* 1자오角는 10분의 1위안이다. 구어로는 보통 마오毛라고 한다.

냄비는 수많은 학생들 앞에서 요란한 소리와 함께 바닥에 내동댕이쳐졌다. 안경 쓴 그 학생은 소리를 지르면서 시커먼 계란을 마치 돌을 내던지듯 힘껏 바닥에 내리쳤다.

모두 그 자리를 떠난 후, 왕야밍은 바닥에 버려진 계란을 주우면서 혼잣말을 했다.

"아유! 새 양말 두 켤레를 염색했다고 냄비를 버리다니! 새 양말인데 뭐가 냄새가 난다는 거야?"

겨울이 되어 눈이 오던 밤, 학교에서 기숙사까지 가는 길은 완전히 눈에 덮여버렸다. 우리는 힘겹게 길을 뚫으며 앞으로 나갔다. 바람이 세차게 불어오면 우리는 눈바람을 등지고 돌아서서 뒤로 걷거나 옆으로 걷거나 했다. 아침이 되면 또 언제나처럼 기숙사를 나섰다. 12월에는 아이들의 발이 모두 꽁꽁 얼어 감각이 없었다. 달려도 마찬가지였다. 우리는 불평도 하고 원망도 했다. 어떤 아이들은 심지어 욕까지 했다. 교장 선생님을 "망할 년"이라고 했다. 기숙사와 학교를 이렇게 멀리 지은 것도 불만이었고, 날도 밝기 전에 학생들을 기숙사에서 나오게 하는 것도 불만이었다.

때론 나 혼자 길에서 왕야밍을 마주치기도 했다. 그런 날엔 먼 곳의 하늘과 먼 곳의 눈이 모두 빛났고, 달빛이 있어서 그녀와 나는 그림자를 밟으며 걸었다. 큰길에도 작은 길에도 행인은 보이지 않았다. 바람 때문에 길가의 나뭇가지들이 윙윙 소리를 냈고, 때때로 길가의 유리창들이 눈송이에 맞아서 신음 소리를 내기도 했다. 그녀와 내가 이야기하는 소리조차도 영하의 기온에 얼어서 딱딱해졌다. 입술까지 얼어서 다리처럼 뻣뻣해지면 우리는 말을 멈추고 그저 차락차락 눈 밟는 소리를 듣곤 했다.

손으로 초인종을 누를 때쯤이면 다리는 곧 떨어져 나갈 것 같았고, 무릎은 자꾸만 앞으로 구부러져 주저앉으려 했다.

그러던 어느 날, 나는 아직 읽지 않은 소설책을 팔에 끼고 새벽에 기숙사를 나섰다. 나는 뒤돌아 나가면서 울타리 문을 단단히 당겨 닫았다. 그런데 사실은 좀 무서웠다. 멀리 어스름하게 보이는 건물들을 보면 볼수록, 뒤쪽에서 쌩쌩 휘몰아치는 눈보라 소리를 들으면 들을수록 더 겁이 났다. 별빛은 희미했고, 달은 이미 졌는지도, 아니면 잿빛과 흙빛의 구름에 가려졌는지도 몰랐다.

몇 걸음을 걸으면 그만큼 갈 길이 더 멀어진 것 같았다. 행인이 나타났으면 하고 빌었지만 한편으론 행인이 나타날까 두렵기도 했다. 달도 없는 밤길이라 소리만 들리고 사람은 보이지 않는데, 그러다 갑자기 사람이 눈앞에 나타나면 땅에서 솟은 것 같았기 때문이다.

학교 문 앞의 돌계단을 걸어 올라갈 때까지도 떨리는 심장은 가라앉지 않았다. 초인종을 누르는 손에는 이미 힘이 다 빠져 있었다. 그때 갑자기 돌계단에서 사람이 하나 걸어 내려왔다.

"누구세요? 누구세요?"

"나야! 나라고."

"너 내 뒤에서 따라오고 있었어?"

오는 길 내내 다른 사람의 발자국 소리를 전혀 듣지 못했기 때문에 나는 오싹해졌다.

"아냐, 네 뒤에 따라온 게 아니고, 난 여기 있은 지 한참 됐어. 관리인 아저씨가 문을 안 열어줬거든. 여기서 얼마나 오래 부르고 있었는지도 모르겠어."

"초인종 안 눌렀어?"

"눌러도 소용없어. 흐흐. 아저씨가 불을 켜고 문 앞에 와서 유리창으로 내다봤는데……그러고도 문을 안 열어주더라고."

안에서 불이 켜졌고, 욕하는 소리가 섞인 듯한 쿠당탕 소리와 함께 문이 열렸다.

"아니 왜 오밤중에 문을 열어달라는 거야……그래 봐야 어차피 공부는 꼴찌일 텐데!"

"뭐예요? 뭐라고 하신 거예요?"

내가 이 말을 마치기도 전에, 관리인은 나를 보고 태도를 바꾸었다.

"샤오蕭 양, 샤오 양이 한참 동안 문 열어달라고 불렀던 거예요?"

왕야밍과 나는 곧장 지하실로 들어갔다. 그녀는 기침을 했다. 누렇게 뜬 얼굴은 주름이 진 것처럼 보였다. 그렇게 한참을 덜덜 떨었다. 바람을 맞아 흘러나온 눈물이 여전히 얼굴에 맺힌 채로 그녀는 교과서를 폈다.

"관리인이 왜 너한테 문을 안 열어준 거야?"

내가 물었다.

"어떻게 알겠어? 아저씨 말로는 너무 일찍 왔으니 다시 돌아가라는 거야. 나중에는 교장 선생님의 명령이라고 하더라고."

"얼마나 오래 기다렸어?"

“그렇게 오래는 아니야. 그냥 좀 기다린 거지 뭐. 밥 먹을 시간 정도? 호호……”

책을 읽는 그녀의 모습은 처음 학교에 왔을 때와는 완전히 달라졌다. 목구멍이 좁아진 듯 웅얼웅얼하며 책을 읽었다. 흔들리는 양어깨도 움츠러들고 좁아졌다. 등은 구부러졌고 가슴팍은 쑥 들어갔다.

나는 그녀에게 방해가 되지 않도록 아주 낮은 소리로 소설책을 읽었다. 내가 그녀에게 그렇게 신경을 쓴 건 그때가 처음이었다. 그게 왜 처음이었는지는 나도 잘 모르겠다.

그녀는 나에게 무슨 소설을 읽었는지, 『삼국지연의』를 읽어봤는지 물었다. 때때로 손에 책을 들고는 표지도 보고 책장을 넘겨보기도 했다.

“너희들은 정말 머리가 좋아! 공부를 하나도 안 하고도 시험을 겁내지 않으니 말이야. 난 안 돼. 나도 좀 쉬고 싶고 다른 책도 좀 보고 싶지만……그건 안 될 일이지……”

어느 일요일에 기숙사가 텅텅 비어 있어서 나는 큰 소리로 『정글 *The Jungle*』* 속의 여공 마리야가 정신을 잃고 눈밭에 쓰러지는 대목을 읽고 있었다. 창밖의 눈밭을 보면서 책을 읽다 보니 무척 감정 이입이 되었다. 왕야밍이 내 뒤에 서 있었는데도 나는 전혀 몰랐다.

“너 다 읽은 책 있으면 나도 한 권 빌려줄래? 눈이 오니까

---

* 미국 작가 업턴 벨 싱클레어(Upton Beall Sinclair, 1878~1968)의 1906년 작품. 1929년에 궈모뤄(郭沫若, 1892~1978)가 “도살장(屠場)”이라는 제목으로 중국어로 번역, 출판했다.

정말 갑갑해. 이곳엔 친척도 없고, 시내에 나가자니 살 것도 없고 차비도 아깝고……"

"아버지가 요즘 너 보러 안 오시니?"

나는 그녀가 집 생각이 나서 그런다고 생각했다.

"어떻게 오시겠어! 기차표가 왕복에 2위안이 넘는데……또 집을 자꾸 비우실 수도 없고……"

나는 『정글』을 그녀의 손에 들려주었다. 나는 이미 다 읽었기 때문이다.

그녀는 흐흐 하며 웃었다. 그녀는 침대 가장자리를 몇 번 두드린 후 책 표지를 살피기 시작했다. 그녀가 나간 뒤, 조금 전에 내가 했던 것처럼 큰 소리로 그녀가 소설의 첫 문장을 읽는 소리가 복도에서 들려왔다.

그 뒤, 역시 언제였는지 기억은 잘 안 나지만, 아마 그날도 어느 휴일이었던 것 같은데, 어쨌든 기숙사가 텅텅 빈 어느 날이었다. 창문에 달빛이 비칠 때까지도 기숙사 전체가 정적에 잠겨 있었다. 나는 침대머리에서 뭔가 쓱쓱 하는 소리를 들었다. 누군가가 내 침대머리에서 더듬더듬하고 있는 것 같았다. 고개를 들어보니 달빛 속에 왕야밍의 검은 손이 보였다. 그리고 그녀가 내게서 빌려간 그 책이 내 옆에 놓여 있었다.

나는 물었다.

"재미있었어? 좋았어?"

처음에 그녀는 대답을 하지 않다가, 나중에는 얼굴을 가렸다. 그녀의 머리카락도 바들바들 떨리는 것 같았다. 그녀는 말했다.

"좋았어."

그녀의 목소리도 떨리고 있었다. 나는 일어나 앉았다. 하지만 그녀는 도망쳤다. 머리카락처럼 검은 손으로 얼굴을 가린 채.

긴 복도는 휑했다. 나는 달빛에 잠긴 바닥의 무늬를 보았다.

"마리야라는 사람이 실제로 있을 것만 같아. 눈 위에 쓰러졌는데, 죽지는 않았겠지? 죽었을 리가 없어……그 의사는 그녀가 가난하다는 걸 알고는 치료를 안 해줬어……흐흐!"

그녀는 큰 소리로 웃었다. 웃는 바람에 고여 있던 눈물이 흘러내렸다.

"나도 의사를 부르러 간 적이 있었어. 울 엄마가 아팠을 때. 그런데 그 의사가 왔을까? 그 사람은 먼저 마차 삯을 달라고 했어. 나는 돈이 집에 있으니까 일단 오시라고 했어! 사람이 다 죽어간다고……그 사람이 왔을까? 그 사람이 마당까지 나온 다음 나한테 묻더라고. '너희 집은 뭐 하는 집이야? 너희 집 염색 공장 해?' 왠지는 모르겠는데, 염색 공장이 맞다고 했더니 그 사람은 문을 열고 집 안으로 들어가버렸어……기다려도 그는 나오지 않았어. 나는 다시 가서 문을 두드렸어. 그는 안에서 말했어. '왕진 못 간다. 돌아가렴!' 그래서 난 돌아갔지……"

그녀는 눈물을 닦고 다시 말을 계속했다.

"그때부터 나는 남동생 둘과 여동생 둘을 보살폈어. 아버지는 검정색과 파란색 염색을 하셨고 언니는 빨간색 염색을 했어……언니가 약혼하던 해 초겨울에 시어머니 되실 분이 시골에서 오셔서 우리 집에 묵었어. 언니를 보자마자 이렇게 말했지. '아유! 저거 사람 죽이는 손이네!' 이때부터 아버지는 한 사람이 빨간색이나 파란색을 도맡아 하지 않도록 하셨어. 내 손이 검은데, 자세히 보면 자줏빛을 띠고 있어. 여동생 둘도 나랑 똑같아."

"여동생들은 학교 안 다녔어?"

"안 다녔어. 내가 앞으로 동생들을 가르쳐야 해. 하지만 내가 공부를 제대로 하고 있는 건지도 잘 모르겠는걸. 내가 제대로 못 하면 동생들한테 미안해서 어쩌지……베 한 필 염색하면 3자오 받을까 말까야……한 달에 몇 필을 염색할 수 있을까? 옷은 한 벌에 1자오씩이야. 크거나 작거나 상관이 없는데, 오는 옷은 대부분 큰 옷들이야……땔감값 빼고 염료값 빼고 나면……얼마나 남을지 짐작되지? 내 학비는……가족들 소금 살 돈까지 몽땅 가져온 거야……그러니 내가 공부를 열심히 안 할 수가 있겠어? 어떻게 그럴 수 있겠어?"

그녀는 다시 그 책을 매만졌다.

나는 여전히 바닥의 무늬를 보고 있었다. 나는 그녀의 눈물이 나의 동정보다 훨씬 더 고귀하다고 생각했다.

겨울 방학이 되기 전 어느 날 아침, 왕야밍은 여행 가방과 잡다한 물건들을 정리했고, 짐은 단단히 묶어서 벽 아래쪽에 놓아두었다.

아무도 그녀와 작별 인사를 나누지 않았고, '잘 가'라는 말 한마디를 해주는 사람도 없었다. 우리가 기숙사를 나서면서 한 명씩 한 명씩 왕야밍이 잠을 자는 벤치를 지나칠 때, 그녀는 우리 한 명 한 명을 향해 웃어주었다. 그러면서 창문 밖 먼 곳에도 시선을 두고 있는 것 같았다. 우리는 시끄럽게 소리를 내면서 복도를 지나 계단을 내려갔다. 마당을 지나 울타리 문 앞에 다다랐을 때 왕야밍도 따라왔다. 그녀는 입을 벌리고 숨을 헐떡였다.

"우리 아버지가 아직 안 오셨어. 한 시간이라도 더 공부하려고……"

그녀는 모두들 들으라는 듯이 말했다.

이 마지막 몇 시간 동안 그녀는 최선을 다했다. 영어 시간에는 작은 공책에다 칠판에 적힌 새 단어를 모조리 적고 읽었다. 그리고 선생님이 생각나는 대로 적은 것들, 이미 필요 없는 것들, 이미 공부했던 단어들도 다 적었다. 그다음 지리 시간에는 온 힘을 다해 선생님이 칠판에 그린 지도를 작은 공책에다 따라 그렸다……이 마지막 날에 그녀의 머릿속에 들어온 모든 것이 중요해진 듯, 하나도 빠짐없이 기록해놓으려는 것 같았다.

수업을 마치고 그녀의 작은 공책을 들여다보았더니 필기가 완전히 엉망이었다. 영어 스펠링은 어떤 곳엔 하나가 빠져 있고 어떤 곳엔 하나가 더 들어가 있었다……그녀의 마음속이 산란해서였을 것이다.

밤이 되어도 그녀의 아버지는 그녀를 데리러 오지 않았다. 그녀는 다시 예의 그 벤치 위에 이불을 폈다. 이렇게 일찍 잠자리에 든 건 이때가 처음이었다. 그리고 평소보다 훨씬 편안하게 잤다. 머리카락까지 닿도록 이불을 잘 덮었고, 어깨도 호흡에 따라 편안하게 펴졌다. 오늘은 옆에 펼쳐진 책도 없었다.

아침이 되자 흔들리는 눈 덮인 나뭇가지 위에 햇빛이 머물렸다. 새들이 막 둥지에서 나와 다니기 시작했을 때 그녀의 아버지가 왔다. 그는 계단 입구에 멈추어 어깨에 메고 온 커다란 털 장화를 내려놓았다. 그리고 목에 감았던 흰 수건으로 수염에 붙은 얼음 조각을 털어냈다.

"너 낙제한 거냐? 너……"

얼음 조각이 계단에 떨어져 물방울이 되었다.

"아네요, 아직 시험을 안 봤어요. 교장 선생님께서 전 시험을 볼 필요가 없다고 하셨어요. 어차피 통과 못 할 거라고……"

그녀의 아버지는 계단 입구에 서서 얼굴을 벽 쪽으로 돌렸다. 허리춤에 건 하얀 손수건은 미동도 하지 않았다.

왕야밍은 짐을 계단 입구까지 끌어다 놓고 다시 여행 가방을 가지러 갔다. 세숫대야와 다른 잡다한 짐들도 가지고 온 뒤, 커다란 장갑을 아버지에게 돌려주었다.

"난 필요 없다. 너나 껴라!"

아버지의 털 장화가 움직이는 대로 바닥에는 여기저기 진흙 발자국이 찍혔다.

이른 아침이었기 때문에 와서 구경하는 아이들이 많지 않았다. 왕야밍은 작은 웃음소리에 둘러싸인 채 장갑을 꼈다.

"장화도 신어라. 공부도 망쳤는데 발까지 동상 걸려 떨어져 나가면 안 되지."

아버지는 장화 두 짝을 서로 묶었던 가죽끈을 풀었다.

장화는 그녀의 무릎까지 왔다. 그녀는 마차 모는 사람처럼 머리에도 흰색 수건을 둘러썼다.

"다시 올게. 집에 책 가져가서 공부 열심히 해서 다시 올게.

흐……흐."

그녀가 누구한테 말하는 건지는 알 수 없었다. 그녀는 다시 여행 가방을 들고 아버지에게 물었다.

"타고 오신 마차는 문 밖에 있어요?"

"마차는 무슨 마차? 역까지 걸어가자……내가 짐을 짊어지마……"

왕야밍의 장화가 계단에서 터벅터벅 소리를 냈다. 아버지는 앞에서, 검푸른 손으로 짐을 붙잡고 걸었다.

아침 햇빛에 길게 늘어진 그림자는 성큼성큼 앞서가서 사람보다 먼저 나무 울타리에 도달했다. 창문으로 내다보니 두 사람은 그림자만큼이나 가벼워 보였다. 그들의 모습은 보였지만, 그들에게서 나는 소리는 전혀 들리지 않았다.

나무 울타리를 나선 뒤 그들은 저 먼 곳을 향해, 아침 햇살이 가득한 곳을 향해 걸어갔다.

눈밭은 마치 깨진 유리 조각으로 덮인 듯했고, 거리가 멀수록 더 강렬하게 빛났다. 나는 먼 곳의 그 눈밭을 눈이 따갑도록 내내 보고 있었다.

1936년 3월

(1936년 4월 15일 상하이 『작가作家』 제1권 제1호에
처음으로 발표되었다.)

우차 위에서

3월 말이 되자 개자리풀이 냇가를 뒤덮었다. 아침 햇살이 쏟아질 무렵, 우리가 탄 수레는 산 아래의 붉고 푸른 어린 풀들을 밟으며 외할아버지네 마을을 벗어났다.

수레꾼은 외가 쪽의 먼 친척 아저씨였다. 아저씨는 채찍질을 했다. 하지만 채찍으로 소 등을 때리는 게 아니라 공중에서 이리저리 흔들 뿐이었다.

"졸리니? 이제 겨우 마을에서 나왔는데! 매실탕 좀 마셔봐! 저 앞쪽 시냇물 건넌 다음에 자렴."

외할아버지 댁의 식모 아줌마가 말했다. 그녀는 도시로 아들을 보러 가는 길이다.

"무슨 시냇물요? 방금 건너지 않았어요?"

외할아버지 댁에서 데리고 온 노랑 고양이도 내 무릎 위에서 잠이 들려는 것 같았다.

"허우탕后塘 시내 말이야."

아줌마가 말했다.

"무슨 허우탕 시내요?"

나는 그녀의 말에는 신경을 쓰지 않았다. 외할아버지 댁은 저 뒤로 멀어져 이제 아무것도 보이지 않았다. 오로지 마을 어귀 사당 앞의 붉은 깃대에 달린 두 개의 금빛 깃봉만이 멀리서도 보였다.

"매실탕 한 그릇 마시고 정신 좀 차리렴."

그녀는 벌써 짙은 누런색 매실탕 한 그릇을 손에 받쳐 들었고, 다른 한 손으로는 병뚜껑을 닫고 있었다.

"전 안 차려요, 무슨 정신을 차린다고 그래요. 아줌마나 차리세요!"

이 말에 두 사람은 웃음을 터뜨렸다. 수레꾼 아저씨는 채찍을 휙 하고 한번 휘둘렀다.

"이 아가씨 정말……고집도 세고 말재간도 있네……난……난……"

아저씨는 수레 끌채에서 몸을 돌려 내 머리카락을 잡으려 손을 뻗었다.

나는 어깨를 움츠리며 수레 뒤쪽 끝으로 도망쳤다. 마을 아이들은 모두 다 이 아저씨를 무서워했다. 예전에 군대에 있었다는 이유로, 또 귀를 아프게 잡아 비틀었다는 이유로.

우윈五雲 아줌마는 수레에서 내려 날 위해 갖가지 꽃을 꺾었다. 들판의 바람이 점점 세어져 그녀의 머릿수건이 파닥파닥 날고 있는 것 같았다. 내게 아직 남아 있던 시골의 기억 때문에 내 눈에는 때때로 그녀의 머릿수건이 까마귀나 까치로 보였다. 폴짝폴짝 뛰듯이 다니는 그녀의 모습은 마치 아이 같았다. 그녀는 수레로 돌아와 갖가지 꽃 이름을 노래로 불렀다. 난 그녀가 이렇게 아이처럼 마음을 놓고 즐거워하는 모습을 본 적이 없었다.

수레꾼 아저씨도 앞자리에서 저음의 거친 목소리로 흥얼거렸지만 가사는 알아들을 수 없었다. 바람을 따라 짧은 담뱃대에서 때때로 연기가 불어왔다. 우리의 여정은 이제 막 시작된 터여서, 희망과 기대 같은 건 아직 먼 이야기였다.

나는 마침내 잠이 들었다. 허우탕 시내를 지나서였는지, 아니면 다른 곳이었는지 모른다. 한번은 잠에서 깼다. 몽롱한 가운데, 오리 지키는 아이가 아직도 나한테 인사를 하는 것 같았고, 소 등에 올라앉은 샤오건小根이 나에게 작별 인사를 하던 광경도 보였다……또 외할아버지가 내 손을 잡으며 다시 한번 이렇게 말씀하시는 것 같았다.

"집에 가거든 친할아버지께 전해드리렴. 가을 되어 선선해지면 시골에 바람 한번 쐬러 오시라고……외할애비에게 절인 메추라기랑 아주 좋은 고량주가 있으니 오셔서 같이 드시자고……외할애비는 거동이 어렵다고, 안 그랬으면 내가 벌써 어떻게든 갔을 텐데……"

누가 깨워서가 아니라 덜컹거리는 수레바퀴 소리 때문에 잠에서 깼다. 깨고 나서 맨 먼저 내 눈에 들어온 것은 수레를 끄는 누렁소가 혼자 큰길을 걸어가는 모습이었다. 수레꾼 아저씨는 끌채 쪽에 있지 않았다. 찾아보니 그는 수레 뒤편에 앉아 채찍 대신 담뱃대를 들고 있었다. 왼손으로는 쉬지 않고 아래턱을 문질렀고, 눈으로는 지평선을 따라 광활한 먼 곳을 응시하고 있었다.

노랑 고양이도 찾아보니, 고양이는 우윈 아줌마의 무릎에 앉아 있었고, 아줌마는 꼬리를 쓰다듬고 있었다. 아줌마의 파란 머릿수건은 눈썹을 덮었고, 코에 선명한 주름이 얼굴에 묻은 흙먼지 때문에 더욱 도드라져 보였다.

아저씨와 아줌마는 내가 깬 것도 몰랐다.

"3년째 되던 해부터 그 사람한테서 편지가 안 왔어요! 군대 간 남자들이란……"

나는 아줌마에게 물었다.

"아줌마 남편도 군인이에요?"

수레꾼 아저씨가 내 머리채를 잡고 뒤쪽으로 잡아당겼다.

"그럼 그 뒤론……전혀 연락이 안 왔어요?

아저씨가 물었다.

"한번 들어보세요! 중추절 지나고 얼마 안 됐을 때였어요…… 어느 해였는지는 기억 안 나지만, 아침밥을 먹고 문간에서 돼지 밥을 주고 있었어요. 먹이통을 탕탕 두들기면서 '꿀꿀꿀꿀' 하며 돼지를 부르고 있었죠……그러니 제가 무슨 소리를 들을 수 있었겠어요? 그런데 그때 남쪽 마을의 왕 씨네 둘째 딸이 부르고 있었거든요. '우윈 언니, 우윈 언니……' 그리고 달려오면서 이렇게 외쳤어요. '엄마가 그러는데요, 이게 아마도 우윈 오라버니가 언니한테 보낸 편지 같대요!' 진짜로 눈앞에서 편지 한 통이 내 손에 쥐어졌어요! 편지를 보는데……왠지 모르게 마음이 아렸어요……아직 살아 있는 거겠지! 그 사람…… 눈물이 봉투에 붙은 붉은색 딱지에 떨어졌어요. 손으로 닦았더니 하얀 종이에 붉은 동그라미가 찍혔지요. 돼지 밥은 마당에다 던져버리고……집으로 들어가 깨끗한 옷을 찾아 입고는 냅다 달렸죠. 남쪽 마을의 글방으로요. 글방 선생님을 보고는 웃으면서 눈물을 쏟았지요……그리고 말했어요. '바깥양반한테서 온 편진데, 선생님께서 좀 봐주세요……1년 넘도록 소식이 없었답니다.' 글방 훈장이 편지를 받아들고는, 내 편지가 아니라고 했어요. 그래서 편지는 서당에 버리고 집으로 돌아왔죠……돼지 밥도 안 먹이고, 닭도 거두지 않고, 구들에 누워만 있었어요……여러 날 동안 혼이 빠진 것처럼 지냈어요."

"그때 이후론 편지가 안 왔어요?"

"안 왔죠."

그녀는 매실탕의 병뚜껑을 열어 한 그릇을 마시고, 또 한 그릇을 마셨다.

"당신네 군인들은 2년 3년이면 온다고 말만 하지……돌아오긴 뭘 돌아와요! 영혼이라도 돌아와보라지……"

"뭐라고요?"

수레꾼 아저씨가 말했다.

"아무래도 전사했던 것 아닐지……"

"그래요, 그랬겠죠 뭐! 소식 끊긴 지 1년이 넘었으니……"

"정말 전사했을까요?"

수레꾼 아저씨는 수레에서 뛰어내려 채찍을 들었다. 허공에서 두어 번 휘두르자 찢어지는 것 같은 소리가 났다.

"물으면 뭘 해요…… 군인들은 정말이지 나쁜 일만 많고 좋은 일은 별로 없어요."

그녀의 주름진 입술은 찢어진 비단 조각 같아서, 경박하고 가벼운 인상을 주었다.

수레가 황촌黃村을 지나자 해가 기울기 시작했다. 푸르른 보리밭에는 까치가 날고 있었다.

"우원 아저씨가 전사하셨을 때 아줌마는 울었어요?"

나는 노랑 고양이의 꼬리를 만지며 아줌마를 보았다. 그녀는 나에게 눈길도 주지 않은 채 머릿수건을 바로잡고 있었다.

수레꾼 아저씨는 수레 뒤쪽으로 뛰어와 난간을 잡고는 곧장 수레 위에 올라앉았다. 담배를 피우기 전에 아저씨의 두꺼운 입술은 마치 꽉 닫아놓은 병뚜껑 같았다.

우원 아줌마의 이야기가 마치 가랑비가 내리듯 들려와서 나는 다시 수레 난간에 기대 잠이 들었다.

내가 다시 깼을 때, 수레는 작은 마을의 우물가에 서 있었다. 소는 물을 마시고 있었고, 우원 아줌마는 아마도 울었던 모양이었다. 움푹 들어가 있었던 눈이 퉁퉁 부어올랐고, 눈가의 주름도 펴져 있었다. 수레꾼 아저씨가 우물에서 물 한 통을 퍼서 수레 옆으로 들고 왔다.

"좀 마시지 그래요? 시원하게……"

"안 마셔요."

아줌마는 말했다.

"좀 마셔요. 마시기 싫으면 찬물에 얼굴이라도 닦아요."

그는 허리춤에서 수건을 빼서 물에 적셨다.

"닦아요! 흙먼지 땜에 눈도 안 보이겠구먼……"

군인이었던 사람이 어떻게 다른 사람한테 수건도 챙겨줄 줄 알지? 나는 놀랐다. 내가 아는 군인이란 싸울 줄만 알고 여자를 때릴 줄만 알고 아이들 귀를 비틀 줄만 아는 사람인데.

"그해 겨울, 세밑 장에 갔어요……시내에 가서 돼지털을 팔았지요. 시장에서 이렇게 외쳤어요. '질긴 돼지털이 왔어요……기다란 돼지털이 왔어요……' 이듬해에는 남편을 잊어버렸던 것 같아요……마음속에 담아두지도 않았어요……자꾸 생각해서 좋을 것도 없고요. 몇 년이 지났는데 아직 살아 있을 리가 없잖아요! 가을에는 밭에 가서 수수를 베었어요. 내 손을 좀 보세요. 고생 좀 한 손이죠……그 이듬해 봄에는 아이를 데리고 머슴살이를 갔어요. 두 달 석 달 걸리는 일이어서 아예 집을 비웠지요. 겨울에는 다시 돌아왔고요. 소털이나……돼지털이나……다 주워 모았어요. 새 깃털도요. 겨울 동안 집에서 다 모으고 깨끗이 손질해서……따뜻한 날에 시내로 가서 팔았어요. 시내로 가는 수레를 얻어 탈 수 있을 때는 우리 투쯔秃子도 데리고 갔지요……그날은 투쯔를 안 데려갔어요. 하필이면 날씨도 안 좋았고, 매일같이 눈이 내렸거든요. 세밑 장도 별로 북적이지 않았어요. 돼지털이 몇 묶음 되지도 않았는데도 다 못 팔았어요. 아침 일찍 시장에 나가서 해가 기울 때까지 그렇게 쭈그리고 앉아 있었지요. 교차로의 큰 가게 담장에 붙은 큰 종이를 사람들이 오가며 보는데, 아마 아침 일찍부터 붙어 있었던 것 같았어요! 점심 무렵에 붙었을 수도 있고요……어떤 사람은 보면서 몇 구절을 소리 내어 읽기도 했는데 난 도통 알 수가 없었죠……사람들이 '포고문, 포고문'이라고 했는데 뭘 포고한다는 건지 난 그것도 이해를 못 했어요……'포고문'이라는 건 알았죠. 관가의 일이잖아요. 그런데 그게 우리 백성들과 무슨 상관이 있어요! 그런데 이상하게도 그걸 보는 사람이 너무나 많은 거예요……듣고 있으니 탈영병을 체포했다는 '포고문'이라는 말도 들리고……또……며칠 뒤면 현성에 보내서 총살할 거라는 말도 들렸어요……"

"그게 어느 해였어요? 민국 10년*에 탈영병 20여 명을 총살했던 그 일인가요?"

수레꾼 아저씨가 접어 올렸던 소매를 무의식중에 펴 내리고는 손으로 아래턱을 쓰다듬었다.

"어느 해였는지는 나도 몰라요……총살을 하든 말든 나랑 무슨 상관인가 하고 있었죠. 어찌 됐든 돼지털을 다 못 팔았으니 재수가 없다고 하면서……"

아줌마는 두 손바닥을 한 번 비비고는 갑자기 모기라도 잡는 것처럼 허공을 때렸다.

"그런데 어떤 이가 탈영병의 이름을 읽는 거예요……그 검은색 윗옷 입은 사람을 보고 있다가……부탁했죠. '다시 한 번만 더 읽어주세요!' 손에는 돼지털을 들고 있었는데……장우원姜五雲, 장우원이라고 하는 소리가 들렸어요. 그 이름이 계속 울리는 것 같았어요……한참이 지나서야 토할 것 같은 느낌이 들었죠……목구멍에서 뭔가 비릿한 것이 솟아 올라오는 것 같았어요. 난 삼키려고 했어요!……하지만 삼켜지지가 않았어요……눈에는 불꽃이 솟았어요……'포고문'을 보려는 사람들은 앞으로 가려고 서로 밀쳤고, 나는 한쪽 옆으로 물러나 있었

---

* 1921년을 말한다.

어요. 나도 다시 앞으로 가서 보려고 했는데, 다리가 말을 듣질 않았어요! '포고문'을 보려는 사람들이 점점 늘어났고, 나는 그만 뒤로 밀려났어요! 그러고는 점점 더 멀어졌죠……"

아줌마의 이마와 콧등에는 땀이 흘렀다.

"다시 수레를 얻어 타고 마을로 돌아오니까 벌써 한밤중이 다 되었어요. 수레에서 내릴 때에야 돼지털이 생각나더라고요…… 그 전엔 돼지털 생각할 정신이 어디 있었겠어요……양쪽 귀가 나무토막처럼 얼었는데요……머릿수건은 길에서 떨어뜨렸는지 시내에서 떨어뜨렸는지……"

아줌마는 머릿수건을 들어올렸다. 양쪽 귀의 귓불이 떨어져 나가고 없었다.

"보세요, 이게 군인 마누라예요……"

이번에는 머릿수건을 더 단단하게 맸다. 그래서 아줌마가 말을 할 때마다 머릿수건의 가장자리도 조금씩 들썩거렸다.

"우윈은 그때까지 살아 있었던 거예요. 난 가서 보고 싶었어요. 어쨌든 부부였으니까……

2월에, 난 투쯔를 업고, 매일같이 시내로 갔어요……'포고문'은 그다음에도 여러 번 붙었다고 들었지만, 난 그딴 건 다시는 보러 가지 않았어요. 난 관아에 가서 물었죠. 그 사람들은 '그 일은 여기 소관이 아니오'라고 하며 병영으로 가보라고 했어요!……난 어려서부터 관리를 무서워했어요……시골 아이니까, 본 적도 없었거든요. 칼 차고 총 멘 사람들은 보기만 해도 덜덜 떨었어요……가지 뭐! 그 사람들도 무조건 사람을 죽이는 건 아니겠지……자꾸 가서 묻다 보니 나중엔 무서워하지 않게 됐어요. 어쨌든 세 식구 중에 하나가 그들의 수중에 있으니……그 사람들이 말하길 탈영병은 아직 이송되어 오지 않았다는 거예요. 언제 오는지 물었죠. 그들은 '한 달은 더 있어야 해요!'라고 했어요……그런데 마을로 돌아오자마자 들리는 말이, 탈영병들은 벌써 무슨 현성에서, 그게 무슨 현성이었는지는 지금도 기억이 안 나지만……어쨌든 이송되어 왔다는 거예요……다들 빨리 가서 만나지 않으면 영영 끝이라고 하더군요. 난 투쯔를 도로 업고 시내로 다시 갔어요……가서 물어봤죠. 병영의 사람이 그랬어요. '성질도 급하시네요. 백 번은 더 물어보겠어요. 난 몰라요. 아마 이쪽으로 안 올지도 몰라요.'……어느 날, 높으신 나으리를 봤는데, 마차를 타고 딸랑딸랑 방울을 울리며 막사에서 나오더라고요……난 투쯔를 바닥에 내려놓고 뛰어갔어요. 마침 마차가 내 쪽으로 오고 있어서 난 바로 꿇어 엎드렸어요. 말발굽이 머리를 밟는다 해도 두렵지 않았어요.

'나으리, 제 남편이……장우……' 아직 말을 다 하지도 못했는데 어깨가 묵직하게 느껴졌어요……마부가 나를 잡고 뒤쪽으로 밀어버렸던 거예요. 난 길가에 엎어졌어요. 그 마부 역시 군모를 쓰고 있다는 것만 눈에 들어왔어요.

그러다 일어나서 투쯔를 다시 업었어요……막사 앞에 강이 하나 있었는데, 오후 내내 강가에서 강물만 보고 있었어요. 낚시하는 사람들도 있었고, 빨래하는 사람들도 있었지요. 좀 멀리에 있는 물굽이에서 물이 갑자기 깊어지는데요, 나는 거기서 오는 물결이 한 줄 한 줄 눈앞을 지나가는 걸 보고 있었어요. 거기 앉아서 지나가는 물결을 몇백 개나 봤는지 모르겠어요. 그러다 투쯔를 강가에 내려놓고 물속으로 뛰어들고 싶어졌어요! 어린 생명을 남겨두고 가더라도, 아이가 울면 누구든 거두어주는 이가 있겠지 하고요.

아이의 작은 가슴을 쓰다듬으며 속으로 이렇게 말했어요. '투쯔야, 자렴.' 그다음엔 동글동글한 귀를 만졌어요. 아이의 귀는 정말이지 도톰한 게 애 아빠랑 판박이였어요. 그 귀만 보면 애 아빠를 보는 것 같았죠."

아줌마는 아이의 귀여운 모습을 생각하며 웃음 지었다.

"그리고 다시 아이의 가슴을 쓰다듬으며 말했어요. '자렴, 투쯔야.' 그때 나한테 엽전 몇 꿰미가 있다는 게 생각났어요. 그래서 그걸 아이 품속에 넣어두어야겠다고 생각했죠! 막 손을 뻗어서, 손을 뻗어서 엽전을 넣으려는데……아이가 눈을 떴어요……또 마침 배 한 척이 물굽이를 돌아왔는데, 배에 탄 아이가 엄마를 부르는 소리가 들리는 거예요. 그 순간 모래밭에서……투쯔를 안아 올렸어요……그리고 품에……안았죠……"

아줌마는 머릿수건의 목 부분을 더 당겨 묶었다. 손을 따라서 눈물이 흘러내렸다.

"아무래도……아무래도 애를 업고 집에 가야겠다! 밥을 빌어먹는 한이 있어도, 친엄마가 있는 게……친엄마가 있는 게 낫겠지……"

파란색 머릿수건 자락이 그녀의 아래턱을 따라 떨렸다.

우리 수레의 앞쪽으로 마침 양 떼가 지나가고 있었다. 양치기 소년은 버들가지로 만든 피리를 불고 있었고, 들판의 꽃과 풀은 저물어가는 햇빛에 물들어 어느 것이 꽃인지 어느 것이

풀인지 구별이 되지 않았다! 그저 모두 누런색으로 뒤섞인 한 덩어리 같았다.

수레꾼 아저씨는 수레를 따라 옆에서 걸었다. 채찍 끝이 땅바닥에 끌려 먼지를 일으켰다.

"……5월이 되니까 이제 막사 사람들이 '곧 옵니다, 곧 옵니다' 하더군요.

5월 말 어느 날, 큰 기선이 막사 정문 앞의 강가에 섰어요. 어떻게 그렇게 사람이 많았는지 모르겠어요! 7월 보름 백중날에 강 등불놀이 구경하는 사람보다 더 많았어요……"

그녀는 두 소매를 흔들었다.

"탈영병의 가족들은 오른쪽에 있었어요……나도 그쪽으로 가서 섰지요. 군모를 쓴 사람이 하나 오더니 팻말을 하나씩 걸어주더군요……그런데 그게 뭔지 어떻게 알겠어요. 글을 못 읽는걸요……

배에서 사람들을 내리게 하려고 발판을 걸칠 때, 병사 한 무리가 와서 팻말을 걸고 있는 우리들을……둘러쌌어요……'강가에서 멀리 떨어지세요, 멀리요……' 그들은 총자루로 우리를 그 기선에서 서너 길이나 떨어지게 몰아냈어요……내 옆에서 있던 흰 수염의 노인은 양손에 보따리를 하나씩 들고 있었어요. 내가 물었죠. '어르신, 그건 뭣 하러 가져오셨어요?'……'흥! 아니! 아들 하나랑 조카 하나가 있는데……한 놈에 보따리 하나씩이여……저승에서는 깨끗한 옷을 입지 않으면 좋은 곳엘 못 가거든……'

발판이 걸쳐졌어요……그걸 보고 사람들은 바로 울기 시작했어요……난 울지 않았어요. 발뒤꿈치로 단단히 버텼어요. 눈으로는 배를 보면서요……하지만 남편을 찾아내지 못했어요……잠시 후, 군관 하나가 서양 칼을 차고 난간을 잡고서 말했어요. '가족들을 더 뒤쪽으로 물러나게 한다……곧 배에서 내린다……' 이 소리를 듣고 병사들은 다시 총의 개머리판으로 우리를 뒤쪽으로 밀어냈어요. 그렇게 길옆의 콩밭까지 밀려갔어요. 우리는 콩 모종을 밟고 서 있었어요. 쿵쾅쾅 소리와 함께 발판이 하나 더 놓였어요……드디어 사람들이 내려왔어요. 군관 하나가 앞장섰고요……발에 찬 족쇄들이 절그렁절그렁 소리를 냈어요……아직도 기억나요. 첫번째는 키 작은 사람이었어요……대여섯 명이 걸어 내려왔는데……투쯔 아빠처럼 어깨가 넓은 이는 없었어요. 정말로요. 몰골들이 말이 아니었어요……두 팔을 쭉 뻗고 있었는데……한참을 보고서야 모두들 손에 수갑을 찼다는 걸 알았어요. 옆의 사람들이 울면 울수록 난 더욱더 침착해졌어요. 난 그저 그 발판만 보고 있었어요……난 애 아빠한테 '군대 갔으면 얌전하게 군 생활 할 것이지 왜 도망을 쳐……당신 아들 좀 봐봐, 애 얼굴 볼 면목이 있어?'라고 묻고 싶었어요.

스무 명 남짓한 사람들이 내려왔는데, 누가 애 아빠인지 알 수가 없었어요. 멀리서 보니 모두 비슷비슷했거든요. 한 젊은 색시가……옷은 초록색 옷을 입었는데, 미친 것처럼 병사들을 뚫고 뛰어 들어갔어요……병사들이 그냥 보내줄 리가 있겠어요……바로 그 색시를 붙잡아서 쫓아냈죠. 여자는 땅바닥에서 뒹굴었어요. 이렇게 소리치면서요. '군대 간 지 석 달도 안 됐는데……석 달도……' 병사 두 명이 여자를 일으켰어요. 여자의 머리는 온통 산발이 되어 있었어요. 그러고 나서 담배 한 대 피울 정도의 시간이 지나서야 팻말을 건 우리들을 데리고 갔어요……점점 가까이 다가갔는데, 가까이 갈수록 더욱 투쯔 아빠를 찾을 수가 없었어요……눈이 흐릿해지기 시작했거든요……게다가 다른 사람들이 다들 울고불고 난리가 나니까 나까지 정신이 없더라고요……

어떤 이는 담배를 피우고, 어떤 이는 욕을 하고……그냥 웃기만 하는 이도 있었어요. 군인들이란……군인은 자기 팔자에 아랑곳하지 않는다는 말이 틀린 게 아니더라고요……

아무리 봐도 투쯔 아빠는 보이지 않았어요. 흥! 정말 이상한 일이죠……몸을 돌려서 군관 하나의 허리띠를 붙잡고 물었어요. '장우원은요?' '관계가 어떻게 되시죠?' '제 남편이에요.' 난 투쯔를 땅바닥에 내려놓았어요……그랬더니 그 못난 것이 울기 시작했어요. 난 찰싹하고 투쯔의 따귀를 때렸어요……그러고는 그 군관을 때렸어요. '당신들 사람을 어디로 빼돌린 거야?'

그랬더니 탈영병들이 발을 구르며 입을 모아 '잘한다……야아……의리 있네' 하고 외치는 거예요. 군관이 이 모양을 보고는 즉시 병사들을 시켜 나를 끌고 갔어요……그들이 말했어요. '장우원 한 사람만이 아니에요. 이번에 안 데려온 사람이 두 사람 더 있어요. 내일이나 모레쯤 다음 배로 올 거예요……탈영병 중에 그 세 명이 두목이거든요.'

난 아이를 업고 자리를 떴어요. 팻말을 건 채로 걸었어요. 걷는데 두 다리가 후들후들 떨렸어요. 구경하는 사람들이 길에 가득했어요……막사 뒤쪽을 지나오는데 병영 담장 밑에 보따리 두 개를 가져왔던 그 노인이 있었어요. 그런데 보니까 보따리 하나가 남아 있는 거예요. 그래서 물었죠. '어르신, 어르신 아드님도 안 왔나요?' 내 물음을 듣자 노인은 등을 웅크리고 손으로 수염을 입술에 가져가 씹다가 울음을 터뜨렸어요! 노인이 말했어요. '두목이라 현지에서 처형했다는구먼!' 당시에 난 '처형'이 뭔지를 몰랐어요……"

아줌마는 계속 이야기를 했는데, 전혀 연결이 안 되는 이야기였다.

"그리고 다시 3년이 지나 투쯔가 여덟 살이 되던 때 그 애를 두부 가게에 보냈어요……그리고 내가 1년에 두 번 보러 갔어요. 그리고 아이가 2년에 한 번 집에 왔는데……집에 와도 열흘이나 보름 정도밖에 못 있었어요……"

수레꾼 아저씨는 수레에서 떨어져 오솔길을 걸었다. 두 손은 뒷짐을 진 채. 태양이 옆에서 비추어 그를 기다란 그림자로 늘여놓았다. 걸음을 뗄 때마다 그림자는 갈퀴 모양으로 갈라졌다.

"나도 처자식이 있어요……"

아저씨의 말은 입술에서 흘러내리는 듯했다. 그는 광야를 향해서 말하는 것 같았다.

"예?"

우원 아줌마가 머릿수건을 약간 느슨하게 풀었다.

"뭐라고요!"

아줌마의 코 위 주름살이 잠시 떨렸다.

“정말로요? 군에서 나오고도 집에 안 갔네요……”

“흥! 집에요? 두 다리만 짧아지고 집에 가면 뭐 합니까?”

수레꾼 아저씨는 두툼한 손으로 자신의 코를 비틀며 웃었다.

“그래도 요 몇 년 새 좀 벌지 않았어요?”

“바로 그것 때문이었어요! 돈 벌려고 군에서 도망친 거라고요!”

그는 허리띠를 더 단단히 조였다. 나는 솜옷을 한 겹 더 입었고, 우원 아줌마는 담요를 덮었다.

“음! 아직도 3리는 더 남았네……이게 말이었다면……음! 한 번 달리면 바로 도착할 텐데! 소는 안 돼. 이 짐승은 성질이 급한 것도 없고 느린 것도 없어. 전쟁 나갈 때도 소는 안 돼……”

수레꾼 아저씨는 밀짚으로 엮은 자루에서 솜옷을 꺼냈다. 솜옷에 묻은 지푸라기가 바람에 날려 떨어진 뒤 옷을 입었다.

황혼 녘의 바람은 2월의 바람과 같았다. 수레꾼 아저씨는 수레 뒤쪽에서 외할아버지가 친할아버지께 보내는 술항아리를 꺼냈다.

“술이로구나! 길 위에서 술항아리를 연다네, 가난한 이는 도박을 좋아한다네……두 잔을 마셔보자.”

그는 몇 잔을 마신 뒤, 옷을 열어 가슴을 드러냈다. 육포를 씹는 그의 입가에 거품이 일었다. 바람이 그의 입가를 스칠 때면 입술의 거품도 커졌다.

우리가 곧 도착할 도시는 회색 기운 같은 것에 싸여 있어서, 그저 그것이 광야도 아니고 산도 아니고 바닷가도 아니고 숲도 아니라는 것 정도만 알아볼 수 있었다……

수레가 앞으로 갈수록 도시가 점점 더 멀리 물러나는 것 같았다. 얼굴과 손에 모두 끈끈한 것이 느껴졌다……더 앞으로 나가자 길의 끝도 보이지 않았다.

수레꾼 아저씨는 술항아리를 집어넣고 채찍을 주워 들었다……이제 쇠뿔까지도 희미하게 보였다.

"그럼 나와서 한 번도 집에 안 갔다는 거예요? 집에서 편지도 없고요?"

우원 아줌마의 말을 수레꾼 아저씨는 듣지 못한 게 틀림없었다. 그는 휘파람을 불어 소를 부르고 있었다. 그 뒤 그는 수레에서 뛰어내려 소와 함께 앞에서 걸었다.

반대쪽에서 빈 수레가 왔는데, 끌채에 붉은 등불이 걸려 있었다.

"안개가 짙네요!"

"정말 짙은 안개네요!"

수레꾼들끼리 인사하듯 주고받았다.

"3월에 짙은 안개라니……전쟁이 아니면 흉년이겠구먼……"

두 수레는 다시 각자 가던 길을 갔다.

1936년

(1936년 상하이 『문계文季』 월간 제1권 제5기에 처음 발표되었다.)

가족이 아닌 사람

나는 나무 위에 웅크리고 앉아 있었다. 해는 이미 졌고, 나는 점점 겁이 났다. 나뭇잎도 서걱서걱 소리를 냈다. 담장 밖의 길에 걸어 다니는 행인들도 모두 그림자처럼 시커멓게 보였고, 담장 안에 있는 우리 집의 문과 창문은 시커먼 구멍처럼 보였다. 들고양이는 내 옆의 담장 위에서 뛰어다니며 소리를 질러댔다.

나는 나무를 타고 내려왔다. 뒷문은 열려 있었지만 도저히 들어갈 수 없었다. 어머니가 잠이 들었는지 먼저 알아봐야 했다. 어머니 방의 창문을 지나기도 전에 어머니의 돗자리 소리가 들려왔다.

"이 도깨비 새끼……어디 들어오기만 해봐라!"

나는 다시 뒤로 돌아서 곁채의 담장 밑을 따라 도망쳤다.

마당 가운데의 풀숲 속에 잠시 서 있었다. 나도 모르게 풀잎을 뜯어 입에 넣고 씹었다. 낮 동안 익숙하게 들었던 벌레 소리는 하나도 들리지 않았다. 밤에 우는 건 다른 종류의 벌레들이었는데, 이들의 소리는 무겁고 맑고 길었다. 나를 숨겨주는 잡초들은 내 머리까지 올 정도로 키가 컸다. 그 풀들은 내 귓가에서 아주아주 가느다란 소리로 노래를 불렀는데, 소리가 들리는지 안 들리는지 분간이 안 될 정도였다.

"저리 가……가……이렇게 팔짝팔짝 뛰고 난리를 치는데……누가 널 좋아한대……"

유有 둘째 아저씨가 돌아왔다. 그가 개한테 말하는 소리가 곁채 쪽까지 계속 이어졌다.

유 둘째 아저씨가 뒤축 떨어진 신발을 끄는 소리도 들려왔고, 또 곁채 문짝이 울리는 소리도 들렸다.

"엄마는 이제 잠들었을까?"

나는 풀잎을 밀치며 풀숲에서 걸어 나왔다.

유 둘째 아저씨가 거처하는 곁채의 종이창이 불빛이 번쩍이는 것처럼 환했다. 나는 문을 밀어 열고 문간에 섰다.

"아직 안 잤어?"

나는 말했다.

"네 아직요."

그는 아궁이에 불을 때면서 부지깽이 끝에 옥수수를 끼웠다.

"아저씨 아직 저녁밥 안 드셨어요?"

나는 물었다.

"무……슨……밥? 누가 밥을 남겨줘야 말이지!"

내가 말했다.

"저도 안 먹었어요!"

"안 먹었다고, 넌 왜 안 먹었어? 넌 이 집 식구잖아……"

그의 목은 보통 때 술을 마신 뒤보다도 더 붉었다. 핏줄은 아궁이에서 타고 있는 가는 나뭇가지처럼 튀어나왔다.

"가렴……가서 자……자렴!"

나한테 말하는 게 아닌 듯이 이렇게 말했다.

"저도 밥 못 먹었다니까요!"

나는 이제 노랗게 익기 시작한 옥수수를 보고 있었다.

"뭐 하느라 밥도 안 먹었대……"

"엄마한테 맞았어요……"

"맞았다고? 왜 맞았어?"

아이의 마음으로 느끼는 따뜻함은 어른과는 달랐다. 나는 울고 싶었다. 나는 그의 입가에 살짝 비친 미소를 보았다. 아저씨만이 나 같은 아이의 편을 들어준다. 엄마보다도 더 낫다. 나는 즉시 그전의 일들을 후회하기 시작했다. 나는 그의 옆에서 손으로 땔감을 움켜쥐고 있었다. 꽉 움켜쥔 손을 한참 동안 풀지 않았다. 나는 차마 그의 얼굴을 볼 수가 없었다. 그의 허리띠쪽과 발 옆의 불더미만 보고 있었다. 나는 이렇게 말하고 싶었다.

'아저씨……다음에 비 올 때는 아저씨한테 "비가 오니 거품이 나고, 거북이가 밀짚모자 썼네"라고 놀리지 않을게요……'

"엄마한테 맞았다고……맞을 짓을 했겠지……"

"뭐라고요……"

나는 말했다.

"아저씨……엄마가 밥을 못 먹게 했다니까요!"

"밥을 못 먹게 했다고……하긴 네가 너무 착한 아이이긴 하지……"

"아저씨, 제가 나무 위에 앉아 있었는데요, 엄마가 부지깽이로 찔러서 저를 끌어 내리려 했어요. 보세요. 팔에 긁혀 상처가 났다고요……"

나는 손에 쥐고 있던 땔감을 내려놓고 한 손으로 소매를 걷어 아저씨에게 보여주었다.

"찔러서 상처가 났다고……왜 찔렀대? 무슨 이유가 있을 거 아냐?"

"찐빵을 훔쳐서요."

"자랑이다 자랑……아주 잘했네! 나는 일고여덟 살 된 아가씨가 물건을 훔치는 건 처음 보네. 그것도 집에서 훔쳐다가 밖으로 빼돌렸다고!"

그는 옥수수를 부지깽이에서 빼냈다. 아직 꺼지지 않은 아궁이 불빛 덕에 나는 그의 수염이 옥수수 위를 이리저리 쓸고 다니는 걸 똑똑히 볼 수 있었다.

"세 개밖에 안 가져갔어요……많이 가져간 것도 아니에요."

"응!"

아저씨는 눈을 비스듬하게 돌려 나를 한 번 본 후 무슨 말을 하려다 말았다. 수염만이 옥수수 위를 작은 솔처럼 왔다 갔다 하고 있었다.

"저도 밥을 못 먹었다고요!"

나는 손톱을 깨물었다.

"안 먹은 거지……네가 먹기 싫어서 안 먹은 거잖아……넌 이 집 식구니까!"

마치 개한테 음식을 던져주듯, 그는 옥수수 절반을 내 발치에 던졌다.

어느 날, 나는 어머니의 머리카락이 베개 위에 헝클어져 있는 걸 보았다. 어머니가 깊이 잠든 것이다. 나는 나무 선반 아래쪽에서 계란 바구니를 들고 달아났다.

이웃집 아이들은 뒤뜰의 빈 방앗간에서 기다리고 있었다. 나는 담장을 따라 방앗간으로 돌아와서, 아무 이상이 없음을 확인하고 나직한 목소리로 아이들을 불렀다. 아이들은 창문으로 바구니를 받아 들고 들어갔다. 그중에 우리보다 나이 많은 아이가 하나 있었는데, 우리는 그를 작은오빠라 불렀다. 그는 계란을 보자마자 어깨를 으쓱하며 혀를 내둘렀다. 꼬마 벙어리 아가씨도 무척 마음에 들었던지 아아 하고 소리를 냈다.

"야! 소리 좀 낮춰……화花 언니네 엄마가 언니 가죽을 벗길지도 몰라……"

창문을 닫고 맷돌 위에다 불을 지폈다. 나뭇가지와 마른 풀에서 연기가 피어오르기 시작했다. 쥐가 맷돌 아래에서 왔다 갔다 하고 있었다. 벽 구석에는 풍차가 서 있었는데, 풍차의 커다란 바퀴는 거미줄로 덮여 있었다. 체 통 옆에는 남은 곡식 가루가 있었고, 그 위에는 온갖 종류의 벌레 껍질이 쌓여 있었다.

"우리 나눠보자……각자 몇 개씩 나눠서, 자기 계란은 자기가 굽기야."

불꽃이 세게 타오르자 우리의 얼굴은 불빛을 받아 완전히 빨갛게 되었다.

"굽자! 집어넣어. 한 사람이 세 개씩이야."

"근데 한 개 남는 건 누굴 주지?"

"벙어리 주자!"

그녀는 계란을 받고는 아아 소리를 냈다.

"소리 좀 줄여. 시끄럽게 하지 마! 입에 다 들어간 계란을 떠들다가 뺏기겠다."

"계란 하나 더 먹고……다음엔 손짓으로 욕하지 마! 응! 벙어리?"

계란 껍데기가 노릇노릇 익어갈 때쯤 우리는 너무나 기분이 들떠서 긴장을 놓치고 소리를 지를 뻔했다.

"와! 이제 거의 다 됐어!"

"준비들 해. 거의 다 익었어."

"내 계란이 제일 커. 오리알 같아."

"조용……조용. 화 언니네 엄마가 이제 깰 때가 됐어."

창밖에서 컥컥 하는 소리는 커다란 백구가 담벼락의 흙을 긁으며 내는 소리란 걸 알았지만, 어머니의 목소리가 난 것 같기도 했다.

어머니가 마침내 나를 불렀다! 계란 껍데기가 막 갈라지기 시작할 때 어머니의 목소리가 날카롭게 창호지를 뚫었다.

그녀의 목소리가 멈췄을 때 나는 천천히 창문을 넘어 뛰어나갔다. 나는 잠이 덜 깬 모양을 하며 천천히 걸어갔다. 어머니 앞에 섰을 때, 주체할 수 없이 심장이 쿵쾅거렸다.

"엄마! 왜 부르셨어요?"

내 얼굴은 아마 하얗게 질려 있었을 것이다.

"잠깐만……"

그녀는 돌아가서 뭔가를 찾는 듯했다.

나는 그녀가 나를 때릴 물건을 찾는 게 틀림없다고 생각했다. 도망치고 싶었지만 억지로 참고 있었다.

"얘도 좀 데려가서 놀아."

어린 여동생을 내 품에 안겨주었다.

나는 동생을 놓칠 뻔했다. 땀이 줄줄 흘렀다.

"어서 가! 거기 서서 뭐해."

사실 방앗간에서 난 소리는 어머니한테 전혀 들리지 않았던 것이다. 어머니는 거울 앞으로 가서 머리를 빗었다.

나는 한 바퀴를 돌아 방앗간 앞으로 가서 잠긴 문틈으로 아이들에게 말했다.

"괜찮아……별일 아냐. 엄만 아무 눈치도 못 채셨어."

내가 돌아서서 몇 걸음을 갔을 때쯤 갑자기 특이한 냄새가 훅 끼쳐왔고, 마당에도 가득히 흘러왔다. 내가 여동생을 구들 위에 올려놓았을 때는 이 냄새가 방 안까지 가득 찼다.

"누구 집에서 계란을 볶나, 이렇게 맛있는 냄새가……"

거울에 비친 어머니의 높다란 코가 나를 겁먹게 했다.

"계란을 볶는 게 아니라……틀림없이 굽는 거야. 하! 이 계란 껍질 냄새, 누구 집……바보 아줌마가 계란을 굽고 있나……온 동네에 냄새 나게."

"우吳 아주머니네 아닐까요?"

이렇게 말하는데 채마밭 저쪽의 방앗간 창문에서 연기가 피어오르는 것이 보였다.

내가 방앗간으로 뛰어 돌아가 보니 불은 완전히 꺼져 있었다. 나는 아이들에게 둘러싸였다. 아이들이 내 머리카락에 닿을 정도로 달려들었다.

"우리 엄마가 '누구 집에서 계란을 굽나?' '누구 집에서 계란을 굽나?' 이러는 거야. 그래서 내가 그랬어. 아마 우 아주머니네 집일 거라고. 하! 우리가 우 아주머닌가? 꼬마 도깨비들인걸……"

우리는 쾌활하게 웃었다. 맷돌 위에 서서 아래로 뛰어내리기도 하고, 공연히 방앗간 안에 있던 쥐를 잡기도 했다. 내가 그들에게 우리 엄마가 여동생을 데리고 마실 나갔다고 이야기했기 때문이다.

"안에 누구야?"

창틀을 두드리는 사람은 유 둘째 아저씨가 분명했다.

"들어오시려면 그냥 넘어오세요! 부르긴 뭘 부르세요?"

우리 중 누군가가 대답했다.

처음에 아저씨는 아무것도 알아채지 못하고 그저 창문에 서서 손을 흔들었다. 하지만 잠시 후 그는 말했다.

"어디 보자!"

그는 코를 힘껏 몇 번 벌름거렸다.

"틀림없이 뭔가 있어……어디서 이런 냄새가 나지?"

그는 창턱 위로 기어 올라왔다. 그의 작달막하고 단단한 몸이 창턱에서 안쪽으로 뛰어내렸을 때, 마치 맷돌 한 짝이 굴러 떨어진 것처럼 바닥이 울렸다. 그는 맷돌 주위를 몇 바퀴 돌았다. 입술 위에 난 그의 붉은 수염은 그가 코를 벌름거릴 때마다 움직여 마치 가을 송충이가 꿈틀거리는 것처럼 보였다.

"너희 불 피웠지? 여기 맷돌 위에 재 좀 봐……화쯔花子……

이것도 네가 주동한 거지! 네 엄마한테 일러야겠다. 온종일 떠돌이 아이들을 데리고 와서 사고나 치고……"

그는 창문으로 기어 올라가려다 바구니를 발견했다.

"이건 누가 가져온 거야? 우리 집 계란 바구니 아냐? 화쯔……너 설마 또 훔친 거야? 네 엄마 모르게?"

그가 바구니를 들고 갈 때까지 우리는 그의 밀짚모자를 조롱했다.

"뚝배기 같아……물통 같아……"

하지만 밤이 되자 나는 어머니한테 두들겨 맞았다. 나는 창턱에 엎드려 혀로 눈물을 핥아야 했다.

"유 아저씨……유 호랑이……뭐야……못된 영감탱이……"

나는 울면서 아저씨를 욕했다.

하지만 얼마 지나지 않아 나는 그에 대한 원망을 잊어버렸다. 나는 아이들과 여럿이 가서 그의 허리띠를 풀거나, 뒤에서 장대로 챙 없는 그의 밀짚모자를 벗기거나 했다. 우리는 마당의 백구를 놀리듯이 그를 놀렸다.

가을이 끝날 무렵부터 우리는 한참 동안 잠잠했다.

빈집들은 찬바람과 어둠으로 채워졌다. 마당에 자라던 잡초는 말라서 쓰러졌고, 집 뒤편 채마밭의 갖가지 식물들은 흰 서리로 뒤덮였다. 담장 아래의 늙은 느릅나무는 아직 남은 잎들을 바람결에 흔들고 있었다. 하늘은 회색이었고, 형태도 없이 퍼진 구름에서는 빗방울이 듣기도 하다가 때로는 가는 눈가루가 흩날리기도 했다.

나는 따분하기도 했고, 또 뭔가 새로운 걸 찾아보고 싶은 생각에, 옛날 물건을 모아두는 방에서 상자와 궤짝을 디디고 다락으로 기어 올라갔다.

그 위는 어두컴컴하고 무엇인지 알 수 없는 느낌이 있었다. 손으로 더듬어보니 작은 나무 상자가 하나 잡혔다. 다락으로 올라가는 구멍 앞으로 들고 와서 빛에 비추니 상자에는 반짝이는 작은 쇠자물쇠가 채워져 있었다. 나는 귀에다 대고 상자를 흔들어보고, 또 손바닥으로 두드려보았다……안에서는 덜컹덜컹 소리가 났다.

나는 상자를 열 수가 없어서 무척 실망스러웠다. 상자를 있던 자리에 가져다 놓고, 더 안쪽의 더 어두운 구석으로 기어갔다. 이곳에서는 일어서서 걸을 수가 없는데다 캄캄한 공간에 물건들이 널려 있었기 때문에 두 발로 걸으려고 하다가는 걸려 넘어지기 쉬웠다. 그래서 나는 기어 다녔고, 기면서 뭔가가 손에 잡히면 바로바로 더듬어볼 수 있었다. 작은 유리병이 하나 손에 잡혀 빛이 들어오는 쪽으로 가지고 와서 보았다……얼마나 기뻤던가. 병에는 검정 대추가 가득 들어 있었다. 나는 곧장 이 보물을 안고 내려왔다. 하지만 발끝이 상자 뚜껑에 닿자마자 나는 작은 뱀처럼 내려갔던 몸을 다시 움츠려 끌어 올려야 했다. 나는 다락에서 한참을 더 쭈그려 앉아 있었다.

내려다보니 유 둘째 아저씨가 내가 디디고 올라왔던 바로 그 상자를 열려고 하고 있었다. 상자를 여는 데는 한참이 걸렸다. 그는 손에 쥔 작은 물건을 깨물고 있었다……고개를 삐딱하게 하고, 따닥따닥 소리를 내며 깨물었다. 깨문 다음에는 손에다 놓고 구부렸고, 그런 다음 그것을 상자에 꽂아 돌렸다. 마지막으로 상자의 구리 자물쇠가 찰칵하는 소리를 냈을 때에야 나는 그가 구부렸던 것이 철사 조각이었다는 걸 깨달았다. 그는 모자를 벗어 그 구부러진 작은 물건을 모자 안쪽에 끼웠다.

그는 상자를 몇 차례나 뒤졌다. 빨간색 의자 방석, 꽃이 수놓인 파란색 광목 앞치마……꽃이 수놓인 여자 신발……그리고 어지럽게 뭉쳐진 알록달록한 실타래. 상자 바닥에는 짙은 누런색의 구리 술병이 가로놓여 있었다.

그런 뒤 그는 힘줄이 불뚝불뚝 솟은 두 팔로 그 상자를 흔들었다.

나는 그가 그 상자를 옮기려는 게 아닐까 싶었다! 상자를 치우면 나는 어떻게 내려가나?

그는 여러 차례 상자를 안아 올렸다가 다시 내려놓았다. 나는 하마터면 그에게 그만두라고 외칠 뻔했다.

얼마 뒤 그는 허리띠를 풀고 몸을 숙여 바닥에 허리띠를 좌우로 펴놓고 그 위에 의자 방석을 한 장 한 장 겹쳐 쌓았다. 그리고 그것을 매듭을 지어 묶었다. 그는 심호흡을 하며 그 묶음을 들어 올려보았다.

왜 빨리 나가지 않는 걸까? 나는 벙어리와 다른 아이들을 떠올리고는 마치 그들이 벌써 내 눈앞에서 이 대추를 먹고 있기라도 한 것처럼 뿌듯해졌다.

'하하……이게……이게 다 윤기가 자르르한 검정 대추란다.'

나는 아이들에게 할 말도 이미 다 생각해두었다.

이 생각을 하는 동안 대추는 내 눈앞에서 빛났고, 미끌미끌한 것이 이미 내 목구멍에서 움직이는 것 같았다.

아저씨는 결국 상자를 옮기지 않았고, 대신 자물쇠를 잠그기 시작했다. 그리고 구리 술병을 상자 뚜껑 위에 세워놓고는 밖으로 나갔다.

나는 몸을 힘껏 늘여서 두 발바닥을 상자 위에 단단히 디뎠다. 유리병을 너무 꽉 안고 있어서인지 가슴이 아파왔다.

유 둘째 아저씨가 다시 왔다. 그는 먼저 문 옆의 의자 방석을 들고, 그다음에 상자 뚜껑 위의 구리 술병을 들었다. 술병을 배 위에 고정시킨 다음에야 구석에 서 있는 나를 발견했다.

그는 웃었다. 나는 그가 이렇게 과장되게 웃는 것을 한 번도 본 적이 없었다. 이가 밖으로 다 드러나서 마치 그쪽의 입술이 없는 것 같았다.

"말 안 할 거지?"

그의 정수리에는 굵은 땀방울이 수도 없이 맺혀 있었다.

"무슨 말요……"

"말 안 하면 착한 아이지……"

그는 내 머리를 톡톡 쳤다.

"그럼 저 이 유리병 가져가도 돼요?"

"물론이지!"

그는 조금도 나를 막지 않았다. 나는 문 옆의 바구니에서 찐빵까지 다섯 개 챙겨서 달려 나갔다. 어머니가 물건이 없어졌다고 말한 그날, 나도 어머니 옆에 서 있었다.

나는 말했다.

"그건 저도 몰라요."

"정말 이상하단 말이야……분명히 잠가놨는데……열쇠가 어디서 난 거지?"

어머니는 뾰족한 아래턱을 집 안의 다른 사람들 쪽으로 향하고 말했다. 이어서 목이 삐딱한 젊은 요리사도 말했다.

"흥! 누가 한 짓이래요?"

나는 또 말했다.

"그건 저도 몰라요."

하지만 내 머릿속에서는 유 둘째 아저씨가 허리띠로 의자 방석을 묶었던 장면, 구리 술병을 배 위에 올려놓은 장면, 그리고 그 술병이 그의 뱃살에 닿은 장면 들이 떠올랐다. 유 둘째 아저씨가 마치 내 몸속에서 그 철사를 따닥따닥 소리 내어 깨물고 있는 것 같았다. 귀에서 열이 훅훅 났다. 나는 잠시 눈을 감았다. 하지만 눈을 뜨고 그 뚜껑 열린 상자를 보며 다시 말했다.

"그건 저도 몰라요."

그다음엔 이렇게까지 말했다.

"저는 못 봤어요."

어머니가 철사를 가지고 와서 열쇠를 만들어보았는데, 한참을 비틀어보아도 철사가 잘 구부러지지 않았다.

'그렇게 하면 안 돼요. 이빨로 깨물어야 해요. 이렇게요. 깨물고……다시 비틀고……다시 깨물고……'

위험했다. 혀를 놀리기만 했으면 이 말이 입 밖으로 나왔을 것이다. 나도 모르게 내 손은 이미 철사를 구부리는 모양을 하고 있었다.

나는 입술을 꽉 깨물고 손을 등 뒤에 감춘 채 그들을 보고 있었다.

"이거 정말 이상하네……그게 작은 물건도 아닌데……어떻게 눈에 안 띄고 집을 빠져나갔지? 밤에 훔쳐간 게 틀림없어. 하지만 밤에 도둑이 왔어도 훔쳐 나갈 수가 없었을 텐데……"

어머니의 뾰족한 턱은 나를 겁에 질리게 했다. 그녀는 말을 하면서 옆에 있는 창문을 손으로 밀어보았다.

"맞아! 물건은 앞문으로 나간 거야. 이것 봐……이 창문은 여름 내내 연 적이 없어……이것 봐……작년 가을에 창문 틈을 붙인 게 그대로 있잖아."

"걸리적거리지 말고! 저리 가."

어머니는 손으로 나를 밀었다.

어머니는 다시 한번 방을 사방으로 둘러보았다.

"못 믿겠어?……물건이 갈 만한 곳은 뻔하거든……나도 그 정도 감은 잡는단 말이야. 못 믿겠으면 두고 보라고……이럴 수는 없는 거야. 봄에 구리 신선로가 없어졌을 때 어디 뒀는지 모르겠다고 했었지……천천히 찾아보자고 하면서, 그리고……어쩌면 다른 집에 빌려줬는지도 모른다고 했었어! 그런데 그런 일은 없었단 말이야……벌써 도박 빚 갚는 데 써버렸던 게지……자기를 가족처럼 대해줬는데……그런데도 가족처럼 대해주지 않는다고 투덜거리기나 하고, 좋아……이러다 나중엔 우리 집 대들보까지 뜯어 가겠네……"

"예……예!"

요리사는 앞치마를 움켜쥐고 입가를 닦았다. 삐딱한 목은 마치 가느다란 촛대처럼 금방이라도 부러질 것만 같았다.

어머니와 다른 사람들이 모두 나간 다음에도 그는 여전히 그 자리에 서 있었다. 저녁 식탁에서 요리사는 유 둘째 아저씨에게 물었다.

"사람들이 아저씨는 양고기를 안 드신다던데 양 내장은 드세요?

"양 내장도 못 먹어."

아저씨는 자신의 밥그릇을 보며 말했다.

"아저씨, 이 고추볶음 속에 양 내장이 좀 들어갔어요. 그래서 알려드리려고요!"

"왜 일찍 말해주지 않았어, 이……이……이……"

그는 젓가락을 내려놓고 목을 움직였다. 목이 붉게 달아오르기 시작했다. 손으로 질그릇을 돌리는 것처럼 느릿느릿 고개를 돌렸다.

"유 둘째 이 사람은 촌놈이라, 한평생……뭐든 다 먹었는데……단……지……이……양……고기만……못……먹어……양……가죽 모……자도……안 쓰고……양……가죽……옷도……안 입고"

그는 한 마디 한 마디 똑같은 어조로 말을 이어갔다.

"다음번엔……"

그는 말했다.

"양안楊安……자네 음식 할 때 말이야……요리건 국이건 간에……양 몸에서 나온 게 들어가면……꼭 나한테 말해줘. 나는 식탐이 있는 사람이 아니거든! 먹고 안 먹고는 중요하지 않아……장아찌 한 조각을 먹는 한이 있어도……나는……양……

은……안 먹어……"

"그런데 둘째 아저씨, 한 가지 여쭤볼게요……아저씨는 술을 드실 때 어떤 술병을 쓰세요? 구리 술병이 아니면 안 되시나요?"

요리사 양 씨의 아래턱이 높이 들렸다.

"술병이라니……다 같은 거 아닌가……"

그는 또 젓가락을 내려놓고, 옆에 있는 주석 술병을 탁탁 두드렸다.

"이것도 마찬가지야……주석 술병인데……어차피 마시는 건 술이거든……좋은 술인지 아닌지는……병에 달린 게 아니라고……흥! 하긴……젊었을 때는 이걸……좋아했지……주석 술병……반짝반짝 윤이 나게 닦곤 했어……"

"저는요, 유 아저씨……구리 술병이 좋은지 안 좋은지를 여쭤본 거예요."

"왜 안 좋겠어. 한 번 닦기만 해도 빛이 번쩍번쩍 나는데……"

"맞아요, 역시 구리 술병이 좋은 거죠……하……하하……"

요리사는 웃기 시작했다. 그는 너무 웃은 나머지 내 밥을 푸다가 밥그릇을 떨어뜨릴 뻔했다.

어머니는 아랫입술을 길게 늘이고 혀 위로 바람을 불었다. 그 바람에 밥알 몇 개가 내 손에 떨어졌다.

"흥! 양안……자네……내가……양고기 안 먹는다고……비웃었지, 진짜로 못 먹어서 그래. 왜냐하면 말이야, 내가 태어난 지 3개월 되었을 때……어머니가 돌아가셨어……난 양젖을 먹고 자랐지……만약 양젖이 아니었으면……내가 어떻게 예순이 넘도록 살았겠어……"

양안은 무릎을 쳤다.

"아저씨는 정말 양심이 있는 분이시네요. 다른 사람한테 양심에 거리끼는 일은 하신 적이 없으시죠? 안 그래요? 제 말씀은요, 아저씨……"

"자네들 젊은이들은 그런 말을 잘 안 믿는데……그러면 안 돼……사람은 자신이 지나온 길을 잘 알아야 해……돌아서서 배신하면 안 되지……사람은 은혜를 알아야 하고 갚을 줄도 알아야 해……옛날이야기에도 다 그렇게 나와……예를 들어서, 양은 말이야……바로 내 어머니였다고……아니면……아니면……내가 예순이 넘게 살 수 있었겠어?"

그는 허리를 꼿꼿이 세우고, 양 내장을 넣은 그 고추볶음 접시를 젓가락으로 밀어냈다.

밥을 다 먹은 후 그는 방을 나갔다. 손에는 그 챙 없는 밀짚모자를 들고, 벽돌이 깔린 길을 따라 걸어 내려갔다. 두 개의 썩은 나무토막 같은, 때 묻은……그의 발뒤꿈치는 발부리에 걸린 해진 신발을 따라 벽돌 길을 질질 끌며 걸었고, 그의 머리는 작은 냄비처럼 김을 내고 있었다.

어머니는 요리사와 함께 크게 웃었다.

"구리 술병이라……하……그리고 의자 방석도 있죠……유씨한테 물어보십시오……혹시 아는지?"

요리사 양 씨의 목에 있는 흉터가 더 커진 것 같았다.

나는 어머니가 좀 무서워졌다. 그녀는 뼈마디가 도드라진 손가락으로 통통한 닭다리를 들어 입으로 가져갔다. 그리고 이를 드러내며 닭고기를 뜯었다.

다음번에 어머니가 나를 때렸을 때, 나는 또 나무 위로 올라갔다. 잎이 다 진 앙상한 나무였기 때문에 어머니가 나에게 던지는 돌멩이 하나하나가 작은 송곳처럼 내 온몸을 아프게 때렸다.

"어디 더 올라가봐……더 올라가봐……장대로 끌어 내려줄 테니."

어머니가 이 말을 할 때, 내가 끌어안고 있던 나무가 떨리는 것 같았다. 그때 나는 이미 나무 꼭대기까지 올라가서 옆으로 난 가지 위로 기어가려던 참이었기 때문이다.

"나무에 붙은 벌레 같은 녀석, 쪼끄만 요물 같은 녀석……정말이지 넌 구제 불능이야."

그런 뒤 어머니는 나무 아래에서 서성거렸다……한참 동안 내게 돌을 던지지 않았다.

나는 여러 날 동안 나무에 올라가지 않았기 때문에, 나무 위에 있는 것이 새롭고 신기한 느낌이었다. 사방을 둘러보니 내가 주위의 어떤 것보다도 높은 곳에 있는 것 같았다. 길 가는 사람, 수레, 부근의 집 들이 모두 나보다 아래에 있었다. 뒷골목 콩나물 가게의 장대에 걸린 깃발도 나와 같은 높이였다.

"이 도깨비 새끼야……너 내려올 거야 안 내려올 거야……"

어머니는 마치 내 이름을 부르듯 자연스럽게 '도깨비 새끼'라고 불렀다.

"야! 어떡할 거야?"

나는 어머니에게 꽉 붙잡혔을 때만 빼면 그렇게까지 무서워하지 않았다.

어머니가 잠시 긴장을 늦추었을 때 나는 바로 나무에서 담장으로 뛰었다.

"하하……제가 어디에 있는지 보세요!"

"이 녀석 보게……신령님 사당의 깃대 위에 올라가려고……"

이렇게 대답한 사람은 어머니가 아니라 담장 밖에 서 있던 사람이었다.

"얼른 내려와……담장 다 망가졌겠다. 너희 엄마 오시라고 해서 너 좀 맞아야겠다."

바로 유 둘째 아저씨였다.

"저 못 내려가요. 아저씨가 봐도 그렇잖아요? 엄마가 나무 밑에서 기다리고 있다고요……"

"널 왜 기다리는데?"

그는 담장 아래의 판자문을 통해 안으로 들어왔다.

"절 때리려고요!"

"왜 널 때리는데?"

"바지에 오줌을 쌌거든요."

"말은 잘한다. 창피하지도 않아? 일고여덟 살 된 처녀가……바지에 오줌을 쌌대요……내려와! 담장 망가질라!"

그는 돼지처럼 소리를 질러댔다.

"그 애 좀 붙잡아. 오늘 내가 제대로 본때를 좀 보여줘야겠어!"

어머니가 이렇게 말하는 동안, 유 둘째 아저씨는 바짓단을 접어 올리기 시작했다.

나는 아저씨가 뭘 하려고 그러는 걸까 생각했다.

"좋아! 화쯔, 잘 봐……이렇게 말도 안 듣고 네 마음대로 했지……어디 두고 봐……"

그가 정말로 제일 아래쪽 가지가 갈라진 곳까지 올라오는 걸 보고 나는 눈물이 핑 돌고 목이 메어왔다.

"저 말할래요. 말해버릴 거예요……말해버릴 거예요……"

어머니는 내 말을 못 알아들은 것 같았다. 하지만 유 둘째 아저씨는 이 말을 듣고는 더 이상 올라오지 않고 그 굵은 가지 위에 앉았다.

"이리 내려와……착하지……괜찮아, 너희 엄마가 설마 때리기야 하겠어, 얼른 내려와, 내일 아침 먹고 아저씨가 공원에 데려가줄게……집에서 얻어맞지 않도록……"

아저씨가 나를 안아서 담장 위에서 나무로 옮기고, 다시 나무에서 안고 내려왔다. 나는 눈물을 닦으면서 그가 말하는 걸 들었다.

"착하지……내일 우리 공원에 가자."

다음 날 아침, 나는 대문 안쪽에서 아저씨를 기다렸다. 그런데 아저씨는 내 옆을 지나가면서도 '가자!' 이 한마디를 하지 않는 것이었다. 나는 뒤쫓아 가서 그의 허리띠를 잡아당겼다.

"아저씨 오늘 공원에 데려가준다고 하지 않으셨어요?"

"공원은 무슨 공원……가서 놀아! 어서."

그는 앞쪽의 길만 보고 있었고, 나에겐 눈길도 주지 않았다. 어제 그 말을 한 사람은 다른 사람이었던가.

나는 그의 허리띠에 매달렸다. 그러자 그는 몸을 흔들었다. 마치 몸에 붙은 벌레를 털어내듯 나를 떨쳐내려고 했다.

"그럼 저 말해버릴 거예요, 구리 술병에 관해서요."

그는 사방을 돌아보고는 한숨을 쉬는 듯했다.

"그럼 가자. 성가신 녀석……"

가는 길 내내 그는 아예 나를 보지도 않았다. 가게 유리창에 진열된 작은 고무 인형이 마음에 들어 더 구경하고 싶어도 그럴 수가 없었다. 잠시 눈을 돌리면……그는 벌써 멀리 가버렸기 때문이다. 공원 문밖의 나무다리에 도착해서 나는 그의 앞으로 달려갔다.

"도착했어요! 도착했어요……"

나는 두 팔을 벌렸다. 날아갈 것처럼 마음이 들떴다.

앙상한 나무, 공원 안의 정자, 이 모든 것이 내 앞에서 손짓하고 있었다. 공원에 들어서자 서커스단의 징소리 북소리가 귀를 울렸다. 귀가 멀 정도로 멍멍해서 방향도 분간이 안 될 지경이었다. 나는 유 둘째 아저씨의 담배쌈지에 달린 작은 조롱박을 붙잡고 앞으로 걸었다. 흰색 천막을 지나갈 때 안에서 이런 소리가 들려왔다.

"무섭지 않아?"

"안 무서워요."

"할 수 있겠어?"

"할 수 있어요……"

유 둘째 아저씨는 어디로 가려 하는 걸까?

지방극, 서양경……원숭이 재주……곰 재주……목각 인형극,

이런 것들을 다 그대로 지나쳤다. 저쪽으로 더 가면 볼 게 아무것도 없다. 게다가 땅에 떨어진 낙엽도 더 두터워져서 우리가 걷고 있는 길을 다 덮어버렸다.

"유 둘째 아저씨! 우리 서커스 안 봐요?"

나는 아저씨의 담배쌈지에 달린 작은 조롱박을 손에서 놓고, 조금 떨어져서 그의 안색을 살폈다.

"저기 호랑이가 있는데요……호랑이는 전에 본 적 있어요. 그런데 코끼리는 한 번도 못 봤어요. 사람들이 그러는데 이 서커스단에 코끼리가 세 마리나 있대요. 큰 놈 한 마리랑 새끼 두 마리요. 큰 놈은……큰 놈은, 사람들이 그러는데, 그 코가, 코 하나만 해도 집에서 불 땔 때 쓰는 부지깽이보다 더 길대요……"

그의 표정에는 전혀 변화가 없었다. 나는 그의 왼편에서 오른편으로 갔다가, 다시 오른편에서 왼편으로 갔다.

"진짜 그럴까요? 아저씨, 진짜 그럴까요?……아저씨도 본 적 없어요?"

나는 뒤로 걷다가 땅 위에 튀어나온 나무뿌리에 걸려 넘어졌다.

"잘 보고 걸어!"

하지만 그는 나를 붙잡아 일으켜주지는 않았다. 나는 스스로 일어났다.

공원의 끝에는 찻집이 하나 있었다. 아저씨는 여기를 오려 했던 모양이었다. 목이 말랐던 것이다! 하지만 그는 그 찻집에 들어가지 않았다. 찻집 뒤쪽에는 돗자리를 세워서 만든 작은 가건물이 있었다.

아저씨는 나를 거기로 데리고 들어갔다. 안은 캄캄했다. 제일 안쪽에 사람이 하나 서 있었는데, 무슨 손짓도 하고 대나무 판자도 두드리고 했다. 유 둘째 아저씨는 안으로 들어가자마자 가장자리의 기다란 걸상 위에 앉았고, 나는 그의 무릎 앞에 서 있었다. 나는 다리가 마비될 때까지 서 있었지만 그래도 거기 있는 사람이 무얼 하는지를 이해하지 못했다. 그 사람은 처녀처럼 머리도 땋았다. 그는 마치 무술을 하듯 다리 한 짝을 뻗었다가 다시 제자리로 가져왔고, 또 손을 내밀고……이렇게 하면서 한 바퀴를 돈 뒤 '탁' 하면서 대나무 판자를 내리쳤다. 전통극이라기엔 전통극 같지도 않았고, 원숭이 재주라기엔 원숭이 재주 같지도 않았다. 고약을 파는 것 같기도 했지만, 고약을 사는 사람도 없었다.

나는 더 이상 앞쪽을 보지 않고 사방을 둘러보았다. 어린아이는 하나도 없었다. 앞쪽의 걸상이 비자 유 둘째 아저씨는 얼른 나를 데리고 앞자리로 옮겼다. 나도 걸상에 앉았다. 하지만 앉아 있을 수가 없었다. 계속 그 코끼리 생각이 났기 때문이다.

"유 둘째 아저씨, 우리 코끼리 보러 가요. 이건 안 볼래요."

그는 말했다.

"조용, 조용, 잘 들어봐……"

"뭘 들어요. 저게 뭔데요?"

"지금 관공關公이 채양蔡陽을 죽인 이야기를 하고 있어……"

"관공이 누구예요?"

"관우關羽 신령님 말이야. 너 관 신령님 사당에 안 가봤어?"

나는 기억이 났다. 관 신령님 사당에서 관 신령님은 빨간색 말을 타고 있었다.

"맞아요! 관 신령님이 빨간색 말을 타고……"

"잘 들어봐……"

그는 내 말을 끊었다.

나는 얼마간 들어보았지만 여전히 알아들을 수가 없었다. 그래서 나는 몸을 돌려 뒤쪽을 보고 앉았다. 그쪽엔 장님이 하나 있었는데, 두 눈알이 모두 흰색 꺼풀로 덮여 있었다. 또 외다리인 사람도 하나 있었는데, 그 사람은 손에 목발을 들고 있었다. 내 옆에 앉은 사람은 손을 붕대로 감아 목에 걸고 있었다.

'딱딱딱' 대나무 판자 치는 소리가 한바탕 난 뒤 유 둘째 아저씨는 눈물까지 몇 방울 흘렸다.

나는 무조건 코끼리를 봐야만 했다. 돌아오는 길에 흰색 천막 옆을 지날 때 나는 그 자리에 멈춰 서서 꼼짝하지 않았다.

"보고 싶으면 점심 먹고 와서 보자……"

유 둘째 아저씨는 나를 지나쳐서 천천히 걸어갔다.

"가자. 가서 점심 먹고 다시 와서 보자."

"안 돼요! 밥 안 먹을래요. 배 안 고파요. 코끼리부터 보고 갈 거예요."

나는 그의 담배쌈지를 잡아당겼다.

"아무나 들어갈 수 있는 게 아냐. '표'를 사야 해. 너 못 봤니……저기 지키는 사람 있잖아?"

"그럼 우리도 '표'를 사면 되잖아요!"

"돈이 어딨어……두 사람이 '표'를 사려면 동전 수십 꿰미는 있어야 해.”

“저 다 봤어요. 아저씨 돈 있는 거. 아까 천막 안에서 그 사람한테도 돈 줬잖아요?”

나는 그에게 바짝 다가서며 말했다.

“겨우 동전 몇 개 준 거야! 더는 없어, 아저씨는 더는 없어.”

“거짓말, 엄청 많은 거 다 봤어요!”

나는 까치발을 하며 그의 옷자락을 젖히고 호주머니를 뒤졌다.

“없다니까! 더는 없어! 아저씨는 돈 더 없어, 돈 벌 길도 없고……그저 가끔 작은 노름판에 가서 거기서 조금 따는 건데……잃을 때도 많아. 흠흠.”

그는 내 손에 들린 대여섯 개의 동전에 눈길을 보냈다.

“내 말 믿어! 얘야, 아저씨는 돈 더는 없어……있을 수도 없고……”

나무다리를 걸어 내려가며 그는 이렇게 말했다.

서커스단에서 나는 왁자한 소리가 내 등 뒤에서 계속해서 들려왔다.

유 둘째 아저씨는 아이들에게 둘러싸인 뽑기 좌판에서 나를 위해 동전 두 개를 내놓았다.

나는 손을 뻗어 철사통에서 종이쪽지를 한 장 뽑았다. 그 쪽지를 물그릇 속에 넣자 곧바로 새빨간 ‘오五’ 자로 변했다.

“얼마 나왔어?”

“‘오’라고 나온 거 안 보여요?”

나는 팔꿈치로 아저씨를 치며 말했다.

"아저씨가 어떻게 알겠어! 아저씨는 글자를 하나도 읽을 줄 모르는데. 학교를 한 번도 안 다녔잖아."

돌아오는 길 내내 나는 그 다섯 개의 사탕을 먹었다.

두번째로 아저씨가 물건을 훔치는 걸 본 것은 이듬해 여름이었던 것 같다. 그때 쇠비름꽃이 몹시 빨갛게 피었고 마당 빈터의 잡초가 나보다 더 크게 자랐으니 말이다. 풀밭에는 벌과 잠자리에다, 이름 모를 작은 벌레도 왔다. 특이한 종류의 풀들도 자라났다. 풀에는 연보라색 꽃도 피었는데, 줄줄이 엮인 모양으로 피어서 풀밭 위에 서 있었다. 이 풀은 키가 무척 커서 꽃이삭이 깃발처럼 풀밭 위에 휘날렸다.

점심을 먹은 후 나는 아무것도 하지 않고 친구들을 기다렸지만 아무도 오지 않았다. 그래서 나는 양식 곳간에 갔다. 어머니가 새벽에 네모난 쟁반을 들고 거기에 들어갔기 때문이다. 나는 그 쟁반에……음……틀림없이 뭔가가 있을 것 같았다.

어머니는 쟁반을 아주 잘 숨겨놓았다. 쌀뒤주 위에 올려놓지도 않았고, 곡식 저장고 위에 올려놓지도 않았고, 새끼줄로 들보에다 매달아놓았다. 내가 막 그 흥미로운 쟁반을 살펴보고 있는데, 판자로 만든 저장고 안에서 쥐 소리 같은 소리가 났다. 어쩌면 벽 속에 있는 것 같기도 했다……어쨌든 나는 뭔가 움직이는 소리를 들었다……얼마 뒤 마침내 숨을 몰아쉬는 소리가 들렸다. 나는 설마 족제비는 아니겠지 하고 생각했다. 나는 겁이 좀 나서 일부러 손으로 저장고를 두드렸다. 몇 번 두드린 후 다시 귀를 기울이니 아무 소리도 안 났다……하지만 금방 또 뭔가가 숨을 몰아쉬었다……씩씩거리며……허파에서 거품이 이는 것 같은 소리였다.

이제는 나도 더 참을 수가 없었다.

"저리 가! 뭐냐 대체……"

유 둘째 아저씨의 가슴과 붉은 목이 저장고에서 빠져나왔다……그때 나는 내가 목각 인형극을 보고 있는 줄 알았다! 하지만 그때 천장의 창을 통해 들어온 햇빛이, 정체 모를 붉은 액체를 뒤집어쓴 무엇인가가 바로 유 둘째 아저씨의 뾰족하게 튀어나온 코라는 것을 증명해주었다……그의 가슴은 흰색 홑옷 아래에서 더 이상 버티지 못하고, 마치 빗속의 작은 파도처럼 요동쳤다.

그는 아무 소리도 내지 않고 그저 서 있기만 했다……마치 놀란 숫양처럼 바보같이 서 있었다!

나는 밖에 나가 친구들과 딱정벌레를 잡고, 잠자리를 잡았다. 아무리 많이 잡아도 우리는 전혀 질리지 않았다. 들풀, 들꽃, 들 벌레, 이런 것들은 아침부터 저녁까지 완전히 우리 손안에 있었다.

맑은 밤이면 나는 혼자서 풀숲 속에 남아 있곤 했다. 그 안엔 빛을 내는 벌레도 있었고, 나지막한 벌레 울음소리도 있었고, 흔들거리는 잡초의 그림자도 있었다.

어떨 땐 잡초를 쓰러뜨리고 그 위에 누워 있기도 했다. 나는 그 하늘을 사랑했다. 나는 그 별들을 사랑했다……사람들이 말하는 바다도 아마 그 하늘과 비슷할 거라고 생각했다.

저녁 시간이 되어 나는 풀숲에서 벌레를 가득 담은 상자를 가지고 돌아왔다. 양식 곳간 옆을 지나는데, 놀랍게도 유 둘째 아저씨가 아까 그 자리에 그대로 서 있었다. 깨진 창문 구멍으로 그의 핏기 없이 파래진 입술과 거뭇한 눈 주위가 보였다.

"마당에 사람 없어?"

병자의 쉰 목소리 같았다.

"있어요! 엄마가 계단에서 담배 피고 있어요."

"가거라!"

그는 웃음기가 하나도 없고 창백했다. 그의 머리칼은 담장 위를 지나다니는 들고양이 털 같았다.

식탁에서 유 둘째 아저씨가 앉던 자리에는 작은 바둑이 한 마리가 앉아 있었다. 강아지가 장난칠 때, 둥글게 말린 꼬리와 구리 방울이 정말 귀여웠다. 어머니는 고기 한 조각을 강아지에게 던져주었다. 목이 삐딱한 요리사는 탕솥에서 커다란 뼈다귀를 꺼냈다……바둑이는 바닥으로 뛰어내려서 그 뼈다귀를 받으려고 미친 듯이 날뛰었다. 구리 방울이 요란하게 울렸다…… 여동생은 웃으면서 젓가락으로 그릇을 두드렸고, 요리사는 앞치마를 당겨 눈을 닦았다. 그 와중에 어머니는 식탁에 탕그릇을 엎었다.

"빨리……빨리 걸레 가져와. 빨리……아래로 흘렀어……"

그녀는 손으로 입을 막았지만 그래도 밥알이 튀어나왔다.

요리사는 식탁을 정리하면서 호롱불을 켰다. 나는 채마밭을 보며 문턱에 앉았다. 문에서 흘러나오는 노란색 불빛을 등지고 앉아, 내 동그란 머리와 어깨로 그림자를 만들었다. 때때로 손을 들어 이마의 땀을 닦으면, 그때마다 그림자도 나를 따라 땀을 닦았다. 셔츠에 스며드는 저녁 바람은 푸른 강물처럼 시원했다……뒷골목에서는 양곡 가게에서 호금 소리가 울려 퍼지기 시작했다. 아득한 소리는 동쪽에서도 메아리를 울리고 서쪽에서도 메아리를 울렸다……낮에 노란색이었던 꽃은 흰색이 되었고, 빨간색이었던 꽃은 검은색이 되었다.

불처럼 붉은 쇠비름꽃도 검은색이 되었다. 그런데 담장 아래 피어 있던 들쇠비름의 작은 꽃들은 모두 사라지고 없었다.

아마도 유 둘째 아저씨가 그 작은 꽃들을 밟고 지나간 모양이었다. 담장에 바짝 붙어서 갔으니까. 나는 그를 지켜보았다……계속 지켜보았다……그는 채마밭의 판자문을 걸어 나갔다.

그는 내가 뒤에서 따라간 걸 전혀 몰랐다. 나는 궁금했다. 그는 그 물건들을 훔쳐서 뭘 하려는 걸까? 맛있는 것도 아니고 갖고 놀 수 있는 것도 아닌데.

내가 판자문까지 따라갔을 때, 그는 이미 다리를 지나 동쪽의 높은 언덕으로 달려 올라가고 있었다. 언덕 위의 길은 넓고 밝았다. 양편에 줄지어 서 있는 문들을 나는 사당이라고 상상했다.

유 둘째 아저씨의 등에 짊어진 동그란 보따리가 아직도 보이는데, 멀리 아저씨의 앞쪽에서 개 짖는 소리가 나기 시작했다.

내가 세번째로 아저씨가 도둑질을 하는 걸 본 것이, 어쩌면 네번째인지도 모르는데……바로 마지막이었다.

그는 커다란 목욕통을 둘러메고 채마밭을 가로질러 갔다. 금어초 꽃 몇 송이가 그에게 부딪혀 떨어졌다. 그는 이번에는 조금도 두려워하지 않는 것 같았다. 그의 머리를 덮은 양철 목욕통은 쨍쨍 소리를 냈다.

그것은 커다란 백은 덩어리처럼 번쩍번쩍 빛을 냈다. 나는 무서워서 담장 아래에 기대어 얼이 빠진 채 서 있었다.

어머니가 아저씨를 붙잡으면 아저씨를 때리지 않을까? 이런 생각을 하면서 내 마음속에서는 그에 대한 존경심도 일었다.

'나도 나중에 아저씨처럼 도둑질을 할 수 있을까?'

하지만 나는 이런 생각도 했다. 나는 이런 물건은 안 훔칠 거야. 이런 물건을 뭣 하러 훔쳐? 이렇게 큰 걸 훔쳤다간 어디에 두더라도 엄마한테 들킬 텐데.

하지만 유 둘째 아저씨는 목욕통을 머리에 이고 옛날이야기에 나오는 커다란 은색 뱀처럼 걸어갔다.

그 후로 나는 그가 도둑질하는 걸 보지 못했다. 하지만 다른 걸 보게 되었다. 그건 더 위험한 일이었고, 더 자주 일어났다. 예를 들어 내가 잡초 사이에서 막 잠자리 꼬리를 잡았을 때……쿵 소리를 내며……판자 담장 위로 커다란 바윗덩어리 같은 것이 넘어 들어왔다. 잠자리는 물론 날아가버렸다. 밤에도 그 판자 담장 곁에 가서 귀뚜라미를 잡을 수가 없었다. 언제 또 유 둘째 아저씨가 담장 위에서 떨어질지 몰랐기 때문이었다.

목욕통을 잃어버린 후 어머니는 세 곳의 출입문에 모두 자물쇠를 채웠다.

그래서 내 친구들 중에서 내가 귀뚜라미를 제일 조금밖에 못 잡았다. 나는 유 둘째 아저씨를 원망했다.

"아저씨가 자꾸 담을 넘고, 담을 넘고 해서……귀뚜라미도 못 잡는다고요!"

"담을 넘지 말라고……말은 쉽지. 하지만 누가 문을 열어줘야 말이지?"

그는 목을 꼿꼿하게 세웠다.

"요리사 양 아저씨가 열어주면 되잖아요……"

"요리사……양가……흥……너희는 이 집 사람이니까……그 놈한테 뭘 시킬 수 있지……이 아저씨는……"

"문 열라고 소리를 지르면 되잖아요! 요리사 아저씨를 부르고……요리사 아저씨가 못 들으면 문을 두드리면 되잖아요."

나는 두 손을 양쪽으로 펼쳤다.

"흥……문을 두드린다고……"

그의 눈은 애써 아래쪽을 보았다.

"문을 두드려도 못 들으면, 발로 차면 되잖아요……"

"찬다고……자물쇠로 잠갔는데 찬다고 무슨 소용이 있어!"

"그러니까 아저씨는 담을 넘을 수밖에 없다는 거죠, 그렇죠? 그럼 넘더라도 좀 조용히 넘든가 하지, 왜 그렇게 사람을 놀라게 해요?

"조용히 어떻게 넘어?"

"제가 담을 넘을 때는 아무도 못 듣는단 말이에요. 땅에 떨어질 때는 쪼그려 앉는 자세를 해야 해요……이렇게 두 팔을 벌리고……"

나는 평지에서 뛰면서 그에게 시범을 보여주었다.

"어릴 때는 그게 되지만……늙으면 안 돼! 뼈가 다 굳어버렸거든! 이 아저씨는 너보다 60살이 더 많은데 어떻게 너처럼 하겠니?"

그의 입가에는 약간의 웃음기가 흘렀다. 오른손에는 담배 쌈지를 들었고, 왼손으로는 옆에 있던 백구의 귀를 쓰다듬었다……개는 혀로 아저씨를 핥았다.

하지만 나는 아무래도 믿을 수가 없었다. 뼈가 굳고 안 굳고가 있나? 뼈는 다 같은 뼈 아닌가? 나는 돼지 뼈도 씹을 수가 없고, 양 뼈도 씹을 수가 없는데, 어떻게 내 뼈와 아저씨 뼈가 다르다는 거지?

그 이후로 나는 뼈다귀를 볼 때마다 비교하면서 두드려보았다. 만나는 아이들이 나이가 나보다 몇 살 많건 한 살 어리건 나는 꼭 그들과 비교를 해보았다. 어떻게 하느냐? 주먹 관절을 부딪쳐서 얼마나 무르고 단단한지를 보는 것이었다. 하지만 아무리 해봐도 차이가 안 느껴졌다. 그러다 힘껏 부딪치면 몹시 아팠다. 처음 비교를 해본 사람은 벙어리—집사의 딸—였다. 처음에 벙어리는 하지 않으려 해서 이렇게 설득했다.

"네가 나보다 한 살 어리니까 한번 해보자. 어리면 뼈가 무르대. 네 뼈가 무른지 아닌지 한번 해보자."

그때 그녀의 관절은 빨갛게 되었다. 그걸 보고 나는 틀림없이 그녀의 뼈가 나보다 무르다고 생각했다. 하지만 내 주먹을 보니 똑같이 빨갛게 되어 있었다.

한번은 유 둘째 아저씨가 판자 담장 위에서 뛰어내리다가 넘어져서 코가 깨졌다.

"흥! 조심하지 않고……한쪽 다리는 내려왔는데……한쪽 다리는 담장 위에 걸려 있었으니……흥! 그러니 대가리를 땅에 처박았지……"

그는 마치 자신을 비웃고 있는 것 같았다. 흐르는 피를 옷자락 같은 것으로 닦지도 않았다. 그는 마치 그 피가 자신의 것이 아닌 양, 허리를 곧게 펴고 곁채로 걸어갔다. 걸어가는 동안 피는 계속 흘러 옷 앞자락을 적셨다. 이미 피에 젖은 손은 코를 막아볼 생각도 없이 아래로 내린 채였다.

요리사는 목을 삐딱하게 한 채 마당 가운데에 서서 말했다.

"유 둘째 어르신은 피가 정말 싱싱하시네요……두어 번 더 넘어지셔도 끄떡없으시겠는데요……"

"흥, 이 자식, 늙은이도 다 한때는 젊은이였어! 빈정대지 말라고……네 녀석한테도 곧 닥칠 테니……"

쓴웃음을 짓는 그의 입가에는 아직 피가 흐르고 있었다.

잠시 후, 유 둘째 아저씨는 가슴과 어깨를 드러낸 채 곁채 문 앞에 서 있었다. 양 콧구멍은 무엇인가로 막아놓았다. 그는 이렇게 소리쳤다.

"양 씨……양안……옷 있으면 좀 빌려줘……내일이면 내 옷이 다 마를 테니까! 그럼 자네 옷은 벗어서 돌려줄게……내 다른 옷은 소매가 떨어졌어. 겹옷은 맞춰놨는데 아직 못 찾아왔고……"

그는 빨래한 옷을 손으로 털고 있었다.

"무슨 소리예요?"

양안은 소리를 지르다시피 했다.

"겹옷 맞춰놓은 걸 아직 못 찾아오셨다고요? 아저씨 정말 바쁘시군요! 옷이 다 됐는데도……한번 찾으러 갈 그 시간이 없었다고요……둘째 어르신은 역시 어르신이시네요, 앞으로는 시종을 하나 두셔야겠어요……"

나는 사다리를 타고 곁채의 지붕 위로 올라갔다. 길에서 싸우는 소리가 나서 지붕 위에 올라가서 보려는 것이었다. 그런데 지붕 위에는 바람이 많이 불어서 덜덜 떨면서 내려왔다. 유 둘째 아저씨는 아직도 상반신을 드러낸 채 처마 밑에 서 있었다. 그의 젖은 옷은 빨랫줄에서 펄럭거리며 바람에 날리고 있었다.

등불을 켤 때쯤 나는 옷을 하나 더 입으러 집 안에 들어갔다. 그런데 놀랍게도 유 둘째 아저씨가 혼자 식탁에 앉아 술을 마시고 있었다. 더 이상한 것은 요리사 양 씨가 유 둘째 아저씨에게 탕을 떠주고 있었다는 점이다.

"내가 알아서 뜰게! 자넨 가서 쉬어……"

유 둘째 아저씨와 양안은 탕기의 국자를 서로 잡으려 하고 있었다.

가까이 가서 보니 술병 옆의 작은 접시에는 고기 두 조각이 있었다.

유 둘째 아저씨는 양안의 짧은 검은색 윗옷을 입고 있었는데, 허리띠가 거의 가슴께까지 올라가 있었다. 그가 이런 작은 옷을 입은 적은 없었다. 그렇게 입으니 유 둘째 아저씨가 아닌 것 같았다. 그렇다고 달리 꼭 누구를 닮은 것 같지도 않았다. 그가 음식을 씹으면 콧구멍에 막아놓은 것도 같이 따라 움직였다.

평소에는 아버지가 저녁 늦게 돌아왔을 때만 혼자 호롱불 아래에 앉아서 밥을 먹었다. 유 둘째 아저씨가 그렇게 하는 건 몹시 신기한 일이었다. 그래서 나는 그 자리에 더 머물러 지켜보고 있었다.

양안은 등이 굽은 마른 딱정벌레처럼 객실 문 앞으로 갔다……

"어서 와서 봐……"

그는 목을 삐딱하게 한 채 말했다.

"다들 유 둘째 아저씨가 양고기를 안 먹는다고 했잖아…… 양고기를 안 먹는다고……그런데 배가 너무 작아서 터질까 봐 겁날 지경이야……양고기탕을 큰 사발로 세 그릇이나 먹었거든……다 먹었다고……하하하……"

그는 작은 소리로 웃고 손짓을 하며 커튼을 내렸다.

또 한번은, 절대 양고기탕이 아니었고……소고기탕이었다…… 그런데 유 둘째 아저씨가 숟가락을 들자 양안이 말했다.

"양고기탕……"

아저씨는 숟가락을 내려놓고 젓가락으로 접시 위에 있는 가지볶음을 집었다. 양안이 다시 그에게 말했다.

"양간 가지볶음이에요."

그는 젓가락을 씻고 직접 찬장으로 가서 장아찌 한 접시를 꺼냈다. 그가 식탁에 돌아가기도 전에 양안이 또 말했다.

"양……"

그는 말을 멈추었다.

"양이 어쨌다고……"

유 둘째 아저씨는 그를 보았다.

"양……양……아……장아찌 말이에요……음! 장아찌가 별로 깨끗하지 않아요……"

"뭐가 안 깨끗해?"

"양고기 썰었던 칼로 장아찌를 썰었거든요."

"양안, 자네 이러면 안 돼……"

유 둘째 아저씨는 서 있던 자리에서 식탁 위로 접시를 집어 던졌다. 식탁이 너무 반들반들해서 접시가 데구루루 구르다 다른 접시에 부딪친 다음에야 멈추었다.

"양안 자네……사람을 속여먹으면 안 돼……자네는 장姜씨네 집안사람이 아니야……자네나 나나 똑같이 외부인이야! 젊을 때부터 제대로 살아……이렇게 이상하게 행동하면……그래도 나중에 후손이 있을 텐데……"

"으하하! 후손이라고요! 대가 끊어진 걸로 하죠 뭐……그런데 양 내장을 안 드신다고……그런 거짓말은 꽈배기 가게에서 밀가루 생선을 튀기면서 가짜 생선 냄새를 내는 거나 마찬가지죠……양 내장은 안 드신다면서 양고기는 드셨잖아요……이제 양고기 못 먹는 척은 그만하시죠……"

양안은 화가 나서 목이 조금 똑바로 선 것 같았다.

"토끼 새끼 같은 놈……이런 개새끼……어디다 대고 큰소리야?"

유 둘째 아저씨는 일어나서 요리사 앞으로 걸어갔다.

"유 둘째 아저씨, 너무 화내지 마세요……너무 그러시면 몸 상해요……저는요, 아저씨랑 저랑 둘 다 이 집 일하는 사람이니까……농담한 거예요……재미있으라고……"

요리사는 하하 웃었다.

"양 내장이 어디 있다고요……농담이에요……너무 그렇게 펄쩍 뛰지 마세요……"

유 둘째 아저씨는 공원에 있는 석상처럼 그 자리에 멈춰 섰다.

"……나는 다른 건 괜찮아……농담하는 것도 좋고……하지만 이것만은 정말이지 건드리면 안 돼……이건 농담거리가 아니야……재작년에 내가 모르고 한번 먹었는데……나중에 알고는 보름 넘게 앓았어……나중에 목에 이렇게 흉터가 생기고 끝났지……양고기 한번 먹는 게 뭐 대수겠어……마음에 걸리는 게 문제야. 내 양심을 저버린 것 같거든……양심을 저버리는 일은 하면 안 되는데……하고 났을 때의 후회는 이루 말할 수가 없지. 내가 양고기를 안 먹는 건 바로 그 때문이야……"

그는 냉수를 한 모금 마신 후 담배를 피웠다.

다른 사람들은 하나씩 하나씩 식탁을 떠났다……

그때 이후로 유 둘째 아저씨는 늘상 콧구멍을 무엇인가로 막고 있었다. 그다음엔 허리도 아프다고 했고, 그다음엔 다리도 아프다고 했다. 그가 마당을 지날 땐 예전처럼 꼿꼿하지 않았다. 어떨 땐 몸이 한쪽 편으로 기울어졌고, 어떨 땐 손으로 자신의 허리띠를 잡았다……커다란 백구가 그를 따라와서 앞뒤로 뛰어다니면 그는 피했다.

"저리 가……저리 가!"

그는 손끝을 소매 안으로 집어넣고 소매를 뒤쪽으로 휘둘렸다.

하지만 그는 더 사소한 것들에 대해 욕을 퍼붓기 시작했다. 예를 들어 벽돌이 발에 채이면 그는 앉아서 손으로 그 벽돌을 꽉 눌렀다. 마치 그 벽돌이 의도적으로 자신의 발 앞에 오기라도 했다는 듯이. 까마귀나 참새가 날아가면서 더러운 무언가가 자신의 소매 같은 곳에 떨어지면, 그는 그것을 털어내면서 이미 날아간 새를 향해 이렇게 퍼부었다.

"이것들이……하! 잘 겨누어서 하필 내 소매에다 떨어뜨렸단 말이지……너는 눈도 없냐. 떨어뜨리려면 비단옷 입은 사람한테나 떨어뜨리지! 나한테는 헛일이야……가난뱅이 일꾼한테……"

그는 소매를 다 닦은 후 머리 위의 하늘을 잠시 바라보고는 다시 가던 길을 갔다.

판자 담장 아래에선 귀뚜라미가 종적을 감추었다. 그런데 유 둘째 아저씨도 그 뒤로는 담장을 뛰어넘지 않는 것 같았다. 아침에 요리사가 물을 길러 가면 아저씨도 물통 뒤를 따라 판자문을 나가서 우물 쪽으로 갔다. 그러곤 우물가의 빈 연자방아 위에 앉아 있었다. 나는 거의 매일 열쇠를 가지고 가서 친구들이 들어오도록 문을 열어주었는데, 그때마다 그는 연자방아에 앉아서 나를 부르곤 했다.

"화쯔……아저씨 좀 기다려줘……"

그는 오리처럼 걸었다.

"아저씨는 이제 정말 틀렸네……눈으로는 뻔히……눈으로는 뻔히 아이들이 이쪽으로 오는 걸 보면서도 따라잡을 수가 없으니……"

그는 판자문을 들어와서는 또 문 옆의 나무 술통 위에 앉았다. 그는 한쪽 발에는 양말을 신었지만, 다른 쪽 발 발가락에는 삼끈을 묶어놓았다. 삼끈을 풀자 작은 천 조각으로 덮여 있던 부은 발가락이 드러났는데, 한 곳은 썩어 들어가고 있었다. 그는 가지처럼 부어오른 발가락을 다시 천으로 싸맸다.

"올해는 정말 운수가 나쁘군……자잘한 문제들이 자꾸 꼬리를 물고 생긴단 말이야……"

그는 입에 물고 있던 삼끈을 손으로 옮겼다.

그 후로 내가 친구들에게 문을 열어줄 때는 유 둘째 아저씨가 나를 부르지 않고 아예 내가 아저씨를 불렀다. 왜냐하면 아저씨가 그다음에 따로 들어오려 하면 어차피 또 내가 문을 열어줘야 했기 때문이다.

아저씨는 연자방아 위에서 앉아 있기만 하는 것이 아니라 나중에는 잠도 곧잘 잤다. 잠이 들면 그는 아무런 감각이 없어지는 것 같았다. 얼룩 오리가 목을 빼서 그의 발바닥을 쪼아도 그는 깨지 않고 발을 원래 있던 그대로 뻗치고 있었다. 연자방아가 햇빛을 받아 반짝반짝 빛이 나면 그는 마치 동그란 거울 위에서 자고 있는 것 같았다.

나와 친구들은 돌을 던지고 모래를 뿌리며 놀다가 판자문을 뛰쳐나와 돌이 더 많이 있는 우물가로 달려갔다. 나는 주머니에다 돌을 가득 담고는 연자방아 뒤에 쭈그리고 앉아 아이들과 돌싸움을 했다. 돌이 연자방아에 '딱' '딱' 부딪치면, 마치 연기가 나듯 먼지가 일었다.

유 둘째 아저씨는 눈을 감은 채 갑자기 담뱃대를 붙잡았다.

"이 새끼들, 뭐 하는 짓이야……어딜 덤벼……어딜 올라와……"

그는 담뱃대를 좌우로 휘두르다가, 우리가 모두 모여들어 그를 보고 있으면 비로소 일어나 앉았다.

"……제길……꿈이었네……길에 개가 어찌나 많던지……강아지 새끼까지 기어오르잖아……담뱃대로 모조리 때려서 쫓아냈지……"

그는 손마디를 주무르며 입가에 미소를 지었다.

"제길……꿈이 너무 생생했어……꿈속에서 개한테 물렸거든……아직도 얼얼하게 아프네……"

우리가 던진 돌멩이를 강아지 새끼라고 한 것이 틀림없었다. 우리는 좀 놀라기도 하고 뿌듯하기도 했다. 우리는 닭 떼가 꼬꼬댁거리고 날개를 펼치면서 흩어지듯이 달려서 흩어졌다.

아저씨는 우리 뒤쪽에서 "아……으아……" 하고 나귀 새끼 같은 소리를 내며 하품을 했다.

우리가 고개를 돌려 아저씨를 보았을 때, 그는 뭔가를 삼키려는 듯이 해를 보며 입을 벌리고 있었다.

보슬비가 내리던 어느 날 아침에도 유 둘째 아저씨는 나가서 연자방아에 앉아 있었다. 양안은 물통을 들고 판자문을 몇 번이나 통과했다……양안이 마지막으로 문을 잠그면서 말했다.

"유 둘째 어르신이 요 며칠 새 좀 달라 보여……안색을 보면 며칠 내로 사당에 모셔야 할 것 같아……"

나는 판자 틈으로 내다보았지만 유 둘째 아저씨가 맞는지 아닌지도 알아볼 수가 없었다. 작은 풀 더미 같은 형상으로 비를 맞고 있었다.

"유 둘째 아저씨, 식사하세요!"

나는 한번 불러보았다. 들려오는 대답은 '웅웅' 하고 내 뒤쪽에서 울리는 내 목소리의 메아리뿐이었다.

"유 둘째 아저씨, 식사하세요!"

이번에는 입술을 판자 틈에 맞추고 말했다. 하지만 이번에도 역시 들려온 대답은 '웅웅' 하는 메아리였다.

비 오는 날은 느낌이 밤과 비슷했다. 바람이 불 때마다 사방에서 빈 병 울리는 소리가 났다.

"신경 꺼……"

어머니는 창문을 열면서 말했다.

"저놈은 저렇게 자기 무덤을 파는 거야……네 아빠가 요즘 그 사람 손을 좀 봐주려고 생각하고 있어……"

나는 이 '손을 본다'는 것이 무슨 뜻인지를 알고 있었다. 아이들을 때리는 것은 '때린다'고 하고, 어른을 때리는 것은 '손을 본다'고 했다.

나도 한 번 본 적이 있다. 노름판에 나간 것 때문에 유 둘째 아저씨가 집사한테 한번 '손보아진' 적이 있다. 하지만 아버지가 하는 건 아직 본 적이 없다. 어머니는 요리사에게 말했다.

"몇 년 동안 애 아빠는 저놈한테 신경 쓸 필요가 없었어……그놈 몸에 손을 댄 적도 없지……하지만 그놈의 교만함이 날로 더해가잖아……천한 것 같으니, 손을 안 볼 수가 없어……그렇게 안 해주면……마음이 안 편한 모양이지."

어머니가 '손을 본다'는 말을 자꾸 할수록 나는 점점 더 겁이 났다. 어디에서 '손을 보는' 걸까? 마당에서? 하지만 집사가 했을 때는 마당이 아니라 곁채의 구들 위에서였는데. 그럼 이번에도 곁채에서 하겠지! 부지깽이로 하는 걸까? 그때 집사도 부지깽이를 썼어. 나는 또 벙어리가 그 와중에 그들에게 밟혔던 일이 생각났다. 하마터면 손가락이 부러질 뻔했다. 지금도 그 손가락이 구부러져 있지 않은가?

유 둘째 아저씨는 문을 두드리며 말했다.

"백구야……백구야……넌 인정머리도 없냐……너 조만간! ……"

백구가 판자문을 뛰어넘어 나가자 그는 또 말했다.

"저리 가!……저리 가……"

"문 열어줘! 아무도 없어?"

내가 달려 나가려 하자 어머니가 내 머리를 눌렀다.

"서두를 필요 없어! 그놈 거기 좀 서 있게 내버려둬. 널 밥 먹여 키워준 사람도 아니잖아……"

아저씨는 점점 더 크게 소란을 피웠다. 이젠 아예 발로 차는 것 같았다.

"아무도 없어?"

한 마디 한 마디 똑같은 소리로 외쳤다.

"사람은 있지만, 네놈을 모시려고 있는 건 아니지……쓸모없는 영감탱이……"

어머니의 이 말을 유 둘째 아저씨가 들었는지는 모르겠지만, 판자문이 요란한 소리를 내기 시작했다.

"다들 죽었어? 다들 죽었냐고……"

"미친 척하지 마!……이놈이 누구한테 함부로 입을 놀려……네놈한테 우리가 무슨 잘못이라도 했다는 거야?"

어머니는 부엌에서 소리쳤다.

"네놈이 반평생을 누구한테 밥 얻어먹고 살았는지……생각해봐, 잠이 안 오면 잘 생각해보라고……자존심이 있으면 남의 밥을 먹지를 말든가? 얻어먹는 주제에 찬밥 더운밥 가리려고……"

대답은 없었고, 대신 판자 담장이 쿵쿵 울리는 소리가 들렸다. 그가 모습을 드러냈을 때, 그는 이미 담장 안쪽에 들어와 있었다.

"제……제 말은……넷째 아씨……저는 양안 이야기를 했던 거예요. 이 댁 식구들에 대해서는……전 아무 말 안 했어요……제가 쓸모없다는 건 틀린 말이 아니에요. 하지만 밥 먹는 걸 가지고 그렇게 사람을 구박할 필요는 없잖아요……"

나는 이런 험악한 분위기에서 그가 웃고 있는 게 이상했다.

"넷째 아우님이 계시면……풀어야 할 문제는 넷째 아우님과 같이 풀도록 하지요……"

"넷째 아우님 좋아하네……넷째 아우님이 네놈을 상대나 해줄 것 같아?……"

어머니는 나를 뒤로 밀어냈다.

"저를 상대도 안 해준다고요……흠! 한번 두고 봅시다……언제 넷째 아우님이 학당에 안 나가실 때……한번 보지요……"

그는 흠흠거렸다. 물에 씻은 뚝배기 같은, 챙이 없는 그의 밀짚모자가 그의 흰 이마를 가로질러 덮고 있었다. 그가 마당을 걸어가자 한 발짝 한 발짝마다 진흙 구덩이가 생겨났다.

"이 귀신같은 인간이……죽지도 않고……발이 썩었는데도 담장을 뛰어넘어 다니질 않나……"

어머니는 들으라는 듯이 크게 말했다.

"넷째 아씨……지금 저를 보고 그렇게 말씀하셨나요……흠흠……그런 말이 입에서 나옵니까? 저더러 죽으라고요……사람이 그러면 안 됩니다. 사람은 누구나 다 부모가 키웠고, 똑같이 밥 먹고 자랐어요……"

그는 마치 바위를 당기듯 온 힘을 다해 곁채의 문을 열었다. 하지만 안으로 들어가지는 않았다.

"저는 이 댁에서 30년 넘게 있었습니다……제가 당신들에게 무슨 잘못을 했나요? 양심에 대고 물어보세요……이 댁 풀 줄기 하나도 밟은 적이 없어요……아이고……넷째 아씨……요즘 들어선……어디 말을 할 데가 없네요……말을 할 데가 없어요……사람 마음을 누가 알겠어요……"

나는 손 가득히 감을 들고 마당에서 웃고 뛰다가 곁채로 갔다. 유 둘째 아저씨는 따뜻한 불더미 앞에서 불을 쬐고 있었다. 그는 마치 문 옆에 놓인 빈 항아리처럼 꼿꼿하게 앉아 있었다.

"저리 가……살금살금 못된 짓이나 하고……또 뭘 하려고? 너희 집 식구들은 다 쥐새끼야."

아직 안에 들어가지도 않고 문 앞에 서 있는 나에게 그는 이렇게 퍼부었다.

나는 생각했다. 정말이구나. 요리사 아저씨가 유 둘째 아저씨가 변했다고 말한 데도 일리가 있었어. 욕을 해도 이렇게 이상하게, 이해할 수 없는 말만 한단 말이야. '쥐새끼'라니, '쥐새끼'랑 나랑 무슨 관계가 있다고! 왜 쥐새끼 이야길 하는 거지?

내가 계속 문 근처에 있으니까 그가 또 말했다.

"거북이 새끼……토끼 새끼……따라지……개새끼……사람도 아냐……사람 되긴 글렀어……"

이렇게 다다다 욕을 늘어놓았는데, 나는 하나도 기억할 수가 없었다.

나는 아저씨가 한 것처럼 신발을 벗어 두 개의 신발 바닥을 마주 붙이고는 그걸 깔고 앉았다.

"이 녀석……남이 하면 그대로 따라하냐! 호리병을 보면 표주박을 그린다더니, 그 좋은……새 신발을 깔고 앉았어……"

그의 두 눈이 잘못 구워진 항아리의 구멍처럼 나를 보고 있었다.

"그럼 아저씨는 왜 깔고 앉아요?"

나는 불쪽으로 손을 뻗었다.

"아저씨가 깔고 앉는 건 말이야……이 아저씨 신발을 봐라……이 위에 앉으나 안 앉으나 상관이 없어. 너무 낡아서 아낄 필요가 없거든! 이미 2년을 꼬박 신었으니."

그는 깔고 앉았던 신발을 끄집어내어 불빛에 비추며 한참을 들여다보았다. 그러다 갑자기 화를 내기 시작했다.

"너희들……너희들은 지금 천국에서 사는 거야……이 아저씨가 너만 했을 때는……아예 신발도 없었어……신발이 어딨어? 돼지 먹이러 갈 때는 채찍만 하나 들고 가는 거야……해

뜨면 나가서……해 질 때 돌아오는 거지……주먹밥 두 개를 가져가서 점심으로 먹고……너희들은……찐빵이랑 마른 간식이 온 집에 굴러다니잖아! 지금 마당을 쓸어보면 틀림없이 몇 개 나올 거야……아저씨가 어렸을 때는 찐빵 부스러기도……못 만져봤어! 지금은……백구도 그런 건 안 먹으려 하지……"

그의 이야기는 중간에 끊지 않으면 영원히 계속될 것 같았다. 어렸을 적 이야기부터 시작해서 어른이 될 때까지, 또 부뚜막 위의 뚝배기까지……또 뚝배기에서부터 그가 어렸을 적에 먹었던 주먹밥까지. 나는 이런 이야기가 줄줄이 나올 걸 알았기 때문에 바로 짜증이 났다. 나는 그의 말을 듣기가 지겨워서 빨간 감을 불 위에 놓고 굽기 시작했다. 구우면 어떻게 되는지 보고 싶었다.

"가, 가……너 같은 애는 처음 본다. 남은 겨우 불 지펴서 쬐고 있는데……불이나 꺼뜨리려 하고……가, 다른 데 가서 구워……"

그는 불더미를 보며 말했다.

나는 신을 신고 달려 나왔다. 문이 열려 있었기 때문에 그가 욕하는 소리가 크게 들렸다.

"살금살금 못된 짓이나 하고, 또 뭘 하려는 거야? 너희 집 식구들은……죄다 쥐새끼들이야……"

유 둘째 아저씨는 뒤뜰의 늙은 가지처럼 희끗희끗했다. 그런데, 늙은 가지가 하루하루 조용해지고 완전히 운명에 순종하는 것과 반대로, 유 둘째 아저씨는 동쪽 담장에서부터 서쪽 담장에 이르기까지 쉼 없이 욕을 했고, 빗자루에서부터 물통까지 온갖 물건에다 욕을 퍼부었다……자신의 밀짚모자까지도 욕했다.

"……이 쓰레기……넌 대체 뭐야……썩 꺼져……인정머리도 없이! 여름에 시원하게 가려주지도 않고, 겨울에 추위를 막아주지도 않고……"

그런 뒤 그는 그 밀짚모자를 쓰고 요리사의 물통을 따라 우물가로 나갔다. 그는 연자방아에 앉지 않고 물통을 따라 돌아왔다.

"이 새끼……너도 짐승이라고……마음속은 시커멓지……"

그는 담장 아래의 돼지를 보고 이렇게 말했다.

그다음엔 오리 떼가 눈에 들어왔다.

"언젠가 네놈들을 모조리 죽이고 말 테다……하루 온종일 꽥꽥거렸지……망할 놈의 오리. 네놈들은 사람이었어도 쓸모없는 것들이야. 다 죽여버리겠어……네놈들 편한 생활도 끝장이야……맨날 처먹고 피둥피둥 살이나 쪄가지고선……피둥피둥 기름지게……"

뒤뜰의 해바라기씨는 완전히 다 익었다. 머리가 너무 무거워 줄기의 목 부분이 부러질 지경이었다. 옥수수는 어떤 것은 이파리만 달고 서 있었고, 어떤 것은 드문드문 옥수수가 달려 있었다. 오이는 지지대에서 늙어갔다. 색은 누렇게 되고, 껍질은 갈라졌다. 어떤 것은 빨간색 띠를 매어놓았는데, 그건 어머니가 내년에 심을 종자로 지정한 것이었다. 해바라기씨도 마찬가지로 어떤 것은 줄기 목 부분에 빨간 천 조각이 걸려 있었다. 이미 허옇게 변한 늙은 가지만이 구속 없이 줄기에 달려 있었다. 그런 가지의 속은 완전히 검은 씨앗만 가득해서 아이들도 먹지 않았고 요리사도 따지 않았기 때문이다.

홍시는 더 빨리 빨갛게 익었다. 한 개씩 한 개씩, 한 무더기씩 한 무더기씩 익어갔다.

옷 두드리는 다듬이질 소리가 사방팔방에서 들려오는 것 같았다. 유 둘째 아저씨는 어느 쌀쌀한 아침에, 그 다듬이질 소리와 함께 마당에 쓰러졌다. 우리 아이들은 그를 둘러쌌다. 이웃 사람들도 그를 둘러쌌다. 하지만 그가 기어서 일어나자, 이웃들은 모두 그에게 길을 비켜주었다. 그는 달려가다가 또 쓰러졌다. 그러면 아버지는 아무것도 하지 않은 듯이 유 둘째 아저씨의 머리를 한 번 칠 뿐이었다. 이렇게 몇 차례 반복되는 동안 유 둘째 아저씨는 꿈틀거리는 벌레처럼 뒹굴었다.

반대로 아버지는 마치 기계와도 같이 민첩했다. 아버지는 책이나 신문을 읽을 때 쓰는 안경을 그대로 쓴 채 양다리를 벌리고 서 있었다. 유 둘째 아저씨가 올 때마다 나는 아버지의 흰 비단 셔츠의 옷자락이 절도 있게 한 차례씩 흔들리는 걸 볼 수 있었다.

"유 둘째……이 개새끼……하루 종일 무슨 욕을 그렇게 해……먹을 것도 주고 마실 것도 주는데, 뭘 더 달라고 난리야……잡놈의 새끼!"

유 둘째 아저씨는 아무 말이 없었다. 쓰러지면 기를 쓰고 일어났고, 일어나서는 앞으로 걸어갔다. 아버지가 있는 곳까지 와서는 또 쓰러졌다.

그가 다시 쓰러졌을 때 이웃들은 그를 에워싸지 않았다. 어머니는 줄곧 계단 위에 서 있었다. 양안은 땔감 더미 옆에서, 대나무 빗자루를 앞에다 세워 잡고 있었다……이웃집 나이 든 할머니는 판자문 밖에 서 있었다. 그녀의 머리에 꽂힌 파란 꽃이 바람에 날렸다……그리고 집사와……벙어리와……그리고 내가 모르는 사람들도 있었다. 그들은 모두 담장 밑에 서 있었다.

마침내 유 둘째 아저씨는 자신이 흘린 피를 베고 누워 더는 일어나지 못했다. 발가락을 싸맸던 삼끈은 옆에 떨어져 있었고, 담배쌈지에 달렸던 작은 호리병은 아주 작은 조각만이 그의 주변에 남아 있었다. 닭은 소리를 지르긴 했지만 멀리 뛰어가버렸고……오리만이 와서 땅에 흥건한 그의 피를 쪼아 먹었다. 정수리가 초록색인 놈 한 마리와 목이 알록달록한 놈 한 마리였다.

겨울이 왔을 때 느릅나무 잎은 하나도 남아 있지 않았다. 외로이 혼자 서 있는 나무였기에 사방에서 오는 모든 바람이 그것을 흔들어댔던 것이다. 나는 매일 밤 화로 위의 찻주전자가 쓰쓰 하는 소리를 낼 때면 뒤쪽 창문 너머로 그 커다란 나무를 내다보곤 했다. 하얀 눈에 덮인 나무는 거위 솜털을 입은 것 같았다……작은 가지까지도 통통해졌다. 해가 뜨면 느릅나무에서도 빛이 반짝였다. 반짝이는 지붕, 반짝이는 땅과 마찬가지로.

처음에 우리는 눈사람을 만들었지만 얼마 안 가 싫증이 났다. 그다음엔 개 썰매를 탔다. 매일같이 백구의 목에 새끼줄을 매고, 양안이 우리에게 만들어준 썰매를 묶었다. 처음에 백구는 썰매를 제대로 끌지 못하고 개집으로 달려가거나 부엌으로 달려갔다. 우리는 백구를 때려서 마침내 말을 듣게 만들었다. 하지만 이따금씩 빙빙 맴을 돌아서 우리를 몽땅 눈밭에 처박기도 했다. 백구가 이렇게 할 때마다 우리는 그날 밥을 주지 않고 주둥이에다 입마개를 씌웠다.

하지만 백구는 여기에 길들여지지 않고 계속 난동을 부렸고……다리로 눈밭을 파헤쳤다. 그래서 우리는 백구를 말뚝에다 묶어놓았다.

유 둘째 아저씨가 덜덜덜 떨리는 손으로 백구를 풀어주었을 때 우리는 영문을 알 수 없었다.

그다음에 그는 개를 곁채로 끌고 갔다. 마치 작은 말을 끌고 가는 것처럼……

얼마 뒤에 그는 개를 데리고 나왔다. 그런데 백구의 등에 물건들이 잔뜩 실려 있었다. 밀짚모자, 구리 물병, 콩기름 등잔, 사각 베개, 둥근 창포 부채……둥근 바구니……이사 가는 짐수레 같았다.

유 둘째 아저씨는 솜이불을 팔에 끼고 있었다.

"아저씨! 집에 돌아가시는 거예요?"

그는 그저 '간다'고만 말했다. 나는 '간다'는 것은 집으로 간다는 뜻이라고 생각했다.

"이 아저씨는……음……"

이불에서 떨어져 나온 솜이 한 뭉치 한 뭉치 눈밭에 지저분하게 떨어져서 시커먼 재처럼 눈밭 위를 굴러다녔다.

판자문에 도착하기도 전에 백구는 멈춰 섰다. 아저씨는 개를 때려도 보았지만, 움직이게 할 수 없었다.

"안 갈 테냐? 너……백구……"

나는 열쇠를 가지고 와서 문을 열어주었다.

우물가에서 아저씨는 개 등에 실었던 물건들을 모조리 내려놓았다. 연자방아 위에 둥근 바구니와 구리 물병을 비롯한 모든 물건들이 놓였다.

"유 둘째 아저씨……집에 가시는 거예요?"

만약 집에 가는 게 아니라면 이 많은 물건을 왜 가져가겠는가!

"응……이 아저씨는……"

백구는 이미 멀리 도망가버렸다.

"여기는 이 아저씨의 집이 아니지. 그런데 아저씨는 다른 곳에도 집이 없단다."

"이리 와……"

그는 백구를 불렀다.

"짐 안 실을 테니……그냥 와……"

그는 개를 안아주려는 것처럼 두 팔을 벌렸다.

"봄이 올 때까지 기다리면……안 될 것 같아……"

그는 구리 물병과 다른 모든 물건들을 집어 들었다.

나는 그가 기어이 떠나려 한다고 생각했다.

나는 멀리 흰 눈에 덮인 대문을 바라보았다.

그런데 그는 몸을 돌려 판자문을 향해 돌아갔다. 걸어가면서 마치 어깨에 물통을 진 사람처럼 동쪽으로 기울었다 서쪽으로 기울었다 했다.

"아저씨, 뭐 잊어버리셨어요?"

하지만 돌아온 대답은 물병 뚜껑에 달린 구리 고리의……달그락달그락하는 소리뿐이었다……

백구를 데리러 돌아가는 것일까? 나는 이것이 너무 궁금해져서 친구들을 내버려두고 유 둘째 아저씨를 따라갔다.

곁채 문 앞에 도착하자 그는 안으로 들어갔다. 입마개를 한 백구가 거기 있었지만 아저씨는 보지 못한 것 같았다.

그는 무엇을 잊어버렸던 것일까?

그런데 그는 아무것도 찾지 않고 구들 가장자리에 앉았다. 그가 챙겨 나갔던 모든 잡다한 물건들이 그대로 등과 가슴에서 그를 짓누르고 있었다.

그가 말을 시작했을 때, 나는 나도 모르게 이미 그의 옆으로 가고 있었다.

"화쯔! 문 좀 닫고……이리 와봐……"

그는 몸에서 내려놓은 물건들을 밀쳤다.

"이리 와서 보렴!"

내가 봐야 하는 것은 무엇일까?

그는 돗자리를 들추고 한 줌을 쥐었다.

"바로 이거야……"

그런 다음 그는 곡식 한 줌을 땅바닥에 내던졌다.

"이게 날 쫓아내려는 게 아니면 뭐겠어……허리 아프고……다리 아파도 아무도 돌아보는 이 없더니……이 구들이 따뜻하다는 건 기억이 났나 보지! 집에 먹을 쌀이 없는데 이 벼가 눅눅하다면서……며칠 동안 말리겠다고 내 돗자리 밑에 깔아놓더니……벌써 열흘이 넘었어……두께가 한 치가 넘는다고……그래도 불을 좀 때면 온기가 돌아……어휴! ……아무래도 봄이 올 때까지 기다려야겠어……이 옷으론 찬바람을 못 견딜 것 같아……"

그는 빗자루를 들어 창틀의 서리와 눈을 쓸고, 또 벽을 쓸었다.

"이게 다 뭐야? 사탕은 먹고 돈은 안 쓰겠다는 거잖아!"

그다음에 그는 불을 지폈다. 땔감은 아궁이 입구에 가까이 놓아두었다. 그의 수염에 달려 있던 작은 얼음 조각도 물이 되었다. 내 눈에선 눈물이 났다……연기가 그와 나를 삼켜버렸다.

그는 일곱 살 때 이리에게 한 번 물렸고, 여덟 살 때 나귀한테 차여 발가락 하나가 떨어졌다고 했다……나는 그에게 물었다.

"호랑이 말이에요, 진짜로, 산에서 본 적 있어요?"

그는 말했다.

"아니, 못 봤어."

나는 또 물었다.

"코끼리는 본 적 있어요?"

그는 거기에 관해서는 말하지 않았다. 대신 소를 몇 년 쳤고, 돼지를 몇 년 쳤다는 이야기를 했다……

"이 아저씨는 태어나서 3개월 만에 엄마를 잃고……6개월 만에 아빠를 잃었어……삼촌 집에서 꼬박 일곱 살이 될 때까지 살았어. 바로 너만 할 때까지……"

"저만 할 때까지 산 다음에는 어떻게 되었어요?"

나는 이리와 호랑이가 빠진 이야기라면 별로 듣고 싶지 않았다.

"너만큼 산 다음엔 남의 집 돼지를 치러 갔어……"

"이리한테 물린 건 저만 할 때였죠? 물리고 나서도 아저씨는 산에 다시 올라갈 용기가 있었어요?……"

"없었지, 흥……그런데 자기 집에서는 아이였을지 몰라도……남의 집에 가서는 어른처럼 행동해야 했어……도저히 안 돼서……도저히 안 돼서……집으로 돌아갔지……아저씨도 무서웠단다……그 때문에 꽤 울기도 했어……흠씬 얻어맞기도 했고……"

나는 다시 그에게 물었다.

"이리한테는 한 번만 물렸어요?"

그는 이리 이야기는 하지 않고 다른 이야기를 했다. 그해 남의 집에 가서 말을 돌본 이야기……또 우리 할아버지가 어떻게 자기를 우리 집으로 데리고 왔는지……또 무슨 5월에 벚꽃이 피었다는……그리고,

"이 아저씨도 몇 년 전에 네 숙모 될 사람을 맞으려 했었지……"

나는 또 그 이야기가 나온 걸 알고 문을 박차고 마당으로 나왔다. 연기 때문에 따가웠던 눈은 아무것도 볼 수가 없었고 눈물만 나올 뿐이었다……

하지만 유 둘째 아저씨는 불더미 옆에 퍼질러져서는 가느다란 울음소리를 내기 시작했다……

나는 안채 쪽으로 갔다. 햇빛이 나에게 쏟아졌고, 또 다른 하

얀 빛들까지 모두 나를 둘러쌌다. 내 앞에서 나를 맞이하기도 하고, 뒤에서 나를 재촉하기도 했다. 나는 계단 위에 서서 사방을 둘러보았다. 그렇게 많은 순백의 빛나는 지붕들을! 그렇게 많은 빛나는 나뭇가지들을! 나뭇가지들은 마치 흰 돌로 조각한 산호수처럼 집들 사이사이에 서 있었다.

유 둘째 아저씨의 울음소리가 커졌을 때, 눈앞에 펼쳐진 이 모든 것들이 더욱 사랑스럽게 느껴졌다. 이 모든 것은 얼마나 가까이에 있는가. 눈밭은 내 발밑에 있고, 지붕과 나뭇가지는 내 이웃이며, 태양은 좀 멀리 있긴 했지만 그래도 내 머리를 비추어주고 있었다.

봄이 되자 나는 부근의 소학교에 들어갔다.

그때 이후로는 유 둘째 아저씨를 볼 수가 없었다.

1936년 9월 4일 도쿄

(1936년 10월 15일 상하이 『작가』 제2권 제1·2호에 처음으로 발표되었다.)

붉은 과수원

5월이 오자마자 과수원은 완전히 짙은 초록색으로 변했다. 한산했던 도시 변두리인 이곳에 다니는 사람도 점점 더 많아졌다. 목이 쉰 것 같은 강물 소리에 나무 소리, 벌레 소리, 사람 소리가 섞여들었다.

과수원 앞에는 가늘고 길게 빛나는 강이 가로지르고 있었다. 과수원 뒤에 있는 중고등학교의 흰색 건물에서는 종종 피아노 소리가 들려왔다. 밤이면 그 소리가 아직 익지 않은 과일들 사이로 퍼져 나갔다.

5월에서 6월이 지나고 그리고 7월이 되어서야, 심지어는 8월이 되어서야 이 과수원은 황량해진다. 과일나무 중에서 어떤 것은 3월에 꽃이 피고 어떤 것은 4월에 꽃이 핀다. 하지만 5월이 되면 이 과수원 전체가 녹색이 된다. 모든 과일이 이때 크게 자란다. 그다음엔 그 과실들이 붉어지기 시작하고, 그 뒤에 완전히 붉어진다. 그다음엔—7월이면—과수원지기가 과실을 전부 다 따버린다. 그다음은 과수원지기가 나무에서 떨어진 낙엽을 쓰는 때이다.

과수원은 바람 소리 속에서 다시 정리가 된다.

하지만 과일과 함께 익어가지 못한 연애는 9월까지도 계속 될 수 있다.

과수원 뒤 그 학교의 교무실에 있는 남자의 연애는 비록 끝나지 않았지만 그냥 끝났다고 쳐야겠다.

그는 교사 휴게실에서도 이 과수원을 볼 수 있고, 교실의 칠판 앞에 서 있을 때도 이 과수원을 볼 수 있다. 그래서 그는 그 끔찍한 백색의 겨울을 떠올렸다. 그는 막 지나간 겨울이 다시 돌아왔으면 했다. 하지만 그건 불가능한 일이다.

과수원은 매일매일 그의 옆에서 익어갔다. 과일의 진한 향기에 그는 마치 과수원 안에 앉아 있는 듯했다. 그는 과일이 푸른색에서 빨간색으로 변해가는 것을 마치 손바닥 위에 놓고 보듯 똑똑히 보았다. 그리고 과수원 문에 꽂혀 있는 그 깃발*도 더 선명해지는 것 같았다. 깃발의 노란 색깔은 그에게 뭔가 생소함, 반감 그리고 익숙하지 않은 느낌을 주었다. 그래서 과일이 붉게 익기도 전에 그는 창문 커튼을 파란색으로 바꾸어버렸다.

그는 과일이 하나씩 하나씩 자신의 방 안으로 뚫고 들어올 것만 같아서, 알 수 없는 불안감을 느꼈다.

과수원은 마침내 완전히 빨갛게 변했다. 한 주가 지나고 두 주가 지나고 세 주가 거의 지나도 과수원은 여전히 빨간색이었다.

---

* 만주국(1932~1945) 국기를 의미하는 것으로 보인다.

그는 과수원지기에게 가서 과수원이 언제까지 이렇게 빨갛게 남아 있을지를 물어보려고 했다. 하지만 그는 과수원으로 가는 오솔길에 접어들자마자 심장이 뛰기 시작했다. 마치 눈앞의 과수원이 쿵쿵 떨리고 있는 것 같았다. 할 수 없이 그는 그 빨간 과수원을 뒤로한 채 눈을 비비고는, 오솔길을 따라 돌아왔다.

계단을 올라가다가 그는 눈앞에 나타난 환상을 보고 심장이 쿵 하고 멎는 것 같았다. 그녀가 눈앞의 오솔길에 서 있었던 것이다. 그녀 옆쪽의 풀 위로 나비가 왔다 갔다 날고 있었다.

"전 여기서……"

그는 그녀가 이렇게 말하는 소리가 들리는 것 같아 깜짝 놀랐다. 그는 또 그녀가 나무가 늘어선 오솔길의 나무 걸상에서 기다리고 있는 것도 보았다. 그는 계속해서 회상했다. 그는 달려가서 그녀를 붙잡았다. 그러자 그녀의 목소리와 모습이 모두 나무숲 속으로 사라져버렸다. 그는 또 밤새도록 과수원에서 거닐던 장면을 회상했다……열정이 넘칠 때면 그들은 풀벌레처럼 그 나무숲에 기대어 키스를 하곤 했다. 아침 해가 뜨기 전에 그들의 머리와 옷은 밤이슬에 축축하게 젖었다.

그는 책상에서 학생들의 작문 답안지를 펼쳤다. 그런데 거기에 쓰인 내용은 이런 것이었다.

"황제께서 등극하시어 만민이 편안하고……"

그는 또 다른 답안지를 보았다. 모든 답안지가 똑같이 시작하고 있었다……자세히 보니 그건 학생이 쓴 것이 아니라 잉크로 미리 인쇄된 부분이었다. 답안지를 전부 뒤져보아도 그 부분은 모두 똑같았다.

그는 창가로 가서 파란색 커튼을 떼어냈다. 알고 지내는 과수원지기가 창 아래에서 땅을 쓸고 있는 것이 보였다.

과수원지기가 말했다.

"선생님! 과수원에 산책하러 안 오세요? 요즘 좀처럼 안 보이시네요?"

"네!"

그는 고개를 끄덕이며 말했다.

"어때요? 과일 시세가 괜찮은가요?"

"아뇨. 선생님, 보십시오…… 안 그렇습니까?"

그 사람은 대나무 빗자루의 손잡이로 해가 지고 있는 방향을 가리켰다. 그쪽에는 여자들의 주머니처럼 커다란 알록달록한 소매가 휘날리고 있었다.

"올해는 망했어요! 올해 농사가 문제가 아니라……모조리 저 사람들이……저것들이 따 가버리거든요……"

그는 이번에는 대나무 빗자루의 손잡이로 나뭇가지를 툭툭 쳤다.

"선생님……여기 좀 보십시오……정말 농사짓기 힘들어요. 가지를 이리 꺾어놓고, 저리 부러뜨려놓고……저 여자들은 말을 해도 듣지도 않아요. 더구나 어떻게 감히 말을 하겠습니까? 빌어먹을 일본 마님들인데요……"

그러고는 또 물었다.

"그 여선생님은 올해 왜 한 번도 안 보이시죠?"

그는 과수원지기에게 이렇게 말하고 싶었다.

'여선생님은 ××군에 들어갔어요.'

하지만 그는 말하지 않았다. 그는 과수원 문에 걸린 깃발이 날리는 소리를 듣고 그쪽을 보았다. 아마 무슨 공휴일이었던 것 같다. 과수원 입구에 커다란 깃발이 새로 걸렸다……노란색……완전히 노란색처럼 보였다.

과수원지기는 이미 멀리 가버렸지만 그의 손톱은 아직 창유리를 두드리고 있었다. 방금 본 것과 들은 것 들로 인해, 그는 이 '과수원'과 '깃발'에 대해 감정이 격해졌다. 창유리를 두드리는 소리가 점점 더 커졌다. 만약 과수원에 놀러 온 사람들이 그 창문 아래를 지났다면 아마도 그의 소리가 들렸을 것이다.

1936년 9월 도쿄

(1936년 9월 15일 상하이『작가』제1권 제6호에
처음으로 발표되었다.)

고독한 생활

파란 전등불은 밤새도록 꺼지지 않는 것 같았다. 잠이 깨어 보면 벽이 푸르스름하고, 다음에 또 깨서 보아도 여전히 푸르스름했다. 동이 트기 전, 모기가 모기장 밖에서 앵앵거리는 소리에 나는 이제 일어나야겠다고 생각했다. 모기도 이리 요란하게 활동하고 있으니 말이다.

방을 정리한 후 뭔가 일을 좀 해보려고 했다. 일본은 우리 중국과 이런 점에서 차이가 난다. 길에서는 벌써 게다 소리가 들리는데도 집들은 아직 자는 것처럼 고요하다는 점이다. 나는 펜을 들어 뭔가 쓰려고 했다. 쓰기 전에 생각을 먼저 해야 하는데, 생각을 하면 곧바로 머릿속에서 사라졌다!

왜 이렇게 고요한 것일까? 나는 이 고요함 때문에 오히려 불안해졌다. 그래서 밖으로 나가 거리를 걸었다. 길거리도 우리 중국과는 다르다. 역시 너무 조용하고, 잠들어 있는 것 같았다.

그래서 나는 다시 방으로 돌아와 하던 생각을 계속했다. 다다미 위를 걸으며 담배를 한 대 피우고 찬물을 한 잔 마셨다. 이제 거의 된 것 같았다. 앉자! 쓰자!

자리에 앉자마자 햇빛이 내 책상을 가득히 비추었다. 책상을 구석 자리로 옮겼다. 그런데 구석 자리는 바람이 안 통해 머리가 땀으로 흥건해졌다.

다시 일어나 걸었다. 내가 쓰려고 하는 것은 생각할수록 쓰면 안 되는 것이었다. 좋아, 다른 걸 생각해보자.

나는 피곤한 느낌이 들어 다다미 위에 드러누웠다. 그런데 하필 커튼에 벌이 한 마리 날아와 앉았다. 쏘일까 겁이 나서 일어나서 쫓아버렸다. 막 다시 누웠는데 나무에서 매미 한 마리가 울기 시작했다. 매미 울음이 별난 일도 아니지만, 한 마리뿐인데도 소리가 엄청나게 컸다. 나는 머리를 창밖으로 내밀고 도대체 어느 나무에 있는지 찾아보았다. 그러나 이웃에서 손뼉치는 소리가 매미 소리보다 더 컸다. 그들은 웃고 있었다. 나는 매미를 찾고 있었는데 그들은 틀림없이 내가 그들을 보는 거라고 생각했을 것이다.

나는 옷을 입고 점심을 먹으러 나갔다. 화華의 집 앞을 지났는데, 그들은 집에 있지 않았다. 슬리퍼 두 켤레가 나무 상자 위에 놓여 있었다. 집주인 여자가 나를 보고 뭐라고 말을 했지만 나는 한 마디도 알아듣지 못했다. 아마도 그들이 집에 없다는 말이었을 것이다. 일본 식당에는 갈 용기가 없었다. 사람들이 나를 얼간이 취급할까 두려웠기 때문이다. 그래서 내가 간 곳은 중국 식당이었다. 식당에 들어서자마자 흰 모자를 쓴 사람이 말했다.

"이랏샤이마세……"

이건 나도 알아듣는다. 바로 '어서 오십시오'라는 뜻이다. 자리에 앉았는데도 계속 일본말을 하길래, 나는 바로 주방으로 가서 요리사에게 직접 무슨 무슨 음식을 먹겠다고 주문을 했다.

오는 길에도 화의 집 앞에 가서 보았다. 아직 돌아오지 않은 모양이다. 슬리퍼 두 켤레가 그대로 나무 상자 위에 놓여 있다. 그리고 집주인은 또 뭐라는지 알 수 없는 말을 나에게 했다!

저녁때는 그들을 찾아가지 않았다. 나는 음식을 사다가 집에서 먹었다. 평소와 같이 빵과 소시지를 샀다.

음식을 먹고 나니 정말로 적막했다. 밖에선 천둥이 치고, 하늘이 어두침침해졌다. 밖에 산책을 나가고 싶어도 비가 올까 봐 걱정이 되었다. 그런데 나가지 않으면 낮보다 더 긴 밤 내내 방 안에만 있어야 했다. 결국 비옷을 챙겨서 밖으로 나갔다. 야시장에 놀러 갈까 했지만, 비가 올지도 모르니 차라리 화를 보러 가는 편이 낫겠다 싶었다! 마음 한편으로 실망할 준비를 하고 그녀의 집으로 향했다. 가서 보니 역시 그녀는 아직도 돌아오지 않았고, 여전히 두 켤레의 슬리퍼가 보였다. 이번에도 집주인은 뭐라고 알아들을 수 없는 말을 했다.

만약 달리 친구나 아는 사람이 있었다면 비를 맞으면서라도 그 사람을 찾아갔을 것이다. 하지만 실상은 없었다. 그래서 갔던 길을 되밟아 돌아오는 수밖에 없었다.

이제 비가 오고 있었다. 책상 위에는 『수호전』 외에도 후펑이 번역한 『산신령山靈』*이 놓여 있었다. 『수호전』은 펼쳐보고 싶

* 문학평론가 후펑(胡風, 1902~1985)이 1936년에 일본어에서 중국어로 번역하여 출판한 단편소설집이다. 조선 작가 장혁주(1905~1998)의 「산신령」을 표제 작품으로 삼았으며, 그 외 조선 작가들과 타이완 작가들의 작품을 수록하였다.

은 마음조차도 없었고, 『산신령』은 나의 이런 적막한 마음 상태로 읽었다가는 좋은 책을 망칠 것이 뻔했다.

비가 그치자 가로등 불빛을 받은 나뭇잎들이 반딧불이처럼 빛을 냈다. 얼마간 시간이 지난 뒤에 다시 보니 나뭇잎이 칠흑 같은 어둠에 잠겨 있었다.

비가 다시 내리기 시작했다. 하지만 내 주변은 여전히 고요했다. 창문을 닫으니 지붕의 기와에 빗물 떨어지는 소리만 들렸다.

나는 커튼을 내리고 파란색 전등을 켰다. 잘 생각은 아니었고, 책을 읽으려는 것이었다.

『산신령』에 수록된 「소리」라는 작품을 다 읽었다. 비는 언제 그쳤던 걸까? 작품에서 벙어리가 되어버린 권용팔은 자신의 불행에 대해 그저 슬퍼만 한 것이 아니었다. 그는 그 불행을 뿌리 뽑고자 그런 일을 한 것이다.

그의 아내가 이미 벙어리가 되어버린 남편의 면회를 왔을 때, 그는 손을 입 앞에서 이리저리 놀릴 뿐이었다. 그러다 그는 얼굴이 상기되었다. 어떤 감정이 그를 흥분시켰던 것일까? 그가 감옥에서 『속성 일본어 독본』을 가지고 공부할 때, 다른 수감자들은 모두 이렇게 말하고 싶었다.

'말도 못 하는 벙어리가 일본어는 배워서 뭘 하려고!'

그는 일본어를 소리 내어 읽으려 했지만 목구멍에선 증기가 새어 나오는 것 같은 소리만 날 뿐이었다. 공포감이 그를 휩쌌

여기서 언급된 「소리」는 조선 작가 정우상(1911~1950?)의 작품이다.

다. 그는 다급히 감방 안의 호출기를 눌렀다. 간수가 왔지만 그는 말을 할 수 없었고 단지 입 앞에서 손을 흔들 뿐이었다. 그러자 간수는 욕을 퍼부었다.

"왜 말을 안 해? 머저리 새끼!"

의사가 '성대 파열'이라고 진단했을 때 그는 비로소 자신이 평생 말을 할 수 없게 되었다는 걸 알았다.

나는 파란색 등불이 어두운 것 같아서 백열등도 켰다. 『산신령』을 계속해서 읽으려는 것이었다. 사방이 더욱 고요해졌지만, 나 자신을 잊어버릴 정도로 책에 빠져들자 나를 둘러싼 세상도 동요하기 시작하는 것 같은 느낌이 들었다.

날은 아직 밝지 않았고, 나는 세 편을 더 읽었다.

1936년 8월 9일 도쿄

왕쓰 이야기

눈은 빨갛고 길을 걸을 때면 항상 턱을 높이 쳐들곤 하는 왕쓰王四는, 마당 안으로 들어오면 늘 옆에 나 있는 풀 줄기나 아이들이 떨어뜨린 장난감 같은 것들을 양손 가득히 주웠다. 때로는 주운 동전을 귓구멍에다 끼우고선 이렇게 말했다.

"제길……누구 거지? 빨리 와서 가져가! 빨리 안 가져가면 내 귓속으로 들어가서 안 나온다……"

그는 정수리 부분이 뾰족한 밀짚모자를 흔들면서 쭈그리고 앉았다. 아이들이 앞다투어 동전을 빼앗으려 드는 통에 그의 귀가 찢어질 듯 아팠다.

"아얏! 이 녀석들, 제길, 버려져 있을 땐 아무도 거들떠도 안 보고 썩은 흙 취급을 하더니 주워다 주니까 다들 가지려고 난리구나! 얘도 달라, 쟤도 달라……무슨 금덩이라도 되는지……"

그는 여전히 턱을 높이 치켜든 채 부엌으로 들어갔다. 그가 주인집에 살기 시작한 지는 10년 남짓 되었다. 하지만 그는 이 부엌에 들어가는 것이 마치 자기 집 부엌에 들어가는 것같이 느껴졌고, 자신이 이 부엌을 맡은 지 1, 20년에 그치지 않는 것 같았다. 이제는 그가 관리를 해주는 부엌이 아니라 그냥 그의 부엌이 된 것 같았다! 이 부엌은 주인이 그에게 떼어 준 것처럼 느껴졌다.

그릇장의 두번째 칸에는 사발 몇 개와 접시 몇 개를 엎어놓았다. 세번째 칸에는 파란 꽃무늬가 있는 큰 사발만 들어 있었다. 맨 아래 칸에는 질그릇이 있었는데, 어느 그릇이 이가 빠졌고 어느 그릇 밑바닥에 금이 갔는지 그는 하나하나 기억하고 있었다.

때로 그는 저녁밥을 먹고 설거지를 할 때 기름을 아낀다며 등불을 꺼버렸다.

"그러다 세간을 부수면 어떡해?"

다른 사람이 이렇게 물으면 그는 대답했다.

"그깟 그릇장 하나 가지고 뭘? 별일도 아니구먼……나는 그릇장 어느 구석에라도 바퀴벌레가 있으면 눈 감고도 잡을 수 있단 말이야……방향이 있고 크기가 있으니까……귀로 들어보면 어디 있는지 알 수 있지."

그의 생활은 계곡물의 물결과도 같이 편안하고 고요하고 질서가 있었다. 주인은 몇 년 전부터 이미 그를 '왕쓰'라고 부르지 않고 '쓰 선생'이라고 불렀다. 이때부터 그는 자신이 주인집 사람과 별 차이가 없다고 생각하게 되었다.

하지만 밥을 먹을 때는 늘 혼자 마지막에 먹었다. 품삯을 받을 때도 반드시 장부를 썼다. 한번은 젊은 주인에게 이렇게 말해보았다.

"장부 말입니다……필요 없지 않을까요? 이렇게 오랜 세월……수결을 할 필요가 뭐 있습니까? 한집안 식구나 마찬가진데요, 서로 못 믿고 그런 것도 아니고……"

그의 제안은 받아들여지지 않았다. 그다음 품삯을 줄 때도 여전히 장부를 썼다.

"아유……이 장부가, 어디 둔다고 자리를 많이 차지하는 건 아닌데, 그러니까……흠……이게 다른 거랑은 다르게 돈 문제다 보니까……걱정이 되는 건 사실이란 말이지."

그는 보따리를 풀고 주변에 사람이 있는지 둘러보았다. 마치 도둑질을 하려는 것 같은 모습이었다.

"흠! 좋아."

그는 이렇게 혼잣말을 하면서, 장부를 제대로 집어넣지도 않은 채로 요의 한 귀퉁이를 눌렀다. 이것은 그의 습관이었다. 그리고 밤이 깊어지면 다시 꺼내서 다른 곳으로 옮겼다. 늘 넣어두는 곳은 베개 속이었다. 10여 년간 그는 항상 이런 식으로 자신의 장부를 간직했다. 장부는 두세 개를 새로 바꿨다. 수결과 도장이 가득 찼기 때문이다.

언젠가 한번 품삯을 받으러 갔을 때 젊은 주인이 말했다.

"왕쓰 형……정말 나이가 들었나 봐요. 눈도 침침해졌나 보네요. 보세요. 수결을 어디다 한 거예요? 선 밖으로 나갔잖아요. 지난번 받아 간 항목에다 해놨네요……"

왕쓰는 장부를 들고 엉뚱한 곳으로 밀려나 있는 수결을 보고는 하하 하고 입을 벌리고 웃었다.

'제길……'

그는 막 이 말을 내뱉으려고 하다가 젊은 주인과 대화 중이라는 걸 깨닫고는 멈추었다. 그는 젊은 주인의 한쪽에 서서 잠깐 생각을 했다. 시선은 코 위를 지나 사방을 훑어보는데, 그가 무엇을 보고 있는지는 알 수 없었다.

"'왕쓰 형'이라고……몇 년간 '쓰 선생'이라고 부르지 않았나? 지금은 왜 '왕쓰 형'이 되었지……? 몇 년간 '쓰 선생'이라고 부르지 않았나? 지금은 왜 '왕쓰 형'이 되었지……?"

그는 부엌에 들어가서 긴 탁자의 한끝에 앉아 소주를 마시며 생각을 했다.

"이건 아니지……"

그는 풋고추를 장 종지에 찍었다.

"제길……"

마치 욕을 하는 김에 고추를 먹어치우는 것 같았다.

소주를 몇 잔 더 마시고 나니 그는 그릇장이 자리가 바뀐 것 같은 느낌이 들었다. 쌀항아리……물통……심지어 들보 위에 사시사철 걸려 있는 말린 돼지고기도 작아진 것 같았다. 그는 말했다.

"좋지 않아……작은 주인도 마음이 변한 거야……올해 분명히 변했어."

그러고는 장부를 꺼내 보았다.

"만약 장부를 잃어버린다면 정말 큰일이겠지! 아직 안 받은 돈은……지난 몇 년 동안 정산하지 않은 품삯은……아마 정산할 수가 없을 거야."

그는 이번에는 장부를 베개 속에 넣지 않고 허리띠의 쌈지 속에 집어넣었다.

왕쓰는 정말로 늙은 것 같았다. 마당의 작은 풀은 이제 보이지 않았다. 비가 와도 마당에 있는 아이들의 유모차에 신경을 쓰지 않았다. 밤에는 일찍 잠자리에 들었고, 아침에는 늦게 일어났다. 햇빛에 비친 나팔꽃 그림자가 하나하나 창호지에 찍혔다. 그는 옛날 일을 떠올렸다. 10여 년 동안 산에서 나무 베던 시절을 생각했다……쓰러지는 백양나무가 보이는 듯했다……우당탕……톱 소리가 들리는 듯했다. 그는 또 어선에서 뱃일을 하던 때를 회상했다. 그 돛대……돛대 위에 걸렸던 커다란 물고기……진짜로 병어 같았다.

"제기랄……"

그는 손을 뻗어보았다. 하지만 손등이 눈앞에서 움직였을 뿐, 아무것도 만져지지가 않았다. 그는 계속해서 생각했다. 열다섯 살에 집을 떠났을 때……길에서 들개를 만났던 그 일……그는 종아리를 만졌다.

"제기랄, 흉터……"

그의 손에는 분명히 흉터가 만져졌다.

그는 늘 자신의 물건을 점검했다. 필요 없는 물건은 바로 처분했다……낡은 담요와 낡은 털신 한 켤레는 고물 장수에게 주고 사탕 몇 개를 얻어다 아이들에게 나누어 주었다.

마당을 쓸 때 막대기 같은 것이 있으면 손에 들고 튼튼한지 살폈다……때로 그는 막대기를 어깨에 걸치고 짐을 지기에 길이가 적당한지 보기도 했다. 새끼줄 같은 것이 있으면 허리띠에 끼워두었다.

그는 부엌의 물건들이 아무래도 원래 자리에 있지 않은 것 같았지만, 더 자세히 살피고 싶지는 않은 듯했다. 대신 틈이 나면 우물곁에 앉아 주워 온 새끼줄을 꼬면서 장부에 남아 있는 아직 받지 않은 품삯을 계산했다.

가을밤에 한 번씩 울려 퍼지는 까마귀 울음소리를 들으며 그는 생각했다.

"까마귀도 날아오고 날아가고 하는데……사람도 옮겨 다녀야 하는 법이야……"

그는 턱을 높이 들고 시선을 코 위로 넘겨 벽 구석을 보았다. 마침 벽에 걸린 담배 광고 포스터가 눈에 들어왔다. 그는 그 포스터를 떼어내어 짐 아래에 넣어두었다.

왕쓰의 눈은 더욱 붉어졌다. 높이 든 턱은 전보다 더 높아졌다. 그다음에 그는 계속 생각했다.

"고기잡이배로 가는 게 좋을까, 아니면 산으로 가는 게 좋을까? 산으로 간다면 옛날 동료들이 아직 있을까? 고기잡이배로 간다면 당장 아는 사람을 찾을 수 있을지도 걱정이고, 찾는다 해도 나를 받아줄지……돛을 펴고 하려면……동작이 빨라야 하는데……"

그는 돗자리 위에 서서 돛을 펴는 동작을 해보았다. 경련이 인 듯 온몸을 흔들었다.

"이 정도면 될까?"

그는 스스로에게 물었다.

홍수로 강물이 불었던 그날, 왕쓰는 다시 자신이 주인집 사람과 같아졌다고 느낀 것 같았다.

그는 주인집의 보따리를 메고 주인집의 아이를 업고 높은 언덕으로 데리고 갔다.

"쓰 선생님……정말 힘이 세시네요……"

얼떨떨한 가운데 들어보니 사람들이 자신에 관해 이야기하는 것 같았다. 좀더 귀를 기울여보니 정말이었다……게다가 그냥 '쓰 선생'도 아니고 '쓰 선생님'이라고까지 했다! 그는 생각했다. '이건 얼마나 남들의 존경을 받는다는 뜻인가!' 그래서 그는 더 빨리 움직였다. 물이 불어 허리보다 높아졌을 때도 그는 물속을 오가며 주인집을 도왔다. 오후 내내 그는 쉬지도 않았다. 주인집 사람들은 말했다.

"쓰 선생, 그 잡다한 물건들은 급하게 가져갈 거 없어요. 필요하다면 내일 천천히 가져가죠……"

그는 말했다.

"그래서야 되겠습니까! 하룻밤 지나고 나면 몽땅 도둑맞고 없을걸요?"

그는 계속해서 쉬지 않고 왔다 갔다 뛰어다녔다.

그의 장부는 언제인지도 모르게 그의 쌈지에서 빠져 물속으로 사라졌다.

쌈지가 빈 것을 발견한 그는 생각했다.

"이제 끝났구나."

그는 머리를 물속에 집어넣었다. 장부는 빨간색인데, 아무리 찾아도 빨간색 물건은 보이지 않았다.

그는 말했다.

"이제 끝났구나."

그는 일어나서 높은 언덕으로 올라갔다. 물에 젖은 옷은 얼음처럼 차갑게 그의 피부에 달라붙었다. 그는 덜덜 떨었다. 이상한 추위를 느꼈다. 그는 높은 언덕 위의 집 앞에 있는 사람들이 잘 보이지 않았다. 다만 그들의 웃음소리만이 들릴 뿐이었다.

"왕쓰가 고기 잡다 돌아왔네."

"왕쓰가 고기 잡다 돌아왔네."

1936년 도쿄

황하

비장한 황토층이 한없이 넓게 황하의 북쪽 기슭을 따라 펼쳐져 있다. 멀리 굽어진 곳의 물은 완전히 은백색이고, 가까운 곳의 물은 휘감기고 소용돌이쳐서 물고기 비늘 같았다. 돛단배, 신기하게 생긴 돛단배다! 그야말로 나비 날개와도 같은 돛이었다. 테두리가 흰색, 파란색, 회색으로 되어 있는 것들, 그 뒤로는 돛 전체가 흰색인 것, 전체가 회색 혹은 파란색인 것, 이런 돛단배들이 한 척 한 척 줄지어 있었다. 이들은 아주 천천히 움직였기 때문에 보기에는 그냥 멈추어 있는 것처럼 보였다. 하늘의 태양을 제외한다면, 테두리를 장식한 이 돛들보다 더 빛나고 더 사람의 감각을 홀리는 것은 없을 것이다.

승객을 실은 크고 작은 배도 이쪽에서 계속 출발했다. 화물이나 마필을 실은 배도 있었다. 또 방울을 울리는 이, 고함을 지르는 이, 밧줄을 이리저리 뒤적이는 이 들이 보였다. 배 두 척이 강 가운데에서 만날 때면, 선원들은 목청을 크게 돋우며 표준어로 약간의 대화를 했다. 햇빛이 강한지 아닌지, 바람이 빠른지 아닌지, 혹은 물살이 급한지 아닌지 등에 관해서였다.

때로는 커다란 목청으로 누가 먼저 지나갈 것인지를 정하기도 했다. 어쨌든 그들은 모두 가장 커다란 목소리로 말을 했는데, 꼭 그럴 필요가 있어서라기보다는 황하에 대한 일종의 약속을 지키는 것이었다. 어쩌면, 강물에 대한 억제할 수 없는 감정이 솟구친 나머지 과장되게 행동하는 것인지도 모른다.

퉁관潼關* 아래쪽, 황토층 위의 구불구불한 성벽 아래에서는, 아이들과 아낙네들이 강아지풀처럼 작은 애처로운 빗자루를 들고, 군대의 운수 부대가 떨어뜨려 강변에 굴러다니는 몇 알 안 되는 콩이나 쌀보리를 앞다투어 쓸어 모으고 있었다. 강 건너편에는 층층이 융털이 난 듯한 황토층 위로 열은 검은색의 기차가 장난감처럼 지나가고 있었다. 작은 기차는 평온하게 가다가 또 숨 가쁘게 흰 연기를 뿜기도 하면서, 마치 상처 입은 작은 암퇘지 무리처럼 흔들거리며 달려갔다. 차체에는 마치 돼지고기에 찍은 도장처럼 담갈색으로 "퉁푸同蒲"**라는 두 글자가 찍혀 있었다.

황하의 유일한 특징은 물 대신 황토가 흐른다는 점이다. 강물 표면에서 반사되는 햇빛도 그리 강하지 않았다. 배는 사각형인데, 진흙 위를 미끄러져 다니는 셈이니 속도가 느린 데도 이유가 있는 것이다.

---

* 산시성陝西省 웨이난시渭南市 퉁관현潼關縣에 있는 퉁관고성을 가리킨다. 후한대에 지어졌다. 황하가 남쪽으로 흐르다 동쪽으로 꺾이는 지점의 강 남쪽에 위치한다.

** 1930년대에 준공된 퉁푸선 철도를 가리킨다. 북으로 산시성山西省 다퉁시大同市에서 남으로 윈청시運城市 펑링두風陵渡에 이르는 철도이다.

아침이면 태양은 모래바람을 이끌거나, 혹은 쾌청한 공기를 이끌고 퉁관의 하늘에 도착해서, 드넓은 토층을 두루 어루만졌다. 1년 내내 몽롱하게 모래바람 속에 머물러 있는 토층 위로 쾌청한 공기를 가지고 와서 비단처럼 투명한 빛을 비추어주었다. 또한 한여름의 숲을 비추는 달빛처럼, 먼 옛날로부터 유구한, 영원히 지울 수 없는 비애의 안개 장막을 드리웠다. 마주 보는 양쪽의 황토층 가운데로 흐르는 강물도 마찬가지였다. 그 강물은 적군의 중요한 길목을 몰래 지나갔기 때문에 밤낮으로 바삐 흘렀고, 쉼 없이 진흙과 싸웠다. 해마다 달마다, 밤이고 낮이고, 시시각각으로 그렇게 했다. 나중에는 자신도 진흙에 뒤섞여 들어갔다. 이렇게 해서 강에는 진흙만 보이게 되었고, 따라서 진흙 강이라는 저주스런 이름을 얻었다! 야만스러운 강, 공포스러운 강, 휘감기며 흘러오는 강, 모든 생명을 휩쓸어 갈 수 있는 강, 이 강은 본래부터 하나의 불행이었다.

지금은 오전이어서 태양이 아직 사람의 시선 높이에 있었다. 강 수면에는 안개는 없고, 일하는 사람들과 강을 건너려 애쓰는 사람들이 있을 뿐이었다.

정월이 지나자 녹아서 부서지기 시작한 얼음덩이들이 서로 부딪치며 마치 배처럼 한 조각 한 조각 떠내려왔다. 배 위에도 눈이 쌓인 것처럼 보였는데, 실은 하얀 밀가루 포대를 쌓아놓은 것이었다. 강 이쪽 기슭에서 저쪽 기슭으로 운반하는 밀가루였다.

옌閻 수염씨의 배는 막 커다란 포대를 다 싣고 출발하려는 참이었다.

하지만 그는 이번에도 자신의 오랜 버릇대로 모래흙으로 만든 술병을 들고 술을 받으러 갔다. 다른 선원에게 술을 사다 달라고 부탁하는 건 마음이 놓이지 않았다. 그들은 종종 오는 길에 입맛을 다시다 참지 못하고 고개를 들어 한 모금씩 마셔 버리거나, 술값을 좀 빼돌려 양고기탕을 한 그릇씩 사 먹기도 했다. 그러고서 부족한 술은 물로 채워 오는 것이었다. 옌 수염씨는 혀를 한 번 대보기만 하면 바로 이 젊은 선원들이 수작을 부렸다는 걸 알았다. 그래서 그는 매번 직접 가서 술을 사 왔던 것이다.

선원들은 밧줄 준비를 마치고, 상앗대 준비도 마치고, 책상다리를 하고 앉아서 기다렸다. 선원치고 배를 뭍에 대는 걸 싫어하는 이는 없다. 바다건 강이건 마찬가지다. 하지만 선원치고 사람 기다리는 걸 좋아하는 이도 없다. 그러나 옌 수염씨의 배이기 때문에 기다리지 않을 수 없었다.

"오줌통은 오줌 마시고 나는 곱사등이 되도록 기다리고 기다리네!"

한 젊은 선원이 돛대에 기대어 꼿꼿하게 서 있다가, 말을 마치고는 등을 드러낸 채 스르르 미끄러져 갑판 위에 앉더니 입을 크게 벌려 웃었다.

그때 갑자기 한 사람이 머리가 온통 땀범벅이 된 채로 작은 가방을 메고 아무런 말도 없이 다섯 치 너비의 작은 발판을 밟고 배에 뛰어올랐다.

"내려가시오, 내려가시오! 상류로 올라가는 배요, 손님은 안 태워요!"

"형씨……"

"내려가시오, 내려가시오, 상류로 올라가는 배요, 손님은 안 태워요!"

"부업으로 손님 태우는 건 안 해요, 내려가요!"

선원이 보니 올라온 사람은 회색 군복의 병사였다.

"형씨……"

"그래, 형씨, 상류로 올라가는 배라 힘들어요. 황하가 어디 보통 강이오……상앗대질 한 번에 온몸이 땀에 젖어요."

"형씨들! 공짜로 타겠다는 게 아닙니다. 군인이 힘쓰는 일을 두려워하겠습니까! 저는 강을 건너서 부대에 합류하려는 겁니다. 너무 이른 시간이라 어디 나룻배가 있어야지요! 형씨, 저는 조금이라도 일찍 강을 건너 따라가려는 겁니다……"

그는 이렇게 말하면서 밀가루 포대에 몸을 기댔다. 동그란 얼굴에 약간 빛이 났고, 긴 머리카락이 모자 아래로 삐져나와서 마치 모자에 검은 테를 두른 것처럼 보였다.

"팔로군이 어째 혼자 출발하시오?"

"아내가 죽어서 며칠 늦어진 겁니다……그래서 급하게 따라가려는 거예요."

"하하! 마누라가 죽었는데도 전방에 간다고."

여러 사람이 웃는 소리가 밧줄과 상앗대 사이에 울려 퍼졌다.

선원들은 재미있는지 서로 큰 소리로 욕을 했다. 그리고 돛을 펴고 배를 출발시킬 준비를 했다. 이 병사에 대해서는 잊어버린 듯했다. 배에 타는 걸 암묵적으로 허락한 것 같기도 했다.

"이 영감탱이는 술 사러 가더니 술집에서 잠도 잤나 보네……저 자다 깬 모습 좀 봐……다리에다 바위를 달고 오는 건지……"

"아냐, 틀렸어, 바위는 발꿈치에 달려 있는데."

노인의 작은 술병은 거울 조각처럼 혹은 조개껍데기처럼 그의 가슴팍에서 반짝였다. 약간의 온기를 지닌 햇빛이 황하에서 늘 어지러이 부는 실바람과 함께 그의 주위를 맴돌았다. 그의 흙먼지 섞인 머리카락은 마른 풀처럼 푸석푸석하게 바람에 날렸다.

"상류로 출발!"

이 말은 황하에서 쓰이는 전문 용어이다. 강을 건너려면 일단 상류로 갔다가 다시 내려와야 한다. 이 강에서는 똑바로 건널 수가 없기 때문이다.

옌 수염씨의 발이 배 위에 올라섰을 때의 그 안정감과 자신감은, 다른 하찮은 욕망들이 그를 약간은 흔들 수 있을지 몰라도, 그 어떤 것도 그를 사로잡을 수는 없음을 보여주었다. 호령하듯 이 한 마디를 던진 다음, 주름살이 별로 없는 그의 눈가에는 저절로 웃음이 퍼졌다. 그런 후 그는 조타실로 내려갔다. 조타실은 어둡고 작은 방이었다. 선미 쪽에 있는 선실에 있었고, 안에는 무슨 신위를 모신 듯한 작은 감실 앞에 빨간색 대련이 두 장 붙어 있었다.

"상류로 출발!"

이 소리는 강물에 떠내려오는 얼음덩이들이 쿵쿵 부딪치는 소리의 울림 때문에 훨씬 더 우렁차고 중후하게 느껴졌다.

"배 얻어 타겠다는 사람이 하나 탔어요. 선장님, 못 보셨어요?"

"그럼 내리라고 해야지. 한 사람 무게만큼 더 힘쓰는 게 무슨 장난도 아니고……어디 있어? 어디?"

그 회색의 병사는 햇빛을 받으며 미소를 지었다.

"여기 있습니다. 여기 있습니다……"

그는 손에 배 젓는 상앗대를 들고 뱃머리 쪽에 서 있었다.

"내려요, 내려 내려……"

옌 수염씨는 선실에서 한 손을 내밀며 말했다.

"내려 내려 내려……빨리 내려요……빨리 내려요……당신은 나라의 군인이잖소. 이 강에 군함이 없는 것도 아니고."

옌 수염씨는 산둥山東 사람이었다. 10여 년 전에 황하에 큰 홍수가 났을 때 동북 지방으로 피란 갔다가 그다음에 산시山西로 피란 온 것이었다. 그래서 그에게는 산둥 사람의 급하고 거친 성격이 자주 나타났다.

"어디 소속이오?"

"팔로군 소속입니다."

"팔로군인데 혼자 출발하는 거요?"

"제 아내가 병이 나서 죽었습니다……그래서 빨리 강을 건너 부대를 쫓아가려는 거예요."

"아!"

옌 수염씨의 작은 술병은 아직 왼손에 쥐어져 있었다.

"그럼 산시山西의 유격대겠군……그렇지 않소?"

옌 수염씨는 술병을 내려놓았다.

그 병사가 침착하게 대답을 하고 있는 동안, 갑판 위에는 웃음이 퍼져 나갔다. 그 웃음소리가 악의에서 나온 것인지 선의에서 나온 것인지는 분명치 않았다.

"아내가 죽었는데도 전쟁에 나간다고! 무슨 세월이……"

옌 수염씨는 갑판 위로 올라왔다.

"이것들, 이 자식들아! 쓸데없는 소리 집어치우고, 어서 배나 띄워!"

그는 직접 밀가루 포대 하나를 들어올렸다. 잘못된 위치에 놓였다는 것이었다.

"너희들이 몰라서 그러는데, 이 포대는 30근짜리지만 이런 위치에다 놓아두면 60근만큼 힘이 든단 말이야."

그는 손으로 이마 앞을 가리고 동쪽을 살펴보았다.

"날이 많이 샜네. 빨리 출발해야겠어."

그는 화려한 색깔의 돛을 펼쳤다. 그 돛은 물총새의 날개 같기도 하고 파랑 나비의 날개 같기도 했다.

물살이 밧줄처럼 상앗대 사이로 휘감기며 흘렀다. 갑판 위에서 이리저리 뛰어다니는 선원들의 땀방울이 바람에 씻겨 작은 방울이 되어 강물 표면을 스쳤다.

옌 수염씨의 배는 군량을 운반하는 다른 배들로부터 멀리 떨어져 있었다. 이 외로운 배는 선단을 이룬 10여 척의 배의 맨 끝에서 꼬리처럼 따라가고 있었다.

황하의 토층은 그처럼 원시적이고 단순하며 척박했고, 광채 없이 양쪽 기슭에 펼쳐져 있었다. 옌 수염씨의 광채 없는 수염과 꼭 같았다. 토층은 강물과 모래바람과 세월이 만들어낸 것이었고, 옌 수염씨의 그 광채 없는 수염은 이 자욱한 모래바람을 맞은 결과였다.

"자네가 팔로군이라고……그런데 자네 부대는 산시 어느 쪽에 있나? 우리 집이 바로 산시에 있는데."

"어르신, 말씨는 산둥 말씨신데요. 이쪽으로 오신 지 얼마나 되셨어요?"

"얼마 안 됐어. 10여 년……우리 집 그쪽을 바로 유격대가 지켜주고 있어……다 팔로군이지. 팔로군……"

옌 수염씨는 갈색 술잔을 입술에 적셨다. 그의 입술이 계속 반짝였다. 그는 술을 마셔도 목구멍을 넘기지 않는 것처럼 마셨다. 그냥 마시는 흉내만 내는 것 같았다. 하지만 입술은 계속 적셨다. 그 입술로 말을 할 때는 마치 주석 조각 두 개가 움직이는 것 같았다.

"다 팔로군이야……우리 집 그쪽은 다 팔로군이야……"

그의 수염은 봄철의 곧 빠질 소털처럼 듬성듬성했다. 적갈색에 가까운 붉은 얼굴은 흙으로 빚은 듯도 하고 가마에서 구운 듯도 하게 튼튼하고 단단했다. 옌 수염씨는 이미 도기가 된 것 같았다.

"팔로군이라고……"

그는 그 병사를 불렀다.

"그 상앗대는 놓고 이리 오게. 저을 줄도 모르는 것 같은데 괜히 헛심 빼지 말고……이리 와 앉아서 차 한잔하게……"

조금 전에 그는 '내려 내려 내려'라고 했었지만……그 말은 지금 '오게 오게 오게'로 바뀌었다.

"이리 오게, 이 강은 물의 성질이 특이해서……자넨 지금 헛심 쓰고 있어. 자네 하나 더 탄 것쯤은 별 차이도 없어!"

배가 강 가운데로 들어가자, 상류에서 얼음덩이가 떠내려오는 소리가 마치 칠현금이 쨍쨍 울리는 것 같았다. 옌 수염씨는 선실 속의 불상 감실 옆에 앉아 있었다. 조타 핸들은 손에 잡고 있었지만, 그는 이 강에서의 장사 따위는 안중에도 없었고, 머릿속엔 오로지 '집' 생각뿐이었다. 선원들이 배가 이미 급류를 탔다고 말해주고서야 그는 비로소 집에 관한 이야기를 멈추었다. 하지만 얼마 지나지 않아 다시 두서없이 그 이야기를 계속했다……

"자오청趙城, 자오청에서 내가 8년을 살았어! 그쪽 상황이 심각한 거야, 어떤 거야? 작년 겨울에 타이위안太原이 넘어가고 나서, 린펀臨汾도 못 버틴다고 하더라고……자오청은 더 어렵다고 하던데……펑링두風陵渡까지는 오고 말 거라고……지금은……자오청의 고향 사람 중에 군대에 들어간 사람이 있어……우리 이웃의 왕씨도 들어갔고. 그 왕씨 젊은이가 팔로군 유격대를 따라 취사병으로 갔다던데……팔로군이 바로 자네 부대 아닌가?……그 젊은이가 온 걸 나도 봤는데! 팔에다 '팔로'라는 두 글자를 붙이고 있더군. 나중에 들으니 그 사람도 다른 곳으로 떠났다고 하더라고!……그런데 자네가 한번 말해보게……자오청은 상황이 심각한 건가? 나는 다른 건 걱정되는 게 없는데, 그저 우리 아이가 너무 어려서 말이야. 이리로 데리고 오자니 너무 어려서 할 수 있는 일이 없고……엄마와 집에 있게 하자니……일본군이 와서 죽일까 걱정이고. 여긴 종일 피란 가는 이들이 강을 건너. 내 배도 밀가루를 싣고 와서 그다음엔 피란민을 태우고 가곤 하지……그 울고불고하는 늙은이들, 어린것들 보노라면……군대에 들어가는 걸 빼고는 뭘 하더라도 마음이 안 잡혀!"

"어르신! 자오청에서 가정을 이루고 정착을 하신 셈인데 그쪽에 땅이 좀 있으시겠지요?"

병사의 앞에 놓인 찻잔에서 김이 올라왔다.

"집이고 땅이고 그런 건 없어. 몇 년을 뛰어다녔어도 가난한 품팔이지 뭐. 그저 다행인 건 마누라랑 아이가 도망가지 않았다는 거."

"그럼 산둥에는 아직 부모님이 계시고요?"

"살아 계시긴? 두 분 다 황하 물에 쓸려 가셨지!"

옌 수염씨는 수염을 한번 닦고는 옆에 있던 술잔을 술병 위에 덮었다. 그는 선실 입구 쪽을 보며 말했다.

"자네는 황하의 큰물을 본 적이 있나? 그게 민국 몇 년이더라……물이 천지를 뒤덮은 것 같았어! 번쩍번쩍하며 콸콸 흐르는데……들소처럼 울부짖는 소리가 나……산둥 쪽의 황하는 이곳 퉁관과는 달라……여긴 몇백 리 몇십 리를 가도록 잔잔하잖아. 황하는 퉁관에 오면 기력이 없어……이 산을 좀 봐……이 커다란 흙산……이런 데서는 천지를 뒤덮고 싶어도 할 수가 있나……하지만 산둥은 안 그래! ……자네는 고향이 어딘가? 산둥에 가본 적이 있나?"

"못 가봤습니다. 제 고향은 산시山西……훙퉁洪洞입니다……"

“식구는 어떻게 되나? 우리 두 집이 별로 멀지 않구먼……차 들게, 차 들게……칵……칵……”

노인은 기분이 좋아 큰 소리로 강물에다 가래를 뱉었다.

“제가 지금 쫓아가려는 부대가 바로 자오청에 있어요……훙퉁의 집은 모두 강 건너로 이사 왔어요……”

“자네가 가는 곳이 바로 자오청이라, 좋아! 그러면……”

그는 조타 핸들로부터 밖으로 난 통로 입구를 통해 밖을 내다보았다……강은 그야말로 누런 진흙탕이었다. 부글거리고 섞이며……휘감겼다……방향타는 바로 이 탁류를 때리면서 헤쳐 나가고 있었다.

“좋아! 그러면……”

그는 일어나서 조타 핸들을 돌렸다. 배는 기슭에 가까워졌다.

이번에는 너무 빨리 강을 건넌 것 같았다. 그는 눈을 비비며 맞은편의 토층을 보았다. 기슭에 도착한 게 맞나?

“좋아, 그러면.”

그는 그 병사에게 부탁해 집으로 편지를 부치고 싶었지만 생각해보니 딱히 할 말도 없었다.

그들은 배에서 내려 강 옆의 모래밭을 따라 해가 있는 방향으로 걸었다. 무수한 빛살이 옌 수염씨의 고동색 얼굴을 따갑게 찔렀다. 그의 넓고 네모난 발바닥은 모래밭에 둥그런 구멍들을 남겼다.

“자네 생각엔 자오청이 괜찮을 것 같은가? 내 원래 자네한테 편지 한 장을 부치려 했는데……우선 식당에 가서 술 한잔하면서 둘이서 이야기 좀 하세……"

평링두역 부근에는 판자나 돗자리로 덮은 간이식당들이 겹겹이 늘어서 있었다. 안에서는 김이 무럭무럭 나고 있었고, 숟가락 부딪치는 소리가 요란했으며, 기름 냄새와 짠 내가 뒤섞여서 났다.

두부 볶음 한 접시와 술 한 병이 옌 수염씨가 앉은 탁자에 놓였다.

"뭐든 먹고 싶으면 말하게……나는 어쨌든 여기서 자네 같은 군인보다는 돈을 한 푼이라도 더 버니까……자넨 먹기만 하게……여기 수제비 한 그릇하고, 호떡 반 근 더 주시오……일단 먹고, 모자라면 더 시키자고. ……"

해가 높이 떠오르자 모래바람이 더 심하게 휘몰아쳤다. 바람이 간이식당을 덮은 돗자리를 빗자루로 쓰는 것처럼 들썩들썩 흔들어대면서 쏴쏴 소리를 냈다.

옌 수염씨의 말은 꿰어놓은 구슬처럼 도르르도르르 바람에 흔들렸다. 하지만 거센 바람은 간이식당들 사이에서 몰아칠 뿐 옌 수염씨의 이야기를 끊지는 않았다.

"……황하의 큰물이 우리 산둥에 올 때는 마치 몇십만 대군이 쳐들어온 것 같았어……밤에 어린아이가 칭얼대며 잠을 안 잘 때 '큰물이 왔다!'라고 말하면 그 아이는 잠깐 조용해져. 큰물로 아이를 겁주는 거지. 호랑이 이야기로 겁주는 거랑 똑같아. 그런데 어느 캄캄한 밤에 큰물이 정말로 온 거야. 아버지랑 어머니는 지붕 위에 서 있었어. 아버지는 말했지. '……별일 아닐 거야. 내가 40여 년 살면서 큰물을 몇 차례 봤지만 뭘 쓸어간 적은 한 번도 없었어.' 나와 누나는 어머니의 손을 잡고 있었어……처음으로 들은 소리는 돼지 소리였어. 그 돼지는 금방 죽을 것같이 꿀꿀 소리를 질렀어……그다음엔 개였어. 개는 땔감 더미 위로 뛰어올라 그 위에서 짖었어……그다음엔 닭이었지……닭들은 이리저리 마구 날아다녔어……땔감 위로 담장 위로 개집 위로……물론 아무것도 보이진 않았고 소리로만 알았지……다른 집들도 마찬가지였어. 아이들은 울고 어른들은 욕하고. 오리만은 그날 밤 날이 밝을 때까지 잠시도 쉬지 않았어. 홍수가 나지 않은 평소 때보다 오히려 더 기분이 좋았지……오리는 큰물을 두려워하지 않았어. 개도 그랬어. 하지만 개는 다음 날 살이 빠졌고,……눈도 잘 못 뜨더라고……하지만 오리는 달랐어. 살이 올랐고! 생생해졌어!……꽥꽥하는 소리가 더 커졌고! 하지만 아버지는 그날 밤에 돌아가셨지. 어머니는 아마 그다음 날 돌아가셨던 것 같아……"

옌 수염씨는 간이식당에 앉아, 솥에서 요란한 소리를 내며 음식을 볶고 있는 국자 너머로 황하를 내다보았다.

"이곳에선 황하가 전혀 사납지 않아."

그는 술을 한 잔 마시고, 고추장이 담긴 작은 접시에다 젓가락을 한번 찍었다. 그의 얼굴 근육은 마치 갈색의 부조 같았다. 이미 도기가 된 듯 그렇게도 단단하고 그렇게도 변화가 없었다.

"어렸을 때 사람들이 그러더라고. 이 강에서 멀리 떠나라고! 동북으로 가라고! 그러다 두번째 큰물을 겪었어……그땐 내가 이미 스물여섯 살이었고……장가도 들었지……사람들이 그러더군. 동북은 풍요의 땅이라고. 해마다 우리 산둥에서 동북으로 가는 사람이 있다고. 그래서 나는 마누라를 데리고 동북으로 갔어……거기서 나는 세 칸짜리 집을 얻었고, 땅도 몇 뙈기 얻었어……그런데 동북이 '만주국'이 되더라고. 자오청에는 원래 우리 삼촌이 하나 있었는데, 나한테 편지를 한 통 보냈어. 삼촌 말이 동북에선 일본놈들이 점차 중국인들을 죽일 것이며, 특히 우리같이 가난한 사람들을 먼저 죽인다는 거야. 그래도 나는 두렵지 않았는데, 마누라가 아이는 어떡하냐고 해서, 삼촌이 있는 이곳으로 온 거야. 삼촌이 조그만 장사를 하고 있어서 나는 삼촌 댁에서 일을 도왔지……조금씩 돈을 모아서 땅을 조금 세내어 농사를 지었어……나는 아들이 하나 있는데, 그 애가 한 해 한 해 자라 어느새 어른이 되었어! 그런데 형편이 좋아지질 않으니까 삼촌은 장사를 다 정리해서 산둥으로 돌아갔어. 우리 가족만 남았지. 나도 고민을 많이 했어……산시도 원래 산둥과 마찬가지로 사람들이 동북으로 가려고만 했지……여기서 살아보려고 하는 건 파리가 바늘 끝에 떨어지는 거나 마찬가지였어. 우리 산둥 사람들은 성질이 거칠고 이곳 산시 사람들은 성질이 느려……무슨 일을 해도 익숙해지질 않아……"

그는 병사에게 물었다.

"내가 보기엔 자오청이 전쟁터에서 이삼백 리는 떨어져 있으니 아직은 위험하지 않을 것 같은데…… 우리 중국의 상황은 어떤가? 듣자 하니 일본놈들이 펑링두를 점령한다던데……나는 산시에 다른 건 없고 그저 이 낡은 배 한 척뿐인데……"

병사는 일어나서 자신의 그릇을 걸어놓고, 반들반들 빛나는 입술에 담배를 물고 불을 붙였다. 그리고 한편으로는 관절 부분이 오목하게 들어간 약간 통통한 손으로 가방을 정리했다. 검정 바지와 회색 상의의 옷자락에는 기름때와 먼지가 묻어 있었다. 하지만 그의 표정은 환했고, 유쾌하고 평온하며 희망적이었다. 그의 목소리는 높지 않았고 온화하고 너그러웠다. 마치 초원에서 자라난 것 같았다.

"어르신, 저는 이만 가봐야겠습니다! 댁으로 편지 전해드릴까요?"

"편지라……"

옌 수염씨는 순간 마음이 조급해졌다. 이 조급함은 그의 마음속으로부터 나온 것이었다. 뭘 보내나? 이곳 생활은 별로 전할 것도 없는데.

"말로 전해주게……"

음식 볶는 국자가 다시 그의 머리를 어지럽힌 것 같았다.

"잠깐만 앉아서 좀 기다려주게, 생각 좀 하게……"

그는 머리를 한쪽 손 위로 늘어뜨렸다. 마치 다 자란 해바라기가 고개를 숙이는 것 같았다. 간이식당이 바람에 날려 들썩들썩하는 것이 마치 커다란 해파리 한 마리가 바다 위에서 떠다니는 것 같은 모양이었다. 국자 소리, 식칼 소리, 설거지하는 소리, 또 그 사이로 들리는 채찍 소리. 나귀가 끄는 수레, 말이 끄는 수레, 노새가 끄는 수레 등이 털털털 하면서 군대의 무기나 식량을 싣고 오갔다. 수레바퀴에서는 모래바람이 심하게 일어나지 않았다. 미친 듯이 불고 있는 모래바람은 황하를 따라

온 것이었다. 그 모래바람은 하늘에서 태양과 푸른 하늘을 휘젓고, 땅에서는 모래와 황토를 휘저었다. 황하 주변에서 살고 있는 모든 것과 죽은 모든 것을 휘저었다.

강 건너편 통관은 해를 등지고 있었다. 기복이 있고 높낮이가 다른 토층들은 하나의 거무스름한 무리 같았다. 어떻게 보면 연무가 멈추어 있는 것 같기도 했고, 또 검은 구름이 내려앉은 것 같기도 했다. 수많은 짐승들이 떼를 지어 엎드려 있는 것 같기도 했다. 그 큰 짐승들은 털도 없고 얼굴도 없이, 그저 이집트 사막의 이야기를 읽은 후에 가끔 여름밤 꿈에 나타나는 무서운 기억과 같은 모습이었다.

펑링두의 옆면은 해를 향해 있었기 때문에 토층의 색이 옅은 누런색이었고 약간 회색빛이 나는 곳도 있었다. 어쨌든 병색과 같은 창백한 느낌이 있었다. 보고 있자면 거칠고 메마른 그 땅은 어떻게 해도 정복할 수 없으리라는 생각이 보는 이를 압도할 것이다.

만리장성 위에 서면 사람들은 두려움을 느끼게 되는데, 그것은 인류가 역사상 흘린 피가 다시 끓어오르기 때문이다. 그런데 황하 강변에 서서 사람들이 느끼는 것은 두려움이 아니라 인류에 대한 일종의 소리 없는 눈물이고, 고통과 황량함에 대한 영원한 저주이다.

통푸선 철도의 기차는 잠이 덜 깬 몇 마리의 뱀처럼 천천히 한 줄로 왔다가 또 천천히 한 줄로 떠났다. 그 병사는 일어나서 옌 수염씨에게 말했다.

"저 이제 기차 타러 가야 합니다, ……천천히 드시고……다음에 뵙겠습니다……"

옌 수염씨는 또 술잔에 술을 가득 따랐다. 그는 술잔 바닥에 흙이 있는 걸 보고, 이건 따라 버리고 마시지 말아야겠다고 생각했다. 하지만 병사에게 자신이 황하에서 잘 지내고 있다는 내용의 편지를 집에 전해달라고 말한 뒤, 그는 그 잔의 술을 버리려 했던 걸 잊어버리고 그만 목구멍으로 다 넘겨버렸다. 그는 얼른 호떡을 뜯어서 입에 넣었는데, 목구멍 속에서 무언가가 부풀어 올라 꽉 막고 있는 듯 아파왔다. 그는 호떡의 도드라진 무늬를 손으로 만졌다. 그것은 '팔괘' 무늬였다. 그는 거기서 '건괘'와 '곤괘'도 알아볼 수 있었다.

퉁푸선 역을 향해 달려가던 병사는 뒤에서 그를 부르는 소리를 들었다.

"멈춰……멈춰……"

고개를 돌려 보니 그 노인이 작은 곰처럼 모래사장을 달려오고 있었다.

"자네한테 좀 물어보겠네. 중국이 이번 전쟁에서 이기고 백성들은 그냥 살아갈 수 있게 되는 건가?"

팔로군 병사는 되돌아와서 잠시 깊이 생각하는 듯하더니 노인의 어깨를 두드리며 말했다.

"그렇습니다. 우리는 이번에 반드시 이길 겁니다……백성들에게는 틀림없이 좋은 날이 올 겁니다."

그 병사는 그림 속의 건장한 사람처럼 작아지고 희미해졌지만, 옌 수염씨는 계속 모래사장에 서 있었다.

옌 수염씨의 두 발은 모래 속으로 깊이 빠졌다. 원을 그리며 불어온 소용돌이 바람이 그의 두 발을 묻어버렸다.

1938년 8월 6일 한커우漢口

(1939년 2월 1일 『문예진지文藝陣地』 제2권 제8기에

처음으로 발표되었다.)

막연한 기대

1년 중에 360일은,
매일같이 근심에 잠겼네,
차라리 들에 날아다니는 새가 되었으면,
차라리 산에 다니는 메뚜기가 되었으면. ……

리李 아줌마는 그날 밤부터 이 노래를 부르고 있다. 바로 진리즈金立之도 전방으로 갈 거라는 소식을 들은 때부터다. 진리즈는 주인집의 호위병이었다. 이 일은 아무도 아는 사람이 없었다. 다른 한 호위병이 조금 알았는지도 모르지만, 그건 리 아줌마가 신경과민이어서 그렇게 생각한 것일 수도 있다.

"리 아줌마! 리 아줌마……"

마님의 목소리가 캄캄한 나무 그늘 아래로 들려오자, 리 아줌마는 곧바로 두세 번 대답을 했다. 그녀는 성질이 급하고 호쾌한 사람이었기 때문에 항상 그랬고 지금도 마찬가지였다. 하지만 그녀가 발을 들었을 때, 옆에 있던 작은 대나무 걸상 때문에 하마터면 넘어질 뻔했다. 그녀는 진땀이 나고 귀도 뜨거워지고 눈도 어질어질해진 느낌이었다. 그녀는 이렇게 말하고 싶었다.

'재수 없어! 재수 없어!'

하지만 옆에 그 다른 호위병이 서 있는 걸 보고는 입 밖에 내지 않았다.

그녀가 마님의 처소에서 찻잔 두 개를 가지고 돌아와서 막 물에 담가 씻으려 할 때, 왕씨 성을 가진 그 호위병이 고개를 기울여 말했다.

"리 아줌마, 너무 걱정 마세요, 걱정하면 뭐 하나요. 찻잔 깨뜨리겠어요."

'걱정해서 뭐 하냐고……'

그녀는 목구멍까지 나온 말을 내뱉지 않았다. 성이 난 모습으로 일부러 찻잔 두 개를 쨍쨍 부딪쳤다.

마당의 풀밭 위에서는 마님과 주인 나리의 담뱃불이 작은 꽃처럼 갑자기 빨갛게 피어올랐다가, 지는 꽃잎처럼 사그라졌다. 나뭇잎 위에서 반짝이며 날고 있는 반딧불이는 마치 의지하는 곳 없이 허공에서 바람에 날리듯 그렇게 가볍게 날리는 듯했다.

"오늘 저녁에는 절대 경보가 안 울리겠지……"

마님은 의자 등을 뒤로 기대어 하늘을 보고 있었다. 그녀는 하늘에 구름이 두텁게 낀 걸 믿지 못하겠다는 듯 별 하나라도 찾아보려 했다.

"마님, 요 며칠 밤에는 경보가 없지 않았나요?"

리 아줌마는 검은 어둠 속에 지워진 듯이 서 있었다.

"아냐, 머지않아 울릴 거야. 전투가 주장九江을 넘어오면 우한武漢 공습이 잦아질 거거든……”

“마님, 그럼 전투가 어디까지 오는 거예요? 후베이湖北까지 오나요?”

“후베이까지 온다면 후베이까지 오는 거지. 진리즈도 전방으로 간다는 얘기 못 들었어?”

“다예大治로 간다고요. 마님, 다예는 어떤 곳이에요? 얼마나 멀어요?”

“별로 안 멀어. 철이 나는 곳이야. 진리즈네 특무 중대는 모두 그쪽으로 간다더군.”

리 아줌마는 또 물었다.

“특무 중대도 전투를 하나요? 돌격도 하고, 다른 부대랑 똑같이요? 특무 중대는 지휘관 옆에서 지휘관을 지키는 거 아니고요? 진리즈가 마님과 나리를 지켰던 것처럼요?”

“긴급한 상황에서는 특무 중대도 전투를 해. 다른 부대랑 마찬가지로! 진리즈가 큰 전투에서 자기도 싸웠다고 하는 거 못 들었어?”

리 아줌마는 또 물었다.

“다예에는 싸우러 가는 걸까요?”

잠시 후 그녀는 또 물었다.

“진리즈는 전투하러 가는 걸까요?”

“맞아. 싸우러 가는 거야. 우리 나라를 지키러!”

마님은 그녀에게 충분한 대답을 해주지 않았다. 그녀는 그저 마님의 옆에 조용히 서 있었다. 마님과 나리는 그녀가 이해하기 힘든 전황을 이야기하고 있었다. 톈자진田家鎭 이야기에……

또 무슨 진 이야기였다.

리 아줌마는 마당에서 나왔다. 불빛이 있는 곳을 지날 때 그녀는 갑자기 자신이 커졌다는 느낌이 들었다. 마당만큼 커진 것 같았다. 자신이 적나라하게 사람들 앞에 드러나고 있는 것 같았다. 물건을 훔치다 들킨 것마냥 그녀는 급히 어두운 곳으로 다시 숨었다. 특히나 그 왕씨 호위병이 나리의 문간에 서 있는 것이 신경이 쓰였다. 손에 칫솔을 든 걸 보니 이를 닦고 있었던 모양이다.

'별꼴이야. 이 밤중에 무슨 양치질이래……'

그녀는 속으로 욕을 하며 부엌으로 들어갔다.

1년 중에 360일은,
매일같이 근심에 잠겼네,
차라리 산에 날아다니는 새가 되었으면,
차라리 들에 다니는 메뚜기가 되었으면.
차라리 산에 날아다니는 새가 되었으면,
차라리 들에 다니는 메뚜기가 되었으면……

리 아줌마는 밥솥 옆에서 이 노래를 부르고, 물통 옆에서 이 노래를 부르고, 빨래 말리는 장대 옆에서도 이 노래를 불렀다. 그녀의 굵은 손가락 마디에서 떨어진 물방울로 바지와 옥색 삼베 윗도리에 방울방울 얼룩이 졌다. 붉고 거뭇한 입술에 빛이 반짝였다. 마치 반들반들한 딱정벌레가 엎드려 있는 것 같았다.

햇빛 아래 가시나무 그늘이 마치 천을 잘라낸 듯, 붓으로 그려낸 듯, 돌계단 앞의 벽돌 기둥을 타고 올라갔다. 포도 덩굴은 지지대를 타고 아래쪽으로 가지를 드리웠고, 거기에는 단추만 한 작은 유리알 같은 연두색 포도가 맺혀 바람이 불면 하늘하늘 흔들렸다.

리 아줌마가 며칠 전에 이곳에 왔었다면 틀림없이 손으로 포도를 만져보거나 손에 들고서 옆에 있는 사람에게 이렇게 말했을 것이다.

'이제 먹어도 되겠어……빠르다 빨라! 어찌나 빨리 자랐는지! ……'

하지만 지금 그녀는 포도 따위는 눈에 들어오지 않았다. 대나무 장대를 들고 옆을 오가다 무심코 장대를 포도 덩굴에 부딪칠 뿐이었다. 그렇게 흔들린 포도 잎은 그녀가 지나가고 난 뒤에도 한참 동안 흔들리는 그림자를 땅에 드리웠다.

리 아줌마의 우울한 목소리는 노랫소리에서만 나오는 것이 아니었다. 국자나, 접시나, 그릇이 내는 소리에도 그녀의 우울함이 담겼다. 이런 세간들에서 전혀 맑은 소리가 나지 않는 것이다. 예전에는 그렇게 맑은 소리가 났던 부엌, 마치 음악실과도 같았던 빛나던 날들은 기억 속에만 남았다.

희고 연한 콩나물 줄기 중에 기다란 뿌리가 달린 것도 있었지만 그녀는 뿌리째 그대로 볶았다. 청경채나 배추는 물기가 있는 채로 솥에 넣었다. 채소를 기름에 볶는 소리가 마치 물에 삶는 소리 같았다. 다 볶은 뒤 옮겨 담은 하얀 접시 가장자리에는 온통 연록색 채소 국물이 넘쳐흘렀다.

그녀는 앞치마로 땀을 닦았다. 정면 벽에 평소처럼 걸려 있는 거울 속에는, 마치 놀란 듯한, 마치 병이 난 듯한, 마치 막 행복으로부터 버림받은 어린 염소와도 같은 적막한 그녀의 모습이 비치고 있었다.

리 아줌마는 겨우 스물다섯 살이었다. 머리카락은 검고 피부는 탄력이 있었다. 심장 박동은 그녀의 건강함을 보여주었다. 그녀의 신발 앞축은 구멍이 나 있을 때가 많았다. 항상 발을 평평하게 들어 올릴 새도 없이 발끝으로 걸었기 때문이다. 문턱이나 땔감 더미나 돌계단 가장자리를 다닐 때 그녀는 언제나 경쾌하게 차면서 걸었다. 하지만 지금 거울에 비친 리 아줌마는 그런 원래의 리 아줌마가 아닌 완전히 다른 리 아줌마였다. 어두워졌고, 무거워졌고, 조용해졌다.

식사에 필요한 식기들을 다 차려놓은 후 그녀는 식탁에서 물러났다. 그리고 말했다.

"몸이 좀 안 좋아요. 머리가 아파서요."

그녀는 울타리 밖 고요한 호수를 보며 서 있다가 발 가는 대로 걸었다. 벌써 지지대를 타고 올라간 호박의 노란 꽃 주위에선 벌들이 꽃가루 덮인 꽃술 위를 왔다 갔다 하고 있었다. 호수 위에 한 무더기로 나 있는 커다란 연잎들에는 잎 하나하나마다 가운데에 동그란 물방울이 맺혀 수은 방울처럼 햇빛을 받고 있었다. 연록색의 연꽃 봉오리와 빨갛게 열리기 시작한 연꽃 봉오리가 커다란 연잎 옆으로 솟아 나와 있었다.

호숫가에서는 어떤 사람이 반찬을 해 먹으려고 풀을 뜯고 있었다. 주인집의 늙은 하인이 대나무 울타리에 한 장 한 장 펼쳐져 김이 나고 있는 물건을 가리키며 리 아줌마에게 말했다.

"보게! 군대에 가는 사람은 다들 불쌍한 사람들이야. 부상을 입으면 자기는 움직일 수가 없으니 동료들이 호수에서 이것들을 빨아준 거지. 그런데 이 커다란 담요는 깨끗하게 안 빨렸어. 못 믿겠거든 저기 가서 한번 봐. 비린내도 나고 다른 냄새도 나……"

서쪽 대나무 울타리에 군용 담요와 카키색 군복이 널려 있었다. 리 아줌마는 그곳이 부상병 병원이라는 걸 알았다. 요 며칠 그녀는 그 병원이 너무나 싫어졌다. 그녀는 병원에서 걸어 나오는 목발 짚은 부상병을 보면 더럭 겁이 났다. 그래서 그 노인이 널린 빨래들을 보라고 했을 때 그녀는 그저 웃는 척만 했다. 호수 건너편에서 옷을 빨고 있는 것도 병사였다. 바위 위에서 두들기며 빨고 있는 그 옷에서는 무거운 물소리가 났다. ……

"진리즈 각반에 띠를 아직 안 달아놨네. 내 정신 좀 봐. 금방 가지러 올 텐데."

그녀가 실과 바늘을 가지고 호숫가로 왔을 때, 호수 건너의 큰길에는 마침 군대가 지나가고 있었다. 군가를 부르면서 먼지를 일으키며 지나가는 행렬, 진리즈도 그 행렬 속에 있는 건 아닐까? 리 아줌마는 신경이 너무 예민해져 있었다. 스스로 생각해봐도 자신의 생각이 너무 우스웠다.

이런 유행하는 군가는 리 아줌마도 부를 줄 알았다. 특히 '중화민족이 가장 위험한 시기에 처했을 때'*라는 구절을 부

* 「의용군행진곡」의 한 대목이다. 이 노래는 1949년에 중화인민공화국 국가로 채택된다.

를 때면 그녀도 군인의 걸음걸이를 흉내 내어 몇 걸음 걷곤 했다. 그녀는 이 노래를 무척 좋아했다. 진리즈가 좋아했기 때문이다.

하지만 오늘 그녀는 그들이 싫었다. 그녀는 고개를 숙이고 곁눈으로만 그들을 보았다. 하지만 그 노랫소리는 해 질 무렵에 떼 지어 나는 벌레들처럼 그녀의 주위를 끈덕지게 맴돌았다.

"리 아줌마……리 아줌마."

왕씨 호위병이 그녀를 불렀다. 그녀는 못 들은 척했다.

"리 아줌마! 진리즈가 왔어요."

리 아줌마는 분명 자기를 놀리는 거라고 생각했다. 그녀는 마당의 풀밭으로 가서 멍하게 서 있었다. 왕 호위병과 마님이 함께 그녀를 보고 있었다.

"리 아줌마 아직 밥 안 먹었어?"

그녀는 손에 각반의 절반을 감고 있었다. 입술은 검게 변했고, 눈은 못처럼 단단히 고정되었는데, 눈앞의 무엇에 고정된 것인지는 알 수 없었다. 각반의 나머지 절반은 풀색보다 약간 더 노란색이었고, 리 아줌마의 발치에 길게 늘어뜨려져 있었다.

진리즈는 저녁 8시가 조금 넘어서 왔다. 옷깃의 붉은 휘장에는 금색 꽃이 하나 더 늘었다. 원래 두 개였는데 지금은 세 개였다. 마님의 방에서, 그가 전방으로 가는 것을 전송하는 뜻에서 마님이 특별히 레몬차를 대접했다.

"차는 안 마셔도 됩니다. 전 그냥……그냥 인사 한번 드리러 돌아온 겁니다. 중대장님과 함께 중대에 필요한 물건들을 좀 샀어요. 차는 안 마셔도 됩니다……중대장님이 8시 15분에 나리를 만나러 오실 겁니다."

그는 민첩하게 손목시계를 보았다.

"지금 8시니까, 중대장님이 오시면 저는 중대장님과 같이 부대로 돌아가야 합니다……"

이어서 그는 그가 전방으로 가서 어느 지역으로 갈 것이며 어떤 직무를 담당할 것인지, 특무 중대의 중대장은 얼마나 좋은 사람이며 병사들을 얼마나 진심으로 대하는지 이야기를 했다. 마님과 그는 진지하게 이야기를 나누었다. 리 아줌마는 옆에서 마님의 담배를 진리즈에게 권하며 말했다.

"지금은 손님으로 왔으니 한 대 태우세요!"

그러고는 달려가서 각반을 가지고 와서 탁자 위에 펼쳐 놓았다가, 다시 손에 들고 폈다가, 또다시 바닥에서……감았다가 했다. 그녀는 가만히 있을 수가 없었다. 마치 바람 부는 연못 위에 떠다니는 나뭇잎 같았다.

그는 왜 부엌으로 오지 않는 걸까? 리 아줌마는 일부러 먼저 나와서 문턱 옆에서 헛기침을 몇 번 했다. 그런 다음 다시 큰 소리로 그 호위병과 자기도 무슨 뜻인지 모를 말을 나누었다. 그래도 진리즈가 나오지 않자 그녀는 다시 방으로 들어가서 말했다.

"금색 꽃이 세 개가 되었네요. 전방에서 돌아오면 다섯 개가 되겠어요. 오늘은 옷도 새 옷으로 갈아입었네요. 이 옷도 새로 지급된 거예요?"

진리즈가 말했다.

"새로 지급된 거예요."

리 아줌마가 듣고 싶었던 것은 이런 대답이 아니었다. 그녀는 말했다.

"8시 5분이 되었네요. 마님의 시계가 정확한 거죠?"

마님은 시계를 한번 쓱 본 뒤 고개를 끄덕였다. 진리즈는 여전히 눈치를 채지 못했다.

"이번에 우리가 싸우는 이유는 전적으로 국가를 위해서입니다. 중대장님이 말씀하시길, 전투에서 죽어 귀신이 되는 한이 있어도 나라 잃은 노예가 되어서는 안 된다고 했습니다. 우리는 아내를 위해, 가정을 위해, 자녀를 위해 반드시 끝까지 싸워야 합니다. ……"

진리즈는 꼿꼿이 서서 마님에게 말했다.

그녀는 이 틈을 타서 마님의 방을 빠져나왔다. 계단을 내려와 모퉁이를 돌아서 쪽문을 나섰다. 그에게 선물로 줄 담배를 사러 가려는 것이었다. 소문에 듣기로 전장에서는 담배가 가장 귀하다고 했다. 그녀는 골목길을 달리면서 무슨 말을 할지 생각했다.

'다시 돌아오면 먼저 나리가 계시는 관청을 찾으세요. 그러면 절 찾을 수 있을 거예요. 마님이 어딜 가든 절 데리고 가겠다고 하셨거든요.'

그리고 또 말할 것이다.

'돌아오면, 절 잊으면 안 돼요. 양심을 지켜주세요. 높은 사람 되었다고 절 잊으면 안 돼요……'

그녀는 어두운 골목을 달렸다. 그녀는 온몸에 열이 나는 것도 몰랐다. 밤이 되니 더 더워졌다고, 지긋지긋한 후베이의 날씨라고 생각했다. 그녀의 등은 완전히 푹 젖었다.

'그리고 이 돈도 그 사람에게 주어야겠어. 내가 이 돈을 뒀다가 어디에 쓰겠어! 다음 달이면 또 월급 5위안을 받을 텐데. 하지만 전방에 가면 돈이 아쉬울 거야……'

그녀는 옷 위로 호주머니 속에 있는 1위안짜리 지폐를 만져보았다.

리 아줌마가 돌아왔을 때는 진리즈의 그림자가 이미 골목길로 사라진 뒤였다. 그녀는 골목길에 서서 불러보았다.

"진리즈……진리즈……"

아무런 반응도 없었다. 차라리 계곡에서 외쳤으면 공허한 메아리라도 얻었을 것이다.

몇 년 전의 일과 똑같다. 바로 고향 주장에서의 일이다. 그녀는 홍군이 된 한 청년을 떠나보냈다. 그는 홍군을 마치고 오면 그녀와 결혼하겠다고 했다. 그는 그때가 되면 다 좋아질 거라고 했다. 떠나기 전에는 꽃무늬 천 한 필을 선물로 주기까지 했다. 한때 그녀는 집에서 그 꽃무늬 천을 볼 때마다 눈물을 흘리며 울었다. 지금 그녀는 다시 이 특무 중대의 병사를 떠나보냈다. 이 사람도 항일 투쟁에 승리하고 돌아와서 결혼하자고 했다. 그리고 그때가 되면 다 좋아질 거라고 했다.

그에게 이 말도 해야겠다고 생각했다. '제 월급은 모두 모아두었다가 나중에 우리 집 마련할 때 써요.' 하지만 진리즈는 이미 멀리 떠나버렸다. 중대장이 벌써 와서 함께 부대로 돌아갔을 것이다.

그녀가 담배를 들고 이 마지막 말을 생각하고 있을 때, 그녀의 등은 찬바람을 맞아 마치 차가운 물속에 잠긴 것 같은 느낌이었다. 그녀는 걸음을 멈추고 그 자리에 섰다. 그녀의 몸에서 열기가 가셨다. 흥분으로 끓어오르던 감정이 그녀에게서 빠져나갔다. 오락가락 설레었던, 터질 것만 같았던 그 순간의 인생이, 그 한 순간이 나머지 인생을 송두리째 가지고 가버렸다. 멈추어 서 있으면 추울 수밖에 없다. 그녀는 갑자기 엄습해 온 한기에 덜덜 떨고 서 있었다.

리 아줌마는 고개를 돌려 어두컴컴한 마당을 보았다. 그녀는 그곳으로 다시 들어가고 싶지 않았다. 하지만 그녀의 앞에서 오라고 손짓하는 그 어두컴컴한 골목길은 더욱 방향을 알 수 없게 했다.

그녀는 결국 몸을 돌려 희끄무레한 벽돌이 깔린 길을 따라 더듬더듬 돌아왔다. 집 안의 등불과 커튼의 색깔은, 허공에 떠다니는 천 조각처럼, 그리고 허공을 가르는 한 줄기 빛처럼 단조로웠다.

리 아줌마는 하녀 방의 문을 열고 들어가 자신의 침대머리에 앉았다. 오늘 밤에는 별레도 울지 않았던 것 같았다. 텅 비었다. 모든 것이 공허하고 종잡을 수가 없었다. 전등은 이유도 없이 달려 있었고, 침대는 이유도 없이 놓여 있었고, 창문과 문은 이유도 없이 나 있었다……요컨대, 모든 것이 이유도 없이 존재하고, 이유도 없이 사라진다……

리 아줌마가 마지막에 생각한 그 말은 다시 생각하고 싶지 않았지만, 다시 한번 되새겼다. '제 월급은 모두 모아두었다가

나중에 우리 집 마련할 때 써요.'

리 아줌마는 일찍 자리에 들었다. 이것은 처음 있는 일이었다. 이 집의 다른 모든 하녀들이 잠자리에 들기 전에 그녀가 이렇게 일찍 자는 건 처음 있는 일이었다. 홍시바오紅錫包 담배 두 갑은 그녀의 베개 옆에서 잠들었다.

호숫가 전사들의 노랫소리는 이미 해가 진 지금까지도 이따금씩 들릴 듯 말 듯 들려왔다.

그날 밤 그녀는 진리즈가 전쟁터에서 돌아오는 꿈을 꾸었다.

"이제 돌아왔으니 가정을 꾸립시다. 이제부터 우린 다 좋아질 거예요."

그는 이기고 돌아왔다.

그리고 진리즈의 머리카락은 예전과 마찬가지로 검었다.

그는 말했다.

"우리는 반드시 승리합니다. 왜 승리를 못 하겠습니까, 그건 있을 수 없는 일입니다!"

꿈속에서 리 아줌마는 온순하게 웃음을 지었다.

1938년 10월 31일

(1939년 『문적文摘』 전시戰時 순간旬刊 36호에
처음으로 발표되었다.)

광야의 외침

바람이 휘몰아쳤다.

광야의 먼 곳, 보려 해도 보이지 않고, 들으려 해도 잘 들리지 않는 이곳에서, 사람 소리, 개 짖는 소리가 시끄러워졌다. 지붕을 덮었던 짚은 뜯겨 나갔고, 담장 위의 흙은 바람에 날리고 있었다. 개는 털이 바람을 맞아 여기저기 둥글게 구멍이 난 것처럼 보였고, 닭과 오리는 바람에 날려 제대로 서 있지도 못했다. 그동안 닭 모이로 땅에다 뿌려주었던, 그 금색으로 빛나는 마치 황금 같은 곡식알이, 우르르 세찬 바람에 쓸려 담장 아래로 몰려갔다가, 다시 이쪽으로 쓸려 왔다가, 그다음엔 처마 밑으로 쓸려 갔다. 그다음엔 어디서 날아왔는지도 모를, 본 적도 없는 커다란 나뭇잎도 섞여 날았다. 거기에 수수알만큼 굵은 모난 모래흙이 섞였고, 막 세찬 바람에 빠진 빨간색, 검은색, 잡다한 색의 닭털과 낡은 천 조각도 섞였다. 그 밖에 서걱거리는 수수잎과 회색 호박 색깔의 콩줄기도 섞여 있었고, 콩줄기에는 콩알이 떨어져 나간 빈 콩깍지가 드문드문 달려 있었다. 빨간 종잇조각도 있었는데, 그건 새해에 문 앞에 붙인 붉은 대련—"삼양개태三陽開泰" "사희임문四喜臨門"—이나 "출문견희出門見喜"와 같은 글귀였다. 이것들도 모두 세찬 바람에 한 장씩, 한 조각씩 떨어져 나갔다. 이런 것들이 뒤섞인, 메마르고 물기라곤 조금도 없는 잡다한 무더기가 쏴아, 후드득하며 마을을 마음대로 휘젓고 다녔다. 콩기름을 칠한, 작은북처럼 팽팽하게 펴진 시골집의 종이 창문은 한 번씩 모래알의 공격을 받을 때마다 통통 울리는 소리를 냈다. 닭털과 종잇조각은 더욱 높이 날아올랐다. 날아가다가 풀이나 나뭇가지를 만나면 거기에 걸렸다. 그래서 처마 위에 닭털이 나 있었던 것이다. 이 닭털은 바람에 따라 동쪽으로 휘었다가 서쪽으로 휘었다가 하기도 하고, 또 사방에서 바람을 받아 꼿꼿이 서 있기도 했다. 그럴 때 닭털은 마치 깊은 숲속에서 표지로 끼워둔 들풀 같았다. 한편 서까래에 걸린 종잇조각들은 바람을 맞아 마치 살아 있는 것처럼 소리를 냈다.

천陳 아저씨가 문을 열고 머리를 내밀자마자, 그의 모자가 세찬 바람에 날아가 바람이 깨끗이 쓸어놓은 문 앞의 매끈한 바닥에 뒹굴었다. 뒹구는 모습이 수박 같기도 하고 수레바퀴 같기도 했는데, 무엇보다도 작은 풍차와 비슷했다. 천 아저씨가 쫓아가자 모자는 파닥파닥 움직이며 도망 다녔다.

"무슨 바람이 이렇게 분담! 이게 바람 맞아? 제기랄……"

천 아저씨의 아들이 집을 나간 지 이틀이 지났다. 사흘째에 이렇게 바람이 불고 있는 것이다.

"이 녀석은 도대체 뭘 하러 간 거야? 속 터져……진짜로 속 터져, ……"

그러고는 불평과 실망이 담긴 말투로 다시 또 말했다.

"속 터져!"

천 아저씨는 참외밭까지 가서야 겨우 모자를 잡았다. 모자의 귀덮개에는 지푸라기가 잔뜩 묻어 있었다. 그는 밭두렁 위에 서서 바람결을 따라 손으로 네 개의 귀가 달린 모자를 털었다. 뽕나무의 작은 가시 열매는 털어도 잘 털리지 않았다. 그는 기어이 그것들을 털어내려 했다. 얼마나 짜증나는 일인가! 손에 닿으면 찔려서 아프니 말이다. 생긴 건 벌레같이 생겨서 한 개 한 개 모자 가장자리에 붙어 있었다.

"이 녀석은 도대체 뭘 하러 간 거야!"

모자는 이미 머리에 썼다. 앞쪽 귀덮개는 바람에 날려 앞으로 뻗쳐서 그의 눈을 가렸다. 그는 마치 수탉처럼 머리를 앞으로 내밀고 걸었다. 고집스럽게 바람과 씨름하는 모습이 마치 바람 속으로 뚫고 들어가려는 것같이 보였다.

"이 녀석은 도대체……제기랄……"

그는 어젯밤부터 이 말을 계속하고 있었다. 그는 조금 전에 다리에다 대고 모자를 털 때 바지에 붙은 뽕나무 열매를 떼어서 바람에 날려버렸다.

"그 녀석 정말로 의용군 따라갔나? 속 터져! 내년 봄 이맘때쯤 장가를 들이려 했는데. 올해 농사가 잘되면 초가을에도 장가보낼 수 있는데! 의용군에 들어가서 일본놈과 싸운다……아이고, 젊은것들이란, ……"

그는 마을 어귀 사당의 큰 깃대가 거센 바람 속에서도 꼿꼿이 서 있는 걸 보고는 그쪽을 향해 퍼부었다.

"이 왜놈들……"

그런 다음 그는 온몸의 근육을 부르르 떨었다. 그의 머릿속에 있는 모든 것이 그를 화나게 했다. 특히 그 깃대가 그렇다. 왜냐하면 깃대 한 쌍을 세워놓은 그 사당에는 새로 들어온 일본군이 주둔하고 있기 때문이다.

"이 마을이 이게 마을 꼬라지냐고?"

세찬 바람이 이미 그의 투덜거리는 입을 막아버렸다. 왼쪽으로 땔감이 한 무더기 보였다. 일본군이 마을에서 징발해 온 것이었다. 오른쪽에도 땔감이 한 무더기 있었다. 앞마을에서 마을 가장자리까지 땔감 무더기가 줄지어 이어져 있었다. 이 땔감은 모두 일본군에게 징발된 것들이었다. 세찬 바람이 땔감에 몰아치자 마치 탈곡할 때처럼 짚 가루가 날아올랐다. 짚 더미 하나하나가 바람 때문에 흙무더기라도 된 듯 먼지를 피우고 있었다. 천 아저씨가 앞으로 달려 나갈 때, 짚단 하나가 통째로 그의 발 앞으로 굴러와 그를 가로막았다. 그는 온몸의 힘을 다해 그 짚단을 멀리 차버리려고 했지만 잘 되지 않았다. 바람의 방향이 그 짚단이 굴러온 방향과 같았고, 그는 그 반대 방향을 향하고 있었기 때문이다.

"이게 무슨 돌이라도 돼? 이런 건 처음 봤네! 세월이 어떻게 된 게, ……무슨 놈의 짚단이 돌보다 더 단단해!……"

그는 다른 욕도 좀 하고 싶었다. 일본놈에 관해서 말이다. 그가 고개를 들자 큰 말 두 마리와 작은 백마 한 마리가 서쪽에서 오는 것이 보였다. 큰 말 두 마리가 갈색인지 검은색인지 제대로 보이지 않았다. 그저 말이 흙먼지를 일으키며 달려오는 것 같은 모습만 보였다. 게다가 정면에서 거세게 불어오는 바람 때문에 천 아저씨는 눈을 제대로 뜰 수조차 없었다. 그는 모자를 꽉 누르며 외쳤다.

"멈춰— 워—워—"

그는 혀끝으로, 아니, 혀 전체를 움직여서 소리를 냈다. 하지만 말을 부르는 이 소리는 그 자신만이 들을 수 있었다. 그의 소리는 입안에서만 맴돌았다. 그는 입안에서 혀를 다시 정리한 후, 완전히 바람 속으로 내놓았다. 분명히 걸리는 건 없었다. 그러나 말을 부르는 워워 소리를 다시 내기도 전에 그 말은 이미 그의 앞에 달려와 있었다. 그는 말을 막아서 잡으려고 했지만, 팔을 뻗었다가 다시 움츠렸다. 말의 몸에 일본 군영에서 사용하는 둥근 소인이 찍혀 있었기 때문이다.

"이건 손님의 말이 아니구먼! 이건 분명 그 염병할……"

천 아저씨의 수염에는 지푸라기가 몇 가닥 붙어 있었다. 그는 지푸라기를 떼어내면서 집 출입문을 열었다.

"아무 소식 못 들었어요? 설마……"

천 아주머니의 말은 물이 펄펄 끓는 큰솥에 빠진 조그만 얼음 조각처럼 즉시 녹아 없어져버렸다. 출입문을 여는 순간 세찬 바람이 밀물과도 같이 먼지와 굉음을 한 덩어리로 뭉쳐 집 안으로 쏟아부었기 때문에, 천 아주머니는 거기에 압도되어 없어져버린 것 같았다. 천 아저씨는 당연히 그녀의 말을 듣지 못했다. 그런데 상황은 매우 위험천만했다. 천 아저씨가 간신히 문틈으로 들어왔을 때 하마터면 아주머니를 들이받을 뻔했는데, 그때 천 아주머니의 손에는 식칼이 들려 있었기 때문이다.

"아무것도 못 들은 거예요? 바람이 너무 많이 부네요. 첸허타오前河套에 그런 무리가 있다는 소문이 있어요. 그것도 며칠 전 이야기예요……시자이쯔西寨子, 시수이파오쯔西水泡子에도 없을 리가 없어요. 거긴 온통 버드나무 천지거든요……사람 키보다 더 크니까, 이른 봄에는 없을지도 모르지만, 여름에 푸른 장막을 드리우는 때가 되면 아주 좋은 장소가 되지요……"

천 아주머니는 방금 썰고 있던 당근을 나무 도마 위에 놓았다.

"중얼중얼 뭔 소릴 지껄이고 있어! 당근이나 썰어! 그 잘난 아들놈 이야기는 꺼내지도 마."

어제저녁부터 천 아주머니는 천 아저씨가 더 이상 참지 못하고 성질을 부리기 시작한 걸 알고 있었다. 아들이 돌아오지 않은 이 일이 그들의 가정을 완전히 바꾸어놓았다. 집에 갑자기 구멍이 뻥 뚫린 듯했고, 물병에 갑자기 물이 새는 듯했으며, 해도 동쪽에서 뜨지 않고 달도 서쪽으로 지지 않는 듯했다. 천 아주머니는 겨우겨우 평소처럼 생활을 꾸려나갔지만, 천 아저씨는 그녀가 볼 때 완전히 무서운 사람이 되었다. 아들이 떠난 지 이틀이 되었는데, 첫날 밤은 비교적 평온하게 지나갔지만, 둘째 날 밤부터 갑자기 무서워졌다. 아저씨는 밤새도록 앉아서 담배를 피우고, 옷자락을 당기고, 빗자루로 짐을 털고 모자를 털고 구들 주변을 쓸었다. 처음 몇 시간은 입으로 중얼중얼거렸다. 뭐든지 생각나는 대로 말을 하다가, 아들이 태어날 때부터 왼쪽 다리에 푸른 반점이 있었다는 이야기까지 갔다.

"당신 잊어버렸어? 산파가 말했잖아. 이 아이는 잘 살펴야 한다고. 다리에 반점이 있으면 역마살이 있다고……그런데 어떻게 진짜로 가버리냐!……이놈은 남아 있는 애비 에미 생각은 조금도 안 했겠지. 요즘 같은 때는 밖에 나다니다가 무슨 험한 일을 당할지도 모르는데. 그런 짓을 하다가 만약 붙잡히기라도 하면, 그러면……그러면 뻔하잖아! 애비까지도 다 연루될 텐데……의용군, 의용군, 대장부라면 해야 될 일이겠지만, 애비 에미 생각도 좀 해야 할 거 아냐! 애비 에미는 그저 저 하나 보고 사는데……"

몇 시간 동안 이렇게 중얼거리는 통에 천 아주머니도 잠을 이루지 못했다. 그런데 자정이 지나가면서 그는 말을 안 하기 시작했다. 갑자기 벙어리에 귀머거리가 된 것 같았다. 그는 새벽부터 일어나서는 한 마디 말도 하지 않았다. 천 아주머니는 아침에 수수죽을 끓일지 물어보았지만 그는 입도 떼지 않았다. 그는 허리띠를 단단히 묶고 모자를 쓰고 집을 나섰다. 그리고 밖에서 한 바퀴 돌고 집에 돌아온 모양이었다. 그 시간 동안 천 아주머니는 솥도 다 닦지 못했다. 그녀는 솥 닦은 물을 헹구어내면서 다시 그에게 물었다.

"아침에 수수죽 먹을까요?"

그는 대답이 없었다. 두 번 다 아예 못 들은 것 같은 반응이었다. 그녀는 더 이상은 묻지 못했다.

저녁엔 또 뭘 먹지? 이렇게 바람이 부는데. 그녀는 일단 무채를 썰어놓아야겠다고 생각했다. 탕에 넣어도 되고 볶아 먹어도 되기 때문이다. 그녀는 항상 밥을 하면 3인분을 했는데 이제 2인분을 해야 한다. 한 사람이 줄었을 뿐인데도 쌀 양을 어느 정도로 해야 하는지도 맞추기가 어려웠다. 2인분의 쌀은 거의 바가지 바닥에 붙다시피 해서 씻을 때 손에 잡히는 것도 없었다.

"우리 아들은 정말 잘 먹지, 한 끼에 서너 그릇은 먹으니까……왜 안 그렇겠어, 갓 스무 살 넘은 청년이니까 한창 잘 먹을 때지……"

그녀는 밥주걱으로 아침에 끓인 수수죽 그릇을 저었다. 수수죽이 반들반들한 덩어리로 굳어 있었다. 밥주걱으로 그 덩어리를 으깨자 돼지껍데기묵처럼 탄성이 있는 소리가 났다.

"죽은 꼭 이렇단 말이야. 남은 걸 버리자니 아깝고, 먹자니 맛이 없고. 그렇다고 데우면 죽도 아니고 밥도 아니게……"

그녀는 결정을 못 해서 주걱을 죽 그릇 가장자리에 걸쳐놓은 채 고민을 했다. 그녀는 마치 사상가처럼, 자신의 사유의 부족을 힘겹게 절감했다.

천 아저씨는 다시 밖으로 나갔다. 열린 문틈으로 흙먼지 바람이 몰아쳐 들어와 천 아주머니를 뒤덮었다.

그들의 아들은 이틀 전에 나간 뒤 돌아오지 않았다. 토비가 아니면 의용군이 되었을 것이다. 아마도 의용군이 되었으리라. 천 아저씨는 분명히 기억하고 있다. 아들이 작년 겨울부터 솜바지를 좀 두껍게 만들어야 한다고 했었고, 또 제 엄마한테 부탁해서 모자에 새 가죽을 두 군데 덧대기도 했다. 아들은 말했었다.

"이왕 한다면 훌훌 털고 가겠습니다. 미련 없이 깨끗하게요."

천 아저씨는 이 말을 듣고 물었다.

"뭘 한다고?"

아버지의 말에 아들은 결론 없는 물음을 되물을 뿐이었다. 그런데 천 아저씨가 아들의 말을 듣고 한 대답도 두 마디뿐이었다.

"아휴! 아휴!"

이 역시 마찬가지로 결론 없는 말이었다.

"아버지! 뭘 하러 가는지 아버지가 한번 생각해보세요!"

아들은 이렇게 되물었었다.

천 아저씨는 처마 밑에서 얼굴에 붙은 닭털 한 개를 떼어내어 그대로 바람에 날려 보냈다. 그 닭털은 그가 던진다기보다는 바람이 빼앗아 가는 것같이 보였다. 일단 손을 떠나자 잡으려 해도 잡히지 않았고 보려 해도 보이지 않았기 때문이다. 마치 이미 방향을 정하고 날아갈 기회만 기다리고 있었던 것 같았다. 천 아저씨가 아들의 말을 곱씹어보고 있을 때 두번째 닭털이 그의 코에 와서 붙었다. 개털 뭉치였을지도 모르지만, 느낌은 그냥 복슬복슬했다. 그는 손으로 그걸 떼어냈다. 그는 계속 생각했다. 그리고 서쪽을 바라보았다. 그는 발뒤꿈치를 들고 온몸에 힘을 주어 발끝으로 섰다. 지금 만약 해가 있었다면, 그는 아이처럼 해가 어디로 지는지를 보려는 듯이 보였을 것이다. 만약 저녁놀이 있었다면, 그는 아이처럼 발끝을 세우고 저녁놀 뒤에 도대체 무엇이 있는지를 보려 하는 것처럼 보였을 것이다. 하지만 지금은 동쪽이고 서쪽이고 남쪽이고 북쪽이고, 어느 쪽이든 다 거센 바람 속에 휩쓸려 분간이 되지 않았고, 눈에 들어오는 광야는 온통 누런 색깔로 덮여 있었다. 만약

산이나 바다가 가로막지 않는다면 이 바람은 영원히 멈추는 곳 없이 그대로 불어나갈 것 같았다. 새벽이건 한낮이건 황혼 녘이건, 은하수가 하늘을 가로지르는 밤이건, 설날이건 다른 명절이건, 봄이건 여름이건 가을이건 겨울이건.

지금 바람은 세상을 깨끗이 씻어내듯이 무섭게 불어왔다. 지붕 위에는 참새도 얼씬거리지 않았다. 밭에는 사람 그림자도 안 보였고, 큰길에는 수레와 행인이 끊겼다. 집집마다 굴뚝이 있었지만 어느 하나에도 연기가 보이지 않았다. 모두 바람이 쓸어 가버렸다. 살아 있었던 이 마을이 막 흙에서 파낸 화석과 같은 마을이 되었다. 움직이던 모든 것이 멈추었고, 소리 내던 모든 것이 침묵하고 있다. 노래하던 모든 것이 탄식하고 있고, 빛나던 모든 것이 혼탁해졌고, 모든 색깔들이 빛을 잃었다.

천 아주머니는 바람의 위력에 맞서고, 아들이 떠났다는 두려움에 맞서고, 그리고 남편이 아들을 찾으러 떠날 것이라는 걱정에 맞서고 있었다.

그녀는 걸상에 앉아 겨울이 지나도록 다 마르지 않은 버들가지를 손으로 부러뜨리고 있었다. 네댓 마디로 부러뜨린 뒤 그녀의 앞에 임시로 피워놓은 불더미에 집어넣었다. 불더미는 막 집어넣은 가지 때문에 탁탁 터지는 소리가 나기 시작했고, 검은 연기가 집 안에 가득 찼다. 마치 폭우가 내리기 직전의 먹구름 같았다. 그러나 이 검은 연기는 먹구름과 달리 코와 눈과 목구멍을 따갑게 찔렀다……

"조심 좀 해! 아궁이에서 좀 멀리……바람 때문에 아궁이 문으로 땔감이 빨려 들어가겠어……"

천 아저씨는 이렇게 말하면서 자신도 나뭇가지를 몇 개 들어서 부러뜨렸다.

"저녁엔 수제비 어떨까요……국물도 있고 밥도 되니 간편하잖아요."

이 말을 하기까지 천 아주머니는 아이가 말을 배울 때처럼 모든 글자를 마음속으로 여러 번 생각했고, 또 말할 때도 모든 글자를 신중하게 말했다. 그녀는 아침에 그랬던 것처럼 그가 대답을 하지 않을까 두려웠다. 결국 수수죽을 주자 그가 잘 안 먹었던 것이다.

"뭐든 괜찮아. 빨리 해줘. 먹고 나서 밖에 좀 나가보게."

천 아주머니는 빨리 해달라는 말을 듣고는 곧바로 그릇을 구들 가장자리에 놓았다. 밀가루 포대에는 한 그릇 정도의 밀가루밖에 없어서 그대로 전부 그릇에 넣고 반죽했다.

'너무 적지 않을까?……하지만 어차피 이것밖에 안 남았으니, 모자라면 내가 안 먹으면 되지 뭐.'

그녀는 이렇게 생각했다.

천 아저씨는 뛰어 들어왔다가 또 뛰어 나갔다가 했다. 그녀는 그가 눈길만 보내도 이렇게 묻는 걸로 느껴졌다.

"아직 안 됐어? 아직 안 됐어?"

그녀의 부담감이 더 커질수록 그는 더 많이 그녀의 주변을 왔다 갔다 했다. 불 속의 버들가지가 쉭쉭하며 물소리를 냈다. 그녀는 떼고 있던 수제비를 얼른 내려놓고 빗자루로 불에다 부채질을 했다. 솥 안에서는 끓기 시작하는 소리도 전혀 안 났고, 국물도 전혀 움직임이 없었다. 그녀는 몹시 조급해졌다.

"다 됐어? 다 됐으면 갖고 와……시간이 늦었는데……다 먹고 밖에 나가서 한 바퀴 돌아보려고……"

"다 돼가요, 다 돼가요! 이제 담배 한 대 필 시간만큼도 안 걸려요……"

그녀가 솥뚜껑을 열고 김을 불어내며 보니 수제비가 죽은 흰색 물고기처럼 꼼짝도 없이 물 위에 떠 있었다.

"다 됐으면 갖고 와! 먹게!"

"다 됐어요……다 됐어요……"

천 아주머니는 대답을 하면서 다시 뚜껑을 열어보았다. 국물이 아직 안 끓었지만 그녀는 억지로 수제비 몇 조각을 더 집어넣었다. 그러고 나서 국물의 간을 보려고 쇠국자의 가장자리를 입술에 갖다 대자마자……

"아이고!"

탕에다 기름을 넣는 걸 깜빡했던 것이다.

천 아주머니에게는 기름통이 두 개 있었다. 하나는 콩기름통이고, 다른 하나는 면실유통이었다. 두 기름통은 항상 찬장 맨 아래 칸에 나란히 놓여 있었는데, 어떻게 착각할 수가 있겠는가! 해마다 항상 이렇게 놓여 있었지만 한 번도 착각한 적이 없었다. 그런데 지금, 서둘러 기름을 넣으려다 돌이킬 수 없는 실수를 하고 말았다. 이미 등잔불에 쓰는 면실유가 탕솥에 둥둥 떠다니고 있다. 아직 국 전체에 퍼지지는 않았지만 국자로 떠낼 수 있는 정도도 아니었다. 국자로 건드리면 바로 동그란 기름방울이 터져서 무수히 많은 작은 방울이 되었다. 손으로 잡으려 해도 역시 안 될 것이다.

"다 됐어요. 곧 가요!"

"다 됐어요, 다 됐어요!"

그녀는 겁에 질렸다. 자신의 목소리가 우렁차다는 걸 스스로도 알지 못했다.

그녀는 먹으면서 천 아저씨의 눈을 살폈다.

"국물 더 줄까요? 아니면 수제비를 더 줄까요……"

그녀는 남편이 직접 수제비를 더 뜨면서 면실유만 잔뜩 떠올까 봐 두려웠던 것이다. 그녀가 한다면 국물 위에 뜬 면실유를 입으로 불어버린 뒤 바닥 쪽에 있는 걸 떠올 수 있다.

천 아저씨는 밥그릇을 내려놓고 바로 밖으로 나갔다. 출입문을 열면서 그는 모자를 안 썼다는 걸 깨달았다.

"내 모자는?"

"여기요, 여기요."

사실 그녀는 그의 모자를 보지 못했다. 너무 긴장한 탓에 입에서 저절로 대답이 나온 것이다.

천 아저씨는 면실유를 넣은 수제비를 먹고 밖에 나가 바람을 쐬니 무척 상쾌하게 느껴졌다. 그는 발끝으로 서서 서쪽 방향을 바라보았다. 그러나 아들이 서쪽에 있다거나 서쪽에서 올 것을 알고 그러는 것이 아니었다. 단지 서쪽에 도시로 가는 큰 길이 있기 때문이었다.

광야의 먼 곳 대평원의, 보려 해도 보이지 않고 들으려 해도 잘 들리지 않는 이곳에, 개 짖는 소리, 사람 소리, 바람 소리, 땅의 소리, 산림의 소리 등 모든 떠들썩한 소리가, 마치 화염

속에 떨어진 듯한 그 모든 소란이, 해 질 녘의 노을이 지고 나자 완전히 멈추었다.

서쪽은 너무나 고요해서 땅이 무엇엔가 점령된 것 같은 느낌이었다. 동쪽도 마찬가지였다. 마치 막 커다란 회오리바람이 쓸고 지나간 울타리나 폭우에 씻긴 정원처럼, 미친 듯이 몰아치던 그 난리가 씻은 듯이 사라졌다. 너무나 자른 듯이 멈추어서, 먼 곳에서는 그런 일이 아예 일어난 적도 없었던 것 같았다. 오늘 밤은 어젯밤과 똑같았다. 해 질 녘 이전의 기억을 떠올릴 수 있는 것이라곤 조금도 남아 있지 않았다. 땅은 지평선까지 어젯밤과 마찬가지로 평평하게 펼쳐져 있었고, 은하수의 수많은 별들은 여전히 작은 은 조각처럼 무리를 지어 동북쪽에서 서남쪽으로 흘러갔다. 땅은 어젯밤과 마찬가지로 고요했고, 은하수는 어젯밤과 마찬가지로 화려했다. 모든 것이 어젯밤과 같았다.

콩기름 등잔불은 언제나처럼 앞마을에서 먼저 켜지기 시작해서, 그다음엔 가운데 마을에서, 그다음에 마지막으로 이 마을에서 켜졌다. 마을의 크기는 앞마을이 가장 컸고, 그다음이 가운데 마을, 그리고 마지막 이 마을이 가장 작았다. 이 세 마을은 마치 할아버지, 아버지, 아들과 같았고, 그들은 서로서로 의지하며 평원에 자리 잡고 있었다. 겨울에 눈이 내리면 이 세 마을은 똑같이 흰색으로 변했다. 그러면 빗자루로 쓸어서 작은 길을 냈다. 앞마을 사람이 뒷마을을 지나갈 때면 꼭 눈에 대해 한마디 하곤 했다.

"눈이 억수로 오네요!"

뒷마을 사람이 가운데 마을을 지나갈 때도 반드시 이 눈에 관해서 안부를 한마디 물었다. 이 눈은 어떨 땐 안개 눈, 어떨 땐 함박눈, 또 어떨 땐 맑은 눈이었다.

봄이 되어 기러기가 날아올 때면 이 세 마을은 함께 기러기 소리를 들었고, 가을에 까마귀가 하늘을 가르며 지나가는 새벽에도 이 세 마을은 함께 하늘을 가린 검은색 무리를 바라보았다.

천 아주머니는 뒷마을의 가장자리에 살았다. 그녀의 문 앞에는 나무도 한 그루 없었다. 그녀는 소, 말, 개, 돼지, 이런 것들도 하나도 기르지 않았다. 다만 붉은 수탉 두 마리가 있었는데, 이 닭들은 홰 위에 웅크리고 있거나 집 앞에서 작은 벌레나 곡식알을 찾아 먹곤 했다. 불처럼 빨간 닭 볏은 햇볕을 받으며 왼쪽으로 기울었다가 오른쪽으로 흔들렸다가 했고, 그다음엔 눈을 감고 한 발로 집 앞이나 땔감 더미 위에 서 있었다. 그럴 땐 흡사 작은 홍학 한 쌍 같았다. 그러나 지금 그 닭들은 일찌감치 닭장 속으로 들어가서 어젯밤과 마찬가지로 잠들어 있었다.

천 아주머니의 등잔불은 마을에서 마지막으로 켜지지도 않았고 처음으로 켜지지도 않았다. 천 아주머니가 기억하기로는 1년 중에 이 등잔불을 켠 일이 몇 번 안 되었다. 등잔은 완전히 거미줄에 덮였다. 심지는 등잔 속으로 빠져버렸고, 쓰고 남은 약간의 기름이 흙먼지와 섞인 채 등잔 바닥에 들러붙어 있었다.

천 아주머니는 부뚜막 위에 올라가서 조왕신 선반에 놓인 등잔을 가지고 내려왔다. 가위 끝으로 등잔 바닥을 저었다. 약간 남은 면실유가 풀처럼 끈적끈적해지기는 했지만 여전히 기름기가 있었다. 게다가 새로 기름통에서 면실유를 더 붓고 나자, 작은 등잔불은 화드득거리며 구들 가장자리를 밝혔다.

천 아주머니는 향을 사르기 전에 먼저 손을 씻었다. 평소에는 거의 사용하지 않던 수제 비누를 오늘은 특별히 공들여서 더 많이 칠했다. 겨울 동안 바람을 맞아 거칠어진 손은 봄이 되자 온통 갈라져서 마치 겨울에 얼어서 갈라진 땅 같았다. 봄바람이 밤낮으로 불어와 이 갈라진 금을 메워보려 했지만 메워지지 않았을 뿐 아니라 오히려 더 깊이 파이고 속이 드러났다. 천 아주머니는 원래 비누를 싸두었던, 설날에 대련을 쓰고 남은 붉은 종이로 비누를 다시 쌌다. 하얀 비누 가루가 부스러져 천 아주머니의 옷자락에 떨어졌다. 그녀는 빗자루로 가루를 털어냈다. 그다음엔 머리 손질 상자를 뒤져 시커먼 유리 거울을 하나 꺼냈다. 이 거울에 얼굴을 비추면 얼굴이 거울 속에서 가로세로 격자로 나뉜 수많은 조각으로 갈라졌다. 10여 년 전 거울을 깨뜨린 후 네댓 자 길이의 빨간 끈으로 감아놓았는데, 아직도 그 거울을 그대로 쓰고 있다. 그녀는 이마에 아직 잔머리가 내려와 있는지 보고 싶었다. 하지만 아무것도 안 보였다. 그저 흐릿하게 거울 속에 있는 것이 자기 자신이라는 것 정도만 알아볼 수 있었다. 그녀는 최근 몇 년간 거울을 잘 보지 않았다. 그저 설날이나, 4월 18일에 사당 축제에 갈 때, 아니면 앞마을에 결혼식이나 장례식이 있을 때나 거울을 꺼내 보았다. 그러니 그녀의 기억이 아니라면, 지금 누가 그 끈이 원래 빨간색이었다는 걸 알아볼 수 있을까? 곰팡이와 기름때로 인해 손으로 만져보면 마치 끈끈한 고무 같은 느낌이었다. 천 아주머니는 조금 멀리서 열리는 장터에도 가본 적이 없었다. 그래서 그녀는 이런 습관이 생겼다. 강 건너기를 두려워하고, 비탈길 내려가기를 두려워하고, 수풀을 지나가는 걸 두려워하고, 묘지는 더더욱 두려워했다. 특히 묘지에 있는 올빼미 소리는 낮이나 밤이나 언제 들어도 무서웠다.

천 아주머니는 손을 다 씻은 후 작은 구리갑을 궤짝 아래에 밀어넣었다. 그녀는 조왕신 선반의 향로에다 향을 세 개 꽂았다. 그런 다음 꿇어앉아서 나란히 선 세 개의 향을 향해 세 번 절을 했다. 그녀는 "상향두上香頭"의 한 소절을 읊고 싶었지만 경문이 다 기억나지 않았다. 그녀는 온전하게 외지 못한다면 그게 더 신에 대한 불경이고 정성이 없는 것이라고 생각했다. 그래서 가슴 앞에 두 손을 단단히 합장한 채 경건하게 무릎을 꿇고 있었다.

조왕신은 아들의 행방을 아는지 모르는지 그저 향불 뒤편에 조용히 앉아 있을 뿐이었다. 신년에 조왕신을 조왕할멈과 나란히 한 나무판에 풀로 붙여둔 그때부터, 기름 연기 낀 거미줄이 계속 조왕신의 얼굴을 가렸다. 그래서 아마 아무것도 안 보이는 모양이다. 천 아주머니는 아들 걱정에 눈에서 곧 눈물이 쏟아질 것 같지만 말이다.

바깥의 바람이 멈추자 공기가 너무나 고요하게 가라앉아서 바늘 끝으로도 건드릴 수 없을 것 같았다. 이때 사람들의 감각을 가득 채운 것은 모두 극도로 취약하면서도 극도로 완전

한 것이었다. 마을은 다시 원래의 생명력을 되찾았다. 짚이 벗겨진 용마루는 고요하게 지붕 위에 누워 있었다. 뻗혀나갈 뻔했던 작은 나무들은 가지를 드리운 채 쉬고 있었다. 오리는 꽥꽥 소리를 지르고 있었다. 마치 크게 웃기를 좋아하는 사람들이 서로 만난 것 같았다. 백구, 누렁이, 바둑이……평소에는 만나기만 하면 싸웠던 개들도, 바람이 잦아지자 모두 같이 앞마을로 뒷마을로 뛰어다녔다. 완전히 평온한 밤이었고, 멀리서 들려오는 사람 소리는 산속 계곡에서 오는 소리가 아닌가 싶을 정도로 맑고 투명했다.

천 아저씨는 창밖에서 왔다 갔다 서성거렸다. 그의 마음속엔 오로지 아들 생각뿐이었다. 마치 그의 마음을 운석에다 묶어놓은 것 같았다. 그 운석이 어디로 떨어질지 누가 알겠는가?

천 아주머니는 너무나 경건하게 치성을 드리다 보니 스스로도 감동을 받아 눈가가 촉촉해졌다. 아들을 스무 살이 되도록 키우느라 얼마나 힘이 들었던가! 그런데 이렇게 영문도 모른 채 아들을 빼앗기다니. 그녀는 조왕신 앞에 꿇어앉아서 자신의 일생을 회상했다. 생각해보니 지나간 세월은 바로 그러했다. 지금은 쉰이 넘어 예순을 바라보고 있다. 그녀는 생각했다. 아직 오지 않은 나이도 곧 다가오지 않겠는가? 바로 눈앞에 닥쳐오고 있지 않은가? 그녀는 조왕신에게 물어보고 싶었다. 아들이 돌아올 수 있겠는지! 이 향을 사르는 의식이 너무나 그녀를 감동시킨 나머지 그녀는 등줄기가 오싹한 느낌이 들었고, 눈도 약간 아물아물해졌다. 그녀는 연달아 세 번이나 손등으로 눈을 닦았지만 그래도 향로 속의 세 개의 향불이 보이지 않았다.

그녀는 일어나서 궤짝 덮개 위의 성냥갑을 가지러 가려다 비로소 아까 그 향이 작년 것이었고, 눅눅해서 불이 꺼졌다는 걸 깨달았다.

천 아주머니는 다시 부뚜막 위로 올라갔다. 향을 다시 피울 생각이었다. 그녀는 평소에 높은 곳에 잘 올라가지 않기 때문에 부뚜막 위에 올라서니 겁이 좀 났다. 바로 그때 출입문이 갑자기 열렸다.

천 아주머니는 깜짝 놀라서 부뚜막에서 굴러떨어질 뻔했다. 고개를 돌려 보고 그녀는 소리를 질렀다.

"아이고!"

아들이 돌아온 것이다. 등에는 꿩 두 마리를 메고 있었다.

꿩 두 마리를 구들 위에다 내던져놓고 아들은 큰 소리로 웃기 시작했다. 웃음소리가 보글보글 물 끓는 소리 같았다. 그 바람에 물항아리와 창호지까지도 함께 울렸다. 그렇게 그의 목소리는 마치 겨울 눈밭에서 전해 오는 사냥꾼의 웃음소리처럼 울림이 있었다. 하지만 이렇게 웃는 것이 오늘만의 특별한 일은 아니었다. 그는 평소에도 이렇게 웃었다. 어렸을 때부터 그는 누에콩 꽃과 완두콩 꽃 사이에서 목청 큰 새처럼 소리를 지르고 다녔다. 그가 걸음마를 배운 날부터 천 아저씨를 따라 참외밭에 다녔는데, 아이의 눈은 마치 참외밭의 노란 꽃처럼 환하게 빛났었다. 막 걸음마를 배운 아이의 다리는 칭칭 감기는 넝쿨 줄기를 이기지 못해서 매일같이 넘어지는 게 일이었다. 하지만 아이는 울지도 않고 신음 소리도 내지 않았다. 무릎이 까져서 피가 나도 그 피가 자신의 것이 아닌 듯이 담담했다. 그는 그저 달리고 웃고 떠들었다. 다른 옷은 입지 않고 푸른색 낡은 천으로 만든 배두렁이만 걸치고 있으면 마치 청둥오리가 참외밭을 뛰어다니는 것 같았다. 동쪽으로 뛰고 서쪽으로 달리며 웃고 떠들었다. 아이가 태어났을 때부터 천 아주머니는 이렇게 말했었다.

"목청이 엄청 크구나! 자라서 피리 불고 북 치는 딴따라가 되겠는걸!"

처음 태어난 아이를 어떻게 아껴주어야 할지를 몰랐던 그녀는 이렇게 사람들에게 멸시받는 직업이나 형용사를 아이에게 갖다 붙였다. 아이의 울음소리는 그야말로 엄청나게 커서 산파도 이렇게 말하고 싶을 정도였다.

"정말로 좋은 징과 북이로구나!"

하지만 아이가 여자아이도 아니고, 남자아이에게는 징과 북이라는 말을 써서는 안 되었다. 그런 소리를 듣는 사내는 집안을 일으키지 못한다는 말이 있기 때문이다……

오늘 그는 집에 들어서자마자 습관대로 크게 웃었다. 이웃들이 듣는다 해도 전혀 이상하게 생각하지 않을 것이다. 외숙모나 고모가 들더라도 이상하게 여기지 않을 것이다. 그들은 이렇게 말할 것이다.

"얘는 어릴 때부터 원래 이랬잖아요!"

하지만 부모 입장에서는 오히려 이상하게 생각되었다. 천 아저씨가 보기에 아들의 웃음은 해 지기 전의 세찬 바람처럼 통제할 수도 없고 통제할 방법도 없는 일종의 불필요한 낭비 같았다.

'얘가 미친 거 아냐……얘가……얘가……' 이것이 천 아주머니가 아들에 대해 처음으로 한 부정적인 생각이었다. 원래 그녀는 이렇게 말하려고 했다. '내 새끼! 도대체 어디 갔다 온 거야! 너……네 아빠가 얼마나……' 그녀는 아들에 대한 반감이 생겨났다. 아들의 호탕한 웃음소리는 마치 집을 떠난 적이 없었던 것 같은 웃음소리였다. 하지만 어머니는 마음속으로 생각했다. '저 녀석 몰래 도망갔었잖아!'

아버지는 아들에게서 대여섯 걸음 떨어져 붉은색 궤짝에 등을 기대고 서 있었다. 이 붉은 궤짝은 천 아주머니가 혼수로 가져온 것이었는데, 지금은 붉은색인지 검은색인지도 분간이 안 되었다. 지금 천 아주머니의 머리카락이 흰색인지 검은색인지 분간이 안 되는 것과 마찬가지였다.

천 아저씨는 서먹서먹한 손님인 양 그쪽에 서 있었다. 천 아주머니도 역시 서먹서먹한 손님 같았다. 아들만이 이 집의 주인인 것처럼 활발했고, 과장되게 행동했고, 아무것도 신경 쓰지 않았다. 그는 입으로 꿩의 알록달록한 깃털을 불고, 손가락 끝으로 꿩지의 화려하고 기다란 깃털을 쓸어보았다.

"이놈이 제일 잡기가 쉬워요. 머리만 숨기고 엉덩이는 내놓거든요……총소리가 나면 그대로 머리를 파묻지요……이 두 놈은 그렇게 잡은 거예요. 아버지, 기억 안 나세요! 제가 어렸을 적에 저를 데리고 세배하러 갔었잖아요……그때, 그때……"

그는 또 웃기 시작했다.

"그랬잖아요! 벽돌로 한 마리 때려잡았잖아요. 그놈이 머리를 눈 속에 처박고 있는 틈을 타서요."

천 아저씨의 반감은 조금도 줄어들지 않았다. 그래서 그는 그 꿩 두 마리를 본체만체했다. 평소에 꿩고기를 몹시 좋아함에도 말이다. 꿩고기 갓잎볶음, 꿩고기 감자찜. 하지만 그는 꿩 쪽으로 한 발짝도 움직이지 않았고, 그 화려한 깃털에 손도 대지 않았다.

"애는 대체 뭘 하러 갔던 거야?"

등잔의 면실유가 아직 타고 있을 때, 천 아저씨는 그저 혼잣말로 되풀이했다.

"너 도대체 뭘 하러 나갔던 거니?"

천 아저씨가 처음으로 아들에게 물은 것은 등잔불이 피식피식 하며 꺼진 뒤였다. 그는 조용히 허리를 펴고 등 전체를 따뜻한 구들에 가까이 댔다. 그는 엄숙하면서도 소심하게 아들의 대답을 기다렸다. 그의 가장 큰 두려움은 아들이 의용군에 들어갔다고 말하는 것이었지만, 또 하나의 커다란 두려움은 아들이 사실을 말하지 않는 것이었다. 그는 목구멍까지 올라온 기침을 억지로 참고, 자신으로부터 나오려 하는 모든 소리를 가능한 한 억제했다. 지난 사흘간과 같은 노심초사는 천 아저씨가 생각할 때 일생에 이번 단 한 번뿐이었다. 또 있었을지도 모르지만, 다 오래된 일이어서 잊어버렸다. 지난 사흘간이 반평생 살았던 시간보다 더 길게 느껴졌다. 평소에 그는 일찍 죽을까 두려워했었다. 일찍 죽으면 집안을 일으킬 수도 없고, 자손이 번성하는 걸 지켜볼 수도 없을 것이기 때문이었다. 하지만 이번 사흘 동안은 차라리 끝났으면 좋겠다는 생각을 했다! 살아봤자 아무런 희망이 없었기 때문이다.

아들이 의용군에 들어갔는지 여부는 천 아저씨에게는 새로운 생명을 얻느냐 마느냐의 문제였다. 의용군에 들어가서 아들이 얻을 수 있는 새로운 생명의 가치보다 훨씬 더 큰 것이었다.

그런데 아들의 대답은 하필이면 거짓말이었다.

"아버지, 제가 꿩 두 마리 잡아 왔잖아요! 앞마을 리李 둘째랑 같이 가서……100리도 넘게 갔었어요……"

'누가 사냥을 그렇게 한다든? 한 번에 100리를 넘게 갔다고……'

천 아저씨의 눈은 창문의 거무스름한 격자 창살을 응시하고 있었다. 그런데 그의 입에서 나온 소리는 이 말이 아니라, 꺼져가는 등잔불처럼 힘없는 탄식이었다.

봄날의 밤은 조용하면서도 따뜻한 정취를 지니고 있었다. 특히 부드러운 달빛이 창문에 비칠 때는 마치 허공에 날리는 거위 깃털을 보는 듯한 느낌, 그리고 막 잠에서 깨어났을 때의 온기로 눈앞에 나른한 금색 동그라미들이 어른거리는 듯한 느낌이 들었다.

천 아저씨는 아들이 틀림없이 의용군에 들어갔음을 증명하고 싶었다. '의용군'이라는 세 글자를 생각하면 곧바로 '일본놈'이라는 세 글자가 떠올랐다.

'×××××××××××××××××, ××××'

이 생각을 하자마자 그는 더 이상 생각하고 싶지 않았다. 더 생각하자면 일본놈이 의용군을 쏘아 죽이는 것뿐이다. 그래서 그는 서둘러 생각을 창문에 집중했다. 그는 부질없이 격자 창살로 나뉜 창호지의 칸을 하나하나 세었다. 두 번 모두 일곱번째 칸에서 '의용군'이라는 세 글자가 머릿속에 들어와 뒤죽박죽이 되어버렸다.

그의 옆에서 자고 있는 아들은 그와는 완전히 단절된 영혼이었다. 천 아저씨는 몸을 돌리면서 어렴풋한 불빛에 비친 아들의 담황색 얼굴과 기다랗게 뻗은 몸을 보았다. 아들의 모습 중에서 마르고 키가 큰 체형과 곧게 선 콧날만이 아직 자신을 닮아 있었다. 나머지는 완전히 변해버렸다. 단 사흘 만에 아들은 자신과 완전히 달라졌다. 마치 아예 그와 함께 살았던 적도 없는 것 같았고, 아예 그를 알지도 못하는 것 같았다. 막 새로 온 손님보다도 못한 느낌이었다. 막 온 손님이라면 기껏해야 낯선 것뿐이고, 미울 일은 없을 것이다. 하지만 그에게는 아들을 미워하는 마음이 생겼다. 누구에겐가 비밀을 숨긴다면 그 사람은 미움을 가지게 마련이다. 그런데 아들의 비밀은 가장 이기적인 것이었기에 숨기지 않을 수 없었다.

천 아저씨의 아들은 사냥을 한 것도 아니었고 의용군에 들어간 것도 아니었다. 꿩 두 마리는 사흘 일한 품삯으로 쑹화松花강 북쪽 강변의 철도 옆에서 산 것이었다. 그는 일본인에게 고용되어 사흘 동안 철로 건설 일을 했다. 품삯은 그가 태어나서 처음으로 받아본 것이었다. 그는 머슴으로 고용된 적도 없었고, 임시로 밭매는 품팔이를 해본 적도 없었고, 일손 돕는 품팔이를 해본 적도 없었다. 그의 아버지는 반평생 동안 거의 남의 참외밭을 지키는 일만 했다. 그는 여름이 되면 아버지를 따라

삼각형 모양의 원두막에서 살았다. 원두막은 여름에는 녹색의 수박꽃, 참외꽃 사이에 있었고, 가을이면 수박과 참외에 둘러싸여 있었다. 여름이 시작되면 수박과 참외는 꽃을 다 피웠다. 이 꽃들에 다 열매가 열리는 건 아니었고, 어떤 것은 수꽃이었다. 수꽃은 사람을 속인 뒤 하루이틀 만에 시들어 떨어졌다. 수꽃은 수시로 따줘야 했다. 그는 아버지에게 물었다.

"수꽃은 왜 따야 해요?"

아버지는 이렇게만 말했다.

"따야 해! 쓸모가 없거든."

나중에 자라서 그는 비로소 알게 되었다. 수꽃을 따지 않으면 점점 더 많이 핀다는 것을. 그때는 알지 못했다. 하지만 그는 아버지를 따라 수꽃을 한 송이 한 송이 따서 밭고랑에 버렸다. 어렸을 때도 그는 아버지가 관리하던 그 참외밭에 있었고, 자라서도 여전히 아버지가 관리하던 그 참외밭에 있었다. 그는 한 번도 직접 남에게 고용된 적이 없었고, 품삯이 자신의 손에 들어온 적도 없었다. 이번 철로 공사가 처음이었다. 게다가 그는 오로지 품삯만을 위해 일한 것도 아니었다. 그래서 그는 사흘 동안 번 돈으로 꿩을 샀다. 첫째, 아버지를 기쁘게 해드릴 수 있고, 둘째, 꿩을 핑계로 거짓말을 꾸며댈 수 있기 때문이었다.

지금 그는 편안하게 잠이 들었다. 그는 아버지가 그의 거짓말을 그대로 믿었다고 생각했다. 그가 일하는 척하며 몰래 철로의 못을 뽑아서 기차를 전복시킨다는 계획에 따라 일본인의 철로 공사장에 갔다는 것은 여전히 비밀이었다. 그는 꿈속에서도 일본군의 탄약차와 식량차를 본 것 같았다.

'이게 비록 의용군은 아니지만 하는 일은 똑같이 일본놈과 싸우는 것 아닌가? 양주니 깡통에 든 고기니 하는 건 나도 들어보기만 했지 보지는 못했어. 지난번에 차가 뒤집힌 건 의용군에서 보낸 사람이 한 일이라지. 물건은 모조리 의용군이 가져가지 않았나……제기랄……그 음식을 먹지 못하더라도, 발로 차고 놀기만 해도 신날 텐데.'

그는 몸을 한 번 돌리고는 손바닥을 비볐다. 그는 낮에도 이런 생각을 했고, 밤에도 이런 생각을 하면서 잠을 잤다. 손바닥을 비벼보면 평소와 다른 걸 느낄 수 있었다. 약간 뻣뻣하고 열이 났다. 두 팔은 아직도 레일을 들고 있는 것처럼 시큰시큰했다.

천 아저씨는 입을 벌리고 있었다. 그는 호흡이 콧구멍으로 드나드는 것이 두려웠다. 그는 소리가 무서웠다. 그래서 자신의 호흡 소리조차 듣고 싶지 않았다. 하필이면 그는 감기 기운으로 코가 약간 막혀서 숨을 들이쉴 때마다 바람 부는 날 구멍 난 창호지에서 나는 것과 같은 삑삑 소리가 났다. 소리가 아주 작아서 유심히 들어야만 들릴 정도이긴 했지만, 그래도 싫은 건 싫었다. 그래서 천 아저씨는 입을 벌린 상태로 잠을 청했다. 그의 오른쪽은 아내였고, 왼쪽은 어디서 꿩을 구해 왔는지 모를, 속을 알 수 없는 아들이었다.

면실유 등잔불을 끈 후에도 심지는 계속해서 타는 냄새를 퍼뜨렸다. 천 아저씨가 한 번씩 코로 숨을 들이쉬면 그 심지 타는 냄새를 맡게 되었다. 그는 그 냄새를 싫어했기 때문에 그것이 타는 냄새라기보다는 재채기를 나게 하는 매캐한 냄새라고 느꼈다. 그래서 그는 할 수 없이 입을 벌리고 숨을 쉬었다. 그가 싫어하는 기름 연기를 오히려 입을 크게 벌리고 들이마시는 셈이었다.

다음 날, 아들은 지난번처럼 아무런 말도 없이 떠나버렸다. 그리고 이번에는 닷새가 지났다. 지난번보다 이틀이 더 길었다.

천 아저씨는 아주 침착하게 고통을 견뎌냈다. 그는 천 아주머니에게 말했다.

"이것도 운명이야……운명에 정해진 대로야……"

봄날의 황혼은 언제나처럼 고요한 나머지 공중으로 떠오르는 것 같은 느낌이 있었다. 천 아주머니의 붉은색 수탉 두 마리는 홍학처럼 한쪽 다리로 집 앞에 서 있었다.

"이게 운명이 아니면 뭐겠어! 점쟁이가 이 아이는 어떻게 해볼 수가 없다고 그랬잖아……당신도 보라고. 안 믿을 수가 없지. 난 한 번도 안 믿었었어. 하지만 안 믿으면 어쩌겠어. 닥칠 일은 닥칠 수밖에 없는걸."

황혼 무렵 천 아주머니는 처마 밑에서 콩줄기를 정리했다. 콩꼬투리에 콩이 한 알 두 알이라도 들어 있는 건 하나도 놓치지 않고 따로 모았다. 그녀는 오른손으로 콩줄기를 들고 왼손으로 콩알을 빼냈다. 빼낸 콩알은 옆에 둔 그릇에 담았다. 콩이 한 알씩 담길 때마다 그릇 안에서 몇 차례 튀었다. 천 아주머니의 왼손에 있던 콩줄기도 한편으로 치워졌다. 콩줄기 더미가 점점 높아져서 천 아주머니가 앉아 있는 높이를 넘어섰다. 천 아주머니는 콩알이 땅바닥에 굴러도 찾을 수 없을 정도로 어두워진 다음에야 콩줄기를 집 안으로 안고 들어갔다. 내일 아침이면 이 콩줄기는 아궁이 속에서 시뻘건 불이 될 것이다. 천 아주머니는 불 주위를 맴돌았다. 마치 6월의 태양이 채마밭 주위를 맴돌듯이. 누가 더 열렬한가? 천 아주머니인가! 아니면 불인가! 이것은 판단하기 어려웠다. 불도 붉었지만, 천 아주머니의 얼굴도 역시 붉었기 때문이다. 6월의 태양도 황금빛이고 6월의 채소 꽃도 황금빛인 것과 같은 이치였다.

봄날의 황혼은 짧았다. 사람들이 좋아한다고 해서 다른 세 계절의 황혼만큼 길게 늘일 수 있는 건 아니었다. 돼지를 치는 집에서는 돼지 밥을 주고, 말을 키우는 집에서는 말 먹이를 줄 수 있는 정도의……만약 아무것도 하지 않는다면 그저 담배 한 대 피는 정도의 시간이었다. 천 아저씨도 바로 그렇게 아무것도 하지 않고 담뱃대를 들고 처마 밑에 서 있었다. 황혼 녘이 지나자 천 아저씨는 기다란 그림자로 변했다. 마치 긴 기둥이 검은색 처마를 떠받치고 있는 것 같았다. 그의 키는 이곳 세 마을의 남자들 중에서 제일 컸다. 그의 아들만이 향후 1, 2년 안에 그를 넘어설 가능성이 있었다. 지금 아들과 그는 키가 완전히 똑같았다. 문을 통과할 때 아들은 아버지가 머리를 부딪칠까 걱정했다. 아버지는 아들의 키가 계속 자라서 문을 통과할 때 상인방을 들이받을까 걱정된다고 했다. 사실 그럴 일은 없었다. 아버지는 마음속으로는 아들이 키가 커서 기분이 좋았지만 종종 반대로 말했던 것뿐이다.

천 아저씨는 출입문을 들어오다가 모자를 상인방에 부딪쳐

모자가 찌그러졌다. 이것은 좀처럼 없었던 일이다. 평생토록 키가 컸고, 평생토록 모자를 썼지만 말이다. 그러다 보니 아들의 그렇게 큰 키가 지금 아무런 소용이 없다는 생각이 들었다. 키가 큰들 무슨 좋은 점이 있는가? 지금 아들은 마음대로 나가서 마구 돌아다니고 있다. 천 아저씨는 자신의 슬픔이 전적으로 아들이 키가 크기 때문이라는 생각이 들었다.

"사람이 키가 작으면 담이 작고, 키가 크면 담도 큰 법……"

천 아주머니가 그릇에다 불려둔 노란 콩들은 하룻밤이 지나자 싹이 텄고, 이틀이 지나자 그 싹이 콩보다 더 커졌다. 아저씨는 그 싹이 마음에 안 들었다. 그는 말했다.

"새것이 옛것보다 커졌으니 옛것은 끝장났구먼."

천 아주머니는 이 말이 무슨 뜻인지를 전혀 알지 못하고, 머리를 빗으며 대답했다.

"그렇지요……사람도 그렇잖아요……애들은 내버려두면 아빠만큼 자라잖아요."

7일째 되던 날 아들이 돌아왔다. 이번에는 꿩을 가지고 오지 않고, 381번이라는 번호를 가지고 왔다.

천 아저씨는 이날부터 다시는 '옛것은 끝장났다'느니 하는 말을 입 밖에도 내지 않았다. 몇 번은 아들이 밥그릇을 내려놓자마자 이렇게 말했다.

"땀 닦고 가렴!"

더 웃기는 건 그가 때로는 이런 말도 했다는 것이다.

"밥풀 좀 떼고 가렴!"

이 말은 원래 세 살, 다섯 살 되는 아이에게 하는 말이다. 아이들은 젓가락을 잘 사용하지 못해서 입가에 밥풀을 잔뜩 묻히기 때문이다.

다른 사람이 그에게

"자네 아들은?"

하고 물으면, 그는 이렇게 대답했다.

"철로 건설하러 갔어……"

아들이 철로를 건설하는데 그는 마치 자기가 철로를 건설하는 것 같았다. 그의 집에 오는 모든 사람들—두부 장수, 찐빵 장수, 돼지털 사는 장수, 고철 사는 장수—도 그랬고, 심지어 앞마을을 지나던 어느 마을에서 왔는지도 모를 돼지 치는 소년까지도 어느 날 그에게 물었다.

"아저씨, 아드님이 철로 건설하러 갔다면서요?"

천 아저씨는 이 말을 듣고 그 돼지 치는 소년에게 손짓을 했다.

"잠깐 멈춰……멈춰봐……잠깐 기다려. 서두르지 말고 잘 들어! 우리 아들이 철로 건설하는 건……사실이야. 번호표도 있어. 381번."

그는 더 말할 생각이었다. 어떤 일들은 사람을 만났을 때 바로 말을 하는 것이 좋고, 또한 말을 한다면 상세하게 말해야 했다. 아들이 철로 건설 일을 한다는 이 일이 바로 그렇게 사람을 만났을 때 바로 말을 해야 하며, 이왕 한다면 상세하게 말해야 하는 일이었다. 그가 돼지 치는 소년에게 하고 싶었던 말은, 아침에 멜대를 메고 집 앞에 와서 고철을 사 가는 애꾸눈에게 하고 싶었던 말만큼이나 많았다. 하지만 돼지 치는 소년은 손에 든 낡은 채찍을 휘두르며 가버렸다. 천 아저씨는 기분이 썩 좋지 않았다. 그는 입에서 나오는 대로 말했다.

"너 그 채찍 좀 봐, 채찍 끝도 없는데 때리긴 뭘 때려!"

멀리 가버린 다음에야 천 아저씨는 깨달았다. 돼지 치는 아이가 흥얼거렸던 것이 바로 철로 건설 중인 아들의 번호 '381'이라는 것을.

천 아저씨는 온화한 사람이어서 어린아이에게 관대했다. 하지만 그는 아이는 역시 아이라고 생각했다. 어른이 되어보지 않으면 뭘 이해할 수 있겠나? 그가 고철 장수나 두부 장수에게 말했을 때, 그들은 모두 열심히 들었고 질문도 했다. 그들은 정말 철로에 관한 상식이 하나도 없었다. 사실 천 아저씨도 그 두부 장수와 다를 바 없었다. 그래서 자신이 잘 모르는 것을 그들이 물어 오면, 아저씨는 웃으면서 손으로 며칠 전 폭풍에 흐트러진 처마의 지푸라기를 한 줄기 뽑았다.

"낸들 어떻게 알겠어! 철로 건설하는 당사자가 돌아오면 같이 물어보자고!"

예를 들어 두부 장수가 이렇게 물으면,

"그 기차란 것이 철로에서 달릴 때는 하루에 1,800리를 가고도 멈춰서 한숨 돌릴 필요가 없다고 하던데요! 정말 어마어마해요……천 아저씨, 진짜로 한 번도 안 쉬는 거 맞아요?"

천 아저씨는 웃으며 이렇게 대답했다.

"철로 건설하는 당사자가 돌아오면 다시 이야기하자고!"

질문은 이렇게도 자세했다! 대답하기가 얼마나 어려운 질문인가! 천 아저씨 역시도 기차를 본 적도 없는 사람이었기 때문이다. 하지만 자세히 물어볼수록 천 아저씨는 더 기분이 좋았다. 그의 이론은 이랬다.

"사람은 역시 자라서 어른이 되어야 해. 어른이 되지 않으면……어린애는 소용없어……애들은 아무 생각이 없으니!"

이때 천 아저씨는 자신의 아들이 다행히도 스무 살이 넘었다는 걸 생각했다. 그렇지 않았다면, 이번 철로 공사만 해도 그렇지, 자기가 스스로 결정을 하고 몰래 가서 일을 하지 않았더라면, 일당이 5자오가 넘는 이런 일자리를 어떻게 구했겠는가?

천 아저씨도 돈을 그렇게 밝히는 사람은 아니었다. 그저 아들이 의용군에 들어가지 않았다는 것만으로도 마음이 놓였다. 그런데 의용군에 들어가지 않았을 뿐 아니라 돈까지 벌어 오는 것이다. 몇 번이고 그는 아들이 그의 손에 쥐어준 빳빳한 지폐를 보며 381번을 떠올렸다. 계속해서 그는 그 거센 바람이 멈추었던 저녁에 아들이 메고 돌아왔던 그 꿩을 떠올렸다. 그는 아들이 말없이 집을 떠났다는 게 얼마나 주관이 있는 일이었는지를 생각했다. 이 아이는 어려서부터 부모 곁을 떠난 적이 없었다. 하지만 이번에 아들은 집을 떠났다. 비록 사람을 혼이 빠지도록 놀라게 하긴 했지만, 결과적으로는 올바른 결정이었다. 집을 떠난 적이 없는 아이였다. 마치 날아본 적이 없는 참새처럼, 굴을 나가본 적이 없는 쥐처럼. 그런데 한번 나가니 큰 새보다도 더 빨리 날았다.

4월 18일이 되어, 천 아주머니가 사당 축제에서 사른 향은 그 어느 해보다도 더 많았다. 삼신할머니 사당에서는 큰 동전 세 개어치의 향을 태웠고, 신령님 사당에서도 큰 동전 세 개어

치의 향을 태웠다. 그리고 아무 쓸모도 없고 그저 장식용으로나 쓸 만한 물건들을 좀 샀다. 그녀는 마침내 탈을 살 수 있었다. 얼마나 오랜만에 사는 것인가! 손을 꼽아 세어보니, 벌써 18, 19년이 되었다. 아들이 네 살 되던 해 사 준 뒤로는 한 번도 사보지 못했다.

천 아주머니는 아들이 철로 공사에 나간 뒤에도 표면적으로는 아무 변화가 없었다. 천 아저씨는 마치 이 작은 집이 아들에게 걸맞지 않다는 듯, 사람을 만나기만 하면 아들이 철로 건설을 하고 있다고 말하고 다녔다. 하지만 아주머니는 정반대였다. 그녀는 한 마디도 하지 않고 대신 집 안에 늘어난 물건들을 즐기고 있었다. 울타리 옆에는 닭장 외에 돼지우리도 추가되었고, 그 안에는 흑돼지 새끼 한 쌍을 키우기 시작했다. 천 아주머니는 뭐든 한 쌍인 걸 좋아했다. 지금 키우는 바둑이는 한 쌍이 아니고 한 마리뿐이었는데, 그 때문에 그녀가 쉴 때 바둑이가 다리 곁에 와서 비비면 이렇게 말하곤 했다.

"어쩌나, 바둑이 한 마리를 더 얻어 올 수가 없네. 한 쌍만 되어도 짝이 있는 건데! 혼자 있으니 얼마나 외로워."

천 아주머니는 투명한 플라스틱 비눗갑도 샀고, 가위도 새로 샀다. 그녀는 새 가위를 쓸 때마다 손으로 만져보는 걸 잊지 않았다. 그녀는 생각했다. 우리 아들은 뭐든 똑 부러져. 물건도 살 줄 안단 말이야. 이건 진짜 강철이야. 6자오라니 가격도 괜찮고. 천 아주머니의 물건은 벌써 상당히 많이 늘었다. 하지만 계속 더 장만할 것이다. 아들이 매일 5자오를 벌어 오기 때문이다. 천 아주머니의 새 물건들은 아들이 사다 준 것이거나, 아니면 아들이 준 돈으로 그녀가 직접 산 것이었다. 속으로는 아들이 물건을 사다 주는 게 좋았지만, 때로 그녀는 아들이 건네주는 물건을 받으면서 이렇게 말했다.

"이제 엄마한테 이것저것 사다 주지 마……돈 버는 것만 잘하면 됐지, 돈 쓰는 건 안 배워도 돼……"

천 아주머니는 빗과 거울도 새로 바꿨다. 그렇다고 옛날 것을 버린 건 아니고, 새로 사 온 반짝반짝 빛나는 것들이 이미 낡은 궤짝 위에 자리를 잡고 있다는 뜻이다. 천 아주머니는 궤짝 덮개를 닦다가 거울 옆에 도달하면 마치 작은 신천지를 하나 발견한 것 같은 느낌이었다. 새 거울은 옛날 것과는 숫자로 비교할 수 없을 정도로 더 잘 보였다.

천 아저씨도 말했다.

"이 거울은 정말 무슨 작은 은하수 같구먼."

그런데 아들은 왜 처음에 철로에 일하러 나갔을 때 거짓말을 했던 것일까? 왜 사냥을 갔다고 말했을까? 여기에 대해서 아들은 몇 차례 설명을 했다. 그는 철로 공사 일을 아버지가 반대하실까 봐 두려웠다고 했다. 원래 오랫동안 이 일을 할 생각이 아니었고, 일단 사흘 정도 해보려는 것이었다고 말했다. 더 오래 한다면 어떻게 아버지에게 말을 안 할 수 있겠는가. 하지만 천 아저씨는 밥그릇을 내려놓고 말했다.

"그건 걱정하지 마. 그건 걱정하지 마……이제 시간 됐지? 우리 집엔 시계가 없으니. 땀 닦고 어서 나가봐!"

나중에는 이렇게 아들을 재촉하기 시작했다.

천 아저씨가 끔찍이 싫어하는 폭풍이 또 왔다. 지붕 위에서,

마른나무 위에서, 참외밭에서, 서남쪽의 큰길에서도 오는 것 같았다. 하지만 모두 틀렸다. 실은 어디서 오는 것인지 알 수가 없었다. 한없이 크고 회오리치며 부는 이 바람으로 인해 만물이 울부짖었고, 그 울부짖는 소리가 다시 강풍 속에 묻혀버렸다. 이 바람은 갖가지 소리를 품고 있었다. 마치 바다가 불가사리며 해초 등을 품고 있는 것과 같았다. 불가사리며 해초를 보고도 바다를 보지 못하는 사람이 어디 있겠는가? 바람이 여기저기서 내는 울부짖는 소리를 듣고도 바람 소리를 듣지 못하는 사람이 어디 있겠는가? 하늘은 마치 거대한 황토색 소가죽처럼 바람에 부풀려지고, 흔들리고, 찢기고, 뜯기며, 이리저리 당겨졌다. 땅에서 휩쓸려 온 모든 마른 것, 잡다한 것, 너저분한 것들이 모두 하늘로 돌진했다가 다시 떨어졌다. 조용한 곳으로 떨어지고, 바람을 피할 수 있는 담벼락 밑으로 떨어지고, 움푹 파인 곳으로 떨어져 파인 곳을 가득 채우기도 했다. 그래서 땅은 큰바람에 깨끗이 씻기고 평평해졌다. 하지만 하늘은 정반대로 혼탁해지고 연기가 나고 온통 누렇게 덮여 꼭 천지가 뒤집힌 것 같았다. 이 바람은 사람이 서 있으면 그 사람을 달리게 만들었고, 개가 달리고 있으면 멈추게 했으며, 앞으로 나아가는 것은 나아가지 못하게 했고, 뒤로 가는 것은 뒤로 가지 못하게 했다. 울타리 안의 돼지 새끼는 울고 싶지 않아도 울어야만 했고, 엄마는 아이가 부르는 소리를 들어야 했지만 절대 들을 수 없었다.

천 아주머니는 출입문을 여는 순간 바로 문에 매달려 밖으로 끌려 나갔다. 문을 아주 조금만 열었는데도 그다음엔 통제할 수가 없었다.

천 아저씨가 말했다.

"별일 아니야! 불이 안 피어오르면 그만이고. 불을 끌어모아서 편수 냄비에다 수제비나 끓여 먹자고. 국물에 채소도 넣어서. 먹으면서 뜨끈하게 몸도 녹이고."

천 아주머니는 또 말했다.

"땔감도 못 가지고 들어왔어요. 바람이 이렇게 점점 더 세질 줄은 몰랐죠. 땔감을 안고 집에 들어오기도 전에 안고 있던 것들이 몽땅 바람에 날아가버렸어요……"

천 아저씨가 말했다.

"내가 가져올게."

천 아주머니가 또 말했다.

"물항아리에 물도 떨어졌어요……"

천 아저씨가 말했다.

"내가 지고 올게, 내가 지고 올게."

원수 같은 바람이 천 아저씨의 모자를 벗겨 가려 했고, 수염을 뽑아 가려 했다. 우물가에서 물을 지고 집까지 가는 동안 바람 때문에 물을 절반이나 쏟았다. 물통 두 개에 각각 물이 절반씩밖에 남아 있지 않았다.

그래도 이 바람은 아들이 집을 나가 돌아오지 않던 그날의 바람처럼 원망스럽지는 않았다. 오늘의 바람을 제일 미워하는 사람은 천 아주머니인 것 같았다. 아주머니가 지붕의 용마루가 바람에 덜렁거리는 걸 발견했을 때 아저씨는 오히려 이렇게 말했다.

"별일 아니야……잘 보라고……"

그는 이렇게 말하면서 곧바로 처마 밑의 장독 가장자리를 밟고 지붕으로 올라갔다. 천 아저씨는 바람을 이길 자신이 있는 것 같은 모습이었다. 그는 처마에서 용마루까지 허리를 펴고 걸어갔다. 중간에 몇 번 바람 때문에 허리를 숙이기는 했지만.

천 아주머니는 벽돌이나 돌덩이 같은 것을 아저씨에게 건네주었다. 그는 돌과 벽돌로 용마루 위에서 날리고 있는 짚을 눌렀다. 그러면서 그는 욕을 퍼부었다. 시골 사람들이 혼잣말하는 습관을 그도 가지고 있었던 것이다.

"너 언젠가는 그렇게 가야만 하겠다는 거 아냐! 내가 싫어서 그렇게 기어이 날아가야겠다면 어디 한번 날아봐! 내가 너 따위 지푸라기 몇 가닥도 못 이길 줄 알고……잘 보라고, 너 이 망할 놈, 만일 지푸라기 하나라도 내 손을 벗어난다면 대단하다고 해주지."

천 아저씨는 줄곧 이렇게 떠들었다. 바람이 거세질수록 그의 목소리도 커지는 것 같았다.

앞마을에 사는 두부 장수 리 씨가 왔다. 바람을 거슬러 달려왔기 때문에 온몸이 땀투성이였다. 그는 천 아저씨를 불렀다.

"여기 좀 내려와보세요, 할 말이……아저씨한테 할 말이 있어요."

천 아저씨가 말했다.

"중요한 일이 있으면 잠깐 기다려. 우리 집 용마루가 바람에 망가져서 말이야! 내가 부지런히 움직이지 않으면 우리 집은 살 수가 없어. 바람이 불어도 걱정, 비가 와도 걱정."

천 아저씨는 의기양양하게 지붕 위에서 일부러 시간을 좀 끌었다. 그리고 이렇게 말했다.

"일단 집에 들어가서 담배나 한 대 피고 있어……금방 갈게, 금방 가……"

두부 장수 리 씨는 소맷부리에 입을 파묻었다. 바람이 너무 세서 숨 쉬기도 어려울 지경이었다. 그는 소매에다 대고 계속 아저씨를 불렀다.

"중요한 일이에요. 아저씨……아저씨 빨리 좀 내려와보세요……"

"무슨 중요한 일인데? 바람에 누구 집 지붕이라도 날아갔다면 모를까……"

"천 아저씨, 좀 내려와보세요, 할 말이 있어요……"

"그냥 거기서 말해봐! 엉덩이에 불이라도 붙었나 본데……"

리 씨와 천 아주머니는 집 안으로 들어갔다. 리 씨는 마당에서와 마찬가지로 아직도 소매로 입을 가리고 말을 했다. 천 아주머니는 구들 가장자리에 기대어 리 씨네 둘째 아들이 일본 사람에게 잡혀갔다는 이야기를 들었다……

"뭐라고요! 뭐라고요! 정말요! 정말요!"

천 아주머니의 검은 눈알이 위로 뒤집어져서 눈썹까지 갈 것 같았다.

"바로 그 이야기 하려고 온 거예요……철로 공사장에서 일하던 사람들을 300명 넘게 잡아갔대요……아주머니 아들도……"

"왜 잡아간 거예요?"

"일본 사람의 기차를 전복시켰대요!"

천 아저씨는 아들이 잡혀갔다는 말을 듣고, 그날 밤에 당장 서남쪽 큰길로 달려가지 않을 수 없었다. 그날 밤에도 바람은 계속 불고 있었다. 앞쪽도 캄캄했고 뒤쪽도 캄캄했고, 먼 곳도 캄캄했고 가까운 곳도 캄캄했다. 머리 위가 하늘인지 발밑이 땅인지도 분간이 안 되었고, 동서남북도 구분이 안 되었다. 천 아저씨는 작은 돈 궤짝에서 아들이 철로 일을 해서 벌어 온 돈을 몽땅 꺼내어 가져왔다.

바로 이 캄캄한 밤에 천 아저씨는 집을 떠났다. 그가 관리하던 참외밭도, 작은 초가집도, 천 아주머니도 뒤로하고 떠났다. 그는 서남쪽 큰길을 향해, 아들이 있는 쪽을 향해, 자신도 확신할 수 없는 먼 곳을 향해 달려갔다. 그는 미쳐버린 것 같았다. 자신의 수염과 옷과 모자의 귀덮개를 모두 쥐어뜯었다. 그는 마치 한 마리 짐승 같았고, 바람이 그를 찢어놓고 그도 바람을 찢어놓을 기세였다. 천 아저씨는 앞으로 달려가고 천 아주머니는 뒤에서 불렀다.

"돌아와요! 돌아와요! 당신은 아들 잃고 못 살겠지요. 그런데 당신까지 가버리면 나 혼자 남는데, 나는 어떻게 살아요……"

거센 바람이 끝없이 몰아쳐 와서 천 아주머니의 말을 휩쓸어 가버렸다. 지푸라기 한 가닥을 쓸어 가듯, 어디로 갔는지도 알 수 없었다.

천 아저씨는 쓰러졌다.

그가 맨 처음 쓰러졌던 곳은 커다란 나무 옆이었다. 두번째로 쓰러졌던 곳은 아무것도 없이 광활하고 평평한 곳이었다.

이번이 세번째다. 그는 더 이상 걸을 수 없을 때까지 가서 쓰러졌다. 큰길에서였다.

그의 무릎에서는 피가 났다. 몇 군데 살이 터져 있었다. 모자는 잃어버렸다. 눈앞은 온통 어지럽게 빙빙 돌았다. 온몸에 경련이 나며 덜덜 떨렸고, 피가 돌지 않았다. 코에서는 차가운 콧물이 흘렀고 눈에서는 눈물이 흘렀다. 두 다리에는 쥐가 났다. 윗옷은 나뭇가지에 찢어졌고, 바지는 찢어져 기다랗게 구멍이 났다. 흙먼지와 바람이 이 구멍을 통해 안으로 몰려 들어가자, 온몸이 곧바로 뻣뻣하고 차갑게 굳었다. 그가 필사적으로 한 차례 숨을 들이쉬자 심장이 한 번 더워졌다. 그리고 그대로 쓰러졌다.

다시 힘겹게 몸을 일으켰을 때, 그는 다시 광야를 향해 달려갔다. 그는 미친 듯이 울부짖었다. 무슨 소리를 지르는 것인지는 그 자신도 몰랐다. 바람은 사방에서 그를 옭아매며 큰길 위에서 지치지 않고 불고 있었다. 나무는 흔들리다 못해 뿌리가 뽑혀 길옆으로 쓰러졌다. 지평선은 혼돈 속에서 완전히 사라졌고 바람이 모든 것을 지배하고 있었다.

1939년 1월 30일

(1939년 4월 17일에서 5월 7일까지 홍콩『성도일보星島日報』 부간『성좌星座』 제252호에서 272호까지에 처음으로 발표되었다.)

피란

이 기차는 어떻게 탄단 말인가? 짐을 가지고서라면 불가능하다. 몸만 탄다 해도 밑에서 누군가가 받쳐주어야만 한다.

허난성何南生은 항일 전쟁 전에 초등학교 교사였다. 그는 난징南京에서 산시陝西성으로 피란을 오다 중학교 교장을 하고 있는 친구를 만나 그때부터 중학교 교사가 되었다. 중학교 교사로서의 자질 문제는 일단 제쳐두자. 허난성이라는 자의 외모만 해도 보는 사람을 걱정하게 만든다. 두 눈은 반들반들하고 때때로 경계하는 눈빛이다. 그는 남들이 보려 하는 것은 피하고, 남들이 보지 않으려 하는 것을 몰래 본다. 입을 열어 말을 시작하기 전에 그의 입은 먼저 네 방향으로 벌어져, 입이 거의 성냥갑 모양처럼 된다. 그걸 보면 사람들은 그가 깽깽이풀을 먹었나 하고 생각하게 된다. 이것 말고도 그의 얼굴에는 특이한 점이 있다. 아래쪽 눈꺼풀 밑에 두부 조각처럼 튀어나온 두 개의 네모난 근육은 그가 말을 할 때건, 웃을 때건, 근심할 때건 전혀 움직이지를 않는다. 그의 가장 친한 친구는 물론이고, 그의 아내조차도 그의 그 두 개의 벽돌 같은 근육이 움직이는 것을 본 일이 없었다.

"이게 대체 뭐 하는 건지……이 인간들. 이래서 중국인은 희망이 없어. 정말이지 염병할……"

허난성은 늘 중국인을 비판했다. 마치 자신은 중국인이 아닌 것처럼 말이다. 전쟁 전에는 비판의 강도가 훨씬 높았고, 전쟁이 난 후에 조금씩 덜해졌다. 하지만 때때로 예전의 나쁜 버릇이 되돌아오곤 했다.

예전의 나쁜 버릇이 무엇인가? 그의 신변에 어떤 곤란한 일이 닥치려 한다고 해보자. 물론 그 일은 반드시 일어나는 것도 아니다. 그는 자신과 관련된 약간의 좋지 않은 일을 떠올리는 것만으로도 온 세상을 원망하는 것이었다. 이를테면 저녁에 양말을 벗을 때 땅바닥에 떨어져 자칫하면 쥐한테 뜯겨 구멍이 날 뻔했다거나, 또 강단에서 내려오려는 순간 분필을 밟아 미끄러져 하마터면 크게 넘어질 뻔했다거나 하는 경우이다. 요컨대, 위험한 일이 일어나지 않았으면 그만인 것인데, 그는 생각할수록 그 위험성이 엄청나다고 느끼는 것이었다. 그래서 그의 입에는 중국인이 이러니저러니 하는 말뿐 아니라 늘 이런 말이 입버릇처럼 붙어 있었다.

"일이 닥치면 그땐 어떡할 거냐고……"

고개를 돌리니 다시 사람으로 가득 찬 닭장 같은 기차가 눈에 들어왔다.

"일이 닥치면 그땐 어떡할 거냐고?"

지금 그의 입에서 나온 그때는 어떻게 할 거냐는 말은 그들이 피란을 가게 되면 어떻게 하느냐는 뜻이다.

허난성과 그의 아내는 동료 하나를 전송하고 아직 플랫폼을 떠나지 못하고 있는데, 그는 불만이 쌓이기 시작했다. 그가 기차에서 눈을 뗀 뒤 처음으로 본 것은 그의 아내였다. 아내는 돼지처럼 뚱뚱했다. 피란 갈 때 얼마나 성가실까.

'그거 보라고, 일이 닥치면 그땐 어떡할 거냐고!'

그는 속으로 생각했다.

'조금만 더 쪘다간 기차 한 칸에 싣지도 못하겠군.'

하지만 이 말을 입 밖에 내지는 않았다.

거기다가 두 아이에, 버들고리짝에, 돼지가죽 상자에, 그물 바구니까지 있다. 이불 세 채도 가져가야 하고……그물 바구니 속에는 양철 냄비도 두 개 들어 있다. 어딜 가든 밥은 해 먹어야 하지 않겠는가! 피란을 간다면, 어디로 피란을 가든 먼저 밥을 먹어야 하지 않겠는가! 피란까지 말할 것도 없이, 항전만 하더라도 그렇다. 보니까 날이면 날마다 항전을 떠들어대던 사람들이 피란 갈 때는 누구보다도 앞장서서 처자식과 부엌세간 한 짐을 챙겨 떠나던걸.

집에 오는 길에 그는 아내보다 앞서 걸었다. 마음이 심란해서 아무것도 보고 싶지 않았기 때문이다. 그의 목은 앞쪽으로 내밀어져 있었고, 어깨는 축 처져 있었으며, 두 팔은 허수아비 팔 같았다. 길을 가는 내내 손끝 하나 튕기지 않았다. 그의 두 발이 번갈아가며 움직이고 있는 것만 뺀다면, 그림 가게에서 파는 종이로 만든 사람으로 보였을 것이다.

요 며칠 허난성은 가족 때문에 근심이었지만, 가장 큰 근심은 바로 동료를 전송한 데서 비롯되었다. 금방이라도 사람을 졸라 죽일 것 같은 기차의 이미지를 좀처럼 떨쳐버릴 수가 없었다. 하지만 꼭 그렇게만 볼 수도 없다. 피란도 없고 항전도 없고 어떤 일도 없었던 때에도 그는 언제나 마음을 졸이고 두려움에 떨었다. 이번의 항전이 닥치자 곧바로 그는 개인의 행복 따위는 바랄 수도 없겠다고 감을 잡고, 불행을 맞이할 준비를 시작했다. 그런 것도 준비가 필요할까? 독자 여러분은 이상하다고 여기지 마시길. 그가 어떤 준비를 했는지를 이제부터 허난성이 우리에게 보여줄 것이다. 1938년 3월 15일, 허난성이 침대에서 일어나 처음으로 본 것은 바로 그가 벽에 걸어둔 달력이었다.

"맞아, 오늘이야, 오늘이 15일이지……"

밤새도록 그는 잠을 잘 자지 못했다. 그가 생각해낼 수 있는 걸 모조리, 큰일 잔일 가리지 않고 모두 다 하나하나 생각하다 보니 퉁관潼關의 대포 소리가 들려왔다.

적이 펑링두風陵渡를 점령하고 강을 사이에 두고 포격전을 벌인 지 이미 며칠이 지났다. 이 대포 소리는 밤이 되면 멈추고 날이 새면 다시 시작되는 것이었다. 원래 이 대포 소리는 별로 무서울 것도 없었다. 허난성도 두려워하지 않았다. 그가 교사로 있었던 학교가 퉁관에서 몇십 리 거리에 있었지만 말이다. 당연히 두려워해야 할 일이지만, 허난성은 이미 물건을 빠짐없이 정리해두었고 곧 떠날 예정이었으므로 포격전이든 아니든 상관이 없었던 것이다!

그다음에 그의 눈에 들어온 것은 바로 아내가 그의 베개 옆에 놓아둔 새 양말 한 켤레였다.

"뭐 하자는 거야? 우린 피란을 가는 거라고……새로 어디 부임하는 게 아니라고……요즘 양말 한 켤레에 얼마씩 하는지 알고나 있는 거야……"

그는 아내에게 소리를 질렀다.

"어서 신던 양말이나 갖다 줘! 이 새 양말은 놔두고."

그는 발끝을 슬리퍼 속에 밀어 넣었지만, 자신의 헌 양말이 얼마나 낡았는지는 보지 못했다. 그의 아내는 슬리퍼 뒤쪽으로 드러난 그의 발뒤꿈치를 보고는 웃음을 터뜨렸다.

"웃긴 왜 웃어! 뭐 우스운 게 있다고……빨리 애 옷이나 입히지 못해? 벌써 시간이 몇 신데……기차 타는 게 하늘에 오르는 것보다 어렵다니까. 당신도 그날 봤잖아? 양말에 구멍 난 게 뭐가 우습다는 거야? 전방에서 싸우는 병사들 못 봤어? 그 사람들은 맨발로 싸운다고!"

이렇게 말하니 마치 그는 본 것 같았지만, 사실 그도 본 적이 없다.

지금은 11시. 1시에 역사 수업이 있지만 그는 수업을 하지 않을 것이다. 2시까지 기차역에 가야 하기 때문이다.

점심을 먹는 동안 그는 시계를 보다가 땀을 닦다가 했다. 마음이 조급하니 자꾸 땀이 났다. 학생들이 그에게 몇 시 기차를 탈 것인지 물었다. 그는 "6시 기차도 있고 8시 기차도 있는데, 나는 6시 기차를 탈 생각이야. 요즘은 한 치 앞을 예측하기가 어려우니까 조금이라도 일찍 가려고. 게다가 난 일행도 있고……"라고 말했다. '일행'이란 아이와 아내와 상자를 말하는 것이었다.

그가 학생들이 조직한 항전구국단의 지도 교사였기 때문에, 떠나기 전에 학생들에게 몇 마디 말이라도 해야만 했다. 무슨 말을 해야 할지 미처 준비를 못 한 관계로, 그는 말을 시작하자마자 사나흘 뒤에 돌아올 거라고 말했다. 사실 그는 돌아오지 않을 작정이었다. 마지막에는 최후의 승리는 우리의 것이라는 말로 마무리를 지었다……그 밖에 그는 자신은 산시성과 운명을 같이할 것이며 절대 도망가지 않을 것이라는 말도 했다.

허난성의 일가는 5시 20분에 모두 기차역에 도착했다고 할 수 있다. 아내와 아이—남자아이 하나, 여자아이 하나, 고리짝 하나, 돼지가죽 상자 하나, 그물 바구니 하나, 여행 보따리 세 개. 여행 보따리는 왜 이렇게 많은가? 허난성이 우산, 휴지통, 지난 신문들을 모두 헌 이불에다 싸서 보따리로 만들어놓았기 때문이다. 거기다 항전구국단에서 나온 면 제복과 낡은 솜신발도 이불에 싸서 보따리 하나가 되었고, 세번째 보따리도 이불로 쌌는데, 여기에 싼 것은 무척 많았다. 전구, 분필 상자, 양모솔, 침대용 빗자루, 해진 손수건 두세 장, 양초 한 무더기, 주판 하나, 가는 철사 두 길 남짓 그리고 흰색 실 한 뭉치와 비눗갑 뚜껑이 들었고, 나머지는 모두 날짜 지난 신문지였다.

그는 신문지만 해도 50근이 넘게 챙겼다. 그는 이렇게 말했다.

"어딜 가든 밥은 해야 하잖아? 밥은 먹어야 하잖아? 불 피우는 데 신문지보다 나은 게 있나? 피란을 다닐 때는 아낄 수 있을 때 아끼고, 배만 안 곯으면 되는 거야."

세 개의 보따리를 제외하면, 그물 바구니가 제일 풍성했다. 양철 냄비, 검정 항아리, 빈 과자 상자, 목제 양복 걸이, 빨랫줄, 산시성 토산품인 반쯤 부서진 가래 뱉는 타구, 밤에 두 살 난 딸의 침대에 까는 방수 천 그리고 낡은 세숫대야 두 개가 있었다. 대야 둘 중 하나는 세수용이고 하나는 발 씻는 용도였다. 그리고 시커먼 젓가락통 하나와 식칼 한 자루, 젓가락 한 무더기, 밥그릇 30여 개가 있었다. 도마와 밥그릇은 어떤 친구가 떠나면서 물려준 것이었다. 그는 이렇게 말했다. 피란을 갈 때는 다니면서 물건이 점점 줄어들게 되어 있지, 점점 느는 일은 없어. 가능하다면 조금이라도 더 가져가는 것이 좋아. 이걸 잃어버려도 저것이 있고, 설사 던지는 데 쓰더라도 며칠은 더 던질 수 있거든! 그 밖에도 해진 바지 몇 벌이 그물 바구니 바닥에 들어 있다. 그는 다 생각이 있어서 이것들을 넣어뒀던 것이다.

그의 아내는 그물 바구니를 챙기면서 그에게 물었었다.

"이 낡은 바지는 가져가서 뭐 하려고?"

그는 대답했다.

"당신도 참, 매사에 준비성이 없어. 난민 수용소에 가게 되면 이게 쓸모가 있지 않겠냐고?"

그리하여 허난성 일가는 그의 지도하에, 5시 20분에야 비로소 모두 기차역에 도착했다. 자칫하면 기차에 못 탈 뻔했다—기차는 6시에 떠나니까.

허난성은 땀을 닦으면서 이번에는 모든 일이 완벽하다고 생각했다. 그의 마음속에는 8할이 즐거움이었다. 더 이상은 뭘 가져왔어야 했는데 안 가져왔다는 생각을 하지 않았다. 벌써 세 번이나 다시 갔다 왔기 때문이다. 첫번째는 꽃병, 두번째는 등갓, 세번째는 깜빡 잊고 부뚜막에 두었던 칼표 담배 반 갑을 가져왔다.

그의 집은 기차역에서 가까웠기 때문에, 그는 고개를 돌려 집을 보았다. 그 작은 집은 며칠 전만 해도 흰색이었는데 비행기 공격을 피해보려고 어제 막 회색으로 칠했다. 그는 담배에 불을 붙이고 플랫폼에서 오가며 연기를 뿜었다. 어차피 기차 올 때까지 기다리는 것뿐이니 그냥 한번 기다려보는 거다.

'일이 닥치면 그땐 어떡할 거냐고!'

평소 같으면 그가 이 말을 할 때가 되었다. 플랫폼에는 얼마나 많은 상자와 짐 보따리들이 있는지 몰랐다. 거기다 피 흘리는 부상병들과 시끌벅적한 피란민들이 가득했다. 이들이 모두 6시에 시안西安으로 떠나는 기차를 타려는 것이다. 그러나 허난성의 반응 방식은 다른 사람들과 달랐다. 그는 무슨 일이든 시작될 때 가장 큰 두려움을 느꼈다. 다시 말해서, 시작할 때 그는 바로 절망을 하고, 일이 실제로 닥치거나 점점 가까워질 때, 혹은 바로 눈앞에 있을 때, 이럴 때가 되면 오히려 훨씬 마음이 편해졌다.

기차는 곧 도착한다. 플랫폼 위의 큰 시계가 벌써 5시 41분을 가리키고 있다.

그는 다시 그의 모든 짐들을 한 차례 점검했다. 크고 작은 것이 모두 여섯 개였다. 거기에 보온병 한 개가 더 있었다.

"정말 잊어버린 거 없지? 당신이 다시 잘 생각해봐!"

그는 아내에게 말했다.

그때 마침 그의 딸이 넘어져서 우는 바람에, 아내가 손으로 콧물을 닦아주며 말했다.

"아차! 손수건 잊어버렸네! 오늘 아침에 빨아서 빨랫줄에 널어놨는데. 내가 몇 번이나 명심을 하고 잊지 말자고 했는데 결국은 잊어버렸네. 그거 말고도 뭔가 더 잊어버린 게 있을 것 같은데, 뭔가 있을 것 같은데, 생각이 안 나네."

허난성은 말이 끝나기도 전에 아내를 뒤로하고 집으로 뛰었다.

"어떻게 그걸 잊어버려? 요즘 손수건 한 장에 얼마나 하는지 알긴 아는 거야?"

그는 집에 가서 가져온 그 손수건으로 얼굴의 땀을 닦았다.

"피란 갈 때는, 내가 말했잖아! 물건이 없으면 절약하며 지내는 수밖에 없다고. 물건을 더 구할 수는 없으니까."

그가 막 한숨을 돌리고 호주머니에 손을 넣었을 때, 그는 아침에 아까워서 차마 신지 못하고 넣어두었던 그 양말이 없다는 걸 깨달았다.

"도대체 어디다 떨어뜨린 거야? 제기랄……기차가 곧 올 텐데……3, 4자오 되는 돈을 그냥 버린 셈이네!"

기차가 연착되고 있었다. 6시 5분이 되어도 오지 않았다. 그는 이 틈을 타서 다시 한번 집으로 뛰었다. 결국 양말을 찾아왔다. 양말을 손에 들고 양말에 수놓아진 꽃무늬를 들여다보고 있는데 아내의 말소리가 들렸다.

"당신 안경은……"

그럴 리가, 손으로 안경을 더듬어보니 역시 없었다. 그는 근시는 아니었지만 미용 목적으로 안경을 쓰는 것이었다.

그가 막 안경을 찾으러 돌아가야겠다고 생각한 바로 그때 기차가 도착했다.

그는 짐을 들고 기차 문을 향해 달렸다. 한참 동안 애를 썼지만 올라타지 못했다. 주위를 둘러보니 다른 사람들은 모두 그보다 빨랐다. 아마도 다른 사람들은 짐이 가벼웠을 것이다. 그가 가장 먼저 차 문 앞에 도착하지 않았는가? 그런데 어떻게 자기는 못 타고 남들만 탔단 말인가? 10분가량이 지났지만 그와 그의 짐은 여전히 열차 밖에 있었다.

"중국인은 정말이지 제기랄……정말이지 타고난 중국인이라니깐."

그의 모자가 떠밀려 떨어질 때 그는 이렇게 내뱉었다.

기차가 멀리 떠났지만 허난성 일가족은 여전히 모두 플랫폼에 남아 있었다.

"제기랄, 중국인은 피란에 목숨을 거는구먼, 항전은 무슨! 피란전이라고 하는 게 낫겠군!"

그는 '피란전'이라는 단어를 말하고 나서 다시 한번 플랫폼에 자신의 학생이나 지인이 있는지 사방을 둘러보았다. 없음을 확인하고는 난리통에 찢어진 장삼*을 털면서 말했다.

"이래서야 되겠냐고, 적군 그림자도 못 봤는데 벌써 혼이 다

---

* 중국식 장삼長衫은 두루마기 모양의 중국 전통 복식이다. 근대 중국 남성 지식인의 전형적 복장이기도 했다.

빠졌네! 떠밀려 죽을 뻔했잖아! 궁둥이 뒤에서 대포라도 쏘는 줄 알았네."

시안으로 가는 8시 기차가 플랫폼으로 들어왔다. 허난성은 다시 일가족을 이끌고 열차로 돌진했다. 아내는 소리 지르고, 아이는 울고, 상자와 바구니는 눌려서 삐걱거렸다. 허난성은 허둥대다가 넘어지고 말았다. 정신을 차리고 일어났을 때는 이미 적지 않은 코피가 흘러 장삼 앞쪽을 흠뻑 적신 뒤였다. 그들 일행 중에서는 오직 돼지가죽 상자 하나만이 사람들의 머리 위로 밀려가서 열차에 올라탔다고 아내가 알려주었다.

"그 안에 뭐가 들었지?"

그는 다급해진 나머지 그 상자 안에 뭘 넣었는지도 생각이 안 났다.

"당신 기억 안 나? 당신 옷이잖아? 양복이랑……"

이 말을 듣고 가만히 있을 그가 아니었다! 그는 아내가 가리킨 그 객실을 향해 달려갔다. 그때 기차가 출발했다. 처음에는 느리게 갔기 때문에 그도 따라 달릴 수 있었고 손짓까지 해보았지만, 이내 포기할 수밖에 없었다.

그의 일가족은 여전히 기차를 타지 못한 다른 사람들과 함께 플랫폼에 남아 있었다. 다만 그의 돼지가죽 상자만이 홀로 기차를 타고 떠났다.

"못 가, 못 가, 누가 이딴 고물들을 챙기래? 내 생각엔……"

아내가 말했다.

"안 가져가겠다, 안 가져가겠다, 아무것도 안 가져가겠다? ……일이 닥치면 그땐 어떡할 건데?"

"그럼 가져가든가! 지금 당신 물건들 꼬락서니를 좀 봐!"

돼지가죽 상자는 주인도 없이 혼자 가버렸다. 빵빵하게 채운 그물 바구니는 철로의 침목 옆에 배가 터진 채 놓여 있고, 작은 양철 냄비는 찌그러져서 너무나 불쌍해 보였다. 주인이 아니었으면 알아보지도 못했을 것이다. 그리고 검정 항아리는 산산조각이 나 있었다. 세 개의 여행 보따리 중에서는 하나만 온전히 남아 있었고, 두 아이가 마침 그 위에 앉아 쉬고 있었다. 나머지 하나는 보이지 않았고, 또 다른 하나는 찢어져 있었다. 헌 신문지들은 플랫폼에서 날리고 있었고, 버들고리짝도 보이지 않았는데, 남이 들고 가버린 것인지, 아니면 그들이 차에 올렸는지 기억도 나지 않았다.

시안으로 가는 세번째 기차가 왔을 때 허난성 일가는 모두 올라탔다. 시안에 도착해서 기차를 내린 후 곧장 친구네 집으로 갔다.

"자네들 왔구나! 잘들 지냈지! 기차 붐비지 않았어?"

"아니, 안 붐볐어, 물건을 좀 잃어버려서 그렇지……괜찮아, 괜찮아, 사람이 무사한걸."

허난성의 잘 움직이지 않는 눈 아래 근육들은 평소와 같이 움직이지 않고 있었다.

'일이 닥치면……'

그는 또 그때는 어떻게 할 거냐는 말을 하고 싶었다. 하지만 입 밖에 내기 전에 그는 그만두자고 생각했다! 항전 승리 전에 내 것이 어디 있으랴? 항전 승리 뒤에는 뭐든 다시 생기지 않겠는가?

허난성은 담담하게 여정 내내 안고 왔던 보온병을 탁자 위에 올려놓았다.

(1939년 1월『문적文摘』전시 순간 제41·42호 합간에 처음 발표되었다.)

산 아래

자링嘉陵강 강변의 서늘한 새벽바람은 상쾌하면서도 아침 햇살의 달콤함을 품고 있었다.

손으로 만질 수 있는 엷은 노란색 종잇조각처럼 서늘한 바람이 아침 이슬을 머금은 채 사방이 산으로 둘러싸인 이 세 개의 작은 마을에 불어왔다.

충칭重慶에서 온 증기선은 갖가지 색깔로 칠해져 마치 커다랗고 알록달록한 보따리를 수면 위로 끌고 오는 것 같았다. 린 구냥林姑娘*의 눈에 이 배가 들어왔다. 사실 그녀는 눈으로 볼 필요도 없었다. 그녀는 그 퉁퉁퉁 하는 소리만 듣고도 어머니에게 외치는 것이었다.

"엄마, 서양 배 왔어요……"

그녀는 손뼉을 치며 달콤한 미소를 지었다. 그녀의 미소에는 사랑과 따뜻함이 가득했다.

---

* '구냥姑娘'은 미혼의 젊은 여성 혹은 딸을 의미하는 말이다. 여기서는 '린씨 집안의 딸'을 의미하며 이름 대신에 사용되고 있다.

그녀는 형제 없이 어머니 곁에서 어머니의 사랑을 독차지하며 자랐다. 오빠가 하나 있었지만, 다른 곳에서 데려왔기 때문에 형제라고 할 수 없었다. 아버지는 거의 집에 있지 않았다. 강을 따라 목선을 타고 한나절 이상 내려가야 하는 한 마을에서 도공으로 일했다. 린구냥은 가끔씩 명절이나 설에 집에 돌아온 아버지를 볼 수 있었는데, 그때마다 낯선 사람을 보듯 수줍어하며 한쪽에 숨어 있곤 했다. 어머니는 다른 사람의 이름을 부르는 일이 없었다. 입만 열었다 하면 린구냥이었고, 입을 한 번 더 열면 또 린구냥이었다. 어머니의 왼쪽 다리는 어릴 때 불구가 되어 걸을 때는 언제나 한 손으로 무릎을 짚어야만 했다. 빨래를 해서 장대에 널 때도 린구냥을 불러야 했다. 두 손이 멀쩡히 있었지만 무릎을 짚어야 하는 한 손은 없는 것이나 마찬가지였기 때문이다. 한 손으로 장대를 처마 높이까지 올리더라도, 처마 끝에 묶어놓은 고리를 다른 한 손으로 붙잡지 못한다면 아무리 애를 써도 걸 수가 없는 것이다. 린구냥이 오면 장대 가득 꿰어진 옷들이 즉시 처마에 걸려 햇볕을 쬘 수 있게 되었다. 어머니는 불을 땔 때면 한 자 높이의 걸상에 앉았다. 이렇게 앉아 있으면 왼쪽 다리가 제멋대로 움직여도 신경 쓸 필요가 없기 때문에 두 손을 자유롭게 쓸 수가 있었다. 왼손으로 땔나무를 들고 오른손으로 불집게를 들고 얼굴이 빨개지도록 불을 땠다. 그럴 때는 딸도 도울 일이 없었기에 대문 앞에 나가 충칭에서 온 증기선을 보고 있었던 것이다.

무시무시할 정도로 무거운 그 배는 기우뚱거리며 오고 있었고, 우르릉우르릉 기계음이 울렸다. 선미에서는 시커먼 연기가 뿜어져 나오고 있었다.

"엄마, 서양 배가 왔어요."

그녀는 문간에 서서 어머니를 불렀다. 그 배를 향해 달콤한 미소를 지으며 손뼉을 쳤다. 그녀가 몇 걸음 앞으로 다가서려고 할 때 마침 어머니가 린구냥을 불렀다.

솥의 물이 끓기 시작했기에 어머니는 딸을 불러 밀가루가 담긴 그릇을 그녀에게 가져다 달라고 했다. 사실 어머니가 한 손으로 그 그릇을 부뚜막으로 가져올 수 없는 것은 아니었다. 린구냥이 매우 말을 잘 듣는 아이였기 때문에 어머니도 딸을 사랑했고 딸도 어머니를 사랑했다. 어머니가 부를 때 린구냥은 한 번도 거스른 적이 없었다. 그녀는 아직 그 증기선을 더 자세히 보고 싶었지만, 만면에 미소를 띠고 그릇을 어머니에게 가져다 드렸다. 그러고는 또 어머니에게 물었다.

"또 다른 건 없어요? 뭘 더 할까요?"

그 서양 배에 무슨 볼 만한 구경거리는 없었다. 도시에 대공습이 있었을 때부터 매일같이 한가득 실어오지 않았던가. 배는 몸을 돌리지 못할 정도로 살찐 돼지 새끼 모양으로 사람과 짐을 가득 싣고 한 달이 넘도록 그렇게 다녔다. 처음엔 정말이지 놀라운 광경이었다. 다리를 저는 어머니조차도 한 번씩 왼손으로는 힘줄 없는 무릎을 짚고 오른손으로는 딸의 어깨를 잡고서 절뚝절뚝 강변으로 나가곤 했다. 거기서 장강長江 하류에서 온 외지인들을 가득 실었다는 그 기선을 구경하는 것이었다.

소문에 따르면 그 하류지방 사람들(쓰촨四川 동쪽을 그들은 장강 하류라고 불렀다)은 그들과 달리 좋은 음식을 먹고 좋은 옷을 입으며 돈도 무척 많다고 했다. 가방과 짐도 당연히 더 많으니 이 배가 비바람도 안 통할 정도로 빽빽하게 차게 된 것이다. 또 소문에 따르면 하류지방 사람들은 어디를 가든 제일 먼저 집에다 석회칠을 한다고 했다. 시커먼 집에서는 하루도 지낼 수가 없다는 것이다. 하인이 있으면 이유도 없이 팁을 준다고 했다. 3자오건 5자오건, 1위안이건 8자오건, 그들에게는 아무것도 아니라고 했다. 듣자하니 바로 강 건너편에도……성이 무어라 하는 이가 있는데, 하루는 일하러 온 아낙네에게 2자오를 주고 밀짚모자를 사 쓰라고 하고, 다음 날에는 또 엽전 한 꿰미를 주며 짚신을 한 켤레 사서 비 오는 날 신으라고 했다는 것이다. 하류지방 사람, 이게 바로 하류지방 사람이다…… 강변에 서 있는 이들은 누구를 막론하고, 린구냥의 어머니든 아니면 이웃이든, 증기선이 보이기만 하면 손으로 가리키며 소리를 질러댔다.

새벽부터 린구냥은 바구니를 들고 맨발로 쌀쌀한 모래밭을 걸었다. 아직 서양 배는 한 척도 보이지 않았고, 강을 건너는 나룻배도 몇 안 되었다. 배를 밀어주는 아이는 갑판에서 단잠에 빠져 있었다. 머리 쪽으로 뻗은 두 손이 배 밖으로 늘어졌는데, 마치 물속에서 뭔가 붙잡으려는 듯한 모양이었다. 매일매일 물속에서 깨끗이 씻겨진 작은 발은 발바닥에만 모래가 조금 묻어 있었다. 아이는 자면서 이 발을 한두 번 갑판에다 문질렀다.

강을 건너려는 사람은 거의 없었다. 오랜 시간이 지나도록 한 사람도 없었다. 나룻배는 아무리 기다려도 출발하지 않았다. 어떤 이는 다른 배에 손님이 타는 것을 보고는 혹시나 그 배가 출발하려나 하고 그 배로 옮겨 탔다. 이렇게 하다 보면 두 척이 모두 뜨지 못한다는 걸 누가 알았겠는가. 두 척이 모두 인원이 부족했으므로, 뱃사공은 강둑 먼 곳에 사람이 보이면 그 사람을 향해 이렇게 소리를 질렀다.

"강 건너요……강 건너요!"

배에 탄 모든 승객들도 강둑에 시선을 집중했다.

린구냥은 이런 쌀쌀한 아침이면 강에 가서 물을 긷든가 아니면 빨래를 하든가 했다. 그녀는 빨래할 옷을 자루에서 꺼내어 맑고 투명한 강물 속에 펼쳤다. 차가운 강물은 린구냥의 작고 검은 손을 달콤하게 어루만져주었다. 빨래들이 물고기 배처럼 부푼 채로 그녀의 손 주위를 떠다녔다. 그녀는 아예 발까지 물에 담그고 깨끗한 바위를 하나 찾아서 그 위에 앉았다. 이 강은 물결 하나 없이 고요했다. 린구냥이 고개를 숙여 보면 물속에 또 하나의 린구냥이 있었다.

강은 너무나 조용했다. 뱃사공의 외침 소리만 뺀다면, 강 양쪽의 세 개의 마을 중에서 가장 큰 마을조차도 아직 잠들어 있었다.

대장장이 소리도 없고, 집 짓는 소리도 없고, 147시장*의 시끌벅적한 소리도 없고, 아무 소리도 들리지 않았다. 강 반대쪽의 모래사장 비탈에는 회색빛 깨끗한 모래가 얼룩 하나 없이 펼쳐져 있었다. 가끔 모래사장을 걸어가는 사람이 눈에 띌 때

* 끝자리가 1, 4, 7인 날짜에 서는 장.

도 있는데, 개미처럼 조그맣게 보였다.

마치 사방의 어느 산을 뒤져봐도 인가 하나 없을 것 같은, 이 세 마을을 빼면 그 바깥에는 아무것도 존재하지 않을 것 같은 풍경이었다.

이 강은 세 마을을 지나며 서에서 동으로 흘러가는데, 그 구간이 별로 길어 보이지 않았다. 열 길, 여덟 길(실제로는 4, 5리) 가서는 꺾어지는 것 같았다.

린구냥이 사는 둥양진東陽鎭은 이 세 마을 중에서도 제일 덜 이름난 마을이었고, ×××진과는 맞은편에, ×××진과는 같은 쪽에 있었다.

강이 꺾어지는 곳은 두 개의 산 틈새의 컴컴한 곳이었다.

린구냥은 강줄기를 따라 상류 쪽을 훑어보고, 또 하류 쪽을 훑어보았다. 그러고는 고개를 숙여 옷을 빨았다. 그녀는 빨래를 할 때 비누를 쓰지 않았고, 쓰촨 토산품인 쥐엄나무도 쓰지 않았다. 그녀는 놀이를 하듯 옷을 물속에 넣고는 살아 있는 동물을 끌듯이 한쪽 끝을 잡고 왼쪽에서 오른쪽으로, 오른쪽에서 왼쪽으로 끌었다. 어머니가 빨래하기 쉬운 옷들만 골라 그녀에게 빨아 오라고 했기 때문에 그녀는 느긋했다. 어떨 때는 일부러 옷을 강바닥으로 끌어내려 모래투성이로 만들어 비벼댔다. 그녀는 이런 장난이 재미있었다. 얼마나 재미있는가! 그녀는 웃음을 짓고는 금방 또 그 모래를 씻어버렸다. 그녀는 강바닥으로 손을 뻗어 모래를 한 줌 쥐고 수면에다 뿌렸다. 그러자 수면에는 수많은 동그라미들이 생겨났다. 이 작은 동그라미들은 서로서로 차례로 터뜨리며 한바탕 난리를 친 후 금방 다 사라졌고 수면은 다시 원래의 고요함으로 돌아갔다. 그녀는 다시 고개를 들어 강 상류 쪽을 보고, 또 하류 쪽을 보았다.

하류 쪽의 강물은 두 산의 틈새로 꺾어들지만, 상류 쪽은 탁 트여 맑게 빛났으며 한눈에 멀리까지 보였다. 하지만 그녀의 옆에는 커다란 다리마냥 강 중간을 가로질러 줄지어 놓인 너럭바위가 있어서, 강물이 이 바위 근처에만 오면 물이 뒤집히는 듯이 흐려졌다. 물이 불었을 때는 강물이 이곳에 오면 와와 울리는 소리가 났다. 지금은 수위가 낮아졌기 때문에 수위를 나타내는 하얀색 표시가 바위 꼭대기에서부터 한 층 한 층 동그랗게 둘러져 있는 것이 보였다. 높은 곳의 눈금은 예쁜 하얀색이었지만, 낮은 곳의 눈금은 강물에 씻긴 탓에 회색이 되어 잘 보이지 않았다.

린구냥은 이제 돌아갈 참이었다. 빨래 바구니가 올 때보다 몇 배나 더 무거워졌기 때문에 몸을 기울여 걸어야만 했다. 그녀의 땋은 머리채가 바구니와 같은 방향으로 흔들흔들했다. 그녀가 그 커다란 바위를 지날 때, 바구니 속 빨래에서 물이 뚝뚝 흘러내렸다. 바위의 틈새에는 며칠 전 물이 불었을 때 올라왔던 작고 하얀 물고기가 말라 죽어 있었다. 그녀는 바구니를 내려놓고 손으로 건드려보았다. 물고기가 죽은 것을 확인하고는 바구니를 들고 다시 걸었다.

그녀는 벌써 강둑 위로 올라갔지만, 그녀가 지나간 바위 위에는 아직 그녀의 바구니 자국이 길쭉하게 남아 있었다. 차가운 새벽바람이라 그렇게 작은 자국조차도 금방 불어 말리지 못한 모양이었다.

린구냥은 발바닥으로 얼음 같은 모래를 밟으며 높은 언덕으로 올라갔다. 마을의 돌길을 한참 지나고, 강둑 옆의 옥수수밭을 한참 지났지만, 해는 여전히 희미하고 어스름하게 이 산속의 작은 마을을 비추었다.

린구냥은 집이 아직 멀었는데도 외치기 시작했다.

"엄마, 빨래 널어요."

엄마는 절뚝절뚝 문간으로 나와서 딸을 기다렸다.

옆집 왕야터우王丫頭*는 린구냥보다 키도 크고 나이도 두세 살 많았다. 그녀는 린구냥에게 인사를 하면서, 이불 홑청을 빨러 강에 가려고 하는데 같이 가지 않겠냐고 했다. 린구냥은 엄마에게 허락을 받아 바로 따라나섰다. 이번에는 왕야터우가 앞장서서 날듯이 내달리기 시작했다. 웃어대며 달리는 통에 린구냥의 어머니가 그녀에게 하류지방 사람들 이불 홑청을 빨아주면 한 장에 얼마씩 받느냐고 묻는 것도 듣지 못했다.

강가에는 나룻배 한 척이 막 출발하려 하고 있었다. 여러 사람들이 큰 소리로 구령을 외치며 밀었다. 하지만 처음에는 그렇게 밀어도 배가 조금밖에 나가지 못했다. 배가 일단 물에 닿고 나서야, 한바탕 크게 소리를 지르며 밀자 배가 물속으로 미끄러져 들어갔다. 구경하던 사람들도 모두 기뻐하며 말했다.

"물에 들어갔어, 물에 들어갔어."

린구냥 일행도 강가를 걸어가다가 이 장면을 보고 손뼉을 치

---

* '야터우丫頭'는 여종, 여자아이를 의미하는 말이다. 여기서는 '왕씨 집안의 여자아이'를 의미하며 이름 대신에 사용되고 있다.

며 웃었다. 그들은 이틀 전에 물이 빠지며 깨끗이 씻긴 강둑을 따라 냅다 달렸다. 달리면서 배를 흉내 내었다. 그리고 목청을 돋우어 소리쳤다.

"강 건너요……강 건너요……"

왕야터우는 허리를 굽혀 동그란 돌을 주워서 강 가운데로 던졌다. 린구냥도 똑같이 돌 하나를 던졌다.

린구냥은 한가하고 즐겁게, 거리낌 없이 강변에서 모래로 발을 씻고 연한 금색의 햇빛으로 머리를 씻었다. 그리고 이슬을 머금은 신선한 공기를 들이마셨다. 먼 산은 청록색으로 덮여 누워 있었다. 가까운 산은 노르스름한 초록색을 띠었고, 어디가 밭이고 어디에 황각수黃桷樹 나무가 자라는지를 알 수 있었다. 린구냥이 집으로 돌아왔을 때, 어머니는 벌써 솥에다 밀떡을 다 삶아놓고 딸을 기다리고 있었다.

린구냥과 어머니의 생활은 여유롭고 평온하며 단순했다.

밀떡은 껍질을 벗기지 않은 통밀을 갈아 물에 반죽한 후 끓는 물에 넣고 삶아서 만든다. 후추나 산초, 파도 넣지 않고, 생강이나 돼지기름, 유채기름도 넣지 않으며, 소금도 사용하지 않는다.

린구냥이 그릇을 들고 와서 한 입 먹어보니 달콤한 향미가 느껴졌다. 어머니는 말했다.

"배불리 먹어. 솥에 아직 많아!"

어머니는 이 빠진 파란 꽃무늬 그릇을 가지고 가서 부뚜막 가장자리에 내려놓고, 한 손으로 왼쪽 무릎을 짚고 다른 한 손으로 손잡이 떨어진 낡은 나무바가지를 쥐고서 자신이 먹을 떡을 한 그릇 덜었다. 그녀는 다리를 절뚝절뚝 하면서 침대가로 걸어갔다. 손에 든 밀떡 탕은 파란 꽃무늬 그릇의 이 빠진 곳을 타고 줄줄 흘러내렸다. 그녀는 구들 곁으로 다가가자마자 린구냥에게 말했다.

"어제 오후에 왕야터우가 땔감을 엄청 많이 해 왔다지 뭐니. 그 산에 땔감이 어찌나 많은 건지! 밥 먹고 나서 너도 자루 메고 그 애 따라가보렴……"

그들은 산에서 나는 들풀을 땔감으로 사용했다. 돈 주고 사자면 25다발에 동전 한 꿰미 가격이다. 한 달이면 2자오어치의 땔감이 드는 셈이다. 하지만 2자오라 해도 아껴야 했다. 그렇기 때문에 땔감은 전부 린구냥이 직접 산에 가서 해 왔다. 어머니는 린구냥이 해 온 땔감을 문 앞에 내다 말린 후 다발로 묶어서 집 안에 보관했다. 그들의 집은 창문도 없고 비가 새는 가로 여섯 자, 세로 열 자짜리 검은 집이었다. 1년에 집세는 3위안이었다. 벽 아래쪽에는 쥐구멍이 몇 개나 나 있었고, 바닥 흙은 검고 끈끈했으며, 천장에는 하늘이 보이는 구멍이 셀 수 없이 많았다. 친척 집에서 빌려 온 커다란 그릇장이 하나 있었는데, 너무 낡아서 더 이상은 낡을 수도 없을 것 같았다. 가로판과 세로대가 모조리 망가졌다. 예전에는 이 그릇장도 꽤 튼튼해 보였지만, 지금은 제일 아래 칸에 물 대야를 놓아둘 뿐이었다. 린구냥의 어머니는 물항아리도 사는 법이 없었고, 물 대야에는 덮개도 없어서 수시로 벌레가 빠지거나 거미가 마음껏 물위를 기어 다녔다. 물을 쓸 때는 먼저 물에 빠져 죽은 벌레를 손톱으로 건져내야 했다.

이웃들이 옷감이 너무 비싸서 못 산다는 말을 하면, 린구냥의 어머니도 소금이 비싸서 안 샀다는 말을 했다.

하지만 이 모든 것은 열흘 전까지의 일이다. 지금 린구냥의 점심밥과 저녁밥은 모두 흰쌀밥에다 고기채 야채볶음, 닭살채 완두탕 같은 것들이다. 그 밖에 잘 알지 못하는 음식도 있었는데, 맛이 무척 좋았다. 절름발이 어머니가 부뚜막에서 땔감을 전혀 때지 않은 지도 꽤 여러 날이 지났고, 린구냥도 아무것도 낭비하지 않았는데도, 다 준비된 음식이 있었다. 이것이야말로 얼마나 행복한 삶인가. 린구냥과 어머니는 그 전에는 이런 밥을 먹어보지 못했을 뿐 아니라 눈으로 본 적도 별로 없었다. 린구냥과 어머니만 그런 게 아니라 이웃들도 이렇게 화려한 일상 음식을 본 적이 없었기 때문에 다들 무척 신기하게 생각했다.

류얼메이劉二妹는 새벽부터 일어나 허둥지둥 와서는 이것저것 물어댔다. 그녀의 어머니는 린구냥이 내온 죽을 숟가락으로 두 차례 저었다. 마치 죽 속에 모래가 섞여 있지 않은지 검사라도 하려는 것 같았다. 점심때는 왕야터우의 할머니도 왔다. 린구냥의 어머니는 공손하게 그들을 맞이하고 음식을 대접했다. 어차피 모녀가 다 먹지도 못할 만큼 많기도 했다. 그녀는 말을 하면서 반찬 그릇을 하나 내오고, 밥 양푼에서 밥을 한 그릇 떠서 왕 할머니 앞으로 내밀었다. 왕 할머니는 처음에는 사양하다가 한참이 지나서야 밥그릇을 받아들었다. 고개를 끄덕였다가 가로저었다가 했다. 그녀는 늙어서 눈썹까지 모두 하얘졌다. 그녀는 말했다.

"좋구먼!"

왕야터우도 린구냥의 집에서 밥을 먹었다. 어떨 때는 밥이 남아서 린구냥이 왕야터우한테 가져다주기도 했다. 점심밥을 다 먹지도 않았는데 저녁밥이 또 왔다. 저녁밥이 아직 잔뜩 남아 있는데 아침밥이 또 왔다. 이 밥은 자고 나면 쉬어버린다. 처음 며칠간 어머니는 쉰밥도 아까워서 그냥 먹었다. 린구냥과 어머니는 쌀을 본 적이 별로 없었다. 보통은 밀떡을 먹었다.

린구냥은 강가로 갔지만 예전처럼 한가하지는 않았다. 그녀는 허둥지둥하면서 보통 때보다 빨리 걸었고, 물통에서는 수시로 물이 쏟아져 나왔다. 중간에 왕야터우가 그녀를 불러도 린구냥은 정말이지 그녀를 상대하고 싶지 않았다. 왕야터우는 집 앞에서 산 오리 새끼 두 마리를 린구냥에게 보여주고 싶었지만 린구냥은 불러도 오지 않았다. 린구냥이 하류지방 사람들 일을 하게 된 후로 거만해져서 아무도 상대하지 않으려는 것이 아니었다. 사실 그녀는 자신이 너무 바쁘다고 생각했다. 본래는 그 하류지방 사람들에게 그렇게 할 일이 많은 것이 아니었다. 그저 바닥이나 쓸고 가끔 둥양진 읍내에 가서 성냥이나 등잔불 기름 같은 것들을 사 오는 정도였다. 그다음엔 매일 읍내에 가서 세 번씩 밥을 타다 주는 일이었다. 식당에 단체로 주문한 급식이었기 때문이다. 그다음엔 빨래할 옷들을 엄마에게 가져다주고 빨래를 마친 후에 다시 가지고 가는 일이었다. 그다음엔 남은 밥을 집에 가지고 오는 것이었다.

하지만 두 시간만 지나면 그녀가 먼저 주인에게 가서 물었다.

"할 일이 있나요? 일이 없으면 집에 갈게요."

이 생활은 비록 행복했지만, 처음 시작할 때는 아직 그 생활이 완전히 굳어지지 않았기 때문에 원래의 생활로 돌아가도 마찬가지일 거라고 생각했다. 어머니는 하루가 저물도록 땔감 한 줄기도 때지 않았고, 삶의 기둥이 없어지고 적막하다고 느꼈다. 저녁이 되면 불을 지피고 물을 끓였다. 딸이 발도 씻고 뜨거운 물도 마실 수 있도록 준비해두는 것이었다. 어떨 때는 공연히 딸이 가지고 온 음식을 모두 데우기도 했다. 여름인데도 쓸데없이 뜨끈뜨끈하게 데운 것이다. 그것은 바로 생활이 생각 밖으로 갑자기 단순해지는 바람에 그녀가 삶의 기둥이 없어졌다는 느낌에 빠졌기 때문이었다.

이런 생활이 보름 정도 지나고 나서야 린구냥의 어머니는 비로소 익숙해졌다.

그런데 린구냥은 이 무렵이 되자 도도해지기 시작했다. 함께 어울리는 친구들 무리에서 그녀만이 한 달에 4위안을 받게 되었다. 어머니조차도 그녀 덕에 밥을 먹는 것이었다. 다른 친구들 페이싼飛三, 샤오리小李, 얼뉴二牛, 류얼메이…… 등은 여전히 산에 가서 땔감을 해 오고 있었다. 왕야터우도 나이는 열다섯 살이었지만 하류지방 사람들의 옷을 빨아주는 것뿐이었으며, 한 달에 1위안도 못 받는 데다 밥을 얻어 오지도 못했다.

이런 이유로 린구냥은 모든 이들의 질투를 받았다.

그녀가 학질에 걸렸을 때는 강에 물을 길으러 갈 수가 없어서 왕야터우에게 대신 해달라고 부탁하려 했다. 하지만 왕야터우는 처마 밑에 꼼짝 않고 서서 입을 부루퉁하게 내밀고는 절대로 해줄 수 없다고 했다.

눈썹이 하얀 왕 할머니가 처마 끝에서 빨래 장대를 내려 손녀를 때리려고 했는데도 그녀는 마음을 바꾸지 않았다. 그녀는 옷자락을 걷어 올리고 커다란 발로 달려가버렸다. 머리가 하얗게 센 할머니는 화가 머리끝까지 나서 집 안으로 들어와 며느리를 보고 말했다.

"그 많은 밥을 너도 얻어먹었잖아! 다음 날 린댁이 가져다준 밥도 잘만 처먹더구먼!"

왕야터우는 옥수수밭을 따라 달려 내려갔다. 달리면서도 입을 벌려 크게 웃었다.

그때 린구냥은 휘장 속에서 자고 있었다. 추워서 이가 서로 부딪치도록 덜덜 떨다가 엄마를 불렀다. 엄마는 그 소리는 듣지 못하고 웃으며 달리고 있는 왕야터우를 보고 있었다. 그녀는 창피한 느낌이 들어 절뚝거리는 무릎을 짚으며 방 안으로 돌아왔다.

린구냥은 그렇게 대엿새를 앓았다. 혼자 침대에 누워 있으니 속이 무척 상했다.

어머니는 사방으로 약을 구하고 처방을 받으러 다녔다. 열이 한번 오르기 시작하면 린구냥은 침대에서 데굴데굴 구르며 정신을 잃을 정도였다. 하지만 어머니가 밖에서 돌아오면 그녀가 첫번째로 하는 말은 바로 이것이었다.

"엄마, 선생님 댁에 가서 좀 알아봐주세요……저를 불렀는지 말이에요."

어머니는 옆에 앉아서 린구냥의 손을 잡았다.

"린구냥, 엄청 뜨겁네, 물 좀 마셔, 이 약 좀 먹어, 먹으면 좀 나아질 거야."

린구냥은 약 사발을 밀어냈다. 어머니는 다시 딸의 입에다 갖다 댔다. 그러자 약을 밀어 엎질러버렸다.

"엄마, 선생님 댁에 좀 가보세요. 선생님이 저를 불렀는지."

린구냥은 어머니보다 더 어른스러웠다.

사실 어머니도 이번에만 그렇게 학질에 대해 걱정을 많이 하는 것이었다. 예전에는 그녀도 학질에 걸리면 걸리는 거지 학질 안 걸리는 애가 어디 있느냐는 식이었다. 그리 큰일도 아니라고. 그래서 린구냥이 예전에 열이 끓었다 식었다 해도 어머니는 학질은 원래 그런 거라고 말할 뿐이었다. 그 말을 마친 뒤에는 일언반구도 없었다. 아이를 가엾어한다거나 옆에 앉아 다정하게 위로한다거나 하는 일은 없었다. 그녀에겐 열이 나고 식고 하는 것은 당연한 일이었다. 린구냥이 때로 어머니를 부르며 울기도 했지만, 어머니는 그 소리를 들어도 별 감흥이 없었다. 그녀는 엄마라고 무슨 수가 있나 하고 생각했다. 하지만 이번에는 예전의 수차례 혹은 수십 차례와는 전혀 달랐다. 어머니는 이번의 학질이 어떤 병보다도 더 증오스러웠다. 그녀는 오로지 이 끈질긴 것을 몰아내지 않으면 안 되겠다는 생각뿐이었다. 그런데 어떻게 하지? 자라다 보면 이 병에 걸리게 되어 있는데 도대체 언제까지 계속 그래야 한단 말인가? 병에 걸린 사람은 또 얼마나 고생인가! 이렇게 괴로운데 아이가 얼마나 가엾은가.

작은 입술이 열에 들떠 시커멓게 되었고, 두 눈은 벌겋게 충혈되었으며, 작은 손도 펄펄 끓었다.

어머니는 자신의 손으로 이 가엾은 아이를 구하고 싶어서 약을 구하고 처방을 구하러 동분서주했다. 그녀는 땀을 흘렸다. 그녀의 다리는 처음에는 무겁게 느껴졌지만 나중에는 통증이 느껴졌다. 게다가 오래전에 넘어져 힘줄이 틀어진 무릎이 다시 쓰라렸다. 이 다리는 30년 동안 늘 이런 식이었다. 피곤하면 쓰라렸다. 쓰라리기 시작하면 잇꽃 같은 것에 고량주를 섞어 다리에 붙였다. 하지만 이번에는 그렇게 하지 않았다.

그녀는 딸의 가치를 예전보다 높이 쳤다. 딸은 이제 그 어떤 것보다도 더 가치가 있었고, 잠재의식은 자신의 다리 따위는 아무 가치가 없는 것으로 여겼다. 부지불식간에 어머니는 린구냥을 가장 훌륭한 아이로 간주했고, 어떤 위해도 가해서는 안 되는 소중한 존재라고 생각했다. 그래서 남의 집에 가서 약을 구할 때 남들이 누가 먹을 거냐고 물으면 문간에 선 채로 상세하게 설명을 했다. 자신의 아이가 학질에 걸려 얼마나 가엾은지 모른다고, 열이 나서 입이 까맣게 타고 눈은 빨갛게 되었다고!

그녀는 자신의 딸이 하류지방 사람들의 일을 돕다가 병이 났다는 말은 입 밖에도 내지 않았다. 그 집에서 딸을 해고할 것이 두려워서였다. 하지만 꿈에서는 두 번이나 그런 꿈을 꾸었다. 하류지방 사람들이 자신의 딸을 해고하는 꿈 말이다.

어머니는 아침에 일어나면 더욱 조급해졌다. 또 나가서 약을 구하고 수시로 그 하류지방 사람의 집에 가서 살폈다.

흰 비단을 붙인 창문은 밖에서 들여다보려 해도 아무것도 보이지 않았다. 문을 두드려보고 싶었지만 왠지 모르게 손이 움츠러들었다. 소리 질러 불러보려고 해도 놀라게 할까 두려웠다. 그녀는 다시 비단 창문에 눈이 갔다. 그 가느다란 비단 틈새로 집 안의 사람들이 자고 있는지 깨었는지를 보려고 했다. 만약 깨었으면 문을 두드리고 들어가볼 것이고, 자고 있으면 발길을 돌릴 것이다.

그녀는 두 손으로 비단 창문을 누르며 눈을 손바닥 사이의 어두운 곳에 대고 있었다. 그녀가 아직 내부를 보기도 전에 집 안 사람이 먼저 그녀를 발견했다. 그 사람은 곧바로 소리쳤다.

"뭐 하는 거야, 저리 가……"

이 갑작스런 반응에 어머니는 놀라서 혼이 달아날 지경이었다.

주인은 그녀를 알아보고는 물었다.

"린구냥은 좀 나았나요……"

여기까지 들었을 때 어머니는 이제 끝이라는 느낌이 들었다. 틀림없이 딸을 해고할 것이다. 그녀는 자세히 듣지도 않고 급히 말했다.

"네……그렇고 말고요, ……좋아졌어요. 선생님 댁에서 부르시면 바로 한나절 뒤에 올 수 있습니다……"

잠시 후 그녀는 알게 되었다. 주인의 말은, 만약 아직 낫지 않았으면 ××학교 보건소에 가서 퀴닌을 몇 알 구해 오겠다는 뜻이었다.

이에 그녀는 얼굴을 펴고 웃었다.

"아직 덜 나았어요. 열이 펄펄 끓어요. 지난번에 제가 퀴닌

두 알을 구해다 먹였는데 그러곤 끝이었어요. 선생님께서 구해 주시면 감사하겠습니다."

그녀는 떠나기 전에 또 덧붙였다. 아직 덜 나았어요. 아직 덜 나았답니다……

작은 박하밭을 지날 때에야 병이 그렇게 심하다고 말하지 말 걸 하는 후회가 밀려왔다. 하지만 말을 하지 않으면 선생님이 퀴닌을 안 구해주실 것 아닌가. 그녀는 한참 괴로워하다가 다시 생각했다. 이미 말했으니 할 수 없다.

그녀가 고개를 들자 왕야터우가 큰 발을 날 듯이 놀리며 집에서 달려 나오는 것이 보였다. 그녀는 그 튼튼한 사지가 무척 부러웠다. 린구냥이 왕야터우와 같았다면. 아니, 왕야터우가 자기 딸이었다면……그렇다면 한 달에 4위안이 들어올 테고, 5위안을 벌어 올지도 모르는 일이었다.

왕야터우에게 갑자기 다정한 감정이 생겨, 마치 자기 딸이라도 만난 듯 그녀를 부르고 싶었다.

하지만 바로 그때, 이틀 전에 그녀에게 물을 길어달라고 부탁했다가 거절당한 일, 그때 그녀가 미친 듯한 웃음으로 모욕했던 일이 떠올랐다.

그래서 그녀는 왕야터우를 부르지 않았다. 그저 박하밭에서 절뚝거리면서 집을 향해 걸었다.

린구냥은 열흘을 앓고서야 병이 나았다. 이번에 학질 때문에 했던 고생은 지금까지 그녀가 겪었던 모든 병치레를 합한 것보다도 더 심했다. 하지만 이번에 병이 나았을 때의 그 특유의 신선한 느낌은 예전에 병치레를 할 때는 알지 못했던 것이었다. 그녀에게는 모든 것이 새롭게 보였다. 대나무숲의 대나무, 산에 난 들풀 그리고 옥수수밭의 막 술이 나기 시작한 옥수수. 연노란색 혹은 붉은빛이 도는 옥수수술은 튼튼한 실 뭉치와도 같이 하나씩 하나씩 뭉쳐져 있었다. 린구냥은 손가락 끝으로 그것들을 만져보고 입으로 후 불어보기도 했다. 그녀는 친구를 발견하고 다정하게 미소를 지었다. 그녀는 마음속에 크기를 알 수 없는 기쁨이 있는 것 같았다. 하지만 그 기쁨은 비밀이었기에 절대로 말하지 않았다. 다만 그녀의 입가에 걸린 미소에서 짐작할 수 있을 뿐이었다. 그녀는 걸음걸이마저도 한없이 경쾌해진 것 같았다. 여주인이 그녀에게 커다란 밀짚모자를 사 주었고, 며칠 뒤엔 삼베 옷감도 사 주겠다고 했다.

그녀는 매일같이 자신의 집과 주인집을 오갔다. 반 리밖에 안 되는 길의 절반만 가도 그렇게 멀게 느껴졌다. 그 길의 중간에는 박하밭이 있었다. 오가는 길에 그녀는 무의식중에 발끝으로 박하잎을 차기도 하고, 때로는 허리를 숙여 박하잎을 한 잎 따서 입에 넣고 씹기도 했다. 박하 맛은 그다지 어린아이들이 좋아할 맛은 아니었으므로 그녀는 얼른 뱉어냈다. 하지만 바람이 입속으로 불어오자 화하게 시원했다. 그녀의 친구들은 처음에는 그녀에게 적의를 가지고 있었으나 아무래도 그녀를 어떻게 할 수는 없음을 깨닫고는 그녀에게 달라붙어 말을 하기 시작했다. 그 하류지방 사람, 즉 린구냥의 주인이 무슨 꽃무늬 옷을 입는다는 이야기였다. 그런데 그런 옷은 린구냥도 본 적이 없었다. 그런 옷을 뭐라고 부르는지도 몰랐다. 옷감은 무엇일까? 비단도 아닐 테고 공단도 아닐 것이며, 당연히 삼베도 아닐 것이다.

그녀들은 결론도 없는 논쟁을 시작했다. 마지막에는 다른 친구들이 린구냥에게 양보했다. 친구들은 한 마디도 않고 린구냥 혼자 말하도록 두었다.

처음에 왕야터우는 매일 아침 린구냥과 다투었다. 린구냥이 날이 밝자마자 주인집에 가서 청소를 하고 돌아오면 두 사람은 집 앞에서 욕을 하며 싸우곤 했다. 결과는 거의 항상 린구냥이 울면서 집으로 뛰어 들어가는 것이었다. 하지만 지금은 상황이 달라졌다. 왕야터우는 그 하류지방 사람의 집 앞에 가서 그 집의 새하얀 찻잔을 씻고 있는 린구냥을 만났다. 그녀는 린구냥에게 물었다.

"얘, 너……너희 선생님이 사 준 밀짚모자는 요즘 왜 안 써?"

린구냥이 말했다.

"아, 시장 갈 때 쓰려고 아껴두는 거야."

왕야터우는 린구냥이 새 짚신을 신은 걸 보고는 또 물었다.

"새 짚신이네. 이것도 너희 선생님이 사 준 거야?"

"아니야."

린구냥은 양 볼을 부풀리며 완전히 아니라는 표정을 지었다.

"선생님께서 돈을 주셔서 내가 직접 가서 산 거야."

린구냥은 이렇게 말하면서 득의양양하게 입을 삐죽였다.

왕야터우는 조용히 한 바퀴를 돌아 자리를 떴다.

다른 아이들도 종종 린구냥을 따라왔다. 때로는 그녀를 도와주러 왔다. 그녀가 강에 가서 물을 긷는 걸 도와주고, 물을 길어 와서는 주인집 물항아리를 깨끗이 씻는 걸 도와주었다. 하지만 린구냥은 때로 잔소리를 하기도 했다.

"이렇게 하면 어떡해? 깨끗이 안 닦았잖아. 이 더러운 진흙 좀 봐."

그녀는 행주를 집어 직접 항아리 바닥을 한 차례 닦았다. 린구냥은 하류지방 사람들의 말을 할 줄 알았다. 그녀는 물건을 '엉망으로 만들었다'는 말을 하류지방 사람들이 하듯 '망쳤다'라고 말했다. 어머니는 린구냥의 머리를 빗어주며 말하곤 했다.

"우리 딸 영리하기도 하지. 하류지방 사람들 말도 할 줄 알고 말이야."

이웃들은 린구냥을 점차 존경하게 되었다. 그녀를 아이들 중의 모범으로 여겼다.

어머니도 예전처럼 린구냥에게 마음대로 심부름을 시키지 않았다. 어머니가 빨래할 물을 길어 오라고 하면 그녀는 말했다.

"지금은 바빠요, 좀 이따 할게요."

그녀는 주인집에 등잔이 없으면 어머니의 허락도 받지 않고 곧바로 집에서 등잔을 가져오겠다고 주인에게 말해버렸다.

집에서는 그녀가 어엿한 작은 주인마님이 되었다.

어머니는 일할 필요도 없이 집에 앉아서 세 끼 밥을 먹을 수 있었다. 시장에 가면 예전에는 유의하지 않았던 것들이 지금은 다 눈에 들어왔고, 가격까지 물어봤다.

다음 달 린구냥의 월급 4위안으로는 꼭 그녀에게 흰색 윗옷을 만들어줄 생각이다. 린구냥은 여러 해 동안 옷을 해 입지 않았다.

어머니가 물어보니 정말 비쌌다. 작년에는 한 자에 6펀分씩 하던 베가 입만 열었다 하면 1자오 7펀이라고들 했다.

그녀는 또 빨간색 머리끈은 한 자에 얼마씩인지 물어보았다.

린구냥은 머리끈도 정말 낡았다. 하지만 가격만 물어보고 사지는 않았다. 다음 달에 한꺼번에 사면 그만이라고 생각했다.

은화 4위안을 받아서 린구냥에게 1위안을 쓰더라도 3위안이 남는다.

그날 그녀는 시장에 가서 돈을 안 썼다고 생각했지만 이미 2, 3자오는 썼다. 그녀는 제사 때 쓰는 향지를 좀 샀다. 오랫동안 형편이 안 좋아 신에게 올릴 향도 못 샀다는 말을 덧붙였다.

집에 온 뒤에는 아이艾 아주머니와 왕 아주머니가 모두 와서 구경했다. 그들은 딸이 돈을 벌게 되었으니 엄마는 이제 복을 누려야 한다고 말했다.

린구냥의 어머니는 부끄러워하는 듯했지만, 사실 다른 사람의 칭찬을 듣는 것이 속으로는 무척 위안이 되었다!

요컨대 린구냥 집의 일상생활은 며칠 만에 크게 달라졌다. 이웃들 사이에서 그녀가 몇 배나 더 고귀해졌는지 모른다. 빨래를 할 때도 이제는 쥐엄나무를 쓰지 않고 선생님 댁에서처럼 하얀 소다 가루로 빨았다. 복숭아나 옥수수는 쉽게 먹을 수 있었다. 모두 선생님이 그녀에게 준 것이다. 매일 아침 죽을 먹을 때는 항상 피단이나 절인 오리알, 땅콩 같은 것을 곁들였다. 점심이나 저녁때는 손도 대지 않은 요리를 그대로 가져다 먹기도 했다. 돼지고기찜, 갈비 튀김, 고기채 야채볶음, 돼지고기 목이버섯볶음, 닭고기 고구마탕, 이런 요리들이 일상적인 음식이 되었다. 음식이 많이 남지 않은 날에는 선생님들이 그녀에게 음식을 사 먹으라고 돈을 주었다.

이 돈을 계산해보면, 며칠 안 모아도 5자오가 넘었다. 그녀의 어머니가 시장에 가서 쓴 2, 3자오는 바로 이 돈이었다.

그런데, 다시 시장에 가기도 전에, 주인집에서 린구냥의 월급을 깎았다. 이건 그녀도 어머니도 예상치 못한 일이었다.

그 하류지방 사람들은 이제 식당 밥을 주문해 먹지 않고 집에 요리사를 들였다. 그래서 린구냥이 읍내에 가서 밥을 타 올 필요가 없어졌기 때문에 그녀의 월급을 4위안에서 2위안으로 깎은 것이다.

린 아주머니는 집에 돌아가서 다른 아주머니들과 이야기를 나누었다. 아이 아주머니, 왕 아주머니, 류 아주머니는 모두 어떻게 이럴 수가 있느냐고 했다. 하류지방 사람들은 모두 진실하다고 했는데, 하류에서 온 사람들은 모두 돈을 싸가지고 왔다고 했는데. 피란을 오면서 돈도 없어서야 되겠는가? 2위안을 더 달라고 요구하지 않으면 바보가 아니겠는가? 그 집 사람들이 먹고 입는 걸 보면, 매일같이 은화와 지폐가 이리저리 날아 없어진다. 다른 아주머니들은 린 아주머니에게 왜 4위안이 눈앞에서 사라지는 걸 뻔히 보고만 있느냐고 했다. 지금은 혼란의 시기이고 천재일우의 기회이니 5위안을 달라고 해도 줘야 하는 것 아니겠느냐고 했다. 그들이 처음 이사를 와서 며칠간은 마실 물이 없어 한 번 길어오는 데 5펀을 주겠다고 해도 왕야터우가 거절했고, 8펀을 주겠다고 해도 거절했고, 1자오가 아니면 안 된다고 했다. 그들은 다른 방법이 없으니 1자오라고 해도 줄 수밖에 없었다. 하류지방 사람들이 여기까지 피란을 왔는데 뭐든 돈이 안 들 수가 있겠는가?

린구냥은 열한 살밖에 안 된 어린아이여서 할 수 있는 일도 별로 없었지만, 그런데도 2위안을 벌 수 있다. 만약 이런 혼란의 시기가 아니었다면 집에서 엄마가 해주는 밥을 먹고 있지 않았겠는가? 도시가 폭격을 당하고 일본 비행기가 매일같이 날아오니 관청에서도 소개령을 내리지 않았는가? 그래서 도시는 피란을 나올 수는 있어도 들어갈 수는 없게 되었다.

왕 아주머니는 앞쪽을 지나가던 가마를 가리켰다.

"저거 안 보여? 린댁, 저거 하류지방 사람들이 안경 쓰고 물건 들고 둥양진으로 줄지어 이사 오는 거 아니야? 하류지방 사람들은 옷이 어쩜 저리도 하얗고 깨끗한지……몇 위안 더 주는 것쯤이야 아무것도 아닐걸."

이렇게 떠드는 사이 자링강의 알록달록한 증기선도 도착했다. 작은 증기선이 완전히 가득 차서 숨도 못 쉴 지경이었다. 강 가운데서 퉁퉁퉁 울리기만 하고 앞으로 나가지는 않았다. 너무 많은 물건을 실었기 때문이다. 기우뚱하게 기를 쓰고 떠 있다 보니 소리가 무척 컸다. 마치 긴급 경보에 이어 일본 비행기가 머리 위를 날아가는 것 같았다.

왕야터우는 린구냥을 불러 서양 배를 보러 가자고 했다. 린구냥은 월급이 깎였다는 말을 듣고 기분이 안 좋았기 때문에 아무 데도 가고 싶지 않았다.

왕야터우는 류얼메이를 데리고 가버렸다. 왕 아주머니도 커다란 파초 부채를 들고 흔들면서, 아이 아주머니와 닭이며 오리 먹이는 일상적인 이야기를 몇 마디 한 뒤 집 안으로 들어가 버렸다.

린구냥과 엄마만이 바위에 앉아 있었다. 한나절이나 지난 후에야 린구냥은 안에 들어가 옥수수 하나를 꺼내 와 씹었다. 어머니에게도 먹을 것인지 물어보았다.

엄마는 하나쯤 먹고 싶은 생각이 있었지만 갑자기 마음속이 복잡해져서 안 먹겠다고 했다. 그녀는 속으로 생각했다. 그 하류지방 사람한테 가서 4위안이 아니면 안 된다고 할까?

린구냥의 어머니는 순박한 시골 사람이었다. 그녀는 아이 아주머니와 왕 아주머니의 말에 귀가 솔깃했다. 한 달에 4위안씩이면 겨울에 딸에게 솜 외투를 해줄 수 있다. 솜이 한 근에 1위안씩이고, 솜 한 근이면 두툼하게 한 벌 만들 수 있다. 푸른색 베 열두 자를 끊는다면, 한 자에 1자오 4펀이니까 열두 자에 얼만가……한참을 계산해보았지만 확실하게 계산이 안 되었다. 하지만 그녀는 전쟁통이라 가난한 사람은 솜을 살 수도 없으리라는 건 짐작할 수 있었다. 재작년에 솜은 2자오 5펀이었고, 작년 여름에는 6자오, 겨울에는 9자오, 섣달에는 1위안 1자오로 뛰었다. 올해 산다면 되도록 빨리 사야 한다. 여름에 솜을 사면 더 싸다……

린구냥은 옥수수를 끝 쪽에서 한 토막 쪼개어 어머니의 손에 건네주었다. 어머니는 화들짝 놀랐다. 막 이 문제를 어떻게 해결하나 고민하고 있었기 때문이다. 만약 린구냥의 아빠가 집에 있었더라면 좋은 의견을 내놓았을 텐데. 그녀는 옥수수를 씹으면서 맛도 못 느끼고 목으로 넘겼다.

어머니의 심사는 무척 혼란스러웠다. 빨래를 해야 하는데 몸이 움직여지지 않았다. 그리고 해진 겹옷도 기워야 하는데, 이것도 몸을 움직이기가 싫었다……옥수수를 다 먹고 나서 속대를 멀리 던져버린 뒤에도 여전히 바위 위에 한참을 멍하니 앉아 있었다. 그러고는 린구냥을 불러 반짇고리를 가지고 오라고 했다. 하지만 실과 바늘을 앞에 두고도 여전히 마음은 그대로여서, 손도 까딱하기가 싫었다. 그녀는 멍하니 먼 곳을 보았는데, 무엇을 보고 있는지도 몰랐다. 린구냥은 말했다.

"엄마, 빨래 안 하세요? 물 길어 올게요."

엄마는 고개를 끄덕이고 말했다.

"그래그래."

린구냥의 작은 양동이는 옥수수밭을 가로질러 강가로 내려갔다. 어머니는 여전히 멍하니 그곳에서 생각에 잠겨 있었다. 얼마 안 있어 그 양동이가 돌아왔다. 멀리서 보면 그 양동이는 두 개의 동그랗고 통통한 작은 북처럼 보였다.

어머니는 여전히 바위 위에 앉아 멍하니 생각에 잠겨 있었다.

이날 밤 어머니는 한숨도 자지 못했다. 다음 날 아침에 일어나니 두 눈 언저리가 검게 그늘져 있었다. 이제 그녀는 2위안이면 2위안이지 하는 결론을 내렸다. 할 줄 아는 것도 없는 어린 여자아이인데 모녀가 남의 집 밥을 얻어먹는 것도 그분들이 사람이 좋아서인 것이지, 빨래 좀 해준 대가로 공짜 밥을 얻어먹는 셈 아닌가. 2위안은 거저 얻는 돈 아닌가. 거기다 뭘 더 요구한다는 것인가.

린 아주머니는 순박한 시골 사람이다 보니, 입을 떼는 것도 어려울 것 같았다. 그래서 이쯤에서 내려놓기로 결단을 내린 것이다. 그녀는 대야에 물을 따라서 세수를 했다. 세수를 마친 뒤에는 곧바로 빨래를 할 생각이었다. 강렬한 생활의 의욕과 노동의 기쁨이 그녀를 고무시켰다. 그녀는 절뚝절뚝거리며 마음속으로 어제 2위안을 더 요구하려고 생각했던 것을 더욱 엄격하게 반성했다.

그녀는 린구냥을 불러 강에 가서 물을 떠 오라고 했다.

아이는 막 단잠을 자고 있었다. 몽롱한 정신으로 눈을 뜨고는 커다란 눈동자로 어머니를 보았다. 그리고 말했다.

"엄마, 선생님이 날 불렀어요?"

아이는 꿈속에서 누군가가 자신을 밀고 있다는, 자신을 부르고 있다는 느낌을 받았다. 그래도 깨어나지 못했는데, 나중에는 선생님이 자신을 부르는 것 같아서 벌떡 일어났다.

어머니는 말했다.

"아니 선생님이 안 불렀어. 물이나 좀 길어 와. 빨래하게."

아이는 물을 길어 왔다. 해는 아직 높이 뜨지 않았다. 아직 이른 시간이었던 것이다. 이웃들은 모두 고요하게 자고 있었다. 린구냥이 두번째 물을 길어 왔을 때 왕 아주머니네가 일어났다. 그들은 일어나자마자 린 아주머니가 저쪽에서 빨래를 하고 있는 것을 보고 말했다.

"린댁, 엄청 일찍부터 빨래를 하는구먼. 선생님들이 돈을 꽤나 많이 주나 보지? 은화 8위안 정도는 주나 보네?"

린 아주머니는 속 쓰린 생각을 잠시 잊고 있었는데 왕 아주머니가 다시 그 말을 꺼내버렸다. 그렇지 아니한가?

린구냥은 물을 길어 다시 돌아왔다. 아이의 작은 어깨가 밖으로 드러나 있으니 보기가 흉했다. 여자아이는 남자아이와 달리 성장이 빨라서 좀 자라면 열한 살이라 해도 어리다고 할 수 없다. 게다가 린구냥은 키가 큰 편이었다. 린 아주머니는 딸이 옷이 떨어져 어깨를 가릴 수 없는 지경인 것을 보자 다시 그 4위안이 생각났다. 4위안도 많은 것은 아니지 않은가. 몇 위안쯤이야 하류지방 사람에겐 아무것도 아니지 않은가. 가서 말을 좀 해보면 안 된단 말인가? 그녀는 수많은 사실들을 들어 하류지방 사람들이 무척 다루기 쉽다는 걸 마음속으로 증명했다. 그러니 그녀가 말을 한다면 틀림없이 성공할 것이다.

예를 들어 왕야터우한테 물을 길어달라고 부탁했던 그 일을 생각해보자. 원래 한 번 길어 오는 데 3펀인데, 왕야터우에게 5펀을 주겠다고 했다. 그래도 거절하면, 8펀을 제시하며 '8펀에 길어줄래?' 하면서 흥정을 하는 것이다. 그래도 싫다고 하면 결국 1자오를 준다.

돈이 저절로 들어오는 걸 마다할 수가 있는가? 그렇다면 바보가 아닌가?

린구냥은 어머니를 도와 빨래를 널었다. 그러고는 선생님 댁에 갔다가 곧바로 돌아왔다. 선생님이 흰 삼베 장삼을 한 벌 주며 길이를 줄여 입으라고 했다는 것이다. 어머니는 속으로 생각했다. 하류지방 사람들은 정말 물건이고 돈이고 아끼지 않는구나.

이 옷은 그녀에게 커다란 용기를 주었다. 그녀는 마음을 굳게 먹었다. 마음이 평온해졌고, 이 일에 대해 더 이상 고민할 필요도 없었다. 바로 그렇게 하는 거야. 더 생각할 필요 뭐 있어? 점심을 먹은 뒤 선생님을 찾아가는 거야.

그녀는 딸이 가져온 그 흰색 삼베 장삼을 자세히 살펴보지도 않고 침대 구석에 끼워 넣어두었다. 조금 있으면 선생님을 만나러 가는 거다. 더 생각할 것도 없지.

점심을 먹은 후, 그녀는 마침내 선생님 댁의 문 앞에 섰다. 문은 열려 있었고, 문 앞에는 작은 꽃밭이 있었다.

오는 길 내내 그녀는 마음이 소용돌이쳤고, 뜨거운 피가 거꾸로 솟았고, 심장이 마구 뛰었다. 그럼에도 지금은 마치 부끄럽기라도 한 듯 귀와 얼굴이 빨갛게 달아올랐다. 어떻게 말을 꺼내지? 뭐라고 말을 하지? 첫마디를 뭘로 할 건지 다 생각해오지 않았나? 어째서 하나도 생각이 안 난담?

걸음을 걸을수록 더 가까워졌고, 가까워질수록 심장은 더 세게 뛰었다. 심장이 뛰는 통에 눈도 같이 뛰어 희미해질 지경이었다. 박하밭이고 콩밭이고 아무것도 분간이 안 되었고, 모두 푸릇푸릇한 한 덩어리로 보였다.

오는 길이 이렇게 혼란으로 가득했음에도 불구하고, 일단 선생님 댁의 문 앞에 서자 그녀는 정신이 완전히 맑아졌다. 마음속은 지나칠 정도로 평온했고, 10여 분 전의 그 소용돌이치던 것이 모두 사라졌으며, 불같은 흥분도 모두 잦아들었다. 그녀는 자기 자신을 되찾았다. 스스로의 감정을 조절할 수 있게 되자, 그녀는 평온하면서도 대범하게, 안정되고 침착하며 당당한 사람으로 바뀌었다. 이런 갑작스런 평온함은 스스로도 상상하지 못했던 것이었다.

그녀는 말을 시작하려고 했다. 입을 떼기 전에 그녀는 먼저 문기둥에 몸을 기댔다.

"선생님, 제 다리가 안 좋아서 약을 좀 지어 먹으려 하는데 돈이 없어 선생님께 2위안을 좀 빌렸으면 합니다."

그녀는 이렇게 변죽을 울리며 말을 시작했다. 말을 마치고 그녀는 선생님이 돈을 꺼내 주기를 기다렸다.

2위안이 손에 들어왔다. 그녀는 손 위에 놓인 푸른색 꽃 그림의 지폐 한 장과 붉은색 꽃 그림의 지폐*를 만져보았다. 그녀의 마음은 여전히 평온했고, 걱정도 두려움도 없었다. 하루 밤낮을 고민했던 그 강렬한 요구가 성공할지 실패할지는 전혀 중요하지 않은 것 같았다. 그녀는 한 달에 4위안의 월급을 그대로 받기를 원한다는 그 말을 꺼냈다. 이번에도 그녀의 다리 이야기에서 시작했다. 그녀의 다리가 안 좋은데, 일본 비행기가 도시를 공습한 뒤로 하류지방 사람들이 모두 시골로 왔고, 그 때문에 집세가 올라갔다고 말했다. 예전에는 1년에 3위안이었는데 이제는 한 달에 5자오라는 것이다.

그녀가 이 말을 마치자 선생님은 집세 조로 5자오를 추가로 주었다.

하지만 그래도 그녀는 가지 않고 의기양양하게 문간에 서 있

* 국민당 정부가 1935년 화폐 개혁을 한 후 3개 은행이 각기 지폐를 발행했다. 여기서는 서로 다른 은행에서 발행한 1위안짜리 지폐를 말하는 것으로 보인다.

었다. 그녀는 또 자신의 딸이 어려서 강에 가서 물을 길어 오고 빨래를 하는 것이 쉬운 일이 아니라고……만약 다른 사람에게 이 일을 시킨다면, 물 한 번 길어 오는 데 얼마를 주어야 하겠느냐고……그녀는 이렇게 말하면서 억울한 듯한 표정을 지었고, 일부러 목소리를 길게 늘였으며, 느릿느릿 침착하게 말을 했다. 그녀의 그 선량한 두꺼운 입술을 일부러 아래쪽으로 내밀었고, 눈도 흰자위를 한쪽 옆으로 가게 하고 검은자위를 반대쪽으로 굴려 흰자위가 많이 보이게끔 했다.

선생님은 말했다.

"열한 살짜리 아이가 뭘 할 줄 알겠어요? 탁자 닦는 것도 할 줄 몰라요. 그런데도 한 달에 집세까지 해서 2.5위안을 주고 두 사람 먹을 음식도 주지 않아요? 두 사람 밥값이 얼마나 될지 한번 생각해보세요. 한 달에 우리 집에 해준 일이 뭐가 있는지 계산해보세요. 2.5위안이면 됐죠……"

그녀는 이 말을 듣고서 흥정을 하자는 것이라고 생각했다. 내가 좀더 세게 나가서 그렇게는 안 된다고 말해야 하지 않을까? 그녀는 생각을 거듭한 후 그렇게 말했다.

"2.5위안 받고는 일 못 해요."

말을 마친 후에 보니 그 하류지방 사람은 그렇게 단호하지 않았다.

"2.5위안은 적은 돈이 아닙니다. 충분해요. 린구냥이 우리 집 일을 딱 반달 했습니다. 반달치 2위안은 이미 가져갔고, 나머지 반달치는 다음에 가져가세요. 원래 4위안으로 얘기했던 거니까 이번 달은 4위안을 드리고, 다음달에는 2.5위안으로 하지요."

린 아주머니는 그 자리에 계속 서 있었다. 그녀가 생각할 때 왕야터우가 3펀에는 물을 지지 않겠다고 해서, 5펀에 하겠느냐고 묻자 그래도 안 하겠다고 하고, 다시 8펀에 하겠냐고 물어도 안 하겠다고 하고, 결국 1자오에 지겠다고 했던 일을 떠올렸다.

여기서 포기해서는 안 된다. 2위안에도 안 되고, 2.5위안에도 안 된다. 4위안이라야만 한다.

그래서 그녀는 다시 자신의 다리에서부터 긴 이야기를 느릿느릿 풀어내기 시작했다. 등잔불 기름값도 올랐고, 소금값도 올랐고, 실과 바늘 값도 올랐다는 이야기까지 했다.

하류지방 사람은 일어나서 그녀의 말을 멈추었다.

"더 말할 필요 없습니다. 2.5위안에 할 건지 안 할 건지 생각해보세요."

"못 합니다."

생각할 필요도 없었다. 그녀는 이미 이렇게 말하려고 결심을 하고 있었다.

말할 때 그녀는 손 위의 지폐를 높이 들고 있었다. 마치 이 돈도 필요 없다고 말하는 듯한 단호한 모습이었다.

그런데 예상 밖으로 그 하류지방 사람이 일어나더니 이렇게 말하는 것이었다.

"못 하겠다면 그만둡시다. 린구냥한테 오늘 두 사람 저녁밥은 가지러 오지 말라고 하세요. 그리고 이제 오지 말라고 하세요. 반달치 급료는 이미 드렸고요."

그렇게 10여 분이 지난 뒤에도 린 아주머니는 여전히 그 문간에 서 있었다. 그리고 말했다.

"못 할 리가 있나요. 할 수 있습니다……선생님……"

하지만 이 말은 아무 소용이 없었다. 선생님은 아예 듣지도 않았다. 그는 문을 닫았고 그녀는 문밖에 남겨졌다.

금어초와 패랭이꽃은 저마다 정오의 타오르는 해를 향해 피어 있었다. 나비는 팔랑팔랑 날아다녔다. 빨간 꽃 위로, 연노란색 꽃 위로, 분홍색 꽃 위로, 금어초 무리에서 패랭이꽃 무리로, 왔다 갔다 날아다녔다.

패랭이꽃은 빨간색이건 분홍색이건 송이마다 모두 톱날 모양의 흰색 테두리가 둘러져 있었다. 월하향은 한 송이도 피지 않았지만 모두 봉오리가 맺혔다.

린구냥의 어머니는 몸을 돌렸다. 왼손으로는 자신의 무릎을 짚고, 오른손으로는 2위안의 지폐를 움켜쥐었다. 그녀의 목은 마치 진홍색 돼지 간처럼, 옷깃에서부터 귀밑까지 완전히 빨개져 있었다.

그녀는 집으로 돌아가려고 했다. 걸음을 떼려고 하는데 온몸에 힘이 하나도 없다는 걸 깨달았다. 무너지려 하는 건물 뼈대처럼 느슨하게 풀어져 있었다. 그녀의 모든 관절에서 힘줄이 없어져버린 것처럼, 그녀는 금방이라도 쓰러질 듯 위태위태했다. 하지만 그녀는 쓰러지지 않았다. 대신 그녀는 크게 두 걸음을 내딛기로 했다. 그녀는 한 걸음에 집으로 오지 못하는 것이 한스러웠다. 그녀는 쉬고 싶었고, 목도 말라 물을 마시고 싶었다. 그녀는 극도로 피로했다. 마치 이삼십 년간의 노고가 오늘에 와서 마침내 더 이상 견딜 수 없게, 버틸 수 없게 되어버린 것 같았다. 그러나 그녀의 피로는 단순한 피로가 아니었다. 그녀는 수치스러웠다. 후회가 그녀를 죽일 듯이 엄습해 왔다. 수치스러움이 그녀를 설 자리도 없을 정도로 괴롭게 했다. 그녀는 자신이 무슨 큰 잘못을 저질렀는지 조금도 알지 못했다. 하지만 그것은 너무나 철저하게 그녀의 자신감을 무너뜨렸고, 조금도 완화되거나 희석되는 일 없이 영원히 존재할 것이며, 영원히 잊히지 않을 것이었다.

치욕은 얼마나 견디기 힘든 감정인가. 그런데 이것이 이미 그녀를 점령해버렸다. 그것은 물러나지 않을 것이다.

혼란 속에 그녀는 다시 왼손으로 무릎을 짚고 집을 향했다.

집에 가니 딸은 매일 선생님 댁에 가서 음식을 얻어 오던 그 바가지를 씻고 있었다. 그녀는 선생님 댁에 저녁밥을 얻으러 갈 수 없다고 딸에게 말했다.

"린구냥, 선생님 댁에 밥 얻으러 가지 말고, 산에 가서 땔감이나 해 와."

린구냥은 이 말을 듣고 이상해서 되물으려 했다. 바로 그때 어머니가 먼저 말했다.

"선생님이 이제 너 일하러 오지 말래……"

린구냥은 이 말을 듣고 멍해져서 꼼짝도 않고 서서 눈만 굴리고 있었다. 손에 들고 있던, 젖어서 반질반질 윤이 나는 바가지는 가슴에 안았다.

어머니는 광주리를 그녀의 등에 지워주며 건초를 주워 와야지 생초는 오래 때도 타지 않는다고 당부했다.

갑자기 저녁밥이 준비될 리 없었고, 집에는 먹을 것이 없었다.

린 아주머니는 문틀에 기대어 걸어가는 딸을 보았다. 저녁엔 무얼 먹을까 생각했다. 밀은 항아리에 아직 좀 있지만, 요즘엔 밀을 먹지 않았기 때문에 가루로 갈아놓지 않았다. 쌀은 한 톨도 없다. 그래, 옥수수를 먹자. 아이 아주머니가 옥수수를 많이 심었으니 동전을 좀 들고 가서 몇 자루 사 오자. 하지만 돈을 어떻게 쓴단 말인가? 이제부터는 돈이 나갈 일만 있고 들어올 일은 없을 텐데.

그녀는 딸을 보았다. 등에 멘 광주리도 선생님이 사 준 것이니 돌려주는 것이 옳다.

딸의 모습이 보이지 않게 되었을 때, 그녀는 집 안으로 돌아왔다. 솥을 보니 온통 녹이 슬어 있었다. 땔감 더미를 뒤져보니 아직 지푸라기 몇 개는 남아 있었다. 그런데 하필 그 땔감 더미 밑에 벌레 같은 것이 보여서 그녀는 깜짝 놀랐다. 그녀는 원래 그렇게 담이 작지 않았다. 그래서 정신을 가다듬고 다시 뒤적거려보았다. 아래에는 정말로 지렁이가 한 마리 꿈틀꿈틀 움직이고 있었다. 그녀는 평소에 지렁이를 무서워하지 않았다. 손으로 잡을 수도 있었고, 몇 토막으로 자를 수도 있었다. 어렸을 적 그녀의 아버지가 강에서 낚시를 할 때는 늘 그렇게 했다. 지금 그녀는 지렁이가 무섭다기보다는 싫었다. 이게 뭐람. 머리도 꼬리도 없는 것이 정말이지 징그럽다. 수차례 밟았지만 밟히지 않았다. 생각해보니 못 쓰는 왼쪽 다리로 밟고 있었다. 왼쪽 다리는 흔들흔들 달려 있을 뿐 말을 듣지 않는다. 그다음엔 몸을 돌려 밀을 담아둔 항아리를 열어보았는데, 이번엔 더 깜짝 놀라서 항아리 뚜껑을 떨어뜨리고 말았다. 눈이 휘둥그레지고 입이 벌어졌다. 이게 뭔가? 항아리에서 파릇파릇한 싹이 자라나고 있었다. 그녀는 놀란 나머지 이 항아리에 도대체 무엇이 담겨 있었는지도 잊어버렸다. 그녀는 불길하다는 생각이 들었다. 집이 무슨 무덤도 아니고, 어떻게 키가 한 뼘이나 되는 싹이 자라난단 말인가!

그녀는 감정을 억누르며 그 증오스러운 항아리를 집 밖으로 들고 나갔다. 마침 점심때여서 사람들은 낮잠을 잘 테니 아무도 그녀의 밀 싹을 못 볼 것이다.

그녀는 밀 싹을 뜯어내고, 대나무 막대로 항아리를 쑤셔댄 다음에야 속에 있는 것들을 꺼낼 수 있었다. 싹이 안 난 밀알은 조금밖에 안 남았다. 항아리 바닥에서부터 두 치 정도까지만이 온전한 밀알이었다.

항아리 속에 있던 것들을 쏟아붓고 나니, 땅바닥에는 작은 벌레들이 가득히 그녀 주위에서 사방으로 도망 다니고 있었다. 그녀는 손가락으로 누르고, 성한 다리로 밟았다. 평소에 그녀는 이런 작은 벌레들을 해치지 않았다. 벌레들도 작은 생명이라고 여기고 각자의 삶을 살도록 내버려두었다. 하지만 오늘 그녀는 주체할 수 없는 증오심으로 그것들을 원수처럼 대했다.

그녀는 부뚜막 가장자리에 나란히 놓인, 예전에 쌀을 담았던 빈 항아리도 의심스러워서 열어보았다. 거기엔 물이 한가득 들어 있었다. 고개를 들어 천장을 보니 위쪽에 밝은 빛이 새어드는 틈이 있었다. 그녀는 그제야 집에 비가 샜다는 걸 깨달았다.

그래서 밀에 싹이 텄던 것이다.

마침 나무 뚜껑 가장자리에 쥐가 갉아서 생긴 한 치가량의 이 빠진 곳이 있었다. 물은 이 나무 뚜껑의 구멍을 통해 흘러 들어갔던 것이다.

그녀는 솥을 닦았다. 솥 가장자리에 붉게 슨 녹은 창포잎만큼이나 두꺼웠다.

그녀는 비로소 깨달았다. 지난 보름 동안 모든 것이 황폐해졌다는 것을.

이때 린구냥은 산비탈에 있었다. 등에는 땀이 흘러 축축하게 젖었다가 곧 말랐다. 그녀는 대나무 갈퀴를 잃어버리고 손을 갈퀴처럼 해서 건초를 쓸어 모았다. 건초가 아직 초록색 생초 사이에 걸려 있기 때문이다.

그녀는 무슨 일이든 열심히 했고, 싫증내지 않았다. 그녀는 일곱 살 때부터 물을 길었고, 땔감을 해 왔고, 오빠에게 밥을 날랐다. 오빠와 아버지는 모두 가마에서 일했다. 오빠가 기와를 굽는 가마는 집에서 3리 떨어져 있었고, 역시 자링강 강변에 있었다. 저녁에 밥을 가져다주면 돌아오는 길은 항상 깜깜했다. 강가를 따라 걸어오면 늘 강물이 출렁출렁 아래로 흐르는 소리를 듣게 된다. 다른 일꾼, 즉 오빠의 친구들과 같이 오게 되면, 오는 길 내내 그들이 하는 갖가지 이야기들을 듣게 된다. 그래서 린구냥은 어른들과 이야기를 해도 모르는 것이 없었다. 아기들에 관해서도, 아주머니들에 관해서도, 뱀이나 지렁이에 관해서도, 배 큰 청개구리에 관해서도 그리고 바늘귀처럼 작은 밀모기에 관해서도 그녀는 이야기를 할 수 있었다. 들풀이나 산에서 나는 과일도 그녀는 다 알았다. 그녀는 금변란을 창포라고 불렀다. 그녀는 천진난만하게 작고 검은 손으로 하류지방 사람이 화분에 심어놓은 맨드라미를 만지며 이렇게 말했다.

"이 커다란 비름나물 좀 봐요. 어찌나 잘 자랐는지."

그녀의 지식에는 이렇게 오류가 많았다. 하지만 바로 그렇기 때문에 아이다웠다. 자링강에 물이 붇는 것에 관해서도 그녀는 수많은 신화를 들어 알고 있었다. 아버지와 오빠와 같은 가마일꾼들에 대해서라면 누구보다도 더 많이 알고 있었다. 일곱 살에서 열 살에 이르기까지 매일 오빠네 가마에 밥을 가져다주었다. 그녀는 그 기와 굽는 가마에 대해 무척 잘 알게 되었고, 멀리서라도 그 가마 굴뚝에서 푸른 연기가 나는 걸 보면 친숙한 느낌이 들었고, 마치 집에 돌아온 듯 따뜻한 느낌이 있었다. 날이 어두워지면 그녀는 혼자서 그 출렁이는 강물을 따라, 발을 모래밭에 푹푹 빠지게 했다가 한 발 한 발 꺼내면서 집으로 돌아왔다.

린구냥은 생활에 불만이 없었다. 일을 해도 하소연하는 일이 없었고, 어머니의 말에 순종했다. 두 발은 맨발이었고, 한 자 정도로 머리를 땋았다. 길을 걸어도 반듯하게 걸었고, 말도 천천히 했으며, 웃는 모습도 예뻤다.

그녀는 산비탈에서 건초를 모으면서 중얼중얼 무슨 노래도 흥얼거렸다.

자링강의 증기선이 왔다. 린구냥은 그 기적 소리를 듣는 즉시 벌떡 일어났다. 등에 메고 있던 광주리가 산 아래로 굴러

떨어졌다. 이 시간은 선생님 댁에서 돈을 받아 둥양진에 가서 간식용 계란을 사던 때이다. 증기선이 울리면 거기로 가는 것이 이미 습관이 되었던 것이다. 그녀는 미끄러지듯 빠른 속도로 산을 내려갔다. 거의 평지에 도달했을 무렵에야 그녀는 이제 선생님 댁에 갈 수 없다는 걸 깨달았다. 산비탈에 선 그녀는 얼굴에 온통 열이 올랐다. 다시 산에 올라 땔감을 해야겠다고 생각했을 때, 그녀는 그 높은 비탈이 두려워졌다. 못 올라갈 것 같았다. 피곤하고 힘이 하나도 없었다. 높은 곳엔 도저히 올라갈 수 없었다. 그녀는 산비탈 중간쯤에서 건초를 모았다. 땔감이 없으면 엄마가 밀떡을 어떻게 구울 것인가, 밀떡이 없으면 저녁에 뭘 먹을 것인가? 마음이 조급해지자 눈앞이 어지러워지고 목이 탔다.

학질이 아닐까?

이 생각이 들자 그녀는 더 급하게 움직였다. 건초건 생초건 가리지 않았다. 어떡하지? 밀떡을 어떻게 굽지? 엄마가 땔감을 해 오라고 하셨는데. 그녀는 어질어질하면서도 이 생각만은 붙잡으려 했다. 그것 말고는 자신이 지금 어디에 있는지조차도 알 수가 없었다. 엄마는 어디에 있는지, 집은 어디인지, 아무것도 생각이 나지 않았다.

그녀는 산비탈에서 쓰러졌다.

린구냥은 그 후 한 달을 앓아누웠다.

병이 나은 후 그녀는 완전히 처녀가 된 듯했다. 물동이를 지고 강에 물을 길러 갈 때도 조용하게 갔다. 조용히 가고 조용히 돌아왔다. 고개를 숙이고, 눈으로는 발끝만 보며 걸었다. 강가의 모래와 바위에는 눈길도 주지 않았다. 커다란 너럭바위의 웅덩이에 물이 든 후에 물고기가 생겼는지 따위에는 신경도 쓰지 않았다. 6월이 되었지만 새벽엔 여전히 선선했다. 하지만 그녀는 이것도 좋아하지 않았다. 어떤 색깔이나 소리도 더 이상 그녀의 흥미를 끌지 못했다. 서양 배가 들어올 때도 그녀는 예전처럼 강가에 가서 보지 않았다. 예전에 서양 배가 오면 소리를 지르고 했던 그 기억이 떠오르기라도 하면 수치스러운 감정이 그녀를 덮쳐왔다. 친구들이 그녀를 부르면 그녀는 깊디깊은 바닷물과 같은 눈빛으로 고개를 돌려 그들을 보았다. 산에 땔감을 하러 갈 때는 예전의 습관과 다르게 혼자 가기를 좋아했다. 어머니는 산에 이리가 있을까 봐 친구들과 같이 가라고 했지만, 그녀는 이리가 뭐가 무섭냐고, 이리가 무서울 게 뭐 있냐고 생각했다. 이렇게 되니 어머니도 딸이 너무나 많이 변했다는 생각이 들었다.

어머니는 병에 걸린 딸을 위로하기 위해, 그 하류지방 사람이 딸을 해고했음에도 불구하고, 약속했던 흰색 윗옷을 해주었다. 딸에게 입으라고 하자 딸은 말했다.

"그걸 입고 뭘 하게요. 산에 가서 땔감이나 하는데요."

빨간 머리끈도 사 주었지만, 당분간은 쓰지 않는다고 했다.

어느 날 다들 바람을 쐬고 있는데 왕야터우가 어리바리하게 달려왔다. 달려오면서 린구냥을 불렀다. 왕야터우의 손에는 커다란 꽃 한 송이가 들려 있었다. 린구냥에게 꽃구경을 가자고 부르러 온 것이었다.

반쯤 갔을 때 린구냥은 뭔가 이상하다고 느꼈다. 선생님 댁을 그만둔 뒤로는 그쪽 문 앞으로도 다니지 않고 빙 돌아서 다녔다. 왕야터우에게 구경할 꽃이 어디에 있는지 물었다.

왕야터우가 말했다.

"너 못 봤어? 바로 그 하류지방 사람, 너희 선생님 댁 앞에 있잖아?"

린구냥은 바로 몸을 돌려 가버렸다. 창백한 안색으로, 처량하고 우울하게 엄마 옆에서 밤이 깊도록 말없이 앉아 있었다.

린구냥은 작은 어른이 되었다. 이웃들도 엄마도 모두 그렇게 말했다.

(1940년 제1호 『세상의 좋은 글天下好文章』에
처음으로 발표되었다.)

연화못

집이 온통 누런빛으로 환하게 빛났다. 하룻밤에도 아이는 여러 차례 깼지만 매일매일 그랬다. 아이가 눈을 뜨고 보면 방은 언제나 환했고, 할아버지는 그 환한 등불 속에 앉아 있었다. 할아버지는 손에 낡은 천을 들고, 그것으로 무엇인가를 싸고 있었다. 단단히 힘을 주어 쌀 때는 팔이 다 떨렸고, 수염까지도 부들부들 떨렸다. 어떨 땐 흰빛이 나는 덩어리를 손에 들고 있었고, 어떨 땐 누런빛이 나는 덩어리를 들고 있었다. 작은 술병이나 놋대야도 있었다. 한번은 할아버지가 무시무시하게 긴 담뱃대를 닦고 있었다. 이런 물건을 샤오더우小豆는 본 적이 없었기 때문에, 물 지는 장대만큼이나 길다고 생각했다. 문 쪽 구석에는 작은 땅굴이 하나 있었는데, 밤이면 할아버지가 한 번씩 기어들어가곤 했다. 땅굴 입구는 판자로 덮어놓았고, 판자 위에는 버들가지와 다른 짚 같은 것들이 쌓여 있었다. 바로 옆에 아궁이가 있었기 때문이다. 땅굴에서 꺼낸 물건은 별로 많지 않았고, 모두 볼품이 없었으며, 쓸모도 없었다. 가지고 놀기에도 좋지 않았다. 여자들이 귀에 거는 은귀걸이, 할머니들이 머리에 꽂는 네모나고 납작한 장식, 구리 촛대, 백양철 향로 그릇, ……하지만 할아버지는 이런 물건들을 무척 좋아했다. 그는 한밤중에 그것들을 닦았고, 가끔은 닦으면서 싹싹싹 소리를 내보기도 했다. 마치 할아버지의 손이 사포라도 된 듯했다.

샤오더우는 몽롱한 가운데 눈을 떠 보고는 다시 잠이 들었다. 하지만 이것은 모두 자정 전에 있었던 일이다. 자정 뒤에는 완전히 캄캄해져서 아무것도 없었고, 아무것도 안 보였다.

그의 꿈은 황량하고 갑갑했으며 좀 무섭기도 했다. 그가 자주 꾸는 꿈은 흰 구름이 머리 위에서 날아다니는 것이었는데, 한번은 구름이 모자를 빼앗아 가기도 했다. 나비가 거미줄에 걸리는 꿈도 꾼 적이 있는데, 그 거미줄은 작고 캄캄한 동굴에 쳐져 있었다. 한 무리의 아이들이 자기를 때리려 하는 꿈도 꾸었고, 한 무리의 개가 자기를 쫓아오는 꿈도 꾸었다. 한번은 할아버지가 그 땅굴로 들어가서는 다시는 나오지 않는 꿈도 꾸었다. 그때 그는 온몸이 땀범벅이 되었고, 눈에서는 초록색 불꽃이 나왔으며, 입은 벌린 채 숨이 끊어진 듯 겁에 질려 꼼짝도 하지 못했다.

항상 그랬다. 꿈 하나에 이어 다른 꿈을 꾸었고, 꾸고 싶지 않아도 꾸지 않을 수 없었다. 마치 낮에 창가에 쭈그리고 있다가 더 이상 그렇게 있고 싶지 않은 생각이 들어도, 밖에 나갈 수가 없기 때문에 그대로 쭈그리고 있어야만 하는 것과도 같았다.

호수 가장자리에 있는 그 작은 연화못蓮花池의 둘레에는 온통 풀이 자라서 덥수룩했고, 마치 풀밭이 물에 적셔진 것처럼 빽빽했다. 하지만 바람이 불면 그곳의 풀들도 바람을 따라 흔들렸다. 바람이 남쪽에서 오면 풀들은 모두 북쪽을 향해 머리를 숙였고, 그다음엔 다시 바람을 따라 남쪽을 향해 고개를 숙였다. 윤이 나고 푸르른 풀들이 이쪽저쪽으로 흔들릴 때, 태양을 향한 쪽은 녹색이 옅어지고, 태양을 등진 쪽은 녹색이 짙어졌다. 가끔 그 녹색의 풀들 속에 작은 꽃이 한두 포기 보이기도 하는데, 그 꽃들은 빽빽한 풀숲 속에 끼어 있어서 서고 싶어도 설 수 없고 누우려 해도 누울 수 없는 처지다. 완전히 풀에 포위되어 풀과 함께 이리 눕고 저리 눕고 할 뿐이었다. 하지만 겉에서 보기에 그 작은 꽃들은 풀 위에 놓인 것처럼 보였다.

아이는 생각했다. 손을 뻗어 만질 수 있다면 얼마나 좋을까.

하지만 아이는 자신이 창문 밖으로 한 발짝도 나갈 수 없다는 걸 알고 있었다. 문을 열고 나가면 이웃의 아이들이 때릴 것이다. 아이는 약골인 데다 창백했고 팔다리가 이웃의 아이들처럼 튼튼하지 못했다. 한번은 밖으로 나가서 집 주변을 한참 동안 걸었던 적이 있었다. 처음에는 멀리 가려는 생각이 없었다. 그런데 작은 노랑나비가 팔랑팔랑 앞에서 날아다녔다. 아이는 한두 발짝만 더 가면 나비를 잡을 수 있을 것 같았다. 나비는 집에서 한 길 떨어진 흙무더기 위에 앉았다가, 그보다 조금 더 먼 버드나무 뿌리에 앉았다가……다시 여기 앉았다 저기 앉았다 했다. 그래도 계속 아이에게서 가까운 곳에서만 맴돌았다. 발끝에 앉았다가 머리 위에 앉았다가 했지만 끝내 잡히지는 않았다. 결국 아이는 웃통을 벗고 마구 쫓아다녔다. 쫓아다니면서 "너 거기 서, 너 거기 서" 하고 외쳐댔다.

이렇게 얼마나 쫓아다녔는지 모른다. 아이는 마치 어부가 그물을 펼치듯 옷깃을 붙잡고 옷을 휘둘렀다. 하지만 그 노랑나비는 점점 더 높이 날아올랐다. 아이는 고개를 높이 빼고 보았지만, 쏟아지는 햇살이 그의 눈을 찔러 나비를 볼 수가 없었다. 아이는 눈이 어질어질해졌다. 머리도 빙빙 돌았고, 다리도 힘이 빠졌다. 힘이 하나도 없는 것 같았다. 앉으려고 했지만 집과 연못이 빙글빙글 돌았다. 마치 도자기 만드는 사람이 물레 위에서 빙글빙글 돌아가는 도자기를 보는 것 같았다. 바로 이 순간 노랑나비는 사라졌다. 집에서 얼마나 멀리 왔을까 하는 생각에 미쳐 아이가 고개를 돌려 보니, 열려 있는 문 안쪽은 캄캄했고, 집 안에 있는 건 아무것도 보이지 않았다. 아이는 얼른 달렸다. 그 깡패들, 나쁜 놈들이 머릿속에 떠올랐다. 이웃 아이들이 자신을 때렸던 일이 떠올랐던 것이다. 손에는 나비를 잡으려고 벗었던 윗옷을 움켜쥐고 있었다. 옷자락은 뒤쪽에서 날리다가 아이가 달리기 시작하자 펄럭펄럭 소리가 났다. 아이는 두려움을 느끼면 심장이 마구 뛰었다. 심장이 터질 것 같을 뿐 아니라 입에도 뭔가 물고 있는 것 같았다. 이 무언가가 물에 적신 해면처럼 입을 가득 채우고 있었다. 삼키려 해도 삼켜지지 않고, 토해낼 수도 없었다.

나비를 쫓던 바로 그날 아이는 또 다쳤다. 이웃의 아이들이 쫓아와서 몽둥이와 주먹과 발로 마구 때렸던 것이다. 아이의 다리는 이리 새끼의 다리처럼 가늘었다. 쓰러져 두들겨 맞는 동안 무릎에선 살이 떨어져 나갔다. 이웃의 아이들은 그야말로 호랑이 같았고, 미친 개 같았다. 아이다운 데가 전혀 없는 검은

악당들이었다. 아이는 짓뭉개지고 파묻혔다. 울음소리도 아무 소용이 없다는 걸 아이는 알고 있었다. 그는 정신을 잃었다.

이 일이 있은 뒤 아이는 다시는 집 밖으로 나가지 않았다. 연화못가에 환상적인 느낌을 주는 작은 꽃들이 피어 아스라하게 보일 듯 말 듯해도 그는 보러 가지 않았다.

아이는 종일 창가에서 황혼 녘이 지나도록 쭈그리고 앉아 있었다. 고양이 새끼처럼 고요하고 여유롭게, 하지만 조금은 무료하게 앉아 있었다. 한번은 그러다 잠이 들어서 창턱에서 굴러떨어진 적도 있다. 아이는 놀라지는 않았고, 다만 좋은 꿈을 깬 것이 안타까울 뿐이었다. 그는 손등으로 눈을 비빈 후 눈을 뜨고 둘러보았다. 역시 방금 본 그것은 꿈이었다! 자기는 줄곧 집 안에 있었던 것이고, 여유롭게 푸른 하늘 아래를 돌아다니는 것은 꿈에 불과했다. 연못가에 가는 건 어림도 없다. 그는 자신이 공허 속으로 떨어진 것 같았다. 눈앞의 모든 것이 공허하고 차가우며 회색빛이었고, 손을 뻗어도 아무것도 만질 수 없고 눈으로 보려 해도 아무것도 볼 수 없었다. 공허는 공포스러운 것이었다. 그는 다시 창턱 위에 올라가 쭈그려 앉았다. 그는 뒤쪽으로 물러나 등뼈가 아플 정도로 등을 창틀에다 바짝 붙였다.

샤오더우는 매일같이 연화못을 바라보았다. 연화못의 연꽃이 피었다. 마치 7월 보름 백중날에 물 위에 띄우는 등롱처럼 선명하게 붉었다. 몸이 약한 샤오더우는 한 번도 창문을 떠나 연화못가에 가서 직접 본 적이 없었다. 단지 상상 속에서 연화못에 대한 환상을 키웠을 뿐이다. 그것이 작은 세계가 되고, 작은 도시가 되었다. 그곳엔 무엇이든 있었다. 나비, 개구리, 메뚜기……벌레들이 웃고 노래를 부른다. 풀과 꽃이 옛날이야기를 듣는 아이들처럼 고개를 끄덕인다. 비가 올 때면 연잎이 커다란 부채처럼 흔들렸고, 연못은 온통 그런 부채들로 가득했다. 그러면 아이는 말하곤 했다.

"할아버지, 연꽃 구경하게 좀 데려가주세요."

이 말을 한 뒤 아이는 할아버지의 다리에 기대어 꼭 껴안고는 가볍게 흔들었다.

"보고 싶으냐……별로 볼 것도 없는데. 할아비가 내일 데려가주마."

할아버지는 밤에는 집에 없었고 낮에는 잠을 잤다. 잠이 깨면 몽롱한 채로 담배를 피웠다. 황혼 녘이 되기 전에 담배를 피우기 시작했고, 그다음에는 저녁밥을 준비했다.

할아버지의 담배통은 딸깍딸깍 소리를 냈다. 샤오더우는 할아버지의 무릎에 엎드려 담배통의 소리를 선명하게 들으며, 나른하게 햇볕을 쬐는 고양이처럼 있었다. 다시 할아버지를 몇 번 흔들며 연화못으로 갔으면 하는 마음을 비쳤다. 하지만 할아버지는 반응이 없었다. 공허한 슬픔이 빠른 속도로 그를 덮쳐왔다. 스스로 생각해도 꼭 가야만 하는 이유는 없었지만 마음은 꼭 가고만 싶었기 때문이다. 그래서 그는 슬퍼졌다. 그는 눈을 감았다. 눈물이 눈가에서 흘러내리고, 코가 마치 겨자를 먹은 것처럼 시큰하고 아팠다. 마음속에서 연화못에 대한 증오심이 생겨났다. 연화못에 뭐 볼 게 있다고! 조금도 보고 싶지 않아. 그는 할아버지의 무릎에서 일어나 방 안에서 조랑말이

날뛰듯이 몇 차례 이리저리 뛰었다. 눈물은 흘린 적이 없었다고 스스로를 속였다.

그는 몸이 몹시 말랐고, 눈에는 흰자가 많고 검은자가 적었다. 안색도 좋지 않았다. 기분이 쉽게 좋아졌다가 또 쉽게 슬퍼지곤 했다. 기분이 좋을 때면 삐딱한 다리로 춤도 추고, 입으로는 노래를 부르는 것 같기도 했다. 하지만 슬플 때는 그의 눈은 미동도 하지 않았다. 그는 좀처럼 우는 법이 없었다. 울 필요가 뭐 있어, 울어도 무슨 소용이 있어, 하고 생각했다. 하지만 한번 울기 시작하면 영원히 멈추지 않을 것 같았다. 울음소리도 컸다. 마치 주변에 있는 모든 것들을 그 소리로 깨뜨려버리려는 것 같았다. 한번 울기 시작하면 바닥에 누워 구르기 일쑤였다. 할아버지가 말려도 듣지 않았다. 할아버지는 한 번도 그를 때리지 않았다. 아이가 한번 울기 시작하면 할아버지는 그저 아이 옆에 쭈그리고 앉아서 아이의 머리를 쓰다듬거나, 허리띠 끝으로 눈물을 닦아주었다. 그 밖에는 아무것도 하지 않았다. 그냥 아이를 보고 있을 뿐이었다.

아이의 아버지는 목수였다. 아이가 세 살 되었을 때 아버지가 죽었다. 어머니는 그로부터 2년이 지난 후 다른 남자에게 시집을 갔다. 어머니가 떠나던 날의 이미지를 아이는 희미하게 기억하고 있다. 어머니는 털보 왕 목수를 따라갔다. 왕 목수는 어머니의 물건을 들고 절뚝절뚝 걸어갔다. 왕 목수는 다리가 세 개였다. 진짜 다리가 두 개 있었고, 거기다 직접 나무로 만든 가짜 다리가 있었다. 아이는 이걸 기억하자 우습다는 생각이 들었다. 왜 한 다리는 땅을 디딜 생각을 않고 대신 나무다리를 써야 하는 걸까? 그날 어머니는 황혼 녘에 떠났다. 마치 시장에 가듯 떠났지만, 그날 이후 다시는 돌아오지 않았다.

샤오더우는 그날 밤 이후로 할아버지 옆에서 잠을 잤다. 이 아이는 이불을 따로 가진 적이 없었다. 아버지와 잘 때는 아버지의 이불을 덮었고, 어머니와 잘 때는 어머니가 안아주었다. 이제 할아버지와 자게 되었는데, 할아버지의 이불이 아이의 머리까지도 모두 덮어버렸다.

"땀 흘렸어? 더워? 왜 이불을 안 덮어?"

처음 할아버지 옆으로 옮겨온 후 며칠간은 할아버지가 밤마다 그에게 물었다. 할아버지는 아이와 잠을 자는 게 습관이 되지 않아서 이불로 아이를 꽁꽁 덮어주었다. 아이는 숨을 쉴 수가 없어서 이불에서 빠져나와 몸을 내놓고 자곤 했다.

아이가 할아버지의 이불을 같이 덮고 잔 지 오래지 않아 할아버지는 이불을 온전히 아이에게 주었다. 할아버지는 밤이 되면 사라졌다. 아이는 몇 차례 할아버지를 불러보았지만 대답이 없었다. 그래서 그냥 커다란 할아버지의 이불을 혼자 덮고 자기 시작했다.

그때부터 할아버지는 도굴꾼 일을 시작했던 것이다.

은백색 밤에도, 짙은 회색 밤에도, 뭔가가 부딪치는 소리가 나는 밤에도. 도굴꾼은 도끼, 칼, 또 꼭 필요한 새끼줄을 짊어지고, 거기다 채찍 끝에 다는 가죽끈 몇 개를 가지고 나갔다. 성냥은 도굴꾼에게 있어서 자신들의 영혼을 좌지우지하는 물건이었다. 그런데 성냥을 가지고 다닌 역사도 그렇게 오래된 것은 아니었다. 청나라 때부터 시작된 것이었다. 그 전에는 모두 부싯돌을 가지고 다녔었다. 도굴꾼들은 매우 엄숙한 태도로, 종교와도 같이 숭고한 감정을 가지고, 언제든 불빛을 낼 수 있는 이 물건을 지니고 다녔다.

도굴꾼은 성냥갑을 열고는, 한 개비를 긋고, 또 한 개비를 그었다. 서너 개비를 그어보고서야 이 성냥갑의 성냥들이 젖지 않았고 모든 성냥개비가 불이 붙는 것임을 확신할 수 있었다. 그는 몇 개비를 내복의 주머니에 넣고, 또 모자 테두리에도 몇 개비를 집어넣었다. 다 넣은 후에는 손가락으로 더듬어보며 단단히 들어갔는지, 가는 길에 떨어지지는 않을지 확인했다.

5월의 어느 밤에, 그 수염 기른 영감, 즉 샤오더우의 할아버지가 캄캄한 탁자 가장자리에 담뱃대를 내려놓았다. 그는 성냥을 곳곳에다 두었는데, 심지어 바짓단의 솔기 속에도 몇 개비 넣어두었다. 성냥개비 머리를 먼저 끼워 넣은 후, 손으로 밀어 넣었다. 그의 손에는 혈관이 불룩불룩 튀어나와 있었고, 눈썹은 솔처럼 길었다. 네모난 얼굴에는 힘줄이 튀어나온 곳도 있었고 움푹 들어간 곳도 있었다. 반백의 머리카락은 무성하게 자라서, 강가에 빽빽하게 자라는 풀처럼 이마에서부터 꼿꼿하게 나 있었다. 하지만 그의 그림자는 벽에 비치면 그냥 하나의 그림자일 뿐이었다. 납작하고 검은, 종잇조각처럼 얇고, 그가 살아온 세월의 존엄성이 소멸된 그런 것이었다. 하지만 그런 그림자도 무성한 머리카락과 길게 자란 수염 덕분에 이솝우화에 나오는, 나무꾼을 위해 강바닥에서 도끼를 찾아주는 그 긴 수염의 하신河神 같았다.

조금 전까지만 해도 긴 담뱃대는 스스슥 하고 소리를 냈다.

강돌로 만든 붉은색 담배물부리는 영감의 두꺼운 입술을 떠나자마자 소리를 멈췄다. 담배통에서도 연기가 나지 않았다. 구들에서 자고 있는 샤오더우처럼 담뱃대는 탁자 가장자리에 잠들었다.

성냥은 등불을 켤 수 있을 뿐만 아니라 담뱃불도 붙였고, 아궁이불도 붙였고, 산속에서 이리를 쫓을 수도 있었다. 전설에 따르면 귀신도 쫓을 수 있다고 했다. 도굴꾼은 자신이 성냥을 가지고 다니는 것이 귀신을 쫓기 위해서라고 말하지는 않았다. (그들은 귀신을 두려워하기 때문에 그런 말을 하지 않았던 것이다.) 액일이 되면 스승에게 배운 대로 마치 불교도가 채식을 하듯이 지낸다고 했다. 그들도 나름대로의 액일이 있었으니, 매달 음력 19일이나 23일 같은 날이다. 이런 날에는 불을 피우는 도구를 몸에 지니고 있지 않으면 귀신이 집까지 따라와서 그들의 자녀와 손자 들과 함께 산다고 했다. 전설에 따르면 한 여자 귀신이 머리에 다섯 개의 삼지창을 두르고 이 액일 밤에 돌아다니다가 걸음마다 삼지창을 하나씩 뽑아 던진다고 한다. 무덤에 갔다가 돌아오던 사람을 만나면 그 사람을 찔러 죽인다는 것이다. 그러나 만약 그 사람이 몸에 불을 피우는 물건을 지니고 있으면 감히 그러지 못한다고 했다. 옛날에 도굴꾼은 부싯돌을 가지고 다녔다. 이 부싯돌은 그들의 스승이 주문을 외면서 그들에게 물려준 것이다. 그들은 스승이 이렇게 말한 것을 똑똑히 기억했다. "사람은 눈이 있고 귀신은 눈이 없다. 귀신에게 불빛을 주면 이 불빛을 따라 제 갈 길을 갈 것이다." 하지만 그들은 등불을 켜고 다닐 수는 없었다.

그리고 채찍 끝에 다는 가죽끈도 몇 개 지니고 다녔는데, 이것은 용도가 무엇인가? 사실 그들도 써본 적은 없었다. 채찍 끝 가죽끈을 허리띠의 오른쪽에다 끼워두는 건 필요시에 쉽게 뽑아 쓰기 위해서였다. 하지만 쓰지 않으니 장식품이 되어, 닳아서 반질반질하고 새까맣게 때가 탔다. 전설에 따르면 다섯 개의 삼지창을 가지고 다닌다는 여자 귀신이 말 타는 사람의 채찍 끝 가죽끈 때문에 꼼짝 못 한 일이 있다는 것이다.

샤오더우의 할아버지는 가죽끈을 끼우고는 곧 집을 나섰다. 달빛 아래 희미한 판자문을 닫고 밖에서 쇠고리를 걸었다. 그 쇠고리는 지나치게 크고 무거웠고, 반듯하게 문 위에 걸려 있었다. 그 집 안에 일고여덟 살 되는 아이가 자고 있다는 건 아무도 상상하지 못할 것이다.

밤이면 할아버지는 집에 없었고, 낮에도 태반은 집에 없었다. 할아버지는 무덤에서 가져온 물건들을 읍내에 가서 팔았다. 골동품상에서 가격 흥정을 하다 보면 아주 늦게 돌아올 때가 많았다.

"할아버지!"

샤오더우는 집으로 오는 할아버지가 10미터 정도 앞에 보이면 이렇게 할아버지를 불렀다.

영감은 손자 옆으로 걸어와서는 머리를 쓰다듬었다. 마치 자기 집 강아지한테 하듯이 손자를 집 안으로 데리고 들어갔다. 집에 들어가면 샤오더우는 줄곧 단조롭게 떠들었다. 창가에서 오후 내내 할아버지를 기다린 뒤였지만 그는 언제나처럼 즐거웠다.

"할아버지, 이 초록 풀무치……이 커다란 메뚜기 좀 보세요……창문으로 들어온 거예요……"

아이는 이렇게 말하면서 구들로 뛰어갔다. 낡은 창문틀에 붙은 창호지가 아이의 작은 손에 한 조각 한 조각 뜯어졌다.

"바로 이쪽으로 들어온 거예요……제가 손바닥으로 한 번 덮었는데 바로 잡혔어요."

아이는 허공에 대고 창턱에서 손바닥으로 덮치는 시늉을 했다.

"아직도 뛰어요. 보세요. 이렇게 뛰어요……"

할아버지는 신경도 쓰지 않았지만, 아이는 계속 물었다.

"그렇지 않아요, 할아버지?……이거 초록 풀무치 맞죠……"

"이 메뚜기는 너무 먹어서 배가 불룩해진 것 같지 않아요? 뛰는 것도 느려요. 잡으면 쉽게 잡히고요……"

"할아버지, 보세요, 얘가 제 왼손에서 오른손으로 뛸 수 있어요. 또 반대로 돌아오기도 해요."

"할아버지, 보세요, 할아버지 보세요……할아버지."

"할……"

그제야 아이는 할아버지가 오래전부터 자기한테 신경을 쓰지 않고 있다는 걸 깨달았다.

할아버지는 멀리 떨어진 부뚜막 앞의 나무 받침대에 앉아 머리가 온통 땀범벅이 된 채로 보드라운 모자를 손으로 문지르고 있었다.

할아버지의 신발 바닥은 짚 한 줄기를 밟고서 데굴데굴 굴리고 있었다. 할아버지의 눈은 조용히 그 지푸라기가 일으키는 흙먼지를 보고 있었다.

눈앞에서 뛰고 있는 메뚜기에는 눈길도 주지 않았다. 해가 져도 할아버지는 낡은 식칼로 땔감을 쪼개지 않았다. 저녁을 먹을 생각도 없는 것 같았다. 창문에 비쳐든 석양이 흰색에서 노란색으로, 다시 황금색으로, 그다음에는 그야말로 금빛의 붉은색으로 변했다. 할아버지의 머리는 햇빛이 닿지 않는 그늘에 있었다. 다만 두 손만을 햇빛 속으로 뻗어 내밀고 있었다. 금가루가 섞인 듯한 붉고 찬란한 빛 속에서 손을 씻듯이 이리저리 뒤집었다. 해는 시시각각 기울어지며, 붉은 빛에 물든 벽 위에서 길어졌다가 비스듬해졌다. 할아버지의 손이 드리운 검은 그림자도 그에 따라 길어졌다가 비스듬해졌다가 서서히 형태가 없어졌다. 그 이상한 모양의 그림자 손가락은 손바닥보다 몇 배나 더 길어졌다. 할아버지의 손가락이 한 자가 넘게 길어졌다.

샤오더우는 멀찌감치서 할아버지를 보았다. 샤오더우는 동쪽 창문의 창턱에 앉아 있었다. 녹두색의 큰 메뚜기는 손에 꼭 쥐어져 있었다. 풀줄기를 손에 쥔 것처럼 손바닥이 살짝 따끔따끔했다. 조금 전까지만 해도 그렇게 들떠 있었고, 그렇게 상상이 가득했었는데. 그는 호숫가에 할아버지의 모습이 보이면 문 뒤에 숨고, 할아버지가 들어오면 큰 소리를 지르면서 뛰어나오는 계획을 세웠었다. 그다음에 메뚜기를 놓아주는 것이다. 할아버지의 수염에다 놓아주면 제일 좋겠지, 그놈이 할아버지의 입술을 깨물도록. 여기까지 생각했을 때 너무나 즐거워 스스로도 감동할 지경이었다. 이 멋들어진 계획 때문에 눈물이 날 정도로 웃었다. 그는 흥분을 주체하지 못하며 시큰해진 코를 비볐다. 하지만 지금 그는 조용히 그 붉은 창 그림자를, 그리고 해가 눈앞을 걸어서 지나가듯이 그렇게 빨리 지는 모습을 지켜보고 있다. 붉은 그림자는 서서히 작아지고 작아지다 마지막 남은 조각은 더욱 빨리 사라졌다. 마치 걸레로 단번에 말끔히 닦아버린 것 같았다.

할아버지는 기침 소리 하나도 내지 않았다. 일어나서 움직여야겠다는 생각은 조금도 없었다.

날은 점차 황혼에서 어둠으로 변해갔다. 샤오더우는 날이 어두워짐에 따라 할아버지의 모습이 무섭게 변하는 것 같았다. 마치 웅크리고 있는 호랑이 같기도 하고, 허무맹랑한 이야기 속의 마귀 같기도 했다.

"샤오더우야."

할아버지가 갑자기 저쪽에서 불렀다.

이 소리에 샤오더우는 깜짝 놀랐다. 한참 동안 자기도 모르게 생각에 잠겨 있었기 때문이다. 그는 메뚜기를 내려놓고 대답했다.

"할아버지!"

이 소리가 먼저 할아버지 쪽으로 달려갔고, 그다음에야 샤오더우가 창턱에서 일어났다. 그러면서 장난스럽게 손으로 메뚜기의 뒷다리를 건드려 뛰어 도망가게 했다. 그러고 나서 느릿느릿 고개를 돌려 메뚜기를 보면서 할아버지 쪽으로 걸어갔다.

이 아이는 원래 조용한 아이였다. 얼굴색은 항상 창백했고, 웃을 때는 작은 치아 두 개만 드러냈다. 울 때도 눈물이 조금

밖에 없었다. 걸음걸이도 노인 같았다. 비록 조금 전에는 흥분했었지만, 지금은 원래 모습을 회복했다. 한 발 한 발 얌전하게 할아버지 쪽으로 걸음을 옮겼다.

할아버지는 아이를 잡아당겼다. 창백한 아이의 얼굴은 아무런 표정도 없이 할아버지의 눈을 한번 바라보았다. 무슨 일이 일어날지 짐작도 할 수 없었다. 아이가 기억하는 한, 이 작은 집에는 낯선 사람이 온 적도 없었고, 새로운 일이 일어난 적도 없었다. 심지어 새 모자 하나도 사본 적이 없었다. 구들 위의 돗자리는 원래 새것이었지만, 지금은 커다란 구멍이 났다. 하지만 언제부터 구멍이 생기기 시작했는지는 기억이 나지 않는다. 마치 처음부터 이만한 구멍이 있었던 것 같다. 천장에 쳐진 거미줄도 그렇다. 거미줄 위의 먼지도 늘지도 줄지도 않았다. 그중에서 긴 줄은 호숫가에 드리워진 버들가지처럼 생겼는데 열몇 줄이나 되었다. 짧은 것은 찐득하게 벽 구석에 엉켜 있었다. 이 모든 것은 이 집이 있었던 이래로 줄곧 그랬던 것 같다. 아무런 변화도 없고, 늘어난 것도 없고, 줄어든 것도 없는 것 같다. 이 모든 것이 존재하기 시작한 그날로부터 바로 오늘과 같은 모습이었던 것 같다. 집에 손님을 부른 적도 없고, 밥을 먹을 때면 식탁에는 언제나 젓가락 두 벌이었다. 집 안에서 나는 소리란 언제나 단조로운 그 소리였다. 이런 단조로움에 너무나 익숙해져서, 그들의 생활이 단조로운지 아닌지, 쓸쓸한지 아닌지조차 판단이 안 될 지경이었다. 말소리는 벽에 부딪쳐 맑은 반향을 울렸다. 이를테면 할아버지가 샤오더우를 부를 때, 샤오더우가 대답하기에 앞서 할아버지는 자신의 목소리의 반향을 들을 수 있었다. 밥을 할 때 가끔씩 쇠국자가 냄비 바닥에 떨어지는 소리가 나면 샤오더우는 악몽에서 깨어나듯 깜짝 놀라곤 했다. 이렇게 소리가 잘 울리는 걸 보면 그들의 집에 벽만 네 개 있음을 알 수 있다. 또한 집이 무척 크다는 걸 알 수가 있다. 원래 샤오더우의 아버지가 살았을 때는 이 집에 다섯 명이 살았다. 벽에는 여전히 예전에 수많은 젓가락을 꽂아두었던 젓가락통이 걸려 있다. 지금은 상황이 달라졌지만, 그래도 여전히 걸려 있다. 오랫동안 쓰지 않은 그 젓가락통에는 곰팡이가 피었고, 버들가지로 만들었는지 등나무로 만들었는지조차도 알아볼 수 없을 정도였다. 기름 그을음과 먼지가 엉긴 기름때가 검푸른 해초처럼 표면을 뒤덮었기 때문이다. 하지만 그 속에는 여전히 옛날에 쓰던 젓가락이 한 움큼 들어 있었다. 젓가락은 더러워서 꼴이 말이 아니었고, 젓가락이라는 걸 알아보기도 어려웠다. 아무도 손을 대지 않았기 때문에 한 해 한 해 그대로 지내온 것이었다.

할아버지의 수염도 항상 그렇게 길었고, 항상 그렇게 빽빽하게 한 다발이었다. 마치 누가 일부러 심기라도 한 듯, 지금까지도 그렇게 빽빽했다.

샤오더우는 손을 들어 할아버지의 수염 끝을 만져보았다. 할아버지도 온화하게 자신의 수염 끝부분으로 샤오더우의 정수리에 술처럼 난 머리카락을 건드렸다. 샤오더우는 할아버지가 말을 하기를 기다렸다. 무슨 말이든 해줬으면 했다. 하지만 그렇게 되지 않았다. 할아버지는 아래위 입술을 모아 한번 축였을 뿐이었다. 할아버지가 혀를 차는 소리가 난 것 같기도 했다.

뭔가 달라진 것이 있나, 샤오더우는 아예 그런 쪽으로는 생각해보지도 않았다. 뭔가 달라지는 걸 본 적이 없었기 때문이다. 할아버지는 밤이면 나가고 낮이면 잠을 잤다. 여전히 그대로였다. 자신이 창턱에 쭈그리고 앉아 저녁이 될 때까지 종일 그대로 있는 것도 평상시와 똑같았다. 무엇이 달라졌나, 도대체 무엇이 달라졌나? 아이는 여기에 대해 전혀 짐작조차도 할 수 없었다.

할아버지는 아이를 불러놓고도 뭘 어쩌라는 말이 없었다. 아이는 이런 것에 완전히 습관이 되었다. 이해는 할 수 없었지만 물어보지도 않았다. 이해가 안 되면 그만이다. 보이면 보는 거고, 안 보이면 그만이다. 예를 들어 그는 늘 그 연화못에 가보고 싶었고, 다른 아이들과 마찬가지로 요구를 들어주지 않으면 포기하지 않고 계속 요구했다. 오랫동안 그랬지만 결국에는 못 가면 그만이라고 생각하게 되었다. 그는 언제나 문제를 말하기 전에는 마음속에서 매우 괴롭게 번민을 하지만, 일단 꺼내놓고 나면 그냥 흐지부지 지나가버리고 말았다. 그는 자신이 요구하는 일이 대부분은 될 리가 없다고 체념하고 있었다. 그래서 할아버지가 자신을 불러놓고 어쩌라는 말을 하지 않는 이 상황에 대해서도 그는 캐묻지 않았다. 그는 느긋하게 그다지 맑지 않은 작은 눈을 빛내며 사방을 둘러보았다. 벽 위로 그리마가 한 마리 사삭사삭 소리를 내며 기어가는 것이 보였다. 그리고 고개를 들어 보니 작고 검은 거미가 거미줄을 짜고 있었다.

날이 곧 완전히 어두워질 것 같았다. 창밖의 푸른 하늘은 처음에는 밝고 투명한 푸른색이었다. 그다음엔 푸른 양단 같았고, 무한히 깊고 넓어 보였다. 지금은 마치 하늘이 응결된 것처럼 고요해지고 검푸른색이 되었다.

할아버지는 손마디를 하나하나 꺾으며 연골이 끊어지는 것 같은 소리를 냈다. 할아버지는 여전히 아무 말도 하지 않았고, 머리를 들어 천장의 허공을 보았다. 샤오더우도 따라서 보았다.

그 거미는 납추처럼 무거웠고, 때때로 거미줄에서 떨어질 듯 위태해 보였다. 거미줄과 평행하게 대들보 위에 걸린 새끼줄이 있었는데, 끝에 고리가 만들어져 있는 것이 희미하게 보였다. 그리고 벽 가장자리의 나무 선반도 있었다. 예전에는 이 나무 선반에 도끼랑 먹통, 묵척, 먹줄……등이 놓여 있었다. 이것들은 아들이 목수 노릇을 할 때 직접 만든 것이다. 노인은 갑자기 죽은 아들이 생각났다. 아들이 견습생을 마치고 돌아온 다음 날 만든 나무 선반이 아닌가? 아들은 손재주로 사는 사람은 공구가 중요하기 때문에, 쥐가 공구를 갉지 않도록 선반을 만든다고 했다. 들보에 걸린 그 새끼줄도 아들이 묶어놓았다는 것이 기억났다. 5월 초하루에 며느리가 나가서 쑥을 한 무더기 뜯어 왔는데, 아들이 직접 그것을 들보에 걸어놓은 것이다. 이 일들을 생각하니 모두 눈앞에서 일어나는 것 같고 아직도 그 쑥 향기를 맡을 수 있을 것만 같았다. 하지만 들보에 걸린 새끼줄은 시커멓게 더러워져, 마치 녹슨 무거운 쇠사슬이 애통함에 꼼짝도 못 한 채 그곳에 걸려 있는 것 같았다. 노인은 다시 한번 그 새끼줄을 보았다. 심장이 뒤집히는 것 같았고, 얼굴에 열이 나고 곧이어 오한이 들었다. 아들이 죽은 지도 3, 4년이 되었지만 오늘처럼 심장이 조이는 듯이 괴로웠던 적은 없었다.

그 전에는 그도 자신감이 있고 확신이 있었다. 자신의 남은 힘을 다해 손자 하나는 굶기지 않으리라고. 몇 년만 더 살아서 보살펴주면 손자가 굶어죽을 일은 없을 것이다. 며느리는 재가했다. 그는 잘된 일이라고 생각했다. 젊은 사람이 이런 삶을 산들 무슨 낙이 있겠는가. 땔감도 양식도 부족하고 집에 일손도 없다. 하지만 이 모든 것은 옛날에 생각했던 것이고, 지금은 모든 것이 무너졌다. 이제부터 어떻게 먹고살 것인지 막막했다. 손자가 자라는 걸 지켜볼 수 있을지 없을지도 확실히 알 수 없었다. 과거의 아픈 일들이 한 자락 한 자락 떠오르면서, 그의 생각은 마치 바닷바람을 맞아 부서지는 파도와도 같았다. 예전에는 아무리 슬픈 일이 있어도 이토록 힘들지는 않았는데 지금은 그랬다. 정신이 혼미해지고 심장이 뛰고 혈관이 부풀어 오르며 귀가 뜨거워지고 목이 탔다. 두 손의 관절을 누르자 다시 따닥따닥 소리가 났다. 그가 보니 관절도 굵어진 것 같고, 보기 흉하게 튀어나와 있었다. 그는 일어나 걸으면서 이 모든 걸 떨치려고 했다. 하지만 무엇인가가 그를 내려치기라도 하는 듯 일어날 수가 없었다.

"이거 왜 이래?"

그가 버틸 수 없을 정도로 고통스럽고 더 이상은 스스로를 괴롭히는 그 생각을 계속할 수 없게 되었을 때, 그는 외마디 소리를 지르며 벌떡 몸을 일으켰다.

"샤오더우, 일어나봐. 할아버지가 녹두죽 끓여줄게."

손자와 말을 하면서 스스로를 좀 진정시키려는 것이었다.

"샤오더우, 정신 좀 차려봐……그러다 넘어질라……네 나비는 날아갔니?"

"할아버지, 틀렸어요. 나비가 아니라 메뚜기예요."

샤오더우는 할아버지의 무릎에서 일어나 눈을 뜨려고 애썼다. 다리를 움직여서 메뚜기를 가져다 할아버지에게 보여주고 싶었다.

알고 보니 할아버지는 그 메뚜기에 눈길도 한번 주지 않았기 때문에 그게 나비라고 생각했던 것이다. 할아버지는 메뚜기를 가지러 가는 손자를 붙잡았다.

"밥 먹고 나서 보여주렴."

그는 허리춤에서 작은 꾸러미를 하나 꺼냈다. 그런데 꺼내는 순간 종이 꾸러미가 찢어져 투두둑 하고 콩알이 바닥으로 쏟아졌다. 녹두가 떨어지자 샤오더우는 몸을 숙여 바닥에서 녹두알을 주웠다. 아이는 작은 손바닥을 흙바닥에 대보았다. 바닥에 무수히 많은 작고 동글동글한 돌멩이가 있는 것 같은 느낌이었다. 그는 녹두알을 주우면서 한편으로는 손으로 흙바닥의 콩알들을 이리저리 굴리며 놀았다.

할아버지는 이 모습을 보고는 마음속에서 기쁨이 물결처럼 밀려왔다.

'이 아이가 굶어 죽을 리가 있겠어? 음식에 애착이 있는데.'

할아버지의 마음속에는 다시 쓰라린 아픔이 밀려왔다. 이 가엾은 아이가 아비를 여읜 것은 겨우 걸음마를 배웠을 때였다. 네 살이 되었지만 몸이 워낙 약해서 밖에 나갔다가 비라도 만나면 할아버지한테 업혀야 할 정도였다. 사나흘에 한 번씩은

병이 났다. 아플 때는 정말이지 가엾었다. 신음 소리도 안 내고 소리도 안 지르고 먹지도 않고 해달라는 것도 없었다. 가끔 "할아버지" 하고 한 번씩 부를 뿐이었다. 물을 마시겠냐고 물으면,

"아뇨."

뭐 좀 먹을래?

"아뇨."

눈은 감은 듯 뜬 듯 몽롱하게 잠을 잤다.

사나흘을 자고는 일어났고, 병도 나았다. 그리고 눈에 보이는 모든 것에 기뻐했다. 하지만 며칠 지나지 않아 또 병이 나는 것이었다.

'병에 걸려도 안 죽었는데 굶어 죽기야 하겠어?'

밤에 불을 끈 뒤 할아버지는 이런 고민을 하고 있었다.

과거의 일들이 하나씩 하나씩 그의 머릿속에 떠올랐다. 며느리가 시집을 가던 그날 저녁이다. 덮개가 열린 그 금박 궤짝……문을 나서기 직전 며느리의 울음소리. 회상하다 보니 그 당시보다도 오히려 더 감정이 북받쳤다. 스스로도 이상했다. 다 지난 일인데 생각해서 뭐 하나. 하지만 이어서 또 죽은 아들이 떠올랐다.

집 안과 밖의 모든 것이 캄캄해졌다. 연화못도 컴컴하여 보이지 않았다. 아스라이 사라져 손으로 만지려 해도 만져지지 않고 발로 밟으려 해도 밟히지 않을 것 같았다. 연화못도 평범한 대지와 마찬가지로 평범해졌다.

초록 풀무치는 일찌감치 아이의 뇌리에서 잊혔다. 아이는 평온하게 자고 있었다. 몸을 웅크린 작은 벌레 같았다.

하지만 그 옆에서 잠을 못 이루고 있는 할아버지는 샤오더우의 콧구멍에서 간간이 억울함을 담은 탄식 소리가 나는 것을 들을 수 있었다.

* * *

노인은 아들이 죽은 뒤부터 도굴 일을 시작했다. 처음에는 노인도 별로 내키지 않았다. 아들이 남긴 도끼와 톱을 가지고 목수나 할까 하는 생각도 했다. 그는 좀 우스꽝스럽게 집에서 2, 3일 연습을 해보았지만, 도무지 되지가 않았다. 두툼한 나무판 조각을 가지고 네모난 걸상을 만들었는데, 황당하게도 다리 네 개가 다 길이가 달랐다. 그는 그래도 괜찮다고 생각했다. 톱으로 잘라서 맞추면 그만이니까. 그런데 톱질을 해보니 톱날이 잘 들어가질 않았고, 한나절을 했는데도 걸상 다리는 망가지기만 하고 잘라지지는 않았다. 어이없게도 자신이 애써 만든 걸상이 눈앞에서 허물어지기 시작했다. 결국 그는 목수는 안 되겠다는 걸 깨닫고 아들의 공구를 거의 다 팔아버렸다. 그리고 몇 가지만 남겨서 도굴에 사용하기로 했다.

그가 무덤에서 가져온 물건들 중 제일 값나가는 것으로는 은팔찌 한 쌍과 은귀걸이 두 쌍이 있었는데, 은귀걸이 중에서 한 쌍은 큰 장식이 달렸고, 다른 한 쌍은 둥근 고리 모양이었다. 그리고 금도금 반지도 하나 있었고, 그 밖에 구리 물담뱃대 하나, 주석 꽃병 하나, 은 머리장식 하나가 있었다. 그 외에는 모두 옷가지나 신발, 모자, 혹은 꽃무늬 유리컵이나 엽전 같은 값어치 없는 물건들이었다. 그 밖에 구리 담배물부리, 담배통, 큰 단향목 부채도 모두 값이 안 나가는 것들이었다.

밤이면 그는 나가서 무덤을 파고 낮이면 읍내 골동품점들을 다니며 물건을 팔았다. 일본인들이 온 뒤로는 일본인들에게 물건을 압수당하기 일쑤였다. 어제저녁에도 조사를 받고 돌아온 것이었다. 낮이면 일본 헌병들이 마을에서 읍내로 가는 길을 지키고 있었고, 밤이면 형사들이 사복을 입고 읍내를 돌아다니며 길에서 수시로 검문을 했다. 그들은 노인의 품속에 든 물건이 무엇인지, 어디서 난 것인지를 물었다. 그는 어디서 난 것인지 대답을 하지 못했다. 직업이 무엇이냐고 물어도 제대로 대답하지 못했다. 이렇게 해서 물건을 두세 차례 압수당했다. 그래도 그는 두려워하지 않았다. 어제는 길에서 한 무리의 중국인들이 일본군에 징용되어 끌려가는 걸 보았다. 소문에는 무직자들은 다 잡아간다고 했다.

골동품상이 알려주기로는, 군대에 끌려가고 싶지 않으면 잘 아는 일본 사람을 만들어두는 것이 좋다고 했다. 만약 의향이 있으면 소개를 해주겠다는 것이다. 그래서 어제 바로 모처에 가서 일본 사람을 만나고 왔다.

이 일 때문에 그는 밤새도록 잠을 이루지 못했다. 그래도 도굴꾼이라 밤에 일하는 것이 습관이 되어서인지 오늘 아침에 일어나니 몸 상태가 그다지 나쁘지 않았다. 그는 또 그 작은 땅굴에 들어갔다. 나올 때 그의 얼굴엔 흙먼지가 이리저리 묻어 있었다.

샤오더우는 창가에 서서 조용히 할아버지를 보고 있었다.

노인은 작은 구리 조각 몇 개를 모자 위쪽에 끼워 넣고, 쇠못 부스러기 몇 개를 허리띠 끝부분에 집어넣었다. 허둥지둥 급하게 바늘로 바느질을 한 후 무엇인지 모를 빛나는 조각들을 손바닥에 놓고 몇 번 흔들었다. 샤오더우는 그 물건이 어디에 놓였는지도 제대로 보지 못했다. 할아버지는 그야말로 마술을 부리듯 신비스러워졌다. 은니 한 개는 한참을 매만진 후에야 소맷부리에 집어넣었다. 그가 고개를 드니 샤오더우의 동그란 눈이 마치 작은 못처럼 뚫어져라 그를 보고 있었다.

"뭘 보는 게냐, 할아버질 보는 거냐?"

샤오더우는 대답을 못 하고, 작은 입을 가리며 부끄러운 듯이 고개를 돌렸다.

할아버지도 얼굴을 붉히고, 외짝문을 밀어 열고는 골동품점으로 향했다.

* * *

그러던 어느 날, 할아버지가 갑자기 샤오더우를 불렀다. 그 소리는 거의 안 들릴 정도로 나지막했다.

"얘야, 가자, 할아버지랑 가자."

그는 손가락 끝으로 샤오더우의 정수리에 있는 그 술같이 난 머리카락을 한참 동안 긁었다.

그날 할아버지는 아이에게 청죽포로 만든 겹신발을 신겼다. 신발 뒤축에는 가느다란 끈이 달려 있었다. 할아버지는 머리를 숙여 거친 숨을 내쉬며 끈을 묶어주었다.

"할아버지, 연화못 보러 갈까요?"

샤오더우는 아기 양처럼 할아버지 옆에 붙어 섰다.

"가자, 할아버지랑 가자……"

이날 할아버지는 밤에 일을 나갈 때처럼 칼이나 가위 따위를 챙기지 않았다. 땅굴에도 들어가지 않았다. 구리 조각이나 쇳조각을 찾지도 않았다. 단지 이런 말을 여러 차례 할 뿐이었다.

"가자, 할아버지랑 가자."

할아버지와 어디로 가는 걸까? 샤오더우는 묻지 않았다. 그저 아기 양처럼 할아버지 곁에 서 있었다.

"이번 한 번뿐이다. 다시는 안 가……"

할아버지가 이렇게 혼잣말을 했지만 샤오더우는 신경 쓰지 않았다. 고모라도 만나러 가는 걸까? 사당 축제에라도 가는 걸까? 샤오더우는 이런 생각도 해보지 않았다. 아이는 친척을 만나러 나가본 일이 없었다. 어렸을 적에는 외할머니가 아이를 보러 오기도 했지만 그때는 너무 어렸기 때문에 기억도 없다. 읍내 장에도 가본 적이 없었다. 정월 대보름의 꽃등 놀이도 보러 간 적이 없었다. 중추절에 월병을 먹어본 적도 없었다. 맛있는 음식을 알지도 못했다. 그가 본 적도 없는 물건은 너무나 많았다. 그래서 그날 읍내에 가서 할아버지가 쭝쯔*를 주었을 때도 어떻게 잎을 벗기고 먹는지도 몰랐다. 그림자극을 본 적도 없었고, 마을 지신제 연극도 본 적이 없었다. 이번에는 어디

* 찹쌀 및 기타 소를 대나무 잎 등으로 싸서 묶은 후 익힌 것으로, 중국 단오절을 대표하는 음식이다.

로 가는 걸까? 무엇을 보게 될지 상상도 할 수 없었다. 그저 할아버지만 따라갈 생각이었다. 빨리 갈수록 더 좋다. 곧바로 출발한다면 더욱 기분이 좋을 것이다.

그런데 할아버지는 꽤 번거롭게 준비를 했다. 아이에게 이걸 입히고 저걸 입히고 한 다음 커다란 모자를 쓰라고 했다. 따가운 햇볕을 막기 위해서라고 했다. 그런데 그 모자는 너무 컸다. 할아버지는 바람이 불면 손으로 모자챙을 붙잡으라고 알려주었다. 세수를 시키고 손도 씻겼다. 세수를 시키면서 비로소 아이의 목이 새카맣다는 걸 깨달았다. 수건으로 문지르니 채소 줄기에 까맣게 덮인 진딧물처럼 때가 일어났다. 귀를 닦을 때는 귓구멍에서 흰색 귀지가 쏟아져 나왔고, 손톱을 보니 새 발톱만큼이나 길었다. 할아버지는 손톱을 깎아주려 했는데 칼을 찾을 수가 없어서 읍내에 갔다가 돌아와서 머리도 깎고 손톱도 깎아주기로 했다.

샤오더우는 더 이상 기다릴 수가 없었다. 할아버지가 칼을 못 찾고 있자 샤오더우가 외쳤다.

"그냥 가요!"

그렇게 그들은 집을 나섰다.

날은 눈이 부실 정도로 맑았다. 공기는 들풀에서 뿜어져 나온 달콤한 향기를 퍼뜨리고 있었다. 사방의 지평선은 모두 초록색이었는데, 그것도 싱싱하고 비취 같고 짙푸른, 윤이 나는 녹색이었다. 지평선 가장자리의 초록색은 연기가 나는 듯한, 막 부슬비가 내린 듯한 녹색이었다. 그러나 가까운 곳은, 즉 반 리 안에 있는 곳은 모두 유리와도 같은 녹색이었다.

커다란 태양 아래에 있으니 샤오더우는 마치 무엇인가가 눈을 어지럽게 한 것처럼 어질어질했다. 이렇게 맑은 날씨인데도 보고 싶은 것들을 똑똑히 볼 수가 없었다. 오랫동안 꿈꾸어 왔던 그 연화못도 별안간 찾을 수가 없었다. 마치 굴속에 살던 마멋을 햇빛 속으로 끌어낸 것처럼 눈이 잘 안 보였다. 샤오더우는 정말로 작은 마멋 같았다. 눈이 안 보일 뿐 아니라 다리도 제대로 서지를 못했다. 그는 그저 영원히 동굴 속에 쭈그리고 앉아 있어야만 했는지도 몰랐다.

"샤오더우! 샤오더우!"

할아버지는 뒤에서 그를 불렀다.

"바지에 구멍이 나서 엉덩이가 보이는구나. 빨리 집에 가서 갈아입고 오자."

할아버지는 벌써 몸을 돌려 집 쪽으로 향했다. 그러다가 샤오더우에게 바지가 한 벌밖에 없다는 걸 깨닫고는 다시 아이와 함께 원래 가던 방향으로 걸었다.

읍내는 장이 서는 날이어서 할아버지는 손자를 데리고 가서 구경을 시켜주려고 했다. 그리고 곧 돈이 생기면 아이에게 뭘 좀 사줄 수도 있다.

'샤오더우가 뭘 원하는지, 뭘 좋아하는지, 데리고 가서 직접 고르게 해야지.'

할아버지는 걸으면서 생각했다. 하지만 무엇보다도 천을 몇 자 끊어 와서 바지를 해주어야 해.

그들은 연화못가를 돌아, 연화못과 연결된 오솔길을 따라 걸었다. 이제 샤오더우의 눈도 어지럽지 않았고, 다리에도 힘이 돌아왔다. 아이는 푸른 하늘 아래에서 마치 무슨 아름다운 노래라도 부르는 것 같았다. 길을 걸으며 풀밭에 있는 풀들에게 갖가지 이름을 붙여주었다. 그의 주변에 있는 모든 것들이 왁자하게 갖가지 소리를 내며 그와 소통하기를 기다리는 것 같았다. 심장이 평소보다 더 빨리 뛰었기 때문에 입술도 작은 꽃 한 송이처럼 살짝 얼굴 앞쪽으로 튀어나온 것 같았고, 살짝 더 붉어진 것 같았다. 가는 곳마다 몸을 숙이고 손가락으로 풀잎을 만져보았다. 처음에는 마음에 드는 꽃을 따서 손에 쥐었다. 그래서 처음에는 색깔이 선명한 것들만 골랐지만, 나중에는 점점 더 많이 땄다. 크거나 작거나 노랗거나 자줏빛이거나 하얗거나 가리지 않고……심지어 야생 대마초의 작고 노란 꽃까지도 따서 손에 쥐었다. 하지만 이 오솔길은 아주 짧았고, 이 길을 벗어나자 흙먼지가 풀풀 날리는 누런 큰길에 접어들었다.

"할아버지, 어디 가는 거예요?"

샤오더우는 창백한 작은 얼굴을 들며 물었다.

"할아버지랑 같이 가자."

그다음엔 더 이상 묻지 않았다. 그저 강아지처럼 할아버지의 뒤를 따라 걸었다.

읍내의 왁자한 소리가 들려왔다. 500보 밖에서도 사람들이 떠드는 소리가 귀를 울릴 지경이었다. 할아버지는 속으로 걱정도 되면서 편안하기도 했다. 그는 일종의 장엄한 기쁨 속에 잠겼다. 처음으로 손자를 위해 큰돈을 쓸 예정이었다. 그의 마음에는 일종의 온화함이 움직였고, 온화함은 곧 다정함으로 바뀌었다. 오늘 무척이나 쾌활한 샤오더우의 모습을 보며 그는 행복하게 눈가에 미소를 띠었다. 샤오더우의 그리 튼튼하지 못한 귀여운 다리가 민첩하게 폴짝폴짝 뛰었다. 할아버지는 몇 번이나 손자와 말을 나누고 싶었지만, 마음속에 기쁨이 벅차올라 입을 벌리지 못했고, 공연히 저 귀여운 어린 양을 놀라게 하고 싶지도 않았다. 마침내 샤오더우가 읍내에 도착했을 때, 길 양쪽은 모두 음식을 파는 곳이었다. 붉은 산사편, 납작하게 눌러 만든 검은 대추, 녹색 올리브, 가도 가도 계속 음식 파는 곳만 나왔다. 샤오더우가 보기에 읍내는 전체가 음식으로 되어 있는 것 같았다. 그는 할아버지에게 뭘 사달라고 하지도 않고, 음식에 욕심을 내지도 않으며, 무척 무덤덤한 모습으로 사람들 틈을 비집고 다녔다. 하지만 마음속에서는, 또 입속에서는, 예전에 느껴본 적 없었던 새로운 느낌이 생겨나고 있었다. 특히 새콤 매실탕을 파는 가게에서 구리 꽃받침 장식을 두드리는 맑은 소리는 들으면 들을수록 시원한 느낌이 들었다. 매실탕을 한 그릇 사서 쭉 들이켤 수는 없었지만, 보기만 해도 시원해지는 느낌이었다. 하지만 그 앞에 오래도록 서서 보고만 있는 것도 미안한 일이었다. 그는 그런 건 익숙하지가 않았다. 게다가 그는 혼자서는 한순간도 마음대로 머물러 있을 수가 없었다. 늘 누군가에게 얻어맞을 것 같은 두려움이 있었기 때문이다. 하지만 여기는 집이 아니라 읍내이고, 사람이 이렇게 많은데 누가 그를 때리겠는가? 그런데 그는 이런 생각을 명료하게 하지 못했고, 그저 무의식 속에 희미하게 있을 뿐이었다. 그래서 그는 할아버지를 졸졸 따라다녔고, 붐비는 곳에서는 손을 내밀어 할아버지를 붙잡았다. 완두콩 장수, 양배추 장수, 피망 장

수……그는 이런 것을 제대로 보지 못했다. 어떤 여자가 장대 끝에 갖가지 색깔의 실을 걸어서 들고 지나갔는데, 그 실에 샤오더우의 목이 걸렸던 것이다. 샤오더우는 짜증과 공포가 섞인 비명을 질렀고, 할아버지가 실을 풀어주었다. 그때 할아버지는 손자의 눈에서 맑고 귀엽고 사랑스러운 눈빛을 보았다. 이때 샤오더우는 할아버지의 향기로운 목소리를 들을 수 있었다.

"뭐 좀 먹으련? 이 쭝쯔 먹어볼래?"

샤오더우는 그게 무엇인지를 몰랐다. 5, 6년 전에 아버지가 살아 있었을 때 먹어본 것도 같지만 벌써 잊어버렸다.

할아버지는 가판대의 그릇 하나를 꺼냈다. 삼각형 같기도 하고 육각형 같기도 했다. 어찌 됐든 샤오더우가 보기에 이 낯선 물건은 모서리가 무척 많았다. 할아버지는 옆에 있는 뚜껑 열린 솥을 가리키며 물었다.

"뜨거운 걸로 먹을래?"

그때 고개를 끄덕였는지 저었는지 기억이 나지 않았지만 여하튼 샤오더우의 손에는 뾰족뾰족하게 생긴 물건 한 개가 진짜로 들려 있었다.

할아버지가 사려는 물건은 하나도 살 수가 없었다. 어차피 돌아오는 길에 다시 와서 사면 되기 때문에, 그는 동전 몇 개만 가지고 왔던 것이다. 그는 돈이 적다는 생각도 없이 자신만만하게 앞으로 걸어갔다.

샤오더우의 바지는 엉덩이 부분이 더 크게 찢어져 다리를 앞으로 들 때마다 누런 살이 드러났다. 이것을 본 할아버지는 더욱 안쓰러운 마음이 들었다.

'이 애는 3월의 실파처럼 비가 조금만 와도 곧바로 통통하게 살이 오를 텐데……'

여기까지 생각하고는 걸음을 더 빨리했다. 읍내를 지나면 그 앞에 그가 돈을 받을 곳이 있기 때문이다.

샤오더우는 쭝쯔를 들고 아직 껍질도 안 벗기고 있었다. 쭝쯔 가게에서 다른 사람들이 모두 잎을 벗기고 먹는 걸 보았지만 확신을 할 수 없었다. 벗기지 않고는 못 먹는 것일까. 결국 그는 이로 한쪽 모서리를 커다랗게 찢어낸 후, 베어 물고 냄새도 맡아보고 하며, 두 손으로 붙잡고 먹기 시작했다.

손에 한가득 들고 있던 꽃은 읍내에서 잃어버렸다. 수백 수십 명의 사람들에게 짓밟히고 있을 것이다. 그동안 할아버지와 샤오더우는 읍내를 빠져나왔다.

구불구불한 길을 한참을 간 뒤 할아버지는 샤오더우를 작은 병영같이 생긴 건물 입구로 데려갔다.

샤오더우는 사방을 둘러보았으나 이곳이 어디인지 짐작할 수가 없었다. 입구에는 큰 군화를 신은 병사가 서 있었고, 머리에는 철 대야 같은 모자를 쓰고 있었다. 그는 할아버지에게 이 사람이 일본군인지 묻고 싶었다. 하지만 할아버지가 그를 앞세우고 뒤에서 밀면서 따라오고 있었기 때문에 그만두었다.

일본군이 처음 읍내에 들어왔을 때, 샤오더우는 외삼촌이 '매국노'라고 말하는 걸 여러 번 들었다. 그는 외삼촌의 말이 무슨 뜻인지는 이해하지 못했다. 하지만 지금 앞에 있는 병사의 모습은 정확하게 외삼촌이 말한 그대로였다. 그래서 그는 보자마자 겁이 더럭 났다. 하지만 할아버지가 뒤에서 그를 밀고 있었기 때문에 그대로 들어갈 수밖에 없었다.

마침 건물 안은 점심시간이었다. 일본 사람이 아이에게도 도시락을 하나 가져다주었다. 아이는 겁을 먹은 채로 문 옆에 서서 길이가 한 자 남짓, 폭이 세 치 남짓 되는 도시락을 받아들었다. 할아버지가 뚜껑을 열어주었다. 흰 쌀밥 위에 소시지 두 개가 놓여 있었는데, 윤이 나면서 굉장히 맛있는 냄새가 났다. 샤오더우는 이런 건 본 적도 없었다. 할아버지가 먹는 걸 보고서 그도 금방 밥을 다 먹어버렸다.

그는 할아버지에게 여기가 뭐 하는 곳인지 묻고 싶었지만, 사람이 많은 데서 말을 꺼내기가 어려워 또 그만두었다. 하지만 이곳은 뭔가가 꺼림칙했다. 얼마 지나지 않아 저쪽에서 철모도 쓰지 않고 큰 군화도 신지 않은 민간인 복장을 한 사람이 하나 오더니 할아버지를 불러 데려갔다. 샤오더우는 곧바로 뒤쫓아 갔지만 보초에게 가로막혔다. 그는 소리쳤다.

"할아버지, 할아버지."

그의 작은 머리에는 땀방울이 맺혔다. 마치 살려달라고 외치는 것처럼 그렇게 소리쳤다.

결국 그도 뒤따라 조사실로 갔을 때, 그는 할아버지의 등 뒤에 붙어 서서 할아버지의 허리띠에 손을 꼭 걸었다.

조사실의 벽에는 채찍이 걸려 있었고, 나무 몽둥이도 걸려 있었으며, 그 밖에 새끼줄과 장대, 가죽끈 같은 것들이 있었다. 조사실 가운데에는 두 개의 나무틀이 있었는데, 그네 틀에 달린 것과 같은 커다란 쇠고리가 두 개 달려 있었다. 그 고리에는 소를 쟁기에 묶을 때 쓰는 것과 같은 굵은 밧줄이 묶여 있었다.

그는 할아버지가 '중국'이라는 말도 하고 '일본'이라는 말도 하는 걸 들었다.

할아버지를 심문하는 사람은 탁자를 두드리면서 물었다. 샤오더우는 할아버지도 약간 겁을 먹었다는 걸 알아채고 뒤에서 할아버지의 허리띠를 당기며 말했다.

"할아버지, 집에 가요."

"집은 무슨 집, 쪼끄만 새끼가, 제기랄, 너희 집이 어딘데!"

아까 탁자를 두드리던 사람이 샤오더우를 보며 탁자를 쾅 내리쳤다.

바로 이때, 할아버지와 비슷한 노인 하나가 잡혀서 들어왔다. 철모를 쓰고 허리에 작은 칼을 찬 이와 사복을 입은 이 몇 명이 이 노인을 밀면서 들어왔다. 그들은 비명을 지르는 노인을 그 나무틀에다 밧줄로 매달았다. 노인의 발은 빙빙 돌면서 공중에 떠 있었다. 샤오더우는 일본군이 벽에 걸려 있던 채찍을 가지고 오는 것을 보았다.

아이는 할아버지가 뭐라고 말했는지 듣지 못했다. 다만 외삼촌이 일본인 집에 가는 중국인은 '매국노'라고 그랬던 것 같았다. 이 생각이 떠오르자 그는 외쳤다.

"매국노, 매국노……할아버지 집에 가요……"

이렇게 말하면서 바닥에 누워 큰 소리로 울기 시작했다. 할아버지를 당겼는데도 움직이지 않아서 평소처럼 크게 울면서 떼를 쓴 것이다.

할아버지가 고개를 돌리기도 전에 샤오더우는 일본군의 발에 차여 한 길이 넘게 날아가 벽 밑에 떨어졌다. 입과 코에서 피가 쏟아졌고, 다친 고양이처럼 늘어져 숨을 쉬는지도 알 수 없었다. 울부짖던 소리는 완전히 멈췄다.

할아버지는 일어나서 손자를 안으러 가려고 했다.

"이 새끼, 가만있어, 네놈도 수상하다고……"

심문하던 중국인의 얼굴빛이 바뀌자 얼굴의 그늘이 더욱 검게 보였다. 얼굴의 그늘진 반쪽은 완전히 검푸른 색이 되었다. 그러고는 일본어로 말했다. 그 노인은 여러 날 동안 일본어를 들었지만 한 마디도 알아듣지 못했다. 그저 "데스네……데스네……"라고만 들릴 뿐이었다. 일본군은 벽에 가서 또 하나의 채찍을 가져왔다.

저쪽 나무틀에 매달린 노인은 이미 채찍질을 당하기 시작했다.

이제 샤오더우의 할아버지도 마찬가지로 채찍을 맞아 정신을 잃었다. 온몸에 아픈 감각이 하나도 없었다. 열이 올랐다 오한이 들었다를 반복하다가 이렇게 무감각한 지경에 이르렀다. 1초 전의 그 참을 수 없이 쓰라리던 감각이 완전히 사라졌다. 순식간에 완전히 잊었다. 손자는 어떻게 되었을까, 죽었을까 살았을까, 기억도 나지 않았다. 마치 다른 세계로 들어온 것 같았다. 고통도 없고 공포도 없고 변화도 없는 일종의 영원의 세계이다. 이렇게 얼마의 시간이 지났는지 모른다. 그는 바닷가의 바위처럼 아무도 모르는 존재가 되어 파도 위에서 잠을 잔 것 같았다.

정신이 들었을 때 그는 긴 여행에서 막 돌아온 듯 온몸이 피곤했고, 목이 마르고 졸리고 기지개를 켜고 싶었다. 그런데 왠지 모르게 기지개도 켜지지 않았고, 눈을 뜨려 해도 떠지지 않았다. 몇 번이나 일어나려 했지만 일어날 수도 없었다. 겨우 손자를 볼 수 있게 되자 그는 손자를 향해 기어갔다. 죽었는지 살았는지 따질 새도 없었다. 그는 손자를 안아서 가만히 무릎 위에 뉘었다.

지금의 상황은 그가 혼절하던 때와 완전히 달라져 있었다. 매달려 있던 노인은 사라졌다. 주변에 있던 그 시커먼 얼굴들도 모두 사라졌다. 방 안은 고요하여 눈앞에 떠다니는 먼지까지 보일 정도였다. 빛이 한 줄기 한 줄기 창살 사이로 들어왔고, 먼지는 빛 속에서 하얗게 보였다. 귓속에서는 희미하게 울리는 소리가 났다. 이 소리는 아주 멀리서 나는 것 같기도 하고, 또 들리지 않는 것 같기도 했다. 모든 것이 고요했고, 너무나 조용해서 머릿속에서 뭔가를 기억해내기도 어려울 정도였다. 밖에서 일본군의 군화 소리가 쿵쿵 울리지 않았다면 그는 정말 거기가 어디인지 분간을 못 했을 것이다.

이 아이는 병에 걸려도 안 죽었는데 굶어 죽을 리가 있겠는가? 오는 길에 읍내를 지날 때 할아버지는 이렇게 생각하면서, 돌아가는 길에는 꼭 천을 끊어다가 바지를 만들어줘야겠다고 마음먹었었다.

지금 샤오더우와 할아버지는 오는 길에 지났던 그 읍내를 지나 돌아왔다. 딱딱한 껍질 같은 샤오더우의 신발은 한 가닥 신발끈에 의지해서 아직 그 자그마한 다리에 매달려 있었다. 드러난 엉덩이는 할아버지의 손 위에 들려 있었다. 입과 코의 피는 아직 닦지 못했다. 할아버지의 무릎이 한 걸음씩 움직일 때마다 아이의 팔과 다리는 같이 흔들렸다. 할아버지는 길게 늘어진 아이를 두 손으로 안고 있었다. 마치 흐르는 액체를 들고 있는 것처럼, 저절로 흘러내릴까 걱정이 되었다. 아이는 그만큼이나 흐물흐물하게 늘어져 있었다. 그야말로 국수 같았다.

* * *

손자가 아직 살아 있다는 걸 할아버지가 알게 된 것은 집에 도착해서 손자를 구들 위에 올려놓은 뒤였다. 아이의 심장을 만져보니 아직 따뜻하고 박동도 있었다. 적어도 심장에는 생명이 남아 있음을 의미했다.

아이가 당연히 죽었을 거라고 생각했던 할아버지는 눈을 크게 떴다. 그는 천장을 쳐다보고 수염을 만졌다. 그는 바보가 된 듯 멍해졌다. 생각의 갈피를 잡을 수가 없었다.

"얘가 아직 살아 있는 거야? 아이고, 아직 숨이 붙어 있는 거야?"

다시 만져보아도 심장은 따뜻했고 뛰고 있었다. 그가 손에 약간 힘을 주자 박동이 조금 더 빨라졌다.

그는 아이가 죽었다 살아나기라도 한 것처럼 두려운 마음으로 아이를 보고 있었다.

샤오더우가 스스로 입술을 몇 차례 움직인 뒤에야 그는 손자가 살아 있다는 걸 확신할 수 있었다.

그는 하늘에 감사하고 부처님께 감사하고 온갖 신과 귀신에게 감사했다. 손자의 귓가에 엎드려 아직도 차가운 아이의 귀에 입을 갖다 댔다.

"샤오더우 샤오더우 샤오더우 샤오더우……"

그는 구슬이 떨어지듯 연달아 손자의 이름을 불러댔다.

아이는 대답을 할 수 없었고, 파리한테 귀를 물리기라도 한 것처럼 움찔할 뿐이었다.

할아버지는 다시 불러댔다.

"샤오더우, 할아버지 좀 보렴, 응……할아버지 한번 봐."

샤오더우가 가느다랗게 눈을 뜨자 할아버지는 바짝 다가갔다.

"할아……"

아이는 들릴 듯 말 듯한 소리로 할아버지를 불렀다.

이 목소리는 얼마나 착하고 순하고 부드러운가. 이 소리가 할아버지의 심장을 움직였다. 할아버지의 눈물이 소리 없이 수염을 타고 흘러내렸다. 늙은 소가 우는 것 같았다.

또한 할아버지의 눈은 두 개의 창문처럼 컸다. 그 유리 같은 눈물을 통해 깊은 속을 들여다볼 수 있을 것 같았다.

아이가 이 커다란 할아버지의 눈을 보았다면 분명 무서워서 울었을 것이다. 하지만 아이는 가느다랗게 눈을 뜨는가 싶다가 다시 평온하고 몽롱하게 잠에 빠져들었다.

아이가 살아 있다. 이 작은 입, 작은 눈, 작은 코……

할아버지는 손자로 인해 다시 생기가 돌았다. 그제야 입가의 피를 닦고 이마에 물수건을 올려줘야겠다는 생각이 났다.

시작할 때는 계획이 섰지만 하다 보니 뒤죽박죽이 되었다. 대야에 물을 떠 오고도 그건 잊어버린 듯 물항아리를 찾아 헤

맸다. 뭐든 다시 생각해야 했고, 결정을 못 하고 우왕좌왕했다. 그의 행동만 보면 그가 사려 깊고 무슨 일이든 신중하게 하는 사람이라고 할 수 있을 것이다. 그러나 실제로는 완전히 반대로, 너무나 기쁜 나머지 주변에 대한 판단이 잘 안 되는 상황이었다. 눈에 들어오지도 않았고 똑똑히 볼 수도 없었으며 기억도 잘 나지 않았다. 허둥지둥하며 자신이 뭘 하고 있는 것인지 스스로도 알지 못했다.

우습게도 그는 아직도 손에 대야를 들고서 사방으로 대야를 찾는 중이었다.

그는 땅굴에서 천 조각을 하나 가지고 나왔다. 무덤에서 주워 온 죽은 사람의 옷가지였다. 그는 불을 지피고 아궁이에서 그걸 태워 재로 만들었다. 그리고 그 재를 밥그릇에 담고 찬물을 조금 부었다. 그러고는 손가락으로 재를 물에 개어 샤오더우의 명치에 펴발랐다.

이렇게 하면 목숨을 구할 수 있다고 들었기 때문이다.

* * *

이웃들이 모두 잠들었을 때쯤 할아버지는 여전히 아궁이에 불을 지피고 녹두탕을 끓이고 있었다……

그는 나무 그릇장을 뜯어 불을 때려고 도끼를 들었다. 그러다 집 안 구들로부터 신음 소리가 들려오면 높이 들었던 도끼를 내리치지 않고 멈추었다.

'죽는 건 아니겠지?'

그는 생각했다.

거침없이 내리치는 도끼 소리가 어두운 밤을 갈랐다.

"할아……"

집 안에서 아이가 다시 할아버지를 불렀다.

할아버지는 들어가서 나지막한 소리로 대답했다.

잠시 후 다시 부르자 할아버지는 다시 들어가서 나지막하게 대답했다. 아이는 돌아누운 뒤 다시 불렀다. 이번에는 숨가쁜 소리였다. 이어서 가냘프게 몇 차례 더 불렀으나 소리는 점점 더 약해졌다. 할아버지를 부르고 있다는 것도 알아듣기 어려울 정도로 소리가 불분명했다. 그러나 할아버지는 자기를 부른 것임을 알 수 있었다.

새벽을 알리는 닭 울음소리가 들렸다.

연화못가의 작은 벌레들은 여전히 찌르르찌르르 울고 있었다……간혹 청개구리 울음소리도 들려왔다.

먼 곳에서는 마른번개가 일정한 방향도 없이 치고 있었다.

아이의 생명이 이어질지 끊어질지 누가 알고 있을까?

마른번개가 그다지 밝지는 않았지만, 하늘의 구름은 그로 인해 먼 것과 가까운 것으로, 그리고 서로 다른 층으로 구별되었다. 연화못에 있는, 샤오더우가 가장 좋아하는 초록 풀무치도 섬광 속에서 반짝반짝 빛을 받으며 연꽃 위에 앉아 있었다.

샤오더우는 죽었다.

할아버지는 아이가 죽었다고 생각했다. 숨도 쉬지 않고, 소리도 내지 않았다……신음 소리도 없고, 눈도 뜨지 않고, 미동도 하지 않았다.

할아버지는 땔감을 패던 도끼를 들어 올렸지만 내려치지 못했다. 도끼와 나무판자를 조용히 땅바닥에 내려놓고, 문틀에 기대어 말없이 서 있었다.

그의 눈에는 벽에서 움직이고 있는 거미, 고요한 거미줄, 바닥에 놓인 세 발 걸상, 판자가 떨어져 나간 그릇장, 아들이 직접 꼬아서 쑥을 묶어 들보에 매어놓았던 새끼줄, 아궁이에서 일렁이는 불길이 들어왔다.

그의 눈은 낮은 곳에서부터 높은 곳까지 다 훑은 후에 다시 낮은 곳으로 갔다. 하지만 손자는 보지 않았다.

그다음엔 눈을 감았다. 타오르는 불빛 때문에 눈이 멀까 봐 그러는 것처럼 보였다. 그가 눈을 감은 것은 불을 향해 문을 닫은 것이었다. 눈을 감으면 불이 보이지 않았고, 그러면 불도 자신을 보지 못할 거라고 생각했다.

하지만 불은 여전히 그를 볼 수 있었고, 그의 얼굴을 벌겋게 비추었다. 그는 벌겋게 된 얼굴을 자신의 가슴에 파묻고 양쪽 소매로 감쌌다.

그러나 수염은 여전히 소매 밖으로 드러난 채, 솟아올랐다 꺼졌다 하는 그의 가슴 앞에서 흔들렸다……그는 목구멍으로 커다란 구슬이라도 삼킨 듯, 불규칙하게 꺼억꺼억 소리를 내며 울었다. 목구멍도 눈물샘과 마찬가지로 쓰라려왔다.

연화못은 평소와 다름없는 연화못이었다. 마른번개는 여전히 번쩍이고 있었다. 닭 울음소리가 여기저기서 들려왔다.

하지만 연화못에서 멀지 않은 곳, 아궁이에서 불이 타오르고 있는 그 작은 집 문에는 시커먼 사람의 형체가 있었다.

그것은 샤오더우의 할아버지였다.

(1939년 9월 16일 『부녀생활婦女生活』 제8권 제1기에
처음으로 발표되었다.)

아이의 연설

이번 환영회에 참석한 사람은 오륙백 명 되었다. 선 사람도 있고 앉은 사람도 있고 창턱에 끼어 앉은 사람도 있었다. 이들 중 대부분은 회색 제복을 입고 있었다. 왜냐하면 교수를 제외하고 나머지는 모두 이 학교의 학생이었기 때문이다. 그리고 환영을 받는 것은 다른 한 무리의 사람들이었고, 이 어린 연사는 바로 이 무리에 속했다.

맨 먼저 연단에 오른 사람은 수염이 희끗희끗한 사람이었는데, 양손으로 탁자의 가장자리를 짚었다. 마치 염소 같은 모습으로 고개를 숙이고 연설을 하다가, 한 단락을 마친 뒤에 머리를 잠깐 들었다. 굳이 계산하자면 약 30초 정도 들고 있었다. 이때 머리를 유달리 앞쪽으로 내민 그의 모습은 책에 나오는 기린을 연상시켰다. 그가 다시 말을 시작했을 때는 그의 목과 관자놀이의 주름살까지도 동시에 움찔했다. 마치 어떤 사람이 등 뒤에서 바늘로 찌르기라도 한 것 같았다. 게다가 그의 희끗희끗한 수염은 이 강당의 가장 끝줄에서 보더라도 희끗희끗하다는 걸 알 수 있을 정도였다. 그가 아래턱을 지나치게 많이 움직이다 보니 그의 수염은 마치 무슨 살아 있는 동물이 매달려 있는 것처럼 보였다. 하지만 그의 수염이 긴 것은 아니었다.

"저……저 사람 뭐라는 거예요? 사람들이 왜 다 웃는 거죠?"

박수 소리 속에서 사람들은 떠들썩하게 웃었고 발을 구르기도 했다. 강당의 사방으로 창문이 모두 열려 있었기 때문에 바깥의 바람 소리와 수백 명의 왁자지껄한 소리가 다른 모든 소리를 잠재워버린 것 같았다. 기침 소리, 땅콩 까는 소리 그리고 그 밖에 군중에게서 나는 특유의 소리들이 하나도 들리지 않았다.

아이가 묻는 말도 아무도 듣지 못했다.

"말해주세요! 왜 웃는 거예요……왜 웃는 거예요……"

아이는 옆에 있던 여자를 붙잡고 그녀의 팔을 흔들었다.

"우습잖아……저 사람이 우스워서 그래. 저러는 꼴이 우스워서."

그 여자는 한 손으로 입을 누르며 아이에게 말했다.

"보렴……저기, 저 탁자 모서리에 아직 안 앉고 서 있잖아……저 사람은 연설할 때 이렇게 말해. 일본인이 흠흠 있잖습니까, 있잖습니까……중국인이 흠흠 있잖습니까, 있잖습니까……조선인이 흠흠……있잖습니까, 있잖습니까……'있잖습니까, 있잖습니까' 이 말만 계속해……"

아이는 일어나서 보았다. 이 아이는 이 강당에서 가장 어렸다. 아이는 아무것도 찾지 못했는지, 껍질을 깐 땅콩알을 입속에 넣고 씹으면서 한편으로 검고 두터운 작은 손바닥을 마주치고 있었다. 그때 아이의 일행 중 한 사람이 불렀다.

"왕건王根! 왕건아……"

그러자 아이는 길게 뺐던 목을 움츠리고 사방을 돌아보았다. 그러고 나서는 다시 땅콩을 먹고, 또 모래바람 부는 지방에서 난 건과일을 먹고, 모래 섞인 과자와 깨사탕을 먹었다.

왕건이 기억하기로는 자신이 태어난 이래 이렇게 많이 먹어본 적은 없었다. 종군복무단에 들어온 뒤에 다른 곳에서 열린 연회 또는 환영회에서도 과자를 먹어보았지만, 이렇게 음식이 많았던 적도 없었고, 이렇게 사람이 많았던 적도 없었다. 그는 방금 줄을 서서 이 환영회에 올 때의 상황을 다시 떠올려보았다. 생각하면 할수록 재미있었다. 이를테면 그 드높은 성문 누각이나, 성문 누각 안을 지날 때 텅 빈 공간에서 울리던 말소리나, 성문 누각을 지난 다음에 보았던 둥그런 달 그리고 수시로 들리던 거리의 노랫소리. 이 노래들은 모두 그가 부를 줄 아는 것들이었다. 그리고 그는 자신이 그때 들은 노래들보다도 훨씬 더 많은 노래를 할 줄 안다는 자부심이 있었다! 그 밖에도 그는 소품곡도 할 줄 알고 연화락*도 할 줄 알았다……이 모든 것은 종군복무단에 들어와서 배운 것이었다.

"……제가 어리다고 무시하지 마세요. 항일에 관한 거라면 많이 알지요……타당타……타당타……"

그는 먼지 날리는 대오 끝에 서서 몰래 발끝으로 한 바퀴 돌았다. 걸어가면서 연화락 부를 때의 자세를 취하기도 했었다.

* 민간 설창 예술의 하나.

지금 그는 이 많은 과자들을 먹으며 이 많은 사람들을 보고 있다. 그의 눈빛은 마치 어린 토끼가 행복에 겨울 때 보내는 것 같은 부드러운 눈빛이었다.

연사는 계속 이어졌다. 여자 연사도 있었고, 늙은 연사도 있었지만, 대부분은 젊은 연사였다.

창문과 문을 열어놓았기 때문에 연사들의 목소리는 죄다 그다지 낭랑하게 들리지 않고 특색도 없이 늘어지는 듯했다…… 내용도 모두 똑같이 비참한 일들이었고, 한 사람이 일본 제국주의 이야기를 하고 나면 다음 사람도 또 일본 제국주의 이야기를 했다. 그런 지나치게 장엄한 얼굴 표정은 사실 환영회에 잘 어울리지는 않았다. 양초 불꽃의 떨림만이 약간의 종교적 느낌을 자아냈다. 손님과 주인이 모두 경건한 것 같은 느낌이었다.

환영을 받는 손님들은 종군복무단이었다. 복무단의 대표들이 연설을 마친 뒤에 한바탕 우레와 같은 박수 소리가 울렸다. 그런데 누가 제안했는지 몰라도 어린 왕건도 연단에 올라가서 한마디 하라고 했다.

왕건은 열이 오르며 먹던 것을 즉시 멈췄다. 혈관의 피가 이상하게 요동치기 시작했다. 마치 온몸에, 심지어 귓속까지, 벌레가 들어오기라도 한 듯 열이 나고 눈앞이 캄캄해졌다. 평소에 그는 연설에 자신이 있었고, 다른 곳에서도 몇 차례 발언을 한 적이 있었다. 자기 목소리가 얼마나 큰지를 증명하지는 못했지만, 두려워하지는 않았었다. 마치 무대에서 연화락을 부를 때처럼 두려움은 없었다. 이번에도 그는 두려운 것은 아니었다. 다만 이곳에는 사람이 많고 다들 연설을 잘하는 사람들이기 때문에 이번에는 특히 잘해야 한다고 생각했다.

그는 연단에 올라가지 않았다. 사람들이 그를 자신이 앉았던 나무 걸상 위에 올라서게 했기 때문이다.

그래서 왕건은 걸상 위에 올라섰다.

사람들은 그를 보자마자 마음에 들었다. 그의 작고 둥근 얼굴은 발그레했고, 소년병 같은 짤막한 옷을 입었으며, 작은 회색 군모를 쓰고 있었다. 그는 걸상에 올라가자마자 먼저 손을 모자챙 앞에 대고 군인식 경례를 했다. 그런 다음 마음을 진정시키고 잠시 서 있다가 사방을 둘러보았다. 그가 입을 열었을 때 사람들은 그에게 쏠린 마음을 주체하지 못하고 웃기 시작했다. 그런데 이 마음은 존경심이라기보다는 그를 애완물로 보는 마음이었다. 일종의 멸시 섞인 애정이 강당 전체에 감돌았다.

'너도 연설할 줄 아니? 얘 좀 보게……쪼끄만 애가……'

사람들은 모두 이런 눈으로 그를 보았고, 마치 그를 삼키기라도 할 듯 입을 크게 벌리고 있었다. 그는 온몸에 열이 나기 시작했다.

왕건이 말을 시작하자마자 주변의 왁자한 웃음소리부터 귀에 들어왔다. 그는 자기를 돌아보았다.

'내가 뭘 잘못 말했나?'

하지만 그는 아직 말을 시작하지도 않았다. 이로써 자신이 잘못 말한 것이 없음을 확인한 뒤 말을 하기 시작했다. 그는 자신의 집이 자오청趙城에 있다고 말했다……

"제가 집을 떠날 때 집에는 아직 세 명의 가족이 남아 있었습니다. 아버지, 어머니 그리고 여동생입니다. 지금 자오청은 적들에게 점령되었습니다. 지금 집에 몇 명이 남아 있을지 저는 알 수가 없습니다. 제가 복무단에 들어온 후 아버지가 저를 집에 데려가려고 찾아오셨습니다. 어머니가 제가 보고 싶어 데려오라고 하셨다면서요. 저는 돌아가지 않았습니다. 일본놈들이 와서 저를 죽여도 제가 보고 싶다는 말씀이 나오시겠냐고 했습니다. 저는 복무단에서 잡무를 담당합니다. 저는 아직 어리지만 일본놈을 때려잡는 데는 남녀노소가 없습니다. 저는 잡무를 하다가, 또 선전을 할 때는 무대에 올라 연화락을 부르고……"

또 잡무를 하고, 또 연화락을 부르고, 그런데 아무도 웃지 않았을 뿐만 아니라, 어찌된 일인지 도리어 조용해졌다. 강당 안 사람들의 호흡이 하늘하늘한 거미줄처럼 가늘어졌다. 탁자마다 놓여 있던 촛불이 떨리고 있었다. 어떤 이는 입술을 깨물고, 어떤 이는 손톱을 깨물고, 어떤 이는 사람들의 머리를 훑어본 뒤 시선을 창문 밖으로 보냈다. 뒤쪽에 선 회색의 무리는 목각그림에 새겨진 것처럼 둔중하고 투박했으며, 또한 모두가 똑같은 모습이었다. 그들의 눈빛은 모두 해수면에 비친 하늘처럼 바닥을 모를 만큼 깊었다. 창밖에는 더욱더 고요한 달이 서 있었다.

그 희미한 흰색 달빛은 학교의 모든 지붕들을, 다시 말해 학교 건물 전부를 비추었다. 오래된 기왓장 위에 머물렀다가, 사방의 담장에 머물렀다. 바람 속에서 회오리치는 모래는 한대지방의 눈송이처럼 쉼 없이 담장 밑을 쓸고, 창호지를 쓸다가, 때로는 계단 앞이나 건물 뒤의 파인 곳을 메워주기도 했다.

1938년의 봄, 달은 산시성山西省의 어느 성城 위를 지나고 있었다. 여느 해의 봄과 마찬가지였다. 하지만 오늘 밤에 달은 한 아이의 앞에서 하나의 위대한 청중이 되었다.

그 희미한 흰빛은 문 밖으로 다섯 자 정도 되는 곳에 있었다. 처마에서 드리워진 그림자는 가지런한 한 줄의 무늬를 그리며 강당 뒤편의 바닥을 갈라놓고 있었다.

강당 안에서는 무슨 종교 의식이라도 치러지는 것 같았다.

어린 연사는 걸상 위에 올라섰음에도 다른 사람들보다 별로 더 높아지지 않았다.

"아버지가 저를 집에 데려가려고 하셨지만 저는 돌아가지 않았어요. 집에 가자고 하셨지만, 저는……저는 돌아가지 않았어요……저는 복무단에서 잡무를 맡았어요. 저는 복무단에서 잡무를 맡았어요."

사방에서 열화와 같은 박수 소리가 파도처럼 밀려왔다. 그는 당황하기 시작했다. 아직 연설이 끝나지도 않았는데 사람들은 왜 손뼉을 치는 거지? 내가 말을 잘못한 걸까! 다시 생각해도 틀린 건 없었다. 아직 긴 단락이 하나 남아 있지 않은가? 일본 제국주의 이야기도 아직 못 하지 않았나? 그는 애써 마음을 진정시키고 호주머니에 손을 집어넣었다. 배가 부어오르는 것 같아서 좌우로 몇 차례 흔들었다. 입은 사탕을 물고 있는 것처럼 둥글게 부풀었다.

"저는 잡무를 맡았어요……복무단에서 잡무를 맡았어요……저는……저는……"

박수 소리에 이어 웃음소리가 밀려왔고, 다시 박수 소리가 이어졌다. 왕건은 더 이상 말을 계속할 수가 없었다. 그는 자신이 우스운 말을 했음이 틀림없다고 생각했다. 그는 울고 싶었다. 빨리 자신의 단점을 찾아 고치고 싶었다. 하지만 할 수 없었다. 그건 연설을 마친 후에야 할 수 있는 일이다. 옷이 단정하지 못했거나 자신의 모습이 바보 같았을 수도 있다. 사람들이 그렇게 웃는 이유가 이 어린 연사가 마음에 들어서라는 걸 그는 알지 못했다.

"계속해! 왕건……"

복무단의 동료가 그에게 외쳤다.

"일본 제국주의가……일본놈이."

그는 술 취한 아이처럼, 나무 걸상에서 굴러떨어지는 것 같은 느낌이 들었다.

속눈썹이 눈물 속에 잠겼고, 아무것도 볼 수가 없었다. 자신이 어디에 서 있는지, 지금 무엇을 하고 있는지도 알 수가 없었다. 놀다가 높은 곳에서 떨어졌을 때처럼 온몸이 마비된 것 같았다. 뜨겁게 흘러내리는 눈물을 손등으로 닦을 때는, 자신의 손이 움직일 수도 없을 정도로 퉁퉁 부은 것 같았다.

사람들은 그가 우는 것을 보고는 더욱 미친 듯이 웃어댔다.

왕건은 생각했다. 이번 연설은 실패야. 망했어. 자기 손으로 영광을 파괴하고 회한으로 바꾸어버린 것이다. 그는 세번째로 고쳐 말할 용기가 없어서 나무 걸상에서 내려오려고 했다. 그런데 무릎을 구부리는 순간 사람들이 외치는 소리가 들렸다.

"잘한다, 울지 말고……계속해라……아직 안 끝났어, 아직 안 끝났어……"

그 밖에 그를 위로하는 말도 있었지만 그는 잘 듣지 못했다. 그는 이 모든 것이 조소로 느껴졌다. 그래서 그의 치욕을 더 실감했고, 회피할 수도 없다는 것을 절감했다. 울음소리가 터져 나오려 했다. 그 순간 그는 모르는 사람의 품속으로 넘어져 큰 소리로 엉엉 울기 시작했다.

이날의 환영회는 한밤중까지 계속되었다.

왕건은 이제 앞에 놓인 과자에는 손도 대지 않았다. 송아지가 울타리에 머리를 들이받는 것처럼 거칠게 머리를 책상 가장자리에 대고 있었다. 손에는 약간 노란색이 도는 빨간 산사 열매를 움켜쥐고 있었다. 그 산사 열매는 마치 뜨거운 물로 씻은 것 같았다. 오른손으로 눈물을 닦을 때 그 산사 열매는 왼손 주먹 속에서 김을 뿜었고, 왼손으로 눈물을 닦을 때 그 산사 열매는 오른손 주먹 속에서 김을 뿜었다.

사람들은 왜 웃었던 걸까? 그는 아무래도 알 수가 없었다. 뭔가 잘못 말해서였겠지만 아무리 애를 써도 생각이 나지 않았다. 예를 들어 자신의 집이 자오청이라고 했는데 그건 틀림이 없었다. 복무단에 들어온 것도 틀림이 없다. 잡무를 맡은 것도 틀림이 없고, 일본 제국주의를 타도하자는 것도 잘못 말하지 않았……이 부분은 사실 확신할 수 없었다. 그 말을 할 때는 이미 청중의 웃음소리에 당황하여 정신이 혼미한 상황이었기 때문이다.

강당을 나올 때 왕건은 올 때와 마찬가지로 줄 맨 뒤쪽에 섰다. 가는 길에는 연화락도 부르지 않았고, 사방의 노랫소리도 들리지 않았다. 실제로 거리가 조용한 것도 사실이었다. 다만 발걸음에 차인 흙먼지만이 올 때와 마찬가지로 연기처럼 일어났다.

환영회는 끝났고, 사람들에게 잊혔다. 일부러 생각하지 않는다면 그런 일이 있었나 싶을 정도였다.

하지만 왕건은 그 후 일주일 동안 자다가도 벌떡벌떡 일어났다. 꿈을 꾸면 항상 연설하는 꿈이었는데, 잡무를 맡았다고 말하는 대목에만 가면 더 이상 말을 하지 못했다. 그는 두려웠다. 도망가고 싶었지만 도망갈 수도 없었다. 그래서 소리를 지르며 깨는 것이었다. 같은 방을 쓰는, 그보다 나이가 조금 더 많은 두 명의 잡무 담당 소년들은 코를 골고 있었다. 그렇다면 분명 그도 이들과 마찬가지로 잠을 자고 있었던 것이고, 연설은 꿈이었던 것이다.

하지만 이미 겁에 질려버린 그는 작은 침대 위에서 동그랗게 웅크렸다. 마치 집에 있을 때 무서운 꿈을 꾸면 어머니 옆에 가서 웅크렸던 것처럼.

"엄마……"

아이로 지내던 시절, 그는 이렇게 부르곤 했다.

지금 왕건은 아무 소리도 내지 않고 다시 잠을 청했다. 이제 겨우 아홉 살이었지만, 그는 복무단의 잡무를 담당하고 있었기 때문에 스스로를 어른으로 여겼다.

옮긴이 해설

고난의 시대를 꿰뚫은 비범한 시선

샤오훙(蕭紅, 1911~1942, 본명은 장나이잉張廼瑩)은 한국에서 그다지 널리 알려지지 않은 중국 작가이다. 2014년에 개봉된 탕웨이 주연의 영화『황금시대』를 통해 어느 정도 인지도가 높아지기는 했지만, 여전히 샤오훙이 중화권에서 가진 위상에 비하면 국내에서는 충분한 관심을 받지 못하는 것이 사실이다. 아마도 샤오훙의 작품들이 루쉰의 작품처럼 현대 중국을 뒤흔든 강렬한 메시지를 전달하거나 위화의 작품처럼 대중적 흡인력을 가지지 못한 까닭일 것이다. 그러나 대다수의 해외 문학사가나 비평가는 샤오훙을 가장 중요한 중국 작가 중 하나로 꼽으며 그의 독특한 작품세계에 주목해왔다. 물론 전문적인 창작훈련을 받지 못한 그의 작품이 최고의 완성도를 자랑한다고 보기는 어렵지만, 타고난 천재적인 감각이 드러나는 그의 작품들은 기존의 문학 해석 틀을 무력화시키는 특유의 진정성을 가지고 있다. 더구나 가난과 질병 속에 만주국의 통치와 중일전쟁을 겪으며 곳곳을 유랑해야 했던 짧은 생애 동안 이만한 수준과 분량의 작품을 창작해내었다는 것은 기적이라고 할 수 있을 정도이다.

샤오훙은 신해혁명이 일어났던 1911년 헤이룽장성黑龍江省 후란현呼蘭縣의 지역 유지 가문에서 맏딸로 태어났다. 아들이 아니라는 이유로 부모와 조모에게 냉대를 받았으며, 친모가 죽은 뒤에는 권위적인 부친과 냉담한 계모 아래에서 자랐다. 유일하게 마음을 기댔던 조부의 죽음 이후 가부장적인 가정의 억압에 저항하여 집을 뛰쳐나왔지만, 이후 생존을 위해 작가 샤오쥔蕭軍과 돤무훙량端木蕻良을 비롯한 남성들에게 의탁해야만 했다. 1934년 만주국의 박해를 피해 상하이上海에 간 후 루쉰의 도움으로 중앙 문단에서 활발한 창작 활동을 시작했다. 샤오쥔과의 관계 악화로 일본으로 가서 잠시 머무르다 루쉰이 사망한 후 귀국했고, 곧 중일전쟁이 발발하여 후베이성湖北省 우한武漢, 산시성山西省 린펀臨汾, 산시성陝西省 시안西安, 쓰촨성四川省 충칭重慶 일대를 전전하다 홍콩에서 병으로 사망했다. 어린 시절 가정에서 겪은 인간관계, 농촌에서 관찰한 인간 군상, 하얼빈에서 경험한 문학청년들의 생활, 중일전쟁 중 각지의 서민들의 삶이 그의 작품 대부분의 소재가 되었다.

이 책에 수록된 작품들은 샤오훙의 작품집—샤오쥔과 함께 펴낸 소설 산문집 『고난의 여정跋涉』(1933), 샤오훙 단독의 소설 산문집 『다리橋』(1936), 단편소설집 『우차 위에서牛車上』(1937), 단편소설집 『광야의 외침曠野的呼喊』(1940)—에 실린 샤오훙의 단편소설을 모두 번역한 것이다. 지금까지 국내에 번역·소개된 샤오훙의 작품으로는 중편 『생사의 장生死場』(1935)과 장편 『후란강 이야기呼蘭河傳』(1940) 정도가 대표적이고, 단편소설은 소수의 작품만이 번역되어 있다. 샤오훙의 작품 생애 초기에서 후기에 이르기까지 창작된 단편소설들이 그리는 세계는 『생사의 장』 및 『후란강 이야기』의 세계와 이어지면서도 더욱 다면적으로 확장된다. 그렇기 때문에 독자들은 단편소설을 통해 중·장편소설을 더욱 깊이 이해할 수 있을 것이며, 중·장편소설을 포함한 샤오훙의 문학 세계의 전체적 그림을 그려볼 수 있을 것이다.

이 단편집에 수록된 작품들을 살펴보면, 창작된 시기에 따라, 또한 하얼빈에서 상하이, 도쿄를 거쳐 우한, 린펀, 충칭, 홍콩 등지를 이동하는 샤오훙의 행적에 따라 작품의 소재와 주제가 변화하는 것을 확인할 수 있다. 초기에는 계급 문제 및 청년들의 울분과 행동에 조금 더 초점이 있었다면, 후기로 갈수록 전쟁 및 피란과 관련된 내용이 더 많아진다. 그러나 소외된 약자들의 관점과 목소리를 대변하는 샤오훙 작품의 가장 근본적인 태도는 일관되게 나타나고 있다. 대부분의 작품에서 계급적 약자와 성별적 약자가 겪는 가난, 고통, 차별을 특유의 날카로운 시선을 통해 묘사한다. 전쟁, 항일 등의 역사적 소재를 다룰 때에도 대의명분이나 정치적 담론을 다루기보다는 현장에서 고난을 겪는 약자들의 관점과 경험을 사실적으로 포착해내는 데 초점이 맞춰져 있다.

샤오훙의 작품에 등장하는 사회적 약자들 중에는 몇 가지 유형이 두드러지는데, 단연 눈에 띄고 주된 주제를 형성하는 인물군은 여성 약자들이다. 누군가의 며느리 혹은 고용인으로서 가부장제와 사회·경제적인 권력관계 속에서 억울함을 겪는 여성의 처지가 다수의 작품에서 변주되며 나타난다.『생사의 장』의 웨잉과 다섯째 고모의 언니,『후란강 이야기』의 민며느리가 억울한 죽음을 당하는 여성들의 처절한 운명을 보여주었다면, 이 책에 수록된 단편소설 중에서는「왕 아주머니의 죽음」의 왕 아주머니가 그와 유사한 대표적 인물이다. 억울하게 남편을 잃고 지주에게 폭행을 당한 뒤 돌봐주는 이 없이 아이를 낳다 피를 흘리며 죽어가는 마지막 장면은『생사의 장』의 다섯째 고모의 언니의 출산 장면을 연상시킨다.「밤바람」의 어머니나,「다리」의 황량쯔,「우차 위에서」의 우윈 아줌마 등도 마찬가지로 여성 약자의 고된 삶을 그리고 있다. 이들은 죽음에까지 이르지는 않지만 계급 관계, 가난, 가정의 파탄 등으로 인해 비참한 운명 속에 던져진다.

두번째로 눈에 띄는 유형은 계급 관계에서 약자에 처한 남성 고용인들이다.「왕 아주머니의 죽음」에 등장하는 왕 씨는 주인공은 아니지만 지주에 의해 억울한 죽음을 당하는 전형적인 인물이라고 할 수 있다. 이보다 샤오홍적인 특징이 드러나는 인물들은「밤바람」의 창칭,「가족이 아닌 사람」의 유 둘째 아저씨,「왕쓰 이야기」의 왕쓰 등이다. 이들은 주인집의 이익을 위해 헌신하며 그 일원이 되기를 희망하나 결국은 절대로 그렇게 될 수는 없음을 깨닫는 인물들이다. 단순히 계급적 갈등과 차별만을 그리지 않고, 주인집의 일원이 되고자 하는 고용인들의 욕망을 동시에 그리고 있다는 점이 바로 샤오홍 작품의 특징이다. 이 어리석은 욕망은 그들을 더욱 큰 고통에 빠뜨리게 되는데, 이런 상황들은 당시 중국의 계급 관계에 대한 더욱 현실성 있는 심화된 성찰을 요구한다.

또 다른 주요한 인물군은 군인 및 군인의 주변인들이다. 이 유형은 중·장편소설에서는 잘 보이지 않았지만 단편소설에서는 자주 등장한다. 「우차 위에서」의 군인이었다가 죽은 장우원과 그의 아내 우원 아줌마, 그리고 생계를 위해 탈영한 수레꾼, 「황하」의 팔로군 병사와 전란 속에 가족을 걱정하는 옌 수염씨, 「막연한 기대」에서 두 번이나 장래를 약속했던 사람을 군대로 보낸 리 아줌마와 그 두번째 사람인 진리즈 등이 이런 인물들이다. 이 작품들은 군인을 단순하게 용감한 영웅으로 그리거나 탈영병을 비겁자로 그리지 않는다. 팔로군 병사나 진리즈와 같이 군인 정신이 투철한 군인들은 영웅으로 묘사되기보다는 오히려 순박하고 평범하게 그려지고, 군인을 떠나보내는 주변인들은 이별에 따른 슬픔과 함께 가난, 죽음, 혹은 불투명한 미래로 인해 고통받는 것으로 그려진다. 중일전쟁 시기에 많은 군인 및 그 주변인들이 겪은 상황일 것이다. 이처럼 샤오훙이 주목하는 것은 전쟁의 명분이나 역사적 의미가 아니라, 이들이 사람으로서, 가족의 일원으로서 겪는 일들이다. 「아이의 연설」은 종군복무단에서 잡무를 담당하는 어린 소년을 조명하고 있는데, 그는 어느 날 우연히 연설을 할 기회를 얻어 자신도 잘 이해하지 못하는 대의명분에 관해 연설을 하지만 누구도 진정으로 그 내용에 관심을 가지지 않고 오히려 자신이 웃음거리가 되는 상황에 절망한다. 그렇다고 해서 샤오훙이 전쟁으로 인한 국가의 위기를 외면하거나 항일 투쟁을 조롱하는 것은 아니다. 샤오훙은 거대 서사에서 비껴난 방식으로 다양한 인물들이 겪는 전쟁의 여파를 섬세하게 그리면서, 거대 서사가 다루지 않는 전쟁의 현실을 다층적으로 재현해낸다.

또 하나의 유형은 지식인 혹은 청년으로서 혁명적인 사업에 투신하는 인물들이다. 「연 구경」에 나오는 노인의 아들 류청은 중고등학교를 다니다 졸업도 하기 전에 어떤 단체에 들어갔고, 농촌과 공장에도 갔다가 어떤 사건으로 인해 3년간 감옥살이를 한다. 석방된 후 류청은 가족을 찾지 않고 농촌에서 활동을 계속하다, 아버지가 찾아온다는 사실을 알고 도피한다. 가족을 찾고 싶지 않을 정도로 피폐해진, 머릿속에 오로지 농민과 노동자를 위한다는 대의밖에 남지 않은 아들의 소식을 노인은 소문으로 들을 수밖에 없다. 「떠남」은 한 가난한 청년이 가족들의 희망을 저버리고 바다를 향해 떠나는 이야기이다. 그가 정확히 무엇을 위해 어디로 가는지는 알려지지 않는다. 다만 노자를 보태주지 못해 미안해하는 친구들의 태도 등으로 미루어, 그가 단순히 여행을 가는 것은 아니라고 짐작할 수 있다. 「붉은 과수원」은 한 남자 교사가 그와 교제하던 중 '××군'에 들어간 여교사를 쓸쓸하게 회상하는 내용이다. 만주국 치하에서 느끼는 중국인의 울분이 분명하게 표현되는 보기 드문 작품이다. 「광야의 외침」은 의용군에 동조하며 철로를 훼손하여 식량과 탄약을 실은 일본군의 열차를 전복시킨 희생적인 청년을 부모의 관점에서 그리고 있다.

그 밖에, 무지한 중년 여성 인물도 자주 등장하는 유형이다. 「다리」의 황량쯔, 「광야의 외침」의 천 아주머니, 「산 아래」의 린 아주머니 등인데, 이들은 『생사의 장』에 나오는 얼리반의 아내 곰보댁과도 유사한, 무지하고 판단력이 부족한 중년 여성이라는 공통점이 있다. 샤오훙은 사회적 약자인 이들을 순수하고 선량하게만 그리지 않고 사소한 일에 계산을 하는 이들의 속마음까지 드러낸다. 황량쯔는 자신이 유모로 일하는 주인집의 음식을 몰래 자신의 아이에게 먹이고, 천 아주머니는 식사 준비를 하다 저지른 실수를 은폐하려 하며, 린 아주머니는 딸 린 구냥의 급료가 삭감되지 않도록 고용주와 담판을 시도하다 비굴하게 말을 바꾸기도 한다. 그러나 그들의 서툰 계산은 오히려 그들의 약함과 무지함을 더 깊이 있게 드러낸다. 이들과 비슷한 처지에 있지만 이들과는 조금 다르게, 초기 작품인 「밤바람」의 창칭 어머니는 작품 마지막에 가서 각성되고 적극적인 행동에 나서는 모습으로 등장한다.

이 책에 실린 작품들 중에서 가장 울림이 큰 강렬한 인물 형상을 만들어낸 작품으로는 「손」과 「가족이 아닌 사람」을 꼽을 수 있을 것이다. 「손」의 왕야밍과 「가족이 아닌 사람」의 유 둘째 아저씨는 1인칭 관찰자 시점으로 관찰되고 있기에 내면이 충분히 드러나는 것은 아니지만, 다른 문학 작품에서 흔히 볼 수 없는 독특한 이력과 성격을 가진 인물들이다.

「손」(1936)은 기숙 여학교에서 가정 환경으로 인해 차별을 받는 한 여학생을 그린 작품인데, 본문에 언급되는 '라마타이(성 니콜라스 성당)'로 미루어 하얼빈이 배경임을 알 수 있다. 주인공 왕야밍은 가난한 염색업자의 딸로서, 기숙 여학교에서 교사와 동료 학생에게 차별을 받으며 공부하지만 긍정적인 자세를 잃지 않는 인물이다. 염색업자의 딸로 일을 돕다가 염료 물이 들어 검푸른 색이 된 그녀의 손은 차별의 이유가 되기도 하고, 또 그 차별을 상징하기도 한다. 작품은 왕야밍이 당하는 차별을 섬세하게 묘사하지만, 왕야밍이 계급적 각성을 한다는 식의 전형적인 결말로 이어지지 않는다. 다만 화자인 '나'로부터 업턴 벨 싱클레어(Upton Beall Sinclair, 1878~1968)의 『정글 *The Jungle*』을 빌려 읽고 깊이 공감하는 장면에서, 사회적 약자의 운명에 공감하는 모습을 볼 수 있을 뿐이다. 이 작품은 이처럼 극적인 변화나 두드러지는 감정의 고조 없이 섬세한 디테일과 배경 묘사를 통해 주인공의 불운한 처지를 선명한 이미지로 만들어낸다.

자전적 요소가 클 것으로 짐작되는 「가족이 아닌 사람」(1936)은 「우차 위에서」(1936)나 『후란강 이야기』(1940)와 마찬가지로 어린 여자아이인 화자 '나'의 시점에서 서술된다. 주인공 유 둘째 아저씨는 왕야밍만큼이나 독특하면서도 깊은 울림을 남기는 인물이다. (『후란강 이야기』에도 같은 유 둘째 아저씨가 등장한다.) '나'의 집안 고용인인 유 둘째 아저씨가 느끼는 집안에서의 차별과 갈 곳 없음, 고아로 자란 그의 고달픈 생애 등을 여러 가지 에피소드를 통해 그리고 있다. 그러나 그가 한없이 약하고 선하게만 그려지는 것은 아니다. 샤오훙 인물 묘사의 특징은 이렇게 인물이 단면적이지 않고 현실적으로 있을 법하다는 점이다. 그가 집안의 물건을 도둑질하는 일이 수차례 서술되는데, 독자의 입장에서는 그가 그렇게 할 수밖에 없었던 이유가 설명이 되고 그가 무고한 사람으로 밝혀지기를 바라게 되지만, 작품은 그런 궁금증을 충분히 해소해주지 않는다. 그러나 이 부분이 애매하게 남아 있음에도 유 둘째 아저씨는 그럴 만한 이유가 있었을 것이라는 추정을 하게 하는 인물이다. 모유 대신 양젖을 먹고 자라 도의상 양고기를 먹지 못하는 둘째 아저씨의 사연, 그리고 그 약점을 가지고 그를 괴롭히는 집안 요리사 양 씨, 이런 것들이 그의 삶의 뿌리 깊은 슬픔을 구체화시킨다. 또 '나'의 아버지로부터 매를 맞고 쓰러지고, 평소 그가 욕을 퍼부었던 오리가 땅에 흐른 그의 피를 쪼아 먹는 장면은 호소할 곳 없이 내던져진 그의 처지를 처절하게 보여준다. 기댈 수 없는 이 집을 떠나기로 결정하고도 겨울이 지나기를 기다릴 수밖에 없는 것은 현실의 무게이다. 그런 아저씨와 '나'의 우정은 그가 이 집을 떠나고 '나'가 소학교에 들어가면서 완전히 끝이 난다. 어쩌면 고용인과의 인간적인 관계는 어린 소녀에게만 가능한 것이었는지도 모른다.

한편 주제 면에서 볼 때 샤오훙의 후기 단편들에서 깊이 연구해야 할 테마는 공간적 이동이다. 공간적 이동이 가지는 의미는 각 작품에서 다르게 나타나지만, 샤오훙 자신의 유랑과도 맞물린 이동의 정서는 샤오훙의 작품 세계에서 중요한 줄기를 이루고 있다. 「피란」(1939)은 미완의 장편소설 『마보러馬伯樂』(1941)의 밑그림이라고 할 수 있는 작품이다. 사실 이 두 작품은 사회적 약자들을 그려왔던 그녀의 다른 작품들과 매우 거리가 있다. 「피란」은 일정한 사회적 지위와 부를 가진 교사 허난성의 위선적인 피란 행각을 풍자적인 시선으로 그리고 있다. 지식인의 위선적 태도는 생존을 위해 이동을 해야만 하는 상황으로 인해 드러난다.

또 다른 공간적 이동의 양상은 「산 아래」(1940)에서 다룬 피란의 2차적인 파급효과이다. 「산 아래」는 중일전쟁 시기 장강 하류의 도시로부터 장강 상류의 지류인 자링강 일대로 피란 온 사람들이 바꾸어놓은 농촌 마을의 인심을 그리고 있다. 도시인들이 들어옴에 따라 농촌 마을의 어른과 아이 들은 화려한 물건들을 구경하게 되고, 그들이 돈을 쓰는 모습을 본 뒤에는 순박했던 농촌 사람들도 돈을 기준으로 타인을 바라보게 된다. 도시인에게 고용되어 많은 급료를 받는 린구냥이 마을에서 우러러보는 인물이 되고, 그녀의 어머니는 급료에서 손해를 볼 수 없고 최대한 돈을 받아내야 한다는 강박관념에 사로잡히게 된다. 도시인의 피란이 농촌 사람들에게 이와 같은 뜻하지 않은 변화를 초래한 것이다.

이 작품들보다 앞서 발표된 「고독한 생활」(1936)은 샤오훙이 일본 도쿄에서 쓴 작품으로, 소설이 아닌 산문으로 분류되기도 한다. 중일전쟁 직전에 일본에서 이방인으로 지내는 고독한 중국인을 다룬 이 작품은 주인공이 일본에 있다는 점 외에도 동아시아 차원의 문학의 이동을 보여주어 상당히 흥미롭다. 주인공이 조선 및 대만 작가들의 작품을 후펑胡風의 번역서를 통해 읽고 감동을 받는 내용이 작품 후반부의 상당한 분량을 차지하기 때문이다.

이처럼 샤오훙의 소설이 그려내는 세계는 중국 현대문학 작품들에서 보이는 전형적인 주제들과는 상당히 거리가 있는 독특한 세계이다. 주류적 리얼리즘 소설들과는 주제도 시각도 달랐지만, 샤오훙의 작품들 역시 나름대로의 방식으로 당시 중국인들이 경험한 시대적 상황을 진지하게 고찰하였다. 특히 소외된 약자에 대한 조명은 다른 어떤 작가의 작품보다도 사실적이고 그들의 입장에 다가가 있다. 따라서 샤오훙의 문학적 경향도 일종의 리얼리즘이라고 할 수 있겠는데, 이 리얼리즘이라는 말 앞에는 샤오훙의 문학만을 위한 새로운 수식어가 필요할 것이다. 샤오훙의 소설은 어떤 주제를 위해 그에 맞는 인물과 스토리를 구상한다기보다는, 마치 사진을 찍거나 그림을 그리듯 어떤 인물 혹은 장면을 생생하게 그려내는 것이 우선되는 것처럼 보인다. 주제는 여기에 부차적으로 따라오는 것이다. 이런 회화적 특징은 샤오훙이 미술에 관심이 많았고 실제로 그림을 그리기도 했다는 사실과도 무관하지 않을 것이다. 인물과 장면이 생생하게 그려지는 반면 주제는 선명하게 제시되지 않는 탓에 그 생생하고 독특한 이미지에서 정확히 무엇을 읽어내느냐 하는 것은 상당 부분 독자의 몫으로 남아 있다. 이것이 21세기 한국의 독자에게도 깊은 울림을 줄 수 있는 샤오훙 문학의 매력일 것이다.

작가 연보

1911 6월 2일 헤이룽장성黑龍江省 후란현呼蘭縣의 지역 유지 장張씨 가문에서 맏딸로 태어남. 아명은 룽화榮華.

1919 모친이 병으로 사망하고, 부친은 재혼함.

1920 후란현의 소학교(현재 샤오홍소학)에 입학하여 초급소학 과정 수학.

1924 고급소학교에 입학. 재학 중에 학생운동에 참가함.

1926 고급소학교를 졸업한 후 부친의 반대로 진학을 포기함.

1927 조부의 지원으로 하얼빈의 동성특별구구립제일여자중학교에 입학함.
부친이 정한 약혼자 왕언자汪恩甲가 사범학교를 졸업하고 소학교 교사로 부임함.

1928 그림에 흥미를 가지고 화가가 될 꿈을 꿈. 부친이 후란현 교육국장으로 부임함.

1929 조부가 병으로 사망하여 크게 상심함. 약혼자인 왕언자와의 갈등으로 괴로운 시간을 보내며 업턴 싱클레어의 『정글』을 비롯한 외국 번역소설을 탐독함.

1930 샤오훙과 친밀한 사이였던 먼 친척 루전순陸振順이 베이징으로 가서 중국대학中國大學에 입학했고, 샤오훙도 중학교를 졸업하고 베이징으로 뒤따라가 그와 함께 지내며 베이

징여자사범대학부속중학에 다님. 이때 루전순의 고향 친구인 베이징대학생 리제우李潔吾와 자주 왕래함.

1931 루전순과 샤오훙 두 사람은 가족의 압력에 못 이겨 각자의 집으로 돌아감. 샤오훙의 집이 농촌으로 이사하게 되어 이후 소설의 소재가 된 농촌 경험을 하며 농민들의 고난을 목도하게 됨. 집에서 반감금 상태로 핍박을 당하던 끝에 탈출하여 하얼빈으로 간 뒤 유랑생활을 하다 생존을 위해 왕언자와 동거하게 됨.

1932 왕언자를 떠나 베이징으로 가서 리제우에게 의탁함. 왕언자에게 발각되어 다시 홀로 하얼빈으로 돌아감. 임신 사실을 깨닫고 할 수 없이 왕언자와 재결합하여 여관에서 생활. 샤오훙의 출산이 임박했을 때 왕언자가 실종됨. 샤오훙은 여관비를 내지 못하며 극심한 생활고에 시달리던 중 신문사를 통해 샤오쥔蕭軍을 알게 됨. 하얼빈의 홍수로 여관에서 탈출. 병원에서 남아를 출산했으나 키울 형편이 안 되어 입양시킴. 지인들의 도움으로 퇴원한 후 샤오쥔과 함께 극빈의 생활을 시작.

1933 3월 수재민을 돕기 위한 "비너스화전"에 그림 2점을 출품함.

5월 차오인悄吟이라는 필명으로 첫 소설작품 「아이를 버리다棄兒」를 발표. 활발한 창작 활동 시작.

6월 공산당원 문인들이 조직한 "별극단星星劇團"에 가입하여 활동.

8월 샤오훙, 샤오쥔을 비롯한 동북지역 문인들이 창춘(長春,

	만주국 시기 신징新京)『대동보大同報』의 자매주간지『밤호루라기夜哨』를 창간함. 10월 샤오쥔과 함께 단편소설과 산문을 엮은『고난의 여정跋涉』을 출판하여 동북지역 문단에 큰 반향을 일으킴.
1934	6월 일제의 박해를 피해 샤오쥔과 함께 칭다오青島로 가서 동북 출신 문인 수췬舒群에게 의탁함. 칭다오에서 중편소설『밀마당麥場』(1935년에『생사의 장生死場』으로 개제하여 출판) 완성. 10월 수췬 부부가 체포되고 샤오훙, 샤오쥔은 상하이로 가서 루쉰에게 의탁함. 11월 루쉰과 샤오훙, 샤오쥔이 처음으로 만나고 가까운 사이가 됨.
1935	루쉰은 두 사람이 상하이의 생활과 문단에 적응하고 그들의 작품이 출판될 수 있도록 적극적으로 도움. 12월 중편『생사의 장』을 상하이 룽광서국容光書局에서 노예총서의 일부로 출판함. 루쉰의 서문과 후펑의 후기가 포함되었음. 이때 처음으로 '샤오훙'이라는 필명을 사용. 샤오훙이 직접 초판의 표지를 디자인함.
1936	7월 샤오쥔의 외도로 인해 고통받다 홀로 일본 도쿄로 감. 8월 산문집『시장길商市街』이 상하이문화생활출판사에서 출판됨. 10월 루쉰의 서거 소식을 도쿄에서 들음. 11월 소설산문집『다리橋』가 상하이문화생활출판사에서

출판됨.

1937 1월 도쿄에서 상하이로 돌아옴.

4월 샤오쥔과의 관계는 회복하지 못한 채 홀로 베이징으로 감. 베이징에서 리제우와 수췬을 만남.

5월 상하이로 돌아옴.

5월 단편소설집 『우차 위에서牛車上』가 상하이문화생활출판사에서 출판됨.

9월 샤오쥔 및 다른 문인들과 함께 중일전쟁의 전란을 피해 우한武漢으로 이동. 동북 출신 문인 돤무훙량端木蕻良도 합류함. 샤오훙은 장편 『후란강 이야기呼蘭河傳』를 집필하기 시작.

1938 문인들과 함께 우한을 떠나 산시성山西省 린펀臨汾의 민족혁명대학으로 가서 교육에 참여. 샤오쥔과의 관계가 악화.

2월 린펀의 상황이 나빠져 딩링丁玲이 이끄는 서북종군복무단을 따라 시안西安으로 이동.

샤오쥔의 아이를 임신한 채로 샤오쥔에게 결별을 요구. 샤오쥔과 완전히 이별함.

4월 돤무훙량과 함께 우한으로 돌아가 동거함.

5월 돤무훙량과 결혼.

우한이 위험해지자 돤무훙량은 먼저 충칭重慶으로 감.

9월 샤오훙도 충칭으로 갔다가 다시 쓰촨성四川省 장진江津으로 이동하여 옛 문우 바이랑白朗, 뤄펑羅烽 부부에게 의탁함.

11월 아이를 출산하였으나 사흘 만에 사망함. 다시 충칭으로 이동하여 돤무훙량과 합류.

1940 1월 돤무훙량과 함께 홍콩으로 이동.

3월 단편소설집 『광야의 외침曠野的呼喊』이 구이린桂林상하이잡지공사에서 출판됨.

6월 산문집 『샤오훙 산문』이 충칭 대시대서국에서 출판됨.

12월 장편 『후란강 이야기』를 연재 완료함.

1941 1월 미완의 장편소설 『마보러馬伯樂』 상편이 충칭 대시대서국에서 출판됨.

4월 미국인 저널리스트 아그네스 스메들리가 귀국길에 홍콩에 들러 샤오훙을 만남. 샤오훙의 건강이 좋지 않은 것을 보고 마리아병원에서 검사를 받도록 주선함. 병원에서 폐결핵 진단을 받았으나, 이후 치료를 견디지 못하고 퇴원.

12월 태평양전쟁이 시작되고 홍콩도 일제의 공격을 받음. 돤무훙량은 싱가포르로 피란 가기 위해 샤오훙을 떠나고, 샤오훙은 전화 속에서 동북 출신 문인 뤄빈지駱賓基의 보호를 받음.

1942 1월 뤄빈지가 샤오훙을 병원에 입원시킴. 돤무훙량이 다시 돌아옴. 병원의 오진으로 인후종양 수술을 받은 후 병세가 급격히 악화. 다시 마리아병원으로 옮겨 악성기관지확장증 진단을 받고 수술을 받음. 마리아병원이 일본군에 점령되고 샤오훙은 적십자 임시병원으로 옮김. 다음 날인 1월 22일 사망.

기획의 말

세계문학과 한국문학 간에 혈맥이 뚫려, 세계-한국문학의 공진화가 개시되기를

21세기 한국에서 '세계문학'을 읽는다는 것은 무엇을 뜻하는가? 자국문학 따로 있고 그 울타리 바깥에 세계문학이 따로 있다는 말인가? 이제 한국문학은 주변문학이 아니며 개별문학만도 아니다. 김윤식·김현의 『한국문학사』(1973)가 두 개의 서문을 통해서 "한국문학은 주변문학을 벗어나야 한다"와 "한국문학은 개별문학이다"라는 두 개의 명제를 내세웠을 때, 한국문학은 아직 주변문학이었다. 한데 그 이후에도 여전히 한국문학은 주변문학이었다. 왜냐하면 "한국문학은 이식문학이다"라는 옛 평론가의 망령이 여전히 우리의 의식을 장악하고 있었기 때문이다. 그렇게 생각하고 그렇게 읽고, 써온 것이었다. 그리고 얼마간 그런 생각에 진실이 포함되어 있는 것도 사실이었다. 그러나 천천히, 그것도 아주 천천히, 경제성장이나 한류보다는 훨씬 느리게, 한국문학은 자신의 '자주성'을 세계에 알리며 그 존재를 세계지도의 표면 위에 부조시키고 있었다. 그런 와중에 반대 방향에서 전혀 다른 기운이 일어나 막 세계의 대양에 돛을 띄운 한국문학에 위협적인 격랑을 밀어붙이고 있었다. 20세기 말부터 본격화된 '세계화'의 바람은 이제 경제적 재화뿐만이 아니라 어떤 나라의 문화물도 국가 단위로만 존재할 수 없게 하였던 것이니, 한국문학 역시 세계문학의 한 단위라는 위상을 요구받게 되었던 것이다.

그러니 21세기 한국에서 세계문학을 읽는다는 것은 진정 무엇을 뜻하는가? 무엇보다도 세계문학이라는 개념을 돌이켜 볼 때가 되었다. 그동안 세계문학은 '보편문학'의 지위를 누려왔다. 즉 세계문학은 따라야 할 모범이고 존중해야 할 권위이며 자국문학이 복종해야 할 상급 문학이었다. 그리고 보편문학으로서의 세계문학의 반열에 올라간 작품들은 18세기 이래 강대국의 지위를 누려온 국가의 범위 안에서 설정되기가 일쑤였다. 이렇게 해서 세계 각국의 저마다의 문학은 몇몇 소수의 힘 있는 문학들의 영향 속에서 후자들을 추종하는 자세로 모가지를 드리워왔던 것이다. 이제 세계문학에게 본래의 이름을 돌려줄 때가 되었다. 즉 세계문학은 보편문학이 아니라 세계인 모두가 향유할 수 있도록 전 세계 방방곡곡에서 씌어져서 지구적 규모의 연락망을 통해 배달되는 지구상의 모든 문학이라고 재정의할 때가 되었다. 이러한 재정의에는 오로지 질적 의미의 삭제와 수량적 중성화만 있는 게 아니다. 모든 현상학적 환원에는 그 안에 진정한 가치를 향해 나아가고자 하는 지향성이 움직이고 있다. 20세기 막바지에 불어닥친 세계화 토네이도가 애초에는 신자유주의적 탐욕 속에서 소수의 대국 기업에 의해 주도되었으나 격심한 우여곡절을 겪으며 국가 간 위계질서를 무너뜨리는 평등한 교류로서의 대안-세계화의 청사진을 세계인의 마음속에 심게 하였듯이, 오늘날 모든 자국문학이 세계문학의 단위로 재편되는 추세가 보편문학의 성채도 덩달아 허물게 되어, 지구상의 모든 문학들이 공평의 체 위에서 토닥거리는 게 마땅하다는 인식이 일상화까지는 아니더라도 최소한 정당화되고 잠재적으로 전망되는 여건을 만들어내게 되었던 것이다.

또한 종래 세계문학의 보편문학적 지위는 공간적 한계만을 야기했던 게 아니다. 그 보편문학이 말 그대로 보편성을 확보했다기보다는 실상 협소한 문학적 기준에 근거한 한정된 작품 집합에 머무르기 일쑤였다. 게다가, 문학의 진정한 교류가 마음의 감동에서 움트는 것일진대, 언어의 상이성은 그런 꿈을 자주 흐려왔으니, 조급한 마음은 그런 어둠 사이에 상업성과 말초적 자극성이라는 아편을 주입하여 교류를 인공적으로 촉진시키곤 하였다. 이제 우리는 그런 편법과 왜곡을 막기 위해서, 활짝 개방된 문학적 관점을 도입하여, 지금까지 외면당하거나 이런저런 이유로 파묻혀 있던 숨은 걸작들을 발굴하여 널리 알리고 저마다의 문학을 저마다의 방식으로 감상할 수 있는 음미의 물관을 제공해야 할 것이다. 실로 그런 취지에서 보자면 우리는 한국에 미만한 수많은 세계문학전집 시리즈들이 과거의 세계문학장을 너무나 큰 어둠으로 가려오고 있었다는 것을 절감한다.

이와 같은 인식하에 '대산세계문학총서'의 방향은 다음으로 모인다. 첫째, '대산세계문학총서'의 기준은 작품의 고전적 가치이다. 그러나 설명이 필요하다. 이 고전은 지금까지 고전으로 인정된 것들에 갇히지 않는다. 우리가 생각하는 고전성은 추상적으로는 '높은 문학성'을 가리킬 터이지만, 이 문학성이란 이미 확정된 규칙들에 근거한 문학성(그런 문학성은 실상 존재하지 않거니와)이 아니라, 오로지 저만의 고유한 구조를 통해 조직되는데 희한하게도 독자들의 저마다의 수용 기관과 연결되는 소통로의 접속 단자가 풍요롭고, 그 전류가 진해서, 세계의 가장 많은 인구의 감성을 열고 지성을 드높일 잠재적 역능이 알차게 채워진 작품의 성질을 가리킨다. 이러한 기준은 결국 작품의 문학성이 작품이나 작가에 의해 혹은 독자에 의해 일방적으로 결정되는 것이 아니라, 세 주체의 협력에 의해 형성되며 동시에 그 형성을 통해서 작품을 개방하고 작가의 다음 운동을 북돋거나 작가를 재인식시키며, 독자의 감수성을 일깨워 그의 내부에 읽기로부터 쓰기로의 순환이 유장하도록 자극하는 운동을 낳는다는 점을 환기시키고 또한 그런 작품에 대한 분별을 요구한다.

이 첫번째 기준으로부터 두 가지 기준이 덧붙여 결정된다.

둘째, '대산세계문학총서'는 발굴하고 발견한다. 모르거나 잊힌 것을 발굴하여 문학의 두께를 두텁게 하고, 당대의 유행을 따라가기보다는 또한 단순히 미래를 예측하기보다는 차라리 인류의 미래를 공진화적으로 개방할 수 있는 작품을 발견하여 문학의 영역을 확장할 것을 목표로 한다. 이는 또한 공동선의 실현과 심미안의 집단적 수준의 진화에 맞추어 작품을 선별한다는 것을 뜻한다.

셋째, '대산세계문학총서'가 지구상의 그리고 고금의 모든 문학작품들에게 열려 있다면, 그리고 이 열림이 지금까지의 기술 그대로 그 고유성을 제대로 활성화시키는 방식으로 진행되는 것이라면, 이는 궁극적으로 '가장 지역적인 문학이 가장 세계적인 문학'이라는 이상적 호환성을 추구한다는 것을 가리킨다. 이는 또한 '대산세계문학총서'의 피드백에도 그대로 적용될 것이다. 즉 '대산세계문학총서'의 개개 작품들은 한국의 독자들에게 가장 고유한 방식으로 향유될 터이고, 그럴 때에 그 작품의 세계성이 가장 활발하게 현상되고 작용할 것이다.

이러한 기준들을 열린 자세와 꼼꼼한 태도로 섬세히 원용함으로써 우리는 '대산세계문학총서'가 그 발굴과 발견을 통해 세계문학의 영역을 두텁고 넓게 하는 과정 그 자체로서 한국 독자들의 문학적 안목과 감수성을 신장시키는 데 기여할 것을 기대하며, 재차 그러한 과정이 한국문학의 체내에 수혈되어 한국문학의 도약이 곧바로 세계문학의 진화로 이어지게끔 하기를 희망한다. 이는 우리가 '대산세계문학총서'를 21세기의 한국사회에서 수행하는 근본적인 소이이다. 독자들의 뜨거운 호응을 바라마지않는다.

'대산세계문학총서' 기획위원회

대산세계문학총서

001-002 소설 트리스트럼 샌디(전 2권) 로렌스 스턴 지음 | 홍경숙 옮김
003 시 노래의 책 하인리히 하이네 지음 | 김재혁 옮김
004-005 소설 페리키요 사르니엔토(전 2권)
호세 호아킨 페르난데스 데 리사르디 지음 | 김현철 옮김
006 시 알코올 기욤 아폴리네르 지음 | 이규현 옮김
007 소설 그들의 눈은 신을 보고 있었다 조라 닐 허스턴 지음 | 이시영 옮김
008 소설 행인 나쓰메 소세키 지음 | 유숙자 옮김
009 희곡 타오르는 어둠 속에서/어느 계단의 이야기
안토니오 부에로 바예호 지음 | 김보영 옮김
010-011 소설 오블로모프(전 2권) I. A. 곤차로프 지음 | 최윤락 옮김
012-013 소설 코린나: 이탈리아 이야기(전 2권) 마담 드 스탈 지음 | 권유현 옮김
014 희곡 탬벌레인 대왕/몰타의 유대인/파우스투스 박사
크리스토퍼 말로 지음 | 강석주 옮김
015 소설 러시아 인형 아돌포 비오이 까사레스 지음 | 안영옥 옮김
016 소설 문장 요코미쓰 리이치 지음 | 이양 옮김
017 소설 안톤 라이저 칼 필립 모리츠 지음 | 장희권 옮김
018 시 악의 꽃 샤를 보들레르 지음 | 윤영애 옮김
019 시 로만체로 하인리히 하이네 지음 | 김재혁 옮김
020 소설 사랑과 교육 미겔 데 우나무노 지음 | 남진희 옮김
021-030 소설 서유기(전 10권) 오승은 지음 | 임홍빈 옮김
031 소설 변경 미셸 뷔토르 지음 | 권은미 옮김
032-033 소설 약혼자들(전 2권) 알레산드로 만초니 지음 | 김효정 옮김
034 소설 보헤미아의 숲/숲 속의 오솔길 아달베르트 슈티프터 지음 | 권영경 옮김
035 소설 가르강튀아/팡타그뤼엘 프랑수아 라블레 지음 | 유석호 옮김
036 소설 사탄의 태양 아래 조르주 베르나노스 지음 | 윤진 옮김

037 시 시집 스테판 말라르메 지음 | 황현산 옮김
038 시 도연명 전집 도연명 지음 | 이치수 역주
039 소설 드리나 강의 다리 이보 안드리치 지음 | 김지향 옮김
040 시 한밤의 가수 베이다오 지음 | 배도임 옮김
041 소설 독사를 죽였어야 했는데 야샤르 케말 지음 | 오은경 옮김
042 희곡 볼포네, 또는 여우 벤 존슨 지음 | 임이연 옮김
043 소설 백마의 기사 테오도어 슈토름 지음 | 박경희 옮김
044 소설 경성지련 장아이링 지음 | 김순진 옮김
045 소설 첫번째 향로 장아이링 지음 | 김순진 옮김
046 소설 끄르일로프 우화집 이반 끄르일로프 지음 | 정막래 옮김
047 시 이백 오칠언절구 이백 지음 | 황선재 역주
048 소설 페테르부르크 안드레이 벨르이 지음 | 이현숙 옮김
049 소설 발칸의 전설 요르단 욥코프 지음 | 신윤곤 옮김
050 소설 블라이드데일 로맨스 나사니엘 호손 지음 | 김지원·한혜경 옮김
051 희곡 보헤미아의 빛 라몬 델 바예-인클란 지음 | 김선욱 옮김
052 시 서동 시집 요한 볼프강 폰 괴테 지음 | 안문영 외 옮김
053 소설 비밀요원 조지프 콘래드 지음 | 왕은철 옮김
054-055 소설 헤이케 이야기(전 2권) 지은이 미상 | 오찬욱 옮김
056 소설 몽골의 설화 데. 체렌소드놈 편저 | 이안나 옮김
057 소설 암초 이디스 워튼 지음 | 손영미 옮김
058 소설 수전노 알 자히드 지음 | 김정아 옮김
059 소설 거꾸로 조리스-카를 위스망스 지음 | 유진현 옮김
060 소설 페피타 히메네스 후안 발레라 지음 | 박종욱 옮김
061 시 납 제오르제 바코비아 지음 | 김정환 옮김
062 시 끝과 시작 비스와바 쉼보르스카 지음 | 최성은 옮김
063 소설 과학의 나무 피오 바로하 지음 | 조구호 옮김
064 소설 밀회의 집 알랭 로브-그리예 지음 | 임혜숙 옮김
065 소설 붉은 수수밭 모옌 지음 | 심혜영 옮김
066 소설 아서의 섬 엘사 모란테 지음 | 천지은 옮김
067 시 소동파사선 소동파 지음 | 조규백 역주
068 소설 위험한 관계 쇼데를로 드 라클로 지음 | 윤진 옮김

069 소설 거장과 마르가리타 미하일 불가코프 지음 | 김혜란 옮김
070 소설 우게쓰 이야기 우에다 아키나리 지음 | 이한창 옮김
071 소설 별과 사랑 엘레나 포니아토프스카 지음 | 추인숙 옮김
072-073 소설 불의 산(전 2권) 쓰시마 유코 지음 | 이송희 옮김
074 소설 인생의 첫출발 오노레 드 발자크 지음 | 선영아 옮김
075 소설 몰로이 사뮈엘 베케트 지음 | 김경의 옮김
076 시 미오 시드의 노래 지은이 미상 | 정동섭 옮김
077 희곡 셰익스피어 로맨스 희곡 전집 윌리엄 셰익스피어 지음 | 이상섭 옮김
078 희곡 돈 카를로스 프리드리히 폰 실러 지음 | 장상용 옮김
079-080 소설 파멜라(전 2권) 새뮤얼 리처드슨 지음 | 장은명 옮김
081 시 이십억 광년의 고독 다니카와 슌타로 지음 | 김응교 옮김
082 소설 잔지바르 또는 마지막 이유 알프레트 안더쉬 지음 | 강여규 옮김
083 소설 에피 브리스트 테오도르 폰타네 지음 | 김영주 옮김
084 소설 악에 관한 세 편의 대화 블라디미르 솔로비요프 지음 | 박종소 옮김
085-086 소설 새로운 인생(전 2권) 잉고 슐체 지음 | 노선정 옮김
087 소설 그것이 어떻게 빛나는지 토마스 브루시히 지음 | 문항심 옮김
088-089 산문 한유문집-창려문초(전 2권) 한유 지음 | 이주해 옮김
090 시 서곡 윌리엄 워즈워스 지음 | 김숭희 옮김
091 소설 어떤 여자 아리시마 다케오 지음 | 김옥희 옮김
092 시 가윈 경과 녹색기사 지은이 미상 | 이동일 옮김
093 산문 어린 시절 나탈리 사로트 지음 | 권수경 옮김
094 소설 골로블료프가의 사람들 미하일 살티코프 셰드린 지음 | 김원한 옮김
095 소설 결투 알렉산드르 쿠프린 지음 | 이기주 옮김
096 소설 결혼식 전날 생긴 일 네우송 호드리게스 지음 | 오진영 옮김
097 소설 장벽을 뛰어넘는 사람 페터 슈나이더 지음 | 김연신 옮김
098 소설 에두아르트의 귀향 페터 슈나이더 지음 | 김연신 옮김
099 소설 옛날 옛적에 한 나라가 있었지 두샨 코바체비치 지음 | 김상헌 옮김
100 소설 나는 고故 마티아 파스칼이오 루이지 피란델로 지음 | 이윤희 옮김
101 소설 따니아오 호수 이야기 왕정치 지음 | 박정원 옮김
102 시 송사삼백수 주조모 엮음 | 이동향 역주
103 시 문턱 너머 저편 에이드리언 리치 지음 | 한지희 옮김

104 소설 충효공원 천잉전 지음 | 주재희 옮김
105 희곡 유디트/헤롯과 마리암네 프리드리히 헤벨 지음 | 김영목 옮김
106 시 이스탄불을 듣는다
오르한 웰리 카늑 지음 | 술탄 훼라 아크프나르 여·이현석 옮김
107 소설 화산 아래서 맬컴 라우리 지음 | 권수미 옮김
108-109 소설 경화연(전 2권) 이여진 지음 | 문현선 옮김
110 소설 예피판의 갑문 안드레이 플라토노프 지음 | 김철균 옮김
111 희곡 가장 중요한 것 니콜라이 예브레이노프 지음 | 안지영 옮김
112 소설 파울리나 1880 피에르 장 주브 지음 | 윤 진 옮김
113 소설 위폐범들 앙드레 지드 지음 | 권은미 옮김
114-115 소설 업둥이 톰 존스 이야기(전 2권) 헨리 필딩 지음 | 김일영 옮김
116 소설 초조한 마음 슈테판 츠바이크 지음 | 이유정 옮김
117 소설 악마 같은 여인들 쥘 바르베 도르비이 지음 | 고봉만 옮김
118 소설 경본통속소설 지은이 미상 | 문성재 옮김
119 소설 번역사 레일라 아부렐라 지음 | 이윤재 옮김
120 소설 남과 북 엘리자베스 개스켈 지음 | 이미경 옮김
121 소설 대리석 절벽 위에서 에른스트 윙거 지음 | 노선정 옮김
122 소설 죽은 자들의 백과전서 다닐로 키슈 지음 | 조준래 옮김
123 시 나의 방랑 랭보 시집 아르튀르 랭보 지음 | 한대균 옮김
124 소설 슈톨츠 파울 니종 지음 | 황승환 옮김
125 소설 휴식의 정원 바진 지음 | 차현경 옮김
126 소설 굶주린 길 벤 오크리 지음 | 장재영 옮김
127-128 소설 비스와스 씨를 위한 집(전 2권) V. S. 나이폴 지음 | 손나경 옮김
129 소설 새하얀 마음 하비에르 마리아스 지음 | 김상유 옮김
130 산문 루테치아 하인리히 하이네 지음 | 김수용 옮김
131 소설 열병 르 클레지오 지음 | 임미경 옮김
132 소설 조선소 후안 카를로스 오네티 지음 | 조구호 옮김
133-135 소설 저항의 미학(전 3권) 페터 바이스 지음 | 탁선미·남덕현·홍승용 옮김
136 소설 신생 시마자키 도손 지음 | 송태욱 옮김
137 소설 캐스터브리지의 시장 토머스 하디 지음 | 이윤재 옮김
138 소설 죄수 마차를 탄 기사 크레티앵 드 트루아 지음 | 유희수 옮김

139 자서전 2번가에서 에스키아 음파렐레 지음 | 배미영 옮김

140 소설 묵동기담/스미다 강 나가이 가후 지음 | 강윤화 옮김

141 소설 개척자들 제임스 페니모어 쿠퍼 지음 | 장은명 옮김

142 소설 반짝이끼 다케다 다이준 지음 | 박은정 옮김

143 소설 제노의 의식 이탈로 스베보 지음 | 한리나 옮김

144 소설 흥분이란 무엇인가 장웨이 지음 | 임명신 옮김

145 소설 그랜드 호텔 비키 바움 지음 | 박광자 옮김

146 소설 무고한 존재 가브리엘레 단눈치오 지음 | 윤병언 옮김

147 소설 고야, 혹은 인식의 혹독한 길 리온 포이히트방거 지음 | 문광훈 옮김

148 시 두보 오칠언절구 두보 지음 | 강민호 옮김

149 소설 병사 이반 촌킨의 삶과 이상한 모험
블라디미르 보이노비치 지음 | 양장선 옮김

150 시 내가 얼마나 많은 영혼을 가졌는지
페르난두 페소아 지음 | 김한민 옮김

151 소설 파노라마섬 기담/인간 의자 에도가와 란포 지음 | 김단비 옮김

152-153 소설 파우스트 박사(전 2권) 토마스 만 지음 | 김륜옥 옮김

154 시, 희곡 사중주 네 편 T. S. 엘리엇의 장시와 한 편의 희곡
T. S. 엘리엇 지음 | 윤혜준 옮김

155 시 귈뤼스탄의 시 배흐티야르 와합자대 지음 | 오은경 옮김

156 소설 찬란한 길 마거릿 드래블 지음 | 가주연 옮김

157 전집 사랑스러운 푸른 잿빛 밤 볼프강 보르헤르트 지음 | 박규호 옮김

158 소설 포옹가족 고지마 노부오 지음 | 김상은 옮김

159 소설 바보 엔도 슈사쿠 지음 | 김승철 옮김

160 소설 아산 블라디미르 마카닌 지음 | 안지영 옮김

161 소설 신사 배리 린든의 회고록 윌리엄 메이크피스 새커리 지음 | 신윤진 옮김

162 시 천가시 사방득, 왕상 엮음 | 주기평 역해

163 소설 모험적 독일인 짐플리치시무스 그리멜스하우젠 지음 | 김홍진 옮김

164 소설 맹인 악사 블라디미르 코롤렌코 지음 | 오원교 옮김

165-166 소설 전차를 모는 기수들(전 2권) 패트릭 화이트 지음 | 송기철 옮김

167 소설 스너프 빅토르 펠레빈 지음 | 윤서현 옮김

168 소설 순응주의자 알베르토 모라비아 지음 | 정란기 옮김

169 소설 오렌지주를 증류하는 사람들 오라시오 키로가 지음 | 임도울 옮김

170 소설 프라하 여행길의 모차르트 / 슈투트가르트의 도깨비

에두아르트 뫼리케 지음 | 윤도중 옮김

171 소설 이혼 라오서 지음 | 김의진 옮김

172 소설 가족이 아닌 사람 샤오훙 지음 | 이현정 옮김